Giuseppe Tomasi di Lampedusa
Der Leopard

Zu diesem Buch

Als bedeutendster Roman der italienischen Literatur seit Manzonis »Verlobten« gepriesen, schildert »Der Leopard« den Niedergang eines sizilianischen Adelsgeschlechts. Als Garibaldi mit den Rothemden in Marsala landet, bricht selbst in Sizilien, dem Land archaischer Mythen, eine neue Zeit an. Das uralte Feudalsystem gerät ins Wanken, und die Einigung des Landes bereitet sich vor. Don Fabrizio, Fürst Salina, dessen Dynastie den Leoparden im Wappen führt, ein kluger, leidenschaftlicher und melancholischer Mann, verkörpert das alte Sizlien. Als sein hitzköpfiger Neffe Tancredi, vom Fürsten geliebt wie ein eigener Sohn, die schöne Tochter eines skrupellosen Emporkömmlings heiratet, wird der Untergang der alten Ordnung – der Löwen und Leoparden zugunsten der Schakale und Hyänen – eingeläutet. Mit schöpferischer Sprachgewalt und in dunkel glühenden Farben beschwört Tomasi di Lampedusa das geistige und seelische Klima Europas zwischen den Zeiten herauf.

Giuseppe Tomasi, Herzog von Palma und Fürst von Lampedusa, am 23. Dezember 1896 in Palermo geboren, starb am 23. Juli 1957 in Rom. Er war bis 1925 Offizier der italienischen Armee. Während des Faschismus unternahm er längere Auslandsreisen. 1954 schrieb er innerhalb weniger Monate seinen einzigen Roman: »Der Leopard«. Ein Jahr nach seinem Tod veröffentlicht, wurde er schnell zu einem Welterfolg. Luchino Viscontis kongeniale Verfilmung mit Burt Lancaster in der Hauptrolle avancierte zum Kinoklassiker.

Giuseppe Tomasi di Lampedusa
Der Leopard

Roman

Aus dem Italienischen von
Charlotte Birnbaum

Piper München Zürich

Von Giuseppe Tomasi di Lampedusa liegt in der Serie Piper
außerdem vor:
Die Sirene (422)

Ungekürzte Taschenbuchausgabe
1. Auflage Februar 1984
18. Auflage August 2002
© 1958 Giangiacomo Feltrinelli, Mailand
Titel der italienischen Originalausgabe:
»Il Gattopardo«
© der deutschsprachigen Ausgabe:
1959 Piper Verlag GmbH, München
Umschlag: Büro Hamburg
Umschlagfoto: Jürgen Memmingen (Foto aus dem
gleichnamigen Film von Luchino Visconti)
Satz: Kösel, Kempten
Druck und Bindung: Clausen & Bosse, Leck
Printed in Germany   ISBN 3-492-20320-5

www.piper.de

ERSTES KAPITEL

Rosenkranz und Vorstellung des Fürsten – Der Garten und der tote Soldat – Audienzen beim König – Das Diner – In der Kutsche nach Palermo – Besuch bei Mariannina – Rückfahrt nach San Lorenzo – Gespräch mit Tancredi – In der Verwaltung: Lehnbesitz und politische Erörterungen – Mit Pater Pirrone im Observatorium – Entspannung beim Mittagsmahl – Don Fabrizio und die Bauern – Don Fabrizio und sein Sohn Paolo – Die Nachricht von der Landung, und wieder Rosenkranz

»*Nunc et in hora mortis nostrae. Amen.*«

Der tägliche Rosenkranz war zu Ende. Eine halbe Stunde hindurch hatte die gelassene Stimme des Fürsten den Versammelten die ruhm- und schmerzensreichen Mysterien ins Gedächtnis gerufen; eine halbe Stunde hindurch hatten andere Stimmen ein auf und abwogendes Gesumm dazwischengewoben, aus dem sich die goldenen Blüten ungewohnter Worte heraushoben: Liebe, Jungfräulichkeit und Tod. Bei diesem Summen schien der Rokokosaal sein Aussehen geändert zu haben; selbst die Papageien, die ihre regenbogenfarbenen Flügel über die Seide der Wandbekleidung breiteten, schienen eingeschüchtert; sogar die Magdalena zwischen den beiden Fenstern war wohl nun eine Büßerin und nicht mehr die schöne, füllige, wer weiß welchen Träumen hingegebene blonde Frau, als die man sie sonst sah.

Jetzt schwieg die Stimme; alles trat in die gewohnte Ordnung – Unordnung – zurück. In der Tür, durch die die Diener hinausgegangen waren, erschien die Dogge Bendicò – traurig, daß sie ausgeschlossen gewesen –, kam und wedelte mit dem Schwanz. Langsam erhoben sich die Frauen, und wo ihre Röcke schwingend zurückwichen, wurden nach und nach die nackten mythologischen Gestalten frei, die sich auf dem milchigen Grunde der kleinen Fliesen abzeichneten. Bedeckt blieb nur eine Andromeda, die von dem Gewand Pater Pirrones — er verweilte noch bei seinen Supplementsgebeten — eine ganze Zeitlang daran gehindert wurde, den silbernen Perseus wiederzusehen, der sich, über die Fluten hinwegfliegend, beeilte, ihr Hilfe und Kuß zu bringen.

In den Fresken der Decke erwachten die Gottheiten. Die Scharen von Tritonen und Dryaden, die sich von den Bergen und aus den Meeren zwischen himbeer- und zyklamenfarbenen Wolken nach einer umgewandelten ›Conca d'Oro‹ hinabstürzten, um den Ruhm des Hauses Salina zu preisen, erschienen mit einemmal so übervoll von Jubel, daß sie die einfachsten Regeln der Perspektive getrost außer acht lassen konnten; und die höheren Götter, die Fürsten unter den Göttern, der blitzeschleudernde Jupiter, der finster blickende Mars, die schmachtende Venus, die den Scharen der minderen vorangeeilt waren, hielten mit Vergnügen den blauen Wappenschild mit dem Leoparden. Sie wußten, sie würden nun für dreiundzwanzig und eine halbe Stunde die Herrschaft über die Villa wieder antreten. An den Wänden begannen die Affen wieder die Kakadus zu necken.

Unterhalb dieses Palermitaner Olymps stiegen auch die Sterblichen des Hauses Salina eilig aus den mystischen Sphären herab. Die jungen Mädchen strichen sich die Röcke glatt, wechselten zartblaue Blicke und Worte, die ihre Herkunft aus dem Internat verrieten; seit reichlich vier Wochen, seit dem Tag der ›Aufstände‹ vom Vierten April, waren sie vorsichtshalber vom Kloster heimgeholt worden und entbehrten schmerzlich die Schlafsäle mit den Baldachinen und den vertrauten Ton im ›Salvatore‹. Die Knaben rauften schon um den Besitz eines Bildes des heiligen Franz von Paola; der Erstgeborene, der Erbe, Herzog Paola, hatte schon Lust zu rauchen, doch scheute er die Gegenwart der Eltern und betastete durch den Stoff hindurch die strohgeflochtene Zigarrentasche. Auf dem hageren Gesicht lag eine metaphysische Melancholie: der Tag war schlecht gewesen, es war ihm so vorgekommen, als sei Guiscardo, der irische Fuchs, nicht gut aufgelegt, und Fanny hatte es nicht einrichten können (oder wollen?), ihm das übliche veilchenfarbene Briefchen überbringen zu lassen. Wozu war dann der Erlöser Mensch geworden?

Die Fürstin in ihrer ängstlichen Anmaßung ließ den Rosenkranz mit klapperndem Geräusch in die mit Jett bestickte Tasche fallen, während ihre schönen, hysterischen Augen verstohlen auf die im Gehorsam gezähmten Kinder und auf den Gemahl blickten, diesen Tyrannen, nach dem sich ihr kleiner Körper reckte in der eitlen Begier, ihn mit ihrer Liebe zu beherrschen.

Der Fürst erhob sich jetzt mit einem Ruck; der Boden erzitterte unter seinem Riesengewicht, in seinen sehr hellen Augen spiegelte sich für einen Augenblick der Stolz auf diese kurze Bestätigung dafür, daß er der Gebieter war über Menschen und weiträumige Bauten.

Jetzt legte er das ungeheuer große, rote Meßbuch auf den Sessel, der vor ihm gestanden hatte, während er den Rosenkranz sprach; er faltete das Taschentuch zusammen, das er unter das Knie gebreitet hatte, und sah mit einem von leichter Mißstimmung getrübten Blick auf den kleinen Kaffeefleck, der sich seit dem Morgen erkühnt hatte, das geräumige Weiß der Weste zu unterbrechen.

Nicht daß er fett gewesen wäre: er war nur ungeheuer groß und stark; sein Kopf streifte (in den von gewöhnlichen Sterblichen bewohnten Häusern) die untere Rosette der Kronleuchter; seine Finger konnten einen Dukaten zusammendrücken wie Seidenpapier; und zwischen der Villa Salina und dem Laden eines Goldschmieds gab es ein häufiges Hin und Her, weil Gabeln und Löffel gerichtet werden mußten, die sein verhaltener Zorn bei Tisch oft rund-bog. Diese Finger übrigens konnten, wenn sie etwas zärtlich berührten oder handhabten, dies äußerst delikat tun – dessen erinnerte sich einigermaßen betrübt Maria Stella, seine Frau; und auf den Schrauben, den Ringen, den blankgeputzten Knöpfen der Teleskope, Fernrohre und ›Kometensucher‹, die ganz oben in der Villa sein Privat-Observatorium füllten, blieb von seiner sie nur leicht anrührenden Hand nie eine Spur. Die Strahlen der schon sich neigenden, aber immer noch hochstehenden Sonne warfen an diesem Nachmittag im Mai ihr Feuer auf die rosige Haut, das honigfarbene Haar des Fürsten; beides wies auf den deutschen Ursprung seiner Mutter hin, jener Fürstin Carolina, deren Hochmut vor dreißig Jahren den recht lässigen Hof der Beiden Sizilien hatte zu Eis erstarren lassen. Doch in seinem Blut gärten auch andere germanische Substanzen, im Jahre 1860 weit unbequemer für diesen aristokratischen Sizilianer, so anziehend auch in der Umwelt von Olivenfarbenen, Rabenschwarzen die ganz weiße Haut und das blonde Haar sein mochten: ein autoritäres Temperament, eine gewisse moralische Strenge, eine Neigung zu abstrakten Ideen, was alles sich im moralisch weichen *habitat* der Palermitaner Gesellschaft entsprechend umgewandelt hatte in launische Anmaßung, ständige moralische Bedenken und eine leise Verachtung seiner Verwandten und Freunde, die sich, wie er meinte, in den Mäanderwindungen des träge dahinschleichenden sizilianischen Regimes treiben ließen.

Der Fürst besaß als erster (und letzter) eines großen Geschlechtes, das sich Jahrhunderte hindurch nie darauf verstanden hatte, auch nur seine Ausgaben zusammenzurechnen und seine Schulden abzuziehen, eine starke, im Realen verwurzelte Neigung zu den mathematischen Wissenschaften; er hatte diese der Astronomie zugewandt und aus ihr hinlängliche öffentliche Anerkennungen gezogen und private Freuden, die ihm sehr behagten. Folgendes möge genügen: Stolz und mathematische Analyse hatten sich in ihm so weit verbunden, daß er die Illusion hegte, die Gestirne gehorchten seinen Berechnungen (wie sie tatsächlich zu tun schienen), und die beiden kleinen Planetoiden, die er entdeckt hatte (er hatte sie Salina und Svelto genannt nach seinem Lehnsbesitz und nach einer ihm unvergeßlichen, flinken Bracke), trügen den Ruhm seines Hauses weithin in die unfruchtbaren Himmelszonen zwischen Mars und Jupiter, und die Fresken der Villa wären darum eher eine Prophetie als eine Schmeichelei gewesen.

Umgetrieben hier von dem Stolz und dem Intellektualismus der Mutter, dort von der Sinnlichkeit des Vaters und seiner leichten Art, mit dem fertigzuwerden, was ihm begegnete, lebte der arme Fürst Fabrizio selbst dann, wenn er wie Zeus die Brauen runzelte, in einem ständigen Mißvergnügen und betrachtete den Verfall seines Standes und seines Erbes, ohne sich zu irgendeiner Tätigkeit aufzuraffen oder auch nur die geringste Lust zu verspüren, dem abzuhelfen.

Jene halbe Stunde zwischen Rosenkranz und Abendessen gehörte zu den Momenten des Tages, wo er nicht ganz so verstimmt war, und schon Stunden vorher genoß er diese doch zweifelhafte Ruhe im voraus.

Er ging – und Bendicò lief höchst aufgeregt vor ihm her – die wenigen Stufen in den Garten hinunter. Diesen umschlossen drei Mauern und eine Seite der Villa – eine Abgeschlossenheit, die einen friedhofsmäßigen Eindruck hervorrief; er wurde noch verstärkt durch die parallel laufenden kleinen Dämme, die die Bewässerungsrinnen begrenzten und wie Grabhügel magerer Riesen erschienen. Auf dem rötlichen Ton wuchsen die Pflanzen dicht und wirr durcheinander: die Blumen trieben hervor, wo Gott wollte, und die Myrten-Einfriedungen schienen hierhergepflanzt, mehr um den Schritt zu hindern als ihn zu lenken. Im Hintergrund stellte eine mit gelb-schwarzen Flechten gesprenkelte Flora resigniert ihre mehr als hundertjährigen Reize zur Schau; zwei Bänke an den Seiten trugen gesteppte, gerollte Kissen, gleichfalls aus grauem Marmor; und in ein Ende brachte das Gold eines Akazienbaumes seine unzeitige Heiterkeit. Jede Scholle, so schien es dem Fürsten, strömte ein Verlangen nach Schönheit aus, das rasch von der Trägheit gedämpft wurde.

Aber der Garten, zwischen diesen Schranken eingezwängt und verbraucht, hauchte ölige, fleischige, leicht faule Düfte aus, etwas wie die würzigen Balsam-Flüssigkeiten, die von den Reliquien gewisser heiliger Jungfrauen tropfen; die Nelken übertönten mit ihrem Pfeffergeruch den protokollmäßigen der Rosen und den öligen der Magnolien, die schwerfällig in den Ecken standen; darunter verborgen war auch der Duft der Minze zu spüren, vermischt mit dem kindlichen der Akazie und dem Konditorduft der Myrte; und von jenseits der Mauer, von der Orangenpflanzung, kamen – ein Alkovengeruch – die Duftwellen der ersten Orangenblüten.

Es war ein Garten für Blinde: die Augen fühlten sich ständig beleidigt, aber der Geruchssinn konnte ihm ein starkes, wenn auch nicht feines Wohlgefühl abgewinnen. Die *Paul-Neyron*-Rosen, die er als kleine Pflanzen selber aus Paris mitgebracht hatte, waren entartet; erst angeregt, dann von den starken, träge machenden Säften der Erde Siziliens erschlafft, von den apokalyptischen Juli-Monaten verbrannt, hatten sie sich in eine Art fleischfarbenen, obszönen Kohl verwandelt; aber sie verströmten einen dichten, fast schamlosen Duft, wie ihn kein französischer Züchter zu hoffen gewagt hätte. Der Fürst hielt eine von ihnen unter die Nase, und er meinte den Schenkel einer Tänzerin von der Oper zu riechen. Bendicò, dem die Rose auch hingehalten wurde, wich angeekelt zurück und beeilte sich, zwischen Dünger und ein paar kleinen toten Eidechsen zuträglichere Sinneseindrücke zu suchen.

Für den Fürsten jedoch war der durchduftete Garten Anlaß für düstere Gedankenverbindungen. ›Jetzt riecht es gut hier; aber vor vier Wochen . . .‹

Er dachte zurück an den Schauder, den ihnen die penetranten, süßlichen Gerüche überall in der Villa erregt hatten, ehe die Ursache entdeckt wurde: die Leiche eines jungen Soldaten vom Fünften Jägerbataillon; er war im Kampf gegen die Rebellentrupps verwundet worden und hatte sich hierhergeschleppt, allein, um unter einem Zitronenbaum zu sterben. Man hatte ihn gefunden, auf dem Bauch liegend, im dichten Klee, das Gesicht in Blut und Erbrochenes getaucht, von großen Ameisen bedeckt, die Finger in die Erde gekrallt; und unter dem Wehrgehänge hatten die lila Eingeweide eine Lache gebildet. Russo, der Aufseher, war es gewesen, der dieses zerfallende Etwas entdeckt hatte; er hatte es umgedreht, das Gesicht mit seinem riesigen roten Taschentuch bedeckt, die Eingeweide mit einem Ästchen in den Riß im Bauch zurückgedrängt und dann die Wunde mit den blauen Falten des Mantels zugedeckt, aus Ekel beständig spuckend – nicht gerade auf den Leichnam, aber recht nahe daneben. Alles besorgniserregend sachverständig. »Der Gestank dieser Aase hört nicht einmal auf, wenn sie tot sind«, sagte er. Das war alles gewesen, was ihm jener einsame Tod bedeutet hatte.

Als ihn dann die stumpf blickenden Kameraden fortgebracht hatten (o ja, sie hatten ihn an den Schultern zum Karren geschleift, so daß das Werg wieder aus dem Popanz herausgekommen war), wurde dem abendlichen Rosenkranz ein *De Profundis* für die Seele des Unbekannten angefügt; und man sprach nicht mehr davon, das Gewissen der Damen hatte sich offensichtlich zufriedengegeben.

Der Fürst ging zur Flora, kratzte ihr ein paar Flechten von den Füßen und begann sodann auf und ab zu spazieren; die niedrigstehende Sonne warf seinen Schatten riesengroß über die traurigen Beete.

Von dem Toten hatte man wirklich nicht mehr gesprochen; und schließlich sind die Soldaten eben da als Soldaten, daß sie, um den König zu schützen, sterben. Das Bild jenes Körpers, aus dem die Eingeweide hingen, tauchte jedoch oft in seinen Gedanken auf, als fordere es, man solle ihm Frieden schaffen auf die einzige dem Fürsten mögliche Art: dadurch, daß er sein gräßliches Leiden mit einer allgemeinen Notwendigkeit überhöhte und rechtfertigte. Und weitere Schreckbilder umgaben ihn, noch weniger anziehend als dieses. Denn sterben für jemanden oder für etwas – nun gut, das ist in Ordnung; man muß jedoch wissen oder wenigstens sicher sein, daß irgendeiner weiß, für wen oder was man gestorben ist; das forderte jenes entstellte Gesicht; und eben hier begann der Nebel.

›Aber er ist für den König gestorben, lieber Fabrizio, das ist doch klar‹, würde, wenn der Fürst ihn gefragt hätte, sein Schwager Màlvica geantwortet haben, Màlvica, der von der Schar der Freunde immer als Sprecher gebraucht wurde. ›Für den König, der die Ordnung darstellt, die Fortdauer, die Anständigkeit, das Recht, die Ehre; für den König, der allein die Kirche schützt, der allein die Auflösung des Eigentums verhindert, die doch das letzte Ziel des *Geheimbundes* ist.‹ Wunderschöne Worte das, die alles bezeichneten, was dem Fürsten bis in den tiefsten Grund des Herzens teuer war. Etwas aber stimmte noch nicht. Der König – nun schön. Er kannte ihn gut, den König, den wenigstens, der vor kurzem gestorben war; der jetzige war ja nur ein als General verkleideter Seminarist. Und er taugte wirklich nicht viel. ›Das heißt doch nicht vernünftig urteilen, Fabrizio‹, gab Màlvica zu bedenken, ›bei einem einzelnen Herrscher kann es vorkommen, daß er nicht auf der Höhe ist, aber die monarchische Idee bleibt doch, was sie ist.

Wahr auch das; aber die Könige, die eine Idee verkörpern, dürfen und können nicht Generationen hindurch unter ein bestimmtes Niveau sinken; sonst, teurer Schwager, leidet darunter auch die Idee.‹

Auf einer Bank sitzend, betrachtete er untätig die Verwüstungen, die Bendicò in den Beeten anrichtete; hin und wieder wandte der Hund die unschuldigen Augen zu ihm hin, als wolle er für die vollbrachte Arbeit gelobt werden: vierzehn Nelken geknickt, eine halbe Hecke herausgerissen, eine Rinne verstopft. Er war doch ein richtiger

Christenmensch. »Gut, Bendicò. Hierher!« Und das Tier kam herbeigerannt und legte ihm die erdigen Nüstern auf die Hand, eifrig bemüht, ihm zu zeigen, daß ihm der dumme Abbruch der schönen Arbeit, die er gerade leistete, verziehen werde.

Die Audienzen, die vielen Audienzen, die ihm König Ferdinand in Caserta, in Capodimonte, in Portici, in Napoli – und der Teufel weiß, wo noch – gewährt hatte!

Neben dem diensttuenden Kammerherrn, der ihn plaudernd führte, den Zweispitz unter dem Arm, die neuesten neapolitanischen Schwätzereien auf den Lippen, so durchschritt man endlose Säle mit großartiger Architektur und geschmacklosem Mobiliar (genau wie die bourbonische Monarchie), geriet in etwas unsaubere Gänge, auf schlechtgehaltene kleine Treppen und landete in einem Vorsaal, wo allerlei Leute warteten: verschlossene Polizeigesichter, gierige Gesichter empfohlener Bittsteller. Der Kammerherr entschuldigte sich höflich, half das Hindernis dieses Packs überwinden und führte den Fürsten in einen anderen Vorsaal, der denen vom Hofe vorbehalten war: ein blau-silberner, kleiner Raum aus den Zeiten Karls III. Nach kurzem Warten kratzte ein Diener an der Tür, und man durfte vor dem Antlitz des Erhabenen erscheinen.

Der private Arbeitsraum war klein und absichtlich einfach: an den weißgetünchten Wänden ein Gemälde König Franz' I. und eines der jetzigen Königin, die sauer und gallig dreinblickte; eine Madonna von Andrea del Sarto über dem kleinen Kamin schien erstaunt darüber, sich von farbigen Lithographien umgeben zu finden, die Heilige dritter Ordnung und neapolitanische Wallfahrtsorte darstellten; auf einer Konsole ein wächsernes Jesuskind mit dem brennenden Lämpchen davor; und auf dem bescheidenen Schreibtisch weiße Papiere, gelbe Papiere, blaue Papiere: das alles zusammen war die Verwaltung des Königreichs, die in ihre Endphase gelangt war: zur Unterschrift Seiner Majestät (D. G.)[1].

Hinter dieser Verbarrikadierung mit Papierkram der König. Schon aufgestanden, um nicht zeigen zu müssen, daß er sich erhob; der König mit dem massigen, welken Gesicht zwischen dem fast blonden Backenbärtchen, mit dieser Militärjacke aus rauhem Tuch, unter der der veilchenblaue Katarakt der schlotternden Hosen hervorquoll. Er machte einen Schritt auf den Besucher zu, die Rechte schon zum Handkuß, den er dann abwehren würde, nach unten geneigt. »Nun, Salina, selig diese Augen, die dich sehen.« Ein echt neapolitanischer Tonfall, weit schmackhafter noch als der des Kammerherrn. »Möchten Eure Königliche Majestät entschuldigen, wenn ich nicht die Hofuniform trage; ich bin nur auf der Durchreise in Neapel und wollte nicht verfehlen, herzukommen, um Eurer Majestät meine Ehrfurcht zu erweisen.« »Salina, du redest verrücktes Zeug! Du weißt doch, du bist in Caserta wie zu Hause. – Wie zu Hause, gewiß«, wiederholte er, als er hinter dem Schreibtisch saß und einen Augenblick zögerte, dem Gast das Zeichen zu geben, sich zu setzen.

»Und was machen die süßen kleinen Mädchen?« Hier meinte der Fürst dem Doppelsinn des Wortes, das gesalzen und bigott zugleich sein konnte, begegnen zu müssen. »Die süßen kleinen Mädchen, Majestät? In meinem Alter, und in den heiligen Banden der Ehe?« Um den Mund des Königs huschte ein Lächeln, während die Hände streng die Papiere ordneten. »Aber Salina, das hätte ich mir doch nie erlaubt! Ich fragte nach deinen kleinen Mädchen, den Prinzessinnen. Concetta, unser liebes Patenkind, muß jetzt groß sein, eine Signorina.«

Von der Familie ging man über zur Wissenschaft. »Du machst nicht nur dir selber Ehre, Salina, sondern dem ganzen Königreich! Etwas sehr Schönes, die Wissenschaft, wenn sie es sich nicht einfallen läßt, die Religion anzugreifen!« Hernach jedoch wurde die Maske des Freundes beiseitegelegt und die des gestrengen Herrschers vorgenommen. »Sage mir, Salina, was spricht man in Sizilien über Castelcicala?« Salina hatte über ihn die schlimmsten Dinge sagen hören, von königlicher wie von liberaler Seite; aber er wollte den Freund nicht verraten, er wehrte ab, er hielt sich ans Allgemeine. »Ein großer Herr, glorreich verwundet, für die Mühen der Statthalterschaft vielleicht ein wenig alt.« Der König verfinsterte sich: Salina wollte nicht den Spion machen. Salina taugte darum nicht für ihn. Die Hände auf den Schreibtisch gestützt, schickte er sich an, ihn zu verabschieden. »Ich habe sehr zu tun. Das ganze Königreich ruht auf diesen Schultern.« Es war an der Zeit, das Zuckerbonbon zu geben. »Wenn du wieder durch Neapel fährst, Salina, komm her und bringe der Königin Concetta. Ich weiß, sie ist zu jung für eine Vorstellung bei Hofe; aber ein kleines privates Diner verwehrt uns niemand. Makkaroni und hübsche junge Mädchen, wie man so sagt. Gruß, Salina. Bleib gesund!«

Einmal jedoch war der Abschied bös gewesen. Der Fürst hatte schon, rückwärtsgehend, die zweite Verbeugung gemacht, als ihn der König zurückrief: »Hör mal zu, Salina. Man hat mir gesagt, du hättest in Palermo schlechten Umgang. Dein Neffe, dieser Falconeri ... warum setzt du ihm nicht den Kopf zurecht?« »Aber Majestät, Tancredi kümmert sich um nichts als um Frauen und Kartenspiel.«

Der König verlor die Geduld. »Salina, Salina, du redest verrücktes Zeug. Verantwortlich bist du, der Vormund. Sag ihm, er solle seinen Hals in acht nehmen. Leb wohl.«

Als er die Marschroute, die so pomphaft durchschnittlich war, wieder durchlief, um sich bei der Königin einzuzeichnen, überfiel ihn eine ziemliche Niedergeschlagenheit. Diese plebejische Herzlichkeit hatte ihn ebenso bedrückt wie die polizeihafte Grimasse. Glücklich die unter seinen Freunden, die familiäres Getue als Freundschaft deuteten, Drohung als einen Ausdruck königlicher Macht. Er konnte es nicht. Und während er auf die Klatschereien des untadeligen Kammerherrn einging, fragte er sich, wer dieser Monarchie, die die Zeichen des Todes auf dem Antlitz trug, als Nachfolger bestimmt wäre. Der Piemontese, der sogenannte ›Galantuomo‹, der dort in seiner abgelegenen kleinen Hauptstadt so viel Lärm machte? Würde das nicht das gleiche sein? Turiner Dialekt statt des neapolitanischen. Das wäre alles.

Man war zum Eintragebuch gekommen. Er schrieb hinein: Fabrizio Corbera, Fürst von Salina.

Oder die Republik von Don Peppino Mazzini? ›Danke. Dann würde ich der Herr Corbera sein.‹

Auch die lange, im Trab zurückgelegte Heimfahrt beruhigte ihn keineswegs. Nicht einmal das mit Cora Danòlo schon verabredete Stelldichein konnte ihn trösten.

Wenn die Dinge so standen – was blieb dann zu tun? Sich an das klammern, was ist, ohne ins Dunkle zu springen? Dann gab es eben die trockenen Schläge der Gewehrsalven, so, wie sie vor kurzem auf einem elenden Platz in Palermo gedröhnt hatten; aber auch die Gewehrsalven – wozu waren sie nütze? »Mit dem Bum-bum bringt man nie etwas zustande. Nicht wahr, Bendicò?«

Kling-ling-ling machte indes die Glocke, die das Abendessen anzeigte. Bendicò lief im Vorgeschmack der Mahlzeit das Wasser im Maul zusammen; er rannte los. ›Ganz wie ein Piemonteser!‹ dachte Salina, als er die Stufen wieder emporstieg.

Das Diner in der Villa Salina wurde mit dem etwas fadenscheinigen Prunk serviert, der damals im Königreich der Beiden Sizilien üblich war. Schon die Zahl der Tischgenossen (vierzehn im ganzen, mit der Herrschaft, den Kindern, Gouvernanten und Erziehern) verlieh der Tafel Großartigkeit. Sie war von einem ausgebesserten, ganz feinen Tischtuch bedeckt und glänzte unter dem Licht einer mächtigen Öllampe, die vorläufig unter dem Murano-Kronleuchter angehängt war. Durch die Fenster kam noch viel Licht herein, aber die weißen Figuren auf dem dunklen Grunde der Sopraporten, der Ornamente über den Türen, die Basreliefs vortäuschten, verloren sich schon im Halbdunkel. Massiv das Silber, blinkend die böhmischen Gläser, gesteindelt und facettiert, die auf dem glatten Medaillon die Buchstaben F. D. trugen (*Ferdinandus dedit*), in Erinnerung an ein hochherziges königliches Geschenk; aber die Teller, ein jeder mit erlauchten, verschlungenen Initialen gezeichnet, waren nur Überbleibsel der von den Küchenjungen vollbrachten Verwüstungen und stammten je aus einem anderen Service. Die vom größten Format, äußerst köstliche Capodimonte mit dem breiten, mit kleinen, goldenen Ankern gezeichneten mandelgrünen Rand, wurden nur dem Fürsten aufgedeckt, dem es Freude machte, alles um sich her im rechten Maßstab zu haben – mit Ausnahme seiner Frau.

Als er in den Eßsaal trat, war alles schon versammelt;

nur die Fürstin saß, die anderen standen hinter ihren Sesseln. Vor seinem Platz breitete sich silberbauchig die riesige Suppenterrine, deren Deckel vom tanzenden Leoparden gekrönt war, neben ihr eine Säule von Tellern. Der Fürst teilte die Minestra selbst aus, eine willkommene Mühe, Symbol der lebenspendenden Obliegenheiten des *pater familias*. An jenem Abend jedoch hörte man, wie es seit geraumer Zeit nicht geschehen war, die Suppenkelle bedrohlich gegen die Wand der Terrine klirren: ein Zeichen großen, noch zurückgehaltenen Zornes, eines der schreckenerregendsten Geräusche, die es überhaupt gab, wie noch vierzig Jahre danach ein Sohn sagte, der den Vater überlebte: der Fürst hatte bemerkt, daß der sechzehnjährige Francesco Paolo nicht auf seinem Platze saß. Der Knabe trat rasch in den Saal (»entschuldigt bitte, Papà«) und setzte sich. Er bekam keinen Vorwurf zu hören, doch Pater Pirrone, der mehr oder weniger die Funktionen eines Herdenhundes hatte, neigte das Haupt und empfahl sich dem Schutz des Himmels. Die Bombe war nicht geplatzt. Aber der Wind ihres Vorüberstreichens hatte die Tafel eisig berührt, und die Mahlzeit war natürlich verdorben. Während man schweigend aß, blickten des Fürsten blaue, unter den halbgeschlossenen Lidern etwas verengte Augen die Kinder, eines um das andere, scharf an und ließen sie dadurch vor Furcht endgültig verstummen.

Aber nein! Er dachte: ›Alles schöne Kinder.‹ Die Mädchen hübsch rundlich, von blühender Gesundheit, mit ihren witzigen Grübchen, und zwischen Stirn und Nase diese kleine Falte, das Urahnen-Merkmal der Salina. Die Knaben, feingliedrig, aber kräftig, auf dem Gesicht die modische Melancholie, handhaben die Bestecke mit bezähmtem Ungestüm. Einer von ihnen fehlte seit zwei Jahren,

Giovanni, der Zweitgeborene, der am meisten geliebte, widerspenstigste Sohn. Eines schönen Tages war er von zu Hause verschwunden, acht Wochen hatte man nichts von ihm gehört. Endlich kam ein respektvoller, kalter Brief aus London, in dem er sich für die Sorge, die er verursachte, entschuldigte, versicherte, daß er gesund sei, und merkwürdigerweise behauptete, er lebe lieber bescheiden als Gehilfe in einem Kohlenlager als in dem ›allzu umsorgten‹ (lies: angeketteten) Dasein in der Muße Palermos. Die Erinnerung, die Sorge um den jungen Menschen, der im rauchigen Nebel jener Ketzerstadt umherirrte, brannten dem Fürsten bös im Herzen; er litt sehr darunter. Seine Miene verdüsterte sich noch mehr.

Sie verdüsterte sich so sehr, daß die Fürstin, die neben ihm saß, ihre kindliche Hand ausstreckte und die mächtige Pfote, die auf dem Tischtuch ruhte, streichelte. Eine unbedachte Gebärde, die eine Reihe von Empfindungen auslöste: Ärger darüber, daß er bemitleidet wurde, rege gewordene Sinnlichkeit, die aber nicht mehr auf die gerichtet war, die sie aufgeweckt hatte. Blitzartig erschien dem Fürsten das Bild von Mariannina, wie sie den Kopf im Kissen vergrub. Er sagte laut und trotzig zu einem Diener: »Domenico, sage Don Antonio, er soll die Rotbraunen vors *coupé* spannen; ich fahre sogleich nach dem Essen nach Palermo hinunter.« Als er sah, wie die Augen seiner Frau gläsern geworden waren, bereute er, was er befohlen hatte; aber da es ja undenkbar war, daß er eine schon gegebene Anordnung zurückzog, blieb er dabei und fügte zur Grausamkeit gar noch den Spott: »Pater Pirrone, kommen Sie mit! Wir sind um elf Uhr zurück; Sie können zwei Stunden mit Ihren Freunden im Ordenshaus verbringen.«

Am Abend nach Palermo fahren, noch dazu in diesen

unruhigen Zeiten, entbehrte offenkundig jeden Sinnes, wenn man den eines galanten Abenteuers niedrigen Ranges ausnahm; dann aber als Gefährten den Hausgeistlichen mitnehmen, das war ein beleidigender Mißbrauch der Gewalt. Wenigstens empfand es Pater Pirrone als solchen und war gekränkt; aber natürlich fügte er sich.

Die letzte Mispel war kaum hinuntergeschluckt, da hörte man schon den Wagen in den Torweg rollen. Während im Saal ein Kammerdiener dem Fürsten den Zylinder reichte und dem Jesuiten den Dreispitz, machte die Fürstin, nun schon mit Tränen in den Augen, einen letzten, natürlich vergeblichen Versuch: »Aber, Fabrizio, in diesen Zeiten ... bei den Straßen voller Soldaten, voller Bösewichte ... es kann ein Unglück geschehen.« Er lachte auf. »Unsinn, Stella, Unsinn! Was soll denn geschehen! Mich kennen alle; Männer, die lang sind wie ein Rohr, gibt es wenige in Palermo. Leb wohl.« Und er küßte eilig die noch glatte Stirn, die sich in Höhe seines Kinnes befand. Ob jedoch der Duft dieser Haut zärtliche Erinnerungen in ihm geweckt, ob hinter ihm der Büßerschritt Pater Pirrones fromme Mahnungen heraufbeschworen hatte: als er vor dem *coupé* anlangte, war er wieder nahe daran, die Fahrt abzusagen. Schon öffnete er den Mund, um zu befehlen, der Wagen solle wieder in den Marstall fahren – da, in diesem Augenblick, hörte er aus dem Fenster oben heftig rufen: »Fabrizio, mein Fabrizio!« und es folgten die schrillsten Schreie. Die Fürstin hatte einen ihrer hysterischen Anfälle. »Los!« sagte er zum Kutscher, der, die Peitsche schräg über dem Bauch, auf dem Bock saß. »Los, wir fahren nach Palermo und lassen Seine Hochwürden im Ordenshaus.« Und er warf den Wagenschlag zu, bevor ihn der Kammerdiener schließen konnte.

Es war noch nicht Nacht; die Straße, zwischen die hohen Mauern gezwängt, zog sich ganz weiß hin. Sowie sie den Besitz von Salina hinter sich gelassen hatten, tauchte links die halbverfallene Villa der Falconeri auf, die Tancredi gehörte, des Fürsten Neffen und Mündel. Ein verschwenderischer Vater, der Mann seiner Schwester, hatte das ganze Vermögen durchgebracht und war dann gestorben. Es war ein vollständiger Ruin gewesen, von der Art wie die, in deren Verlauf man sogar das Silber der Livreentressen einschmelzen läßt; und beim Tod der Mutter hatte der König die Vormundschaft für den damals vierzehnjährigen Neffen dem Onkel Salina übertragen. Der ihm anfänglich fast unbekannte Knabe war dem reizbaren Fürsten sehr ans Herz gewachsen; er bemerkte mit Vergnügen, wie er vor lauter Ausgelassenheit gerne stritt, wie gelegentlich überraschende Ausbrüche von Ernsthaftigkeit mit seiner angeborenen Spottsucht im Widerspruch standen. Ohne es sich einzugestehen, hätte er weit lieber ihn als Erstgeborenen gehabt als Paolo, diesen Einfaltspinsel. Jetzt, mit einundzwanzig Jahren, machte sich Tancredi gute Tage dank des Geldes, mit dem der Vormund nicht geizte, wobei er auch in die eigene Tasche griff. ›Dieser Schlingel, wer weiß, was er gerade wieder anstellt‹, dachte der Fürst, als man dicht an der Villa Falconeri vorüberfuhr; die ungeheure Bougainvillea, die ihre Kaskaden von bischofsfarbener Seide über das Gitter schüttete, verlieh ihr in der Dämmerung einen Anschein von Prunk.

›Wer weiß, was er gerade anstellt.‹ Denn es war zwar unrecht, daß König Ferdinand von dem schlechten Umgang des jungen Mannes überhaupt gesprochen hatte, aber rein den Tatsachen nach hatte er recht gehabt. Gefangen in einem Netz von Freunden, die spielten, von Freundinnen, die, wie man sagte, ›leichtsinnig waren‹ – ein Kreis, den die Grazie seines anziehenden Wesens beherrschte –, war es mit Tancredi so weit gekommen, daß er mit dem ›Geheimbund‹ sympathisierte, daß er Beziehungen zu dem geheimen Nationalkomitee unterhielt; vielleicht nahm er auch Geld von da, wie er es auf der anderen Seite von der Königlichen Schatulle annahm. Und der Fürst hatte sich alle nur erdenkliche Mühe gegeben, hatte Besuche machen müssen bei dem skeptischen Castelcicala und dem allzu höflichen Marschall, um den Jungen nach dem Vierten April vor Schlimmerem zu bewahren. Das alles war nicht schön; andererseits konnte Tancredi in den Augen des Onkels nie unrecht haben; schuld waren daher die Zeiten, diese schwankenden Zeiten, in denen ein junger Mann aus guter Familie einfach keine Partie Pharao spielen konnte, ohne in kompromittierende Freundschaften hineinzugeraten. Schlimme Zeiten!

»Schlimme Zeiten, Exzellenz.« Die Stimme Pater Pirrones klang wie ein Echo auf seine Gedanken. In einen kleinen Winkel des *coupé* gedrückt, bedrängt von der Masse des Fürsten, von seiner Gewalttätigkeit unterjocht, litt der Jesuit am Leib und am Gewissen; und da er ein nicht durchschnittlicher Mann war, übertrug er sogleich seine Eintagsnöte in die auf Dauer angelegte Welt der Geschichte. »Sehen Sie, Exzellenz!« und er wies auf die in dieser letzten Dämmerung noch klaren, steil abfallenden Berge der Conca d'Oro. Auf ihren Flanken und auf den Gipfeln brannten Dutzende von Feuern, die Leuchtfeuer, die die Rebellenscharen jede Nacht anzündeten, eine schweigende Drohung für die königliche, klösterreiche Stadt. Sie sahen aus wie jene Lichter, die in den Räumen Schwerkranker schimmern während der letzten Nächte.

»Ich sehe, Pater, ich sehe«, und er dachte, daß vielleicht Tancredi mit an einem dieser bösartigen Feuer stand, um mit den aristokratischen Händen die Glut anzufachen, die doch gerade Hände solcher Art ihres Wertes berauben sollte. ›Ich bin wahrhaftig ein schöner Vormund, mein Mündel begeht jede nur mögliche Dummheit, die ihm in den Sinn kommt.‹

Die Straße fiel jetzt leicht ab, und man sah Palermo ganz nahe, nun schon völlig im Dunkel. Seine niederen, eng zusammengedrängten Häuser wurden erdrückt von den übermächtigen Massen der Klöster. Deren gab es Dutzende, alle ungeheuer groß, oft in Gruppen von zweien oder dreien beieinander, Klöster für Männer und Klöster für Frauen, reiche Klöster und arme Klöster, vornehme Klöster und plebejische Klöster, Klöster von Jesuiten, Benediktinern, Franziskanern, Kapuzinern, Karmelitern, Liguorianern, Augustinern ... Armselige Kuppeln mit unbestimmten Umrissen, leergesogenen Brüsten ähnlich, erhoben sich darüber; aber es waren eben die Klöster, die der Stadt ihre Düsternis und ihre Eigenart, ihren Schmuck, und dem Gefühl zugleich etwas wie Tod mitteilten, etwas, was nicht einmal das rasende sizilianische Licht jemals hatte auflösen können. Zu jener Stunde zumal – es war nahezu ganz finster geworden – beherrschten sie das Bild völlig. Und eben gegen sie richteten sich in Wirklichkeit die auf den Bergen brennenden Feuer, angefacht übrigens von Menschen, die denen, die in den Klöstern lebten, recht ähnlich waren, fanatisch wie sie, verschlossen wie sie, wie sie gierig nach Macht, und das heißt im üblichen Sinne: nach Freiheit.

Diese Gedanken hegte der Fürst, während die Rotbraunen weiter im Schritt abwärts gingen; Gedanken, die im

Gegensatz zu seinem wahren Wesen standen, hervorgerufen von der Sorge um Tancredis Schicksal und von dem Stachel in seinem Fleisch, der ihn dazu drängte, sich gegen den Zwang und den Druck zu empören, den die Klöster verkörperten.

Nun führte die Straße durch die blühenden Orangengärten, und der hochzeitliche Duft der Orangenblüten hob alles auf, wie der Vollmond eine Landschaft aufhebt: der Geruch der schwitzenden Pferde, der Geruch nach dem Leder der Wagenpolster, der Fürstengeruch, der Jesuitengeruch – alles war ausgelöscht von jenem Mohammedanerduft, der Huris und sinnliche Orgien nach dem Tode heraufbeschwor.

Auch Pater Pirrone war davon bewegt. »Was für ein schönes Land wäre dies, Exzellenz, wenn...« ›Wenn es nicht so viele Jesuiten gäbe‹, dachte der Fürst, den die Stimme des Priesters aus den süßesten Vorgefühlen gerissen hatte. Aber sogleich bereute er die Unhöflichkeit, die ja nicht wirklich vollzogen war, und klopfte mit seiner großen Hand auf den Dreispitz des alten Freundes.

Bei der Einfahrt in die Vororte der Stadt, bei der Villa Airoldi, hielt eine Patrouille den Wagen an. Stimmen aus Apulien, Stimmen aus Neapel befahlen Halt, überlange Bajonette blinkten unter dem schwankenden Licht einer Laterne; aber ein Unteroffizier erkannte sogleich den Fürsten, der mit dem Zylinder auf den Knien dasaß. »Entschuldigen Exzellenz – können weiterfahren!« Er ließ sogar einen Soldaten auf den Bock klettern, damit der Fürst nicht von den anderen Absperrungsposten gestört würde. Das schwerer gewordene *coupé* kam langsamer voran, umfuhr die Villa Ranchibile, ließ Torrerosse und die Gemüsegärten von Villafranca hinter sich und fuhr durch die Porta

Maqueda in die Stadt ein. Im Café Romeres an den ›Quattro Canti di Campagna‹ standen lachend die Offiziere der Wachabteilungen und schlürften Eisgetränke aus riesigen Gläsern. Aber das war in der Stadt das einzige Zeichen von Leben: die Straßen lagen verlassen, sie hallten nur vom gleichmäßigen Schritt der Streifwachen wider, die hier patrouillierten, die weißen Wehrgehänge über der Brust gekreuzt. Und an den Seiten der Kontrapunkt der Klöster, die Badia del Monte, die Stigmata, die Crociferi, die Theatiner, Dickhäutern gleich, schwarz wie Pech, in einen Schlaf versunken, der dem Nichts ähnelte.

»In zwei Stunden werde ich Euch wieder abholen, Pater. Wünsche gute Gebete.«

Und der arme Pirrone klopfte verwirrt an die Klostertür, während sich das *coupé* durch die Gassen entfernte.

Der Fürst ließ den Wagen beim Palast halten und wandte sich dann zu Fuß dorthin, wohin zu gehen er entschlossen war. Der Weg war kurz, aber das Viertel war verrufen. Soldaten in voller Ausrüstung, so daß man sogleich merkte, daß sie sich heimlich von den auf den Plätzen biwakierenden Abteilungen entfernt hatten, kamen mit stieren Augen aus den niedrigen, kleinen Häusern, auf deren zierlichen Balkonen Basilikumpflanzen erklären, wieso sie so leicht hineingekommen waren. Jugendliche Herumtreiber von üblem Aussehen, in weiten Hosen, stritten sich in dem tiefen Tonfall zorniger Sizilianer. Von weitem kam der Widerhall einiger Schüsse, die sich aus den Flinten aufgeregter Wachposten gelöst hatten. Nachdem diese Gasse durchschritten war, führte der Weg an der Küste, der ›Cala‹ entlang: im alten Fischerhafen schaukelten halbverfaulte Barken; sie sahen trostlos aus wie räudige Hunde.

›Ich bin ein Sünder, ich weiß, ein doppelter Sünder, vor

dem göttlichen Gesetz und vor Stellas menschlicher Zuneigung. Daran ist kein Zweifel. Und morgen werde ich Pater Pirrone beichten.‹ Er lächelte in sich hinein bei dem Gedanken, daß das wohl überflüssig sein würde, so sicher war doch wohl der Jesuit seines heutigen leichtsinnigen Vorhabens. Dann bekam der Geist des sophistischen Hin und Her wieder Oberwasser: ›Ich sündige, das ist wahr, aber ich sündige, um nicht mehr weiterzusündigen, um mich nicht immerzu zu erregen, um mir diesen Stachel im Fleisch auszureißen, um nicht in größere Übel gezogen zu werden. Das weiß der Herr im Himmel.‹ Eine Rührung über sich selbst packte ihn. ›Ich bin ein armer, schwacher Mensch‹, dachte er, während der gewichtige Schritt den schmutzigen Kies zusammendrückte, ›ich bin schwach, und keiner hält mich. Stella! Das ist leicht gesagt. Der Herr weiß, ob ich sie geliebt habe: wir haben geheiratet. Aber jetzt ist sie zu rechthaberisch; auch schon zu ältlich.‹ Der Anflug von Schwäche war ihm vergangen. ›Ich bin noch ein kräftiger Mann; wie soll ich mich begnügen mit einer Frau, die sich im Bett vor jeder Umarmung bekreuzigt und hernach, in den Momenten größter Erregung, nichts zu sagen weiß als: Jesusmaria! Als wir geheiratet haben, als sie sechzehn Jahre alt war, hat mich das alles begeistert. Aber jetzt ... Sieben Kinder habe ich mit ihr gehabt, sieben; und nie habe ich ihren Nabel sehen dürfen. Ist das recht?‹ Er schrie beinahe, von seinem überspannten Verlangen aufgeregt. ›Ist das recht? Das frage ich euch alle!‹ Und er wandte sich wieder dem Portico della Catena zu. ›Die Sünderin ist sie selbst!‹

Diese beruhigende Entdeckung tröstete ihn, und er klopfte entschlossen an Mariannias Tür.

Zwei Stunden später war er schon im *coupé*, mit Pater

Pirrone auf der Heimfahrt. Dieser war bewegt: seine Ordensbrüder hatten ihn ins Bild gesetzt über die politische Lage, die sehr viel gespannter war, als sie ihnen in der abgesonderten Stille der Villa Salina erschien. Man befürchtete eine Landung der Piemontesen im Süden der Insel, in der Gegend von Sciacca; und die Behörden hatten im Volk eine stumme Gärung bemerkt: das städtische Pack wartete auf das erste Zeichen dafür, daß die Macht schwächer würde; es wollte sich aufs Plündern und Schänden stürzen. Die Patres waren beunruhigt, drei von ihnen, die ältesten, waren mit dem Postschiff vom Nachmittag nach Neapel geschickt worden; sie trugen die Klosterpapiere bei sich.

»Der Herr beschütze uns und schone dieses hochheilige Königreich.«

Der Fürst hörte ihm kaum zu, da er ganz eingetaucht war in eine satte Ruhe, die aber gewissermaßen gefleckt war mit widerstrebenden Gefühlen. Mariannina hatte ihn aus großen, verschleierten Bäuerinnen-Augen angeblickt, ihm nichts versagt, hatte sich als unterwürfig und gefällig erwiesen. Eine Art Bendicò im seidenen Unterröckchen. In einem Moment besonderen Zerflossenseins war ihr auch der Ausruf entwischt: »Ach, du Riesenfürst!« Darüber lächelte er noch, befriedigt. Gewiß besser dies, als die ›mon chat‹ oder ›mon singe blond‹, Ausrufe, die Sarah in ähnlich beschaffenen Momenten erfunden hatte, das Pariser Hürchen, das er vor drei Jahren aufgesucht hatte, als ihm auf dem Astronomiekongreß an der Sorbonne die Goldmedaille verliehen worden war. Zweifellos besser als ›mon chat‹; viel besser natürlich als ›Jesusmaria‹ – wenigstens kein Sakrileg. Mariannina war ein gutes Mädchen: er würde ihr, wenn er das nächstemal zu ihr ginge, drei Rohrellen feuerrote Seide mitbringen.

Aber wie traurig auch: dieses junge, allzuviel gebrauchte Fleisch, diese ergebene Unzucht. Und er selber, was war er? Ein Schwein, weiter nichts. Es kam ihm ein Vers in den Sinn, den er zufällig in einem Pariser Buchladen gelesen hatte, als er in einem Band blätterte von – er wußte nicht mehr von wem, von einem dieser Dichter, die Frankreich jede Woche liefert und vergißt. Er sah wieder die zitronengelbe Säule der unverkauften Exemplare vor sich, die Seite, eine mit ungerader Zahl, und hörte wieder die Verse, die den Schluß eines überspannten Gedichts bildeten:

    ... *donnez-moi la force et le courage*
    de contempler mon coeur et mon corps sans dégoût.[2]

Und während Pater Pirrone sich weiter mit einem gewissen La Farina und einem gewissen Crispi beschäftigte, schlief der ›Riesenfürst‹ in einer Art verzweifelter Euphorie ein, gewiegt vom Trott der Rotbraunen, auf deren prallen Hinterbacken das Licht der Wagenlaternen schwankte. Er wachte auf bei der Wegbiegung vor der Villa Falconeri. ›Der dort ist auch ein schöner Kerl, schürt die Glut, die ihn verzehren wird.‹

Als er sich im ehelichen Schlafgemach befand, überkam ihn ein zärtliches Gefühl beim Anblick der armen Stella, die, das Haar ordentlich unter dem Häubchen, in dem riesengroßen, hohen Messingbett seufzend schlief. ›Sieben Kinder hat sie mir geschenkt und hat nur mir angehört.‹ Ein Baldriangeruch strich durch das Zimmer, letzte Spur des hysterischen Anfalls. ›Meine arme Stelluccia‹, klagte er, als er das Bett bestieg. Die Stunden gingen hin, er konnte nicht schlafen. Gott mit seiner mächtigen Hand schürte in seinen Gedanken drei Brände: den der Zärtlichkeiten Marianninas, den der französischen Verse, den zornigen der Scheiterhaufen auf den Bergen.

In der ersten Frühe jedoch hatte die Fürstin Gelegenheit, sich zu bekreuzigen.

Am Morgen danach beglänzte die Sonne einen wieder gleichmütigen Fürsten. Er hatte seine Tasse Kaffee getrunken und rasierte sich im roten, mit schwarzen Blumen durchwirkten Schlafrock vor dem kleinen Spiegel. Bendicò lehnte den großen, schweren Kopf auf seinen Pantoffel. Während er sich die rechte Wange rasierte, sah er im Spiegel hinter seinem Gesicht das eines jungen Mannes, schmal, vornehm, mit einem Ausdruck scheuen Spottes. Er drehte sich nicht um und rasierte sich weiter. »Nun, Tancredi, was hast du in der letzten Nacht angestellt?«

»Guten Tag, Onkel. Was ich angestellt habe? Nicht das geringste: ich bin mit den Freunden zusammengewesen. Eine wahrhaft fromme Nacht. Nicht wie gewisse Bekannte, die in Palermo waren, um sich zu amüsieren.«

Der Fürst rasierte sich gerade aufmerksam die schwierige Stelle zwischen Lippe und Kinn. In der leicht nasalen Stimme des Neffen schwang so viel jugendliches Feuer, daß man ihm unmöglich zürnen konnte; aber sich harmlos zu stellen, war doch wohl zulässig. Er drehte sich um, das Handtuch unter dem Kinn, und betrachtete Tancredi; er war im Jagdanzug, enganschließendem Wams und Schaftstiefeln. »Und wer waren diese Bekannten, kann man das erfahren?«

»Du, großer Onkel, du. Mit diesen Augen habe ich dich gesehen, am Absperrungsposten an der Villa Airoldi, während du mit dem Unteroffizier sprachst. Schöne Geschichten, in deinem Alter! Und in Gesellschaft eines Hochwürdigen Herrn! Ja, die Überbleibsel vom lockeren Zeisig!«
Er war doch zu frech. Meinte, sich alles erlauben zu dürfen.

Durch die schmalen Spalten der Lider sahen diese Augen von dunklem Blau, die Augen seiner Mutter, seine eigenen Augen, so recht heiter zu ihm hin. Der Fürst fühlte sich beleidigt: der Junge wußte wahrhaftig nicht, wie weit er gehen durfte – aber er brachte es nicht über sich, ihn zu tadeln; im übrigen hatte er ja recht. »Warum bist du so angezogen? Was ist los? Ein Maskenball am Morgen?«

Der junge Mann war ernst geworden; sein dreieckiges Gesicht nahm einen unerwartet männlichen Ausdruck an. »Ich gehe fort, großer Onkel, gehe in einer Stunde fort. Ich bin gekommen, dir Lebewohl zu sagen.« Dem armen Salina wurde es eng ums Herz. »Ein Duell?« »Ein großes Duell, Onkel. Ein Duell mit ›Franceschiello Dio Guardi‹.[3] Ich gehe in die Berge um Ficuzza; sag es niemandem, vor allem nicht Paolo. Es bereiten sich große Dinge vor, Onkel, und ich will nicht zu Hause bleiben: wo man mich übrigens, bliebe ich hier, unverzüglich festnehmen würde.«

Der Fürst hatte eine seiner üblichen plötzlichen Visionen: eine grausige Szene aus dem Guerillakrieg, Büchsenschüsse in den Wäldern, und sein Tancredi am Boden, die Eingeweide heraushängend wie bei jenem unglückseligen Soldaten. »Du bist verrückt, mein Sohn. Sich mit diesen Leuten einzulassen! Die gehören doch alle zur Mafia, die Gauner. Ein Falconeri muß bei uns sein, für den König.« In Tancredis Augen lag wieder ein Lächeln. »Für den König, gewiß, aber für welchen König?« Der junge Mann fiel plötzlich in die Ernsthaftigkeit zurück, die ihn ebenso undurchdringlich wie liebenswert machte. »Sind nicht auch wir dabei, so denken sich die Kerle noch die Republik aus. Wenn wir wollen, daß alles bleibt wie es ist, dann ist nötig, daß alles sich verändert. Habe ich mich deutlich ausgedrückt?« Er umarmte den Onkel ein wenig bewegt.

»Dann bald auf Wiedersehen. Ich kehre mit der Trikolore zurück.«

Die Rhetorik der Freunde hatte also ein wenig auch auf seinen Neffen abgefärbt; oder doch nicht, denn in der nasalen Stimme schwang ein Ton, der die Emphase Lügen strafte. Was für ein Junge! Macht Dummheiten, und zugleich sagt er ihnen ab. Und Paolo, der eigene Sohn, der sicher im selben Augenblick gerade die Verdauung von Guiscardo überwachte! Der hier war sein wahrer Sohn. Der Fürst erhob sich rasch, riß sich das Handtuch vom Halse, kramte in einem Kästchen. »Tancredi, Tancredi, warte!« Er eilte hinter dem Neffen her, steckte ihm ein Röllchen Gold-Unzen in die Tasche, drückte ihn gegen die Schulter. Tancredi lachte. »Jetzt unterstützt du die Revolution! Aber ich danke dir, großer Onkel. Auf recht bald! Umarme für mich die Tante.« Und er stürzte los, die Treppe hinunter.

Bendicò wurde zurückgerufen; er war seinem Freunde gefolgt, wobei er die Villa mit Freudengebell erfüllt hatte. Die Rasur war beendet, das Gesicht abgewaschen. Der Kammerdiener kam, um dem Fürsten die Schuhe anzuziehen und ihn zu kleiden.

›Die Trikolore! Prächtig, die Trikolore! Mit diesen Worten nehmen sie ordentlich den Mund voll, die Gauner! Und was bedeutet das geometrische Zeichen, diese Nachäfferei der französischen Fahne, so häßlich im Vergleich zu unserer reinweißen Farbe mit dem Gold des Lilienwappens in der Mitte? Was läßt dieser Mischmasch schreiender Farben sie hoffen?‹ Jetzt war der Augenblick dafür gekommen, daß er sich die riesenhafte Halsbinde aus schwarzem Atlas um den Hals schlang. Ein schwieriges Werk, die politischen Gedanken schob man inzwischen besser auf. Einmal herum, ein zweitesmal herum, ein drittesmal herum. Die mächtigen Finger, die so zart anfassen konnten, legten die Falten, strichen glatt, wo es noch wolkig war, steckten auf die Seide das Medusenköpfchen mit den Rubinaugen. »Ein sauberes *gilé*. Siehst du nicht, daß dieses einen Fleck hat?« Der Kammerdiener hob sich auf die Zehenspitzen, um ihm in die *redingote* aus kastanienbraunem Tuch zu helfen; er reichte ihm das Taschentuch mit den drei Tropfen Bergamotteparfüm. Schlüssel, Uhr mit Kette, Geld steckte er sich selbst in die Tasche. Er sah in den Spiegel: nichts dagegen zu sagen – er war noch immer ein schöner Mann. ›Die Überbleibsel vom lockeren Zeisig! Er macht schwerverdauliche Scherze, dieser Tancredi! Ich möchte ihn in meinem Alter sehen, dieses Knochengestell!‹

Der kraftvolle Schritt brachte die Fensterscheiben der Säle, durch die er ging, zum Klirren. Das Haus war heiter, hell und voller Zierat: vor allem gehörte es ihm. Als er die Treppe hinabschritt, begriff er plötzlich. ›Wenn wir wollen, daß alles bleibt wie es ist . . .‹ Tancredi war ein großer Mann; er hatte es immer schon gedacht.

Die Räume der Güterverwaltung lagen noch verlassen, nur die Sonne leuchtete still durch die geschlossenen Jalousien. Obwohl dies in der Villa der Ort war, an dem die größten Leichtfertigkeiten begangen wurden, bot er den Anblick friedlichen Ernstes. Die Bilder an den gekalkten Wänden spiegelten sich auf dem gewachsten Fußboden – riesige, die Lehnsgüter des Hauses Salina darstellende Gemälde; aus den schwarz und goldenen Rahmen traten diese Güter in lebhaften Farben hervor: Salina, die Insel mit den Zwillingsbergen, umgeben von einem ganz aus Spitzengeweben von Schaum bestehenden Meer, auf dem flaggengeschmückte Galeeren hüpften; Querceta mit seinen niedrigen Häusern um die dicke Mutterkirche, zu der Gruppen von bläulichen Pilgern hinstrebten; Ragattisi, eingeengt zwischen den Bergschlünden; das winzige Argivocale in der Unermeßlichkeit der Kornebene, über die zahllose emsige Bauern verstreut waren; Donnafugata mit seinem Barockpalast, das Ziel scharlachroter Kutschen, hellgrüner Kutschen, goldener Kutschen, wie es schien, mit Frauen, mit Weinflaschen, mit Violinen; und noch viele andere Güter, alle beschirmt von dem sauberen, beruhigenden Himmel, von dem zwischen seinem langen, dichten Schnurrbart lächelnden Leoparden. Jedes Bild festlich, jedes eifrig bestrebt, den erlauchten Herrschaftsbereich des Hauses Salina, sei er ›gemischt‹ oder ›rein‹, auszudrücken. Harmlose Meisterwerke ländlicher Kunst aus dem vergangenen Jahrhundert; ungeeignet jedoch dafür, Grenzlinien zu ziehen und Flächen und Erträge genau zu bestimmen – Dinge, die in der Tat unbekannt blieben. Der Reichtum hatte sich in den vielen Jahrhunderten seines Bestehens in Zierat verwandelt, in Luxus, in Vergnügungen – in nichts als dies; die Abschaffung der Lehnsrechte hatte mit den Privilegien zugleich die Verpflichtungen abgelöst; der Reichtum hatte, wie ein alter Wein, auf den Boden des Fasses seine Hefe sinken lassen, Gewinnsucht, Eifer, auch die Umsicht, um nur noch Feuer und Farbe zu bewahren. Und auf die Art hob er schließlich sich selber auf: dieser Reichtum, der sein Ende selbst bewirkt hatte, bestand nur noch in Auszügen aus Ölen, und so verflog er, wie solche Auszüge, sehr rasch. Schon waren einige jener auf den Gemälden so festlichen Lehnsgüter davongeflogen und hatten Dauer nur noch auf der bunten Leinwand und im Namen. Andere waren wie die Septemberschwalben, die noch da sind, aber sich schon laut zwitschernd auf den Bäumen versammelt haben, zum Abflug bereit. Aber es gab ja noch so viele Güter! Es schien, als könnten sie nie ein Ende nehmen.

Trotzdem war das Gefühl, das der Fürst beim Betreten seines Arbeitsraumes empfand, wie immer unangenehm. Mitten im Zimmer ragte wie ein Turm ein Schreibsekretär mit Dutzenden von Kästchen, muschelförmigen Nischen, Höhlungen, Fächern und aufklappbaren Platten: seine gewaltige Masse aus gelbem Holz mit schwarzen Einlegearbeiten war vertieft und aufgeputzt wie eine Bühne, voller Fallen, leichtlaufender Platten, Geheimfächer, die – außer den Dieben – keiner mehr in Betrieb zu setzen wußte. Er war bedeckt mit Papieren; und obwohl der Fürst Vorsorge getroffen hatte, daß ein gut Teil von ihnen auf die von der Astronomie beherrschten, unverwirrbaren Regionen Bezug hatte, reichte doch das, was übrigblieb, hin, das fürstliche Herz mit Unbehagen zu erfüllen. Mit einemmal kam ihm wieder der Schreibtisch König Ferdinands in Caserta in den Sinn, auf dem ebensoviele geschäftliche Angelegenheiten und Sachen, die entschieden werden mußten, im Wege waren, Sachen, bei denen man sich einbilden konnte, man vermöge den Strom der Geschicke zu beeinflussen, der doch floß wie er wollte, in einem anderen Tal.

Salina dachte an eine vor kurzem in den Vereinigten Staaten von Amerika entdeckte Medizin, die es möglich machte, daß die Menschen während der schwersten Operationen nicht litten, daß sie im Unglück heiter blieben. Morphium hatte man ihn genannt, diesen rohen, chemischen Stellvertreter des alten Stoizismus, der christlichen Ergebung. Für den armen König nahm das Phantom der Verwaltung die Stelle des Morphiums ein; er, Salina, hatte dafür eines von erwählterer Zusammensetzung: die Astronomie. Und so verjagte er die Bilder des verlorenen Ragattisi oder des noch schwankenden Argivocale und tauchte unter in die Lektüre der neuesten Nummer des *Journal des savants*. »*Les dernières observations de l'Observatoire de Greenwich présentent un intérêt tout particulier* ...«

Er mußte jene eisigen Sternenreiche jedoch sehr bald verlassen. Don Ciccio Ferrara trat ein, der Rechnungsführer. Er war ein trockener kleiner Mann, der die enttäuschte, habgierige Seele eines Liberalen hinter beruhigenden Brillengläsern und makellosen kleinen Halsbinden verbarg. An jenem Morgen war er noch munterer als sonst; es war offensichtlich: die gleichen Nachrichten, von denen Pater Pirrone bedrückt gewesen war, hatten auf ihn wie eine Herzstärkung gewirkt.

»Traurige Zeiten, Exzellenz«, sagte er nach der gebräuchlichen ehrerbietigen Begrüßung. »Bald wird großes Unheil geschehen; aber nach ein paar Unruhen und Schießereien wird sich alles aufs beste regeln; neue, ruhmreiche Zeiten werden für unser Sizilien kommen; müßten nicht so viele arme junge Menschen ihre Haut dabei zu Markte tragen, so könnten wir wahrhaftig zufrieden sein.«

Der Fürst grunzte, ohne eine Meinung zu äußern. »Don Ciccio«, sagte er dann, »man muß in die Eintreibung der Grundsteuern von Querceta ein wenig Ordnung bringen; seit zwei Jahren sieht man von da keinen Soldo.« »Die Buchführung ist in Ordnung, Exzellenz.« Das war die Zauberformel. »Man braucht nur an Don Angelo Mazza zu schreiben, daß er die Verfahren einleitet; noch heute werde ich Euch den Brief zur Unterschrift vorlegen.« Und er ging, um von neuem in den riesenhaften Registern zu wühlen. In ihnen waren – mit zwei Jahren Verspätung – sorgfältig und schön alle Rechnungen des Hauses Salina aufgeschrieben – ausgenommen die wirklich wichtigen.

Als der Fürst wieder allein war, kam er nicht sogleich dazu, abermals in den Sternennebel einzutauchen. Er war aufgebracht, nicht so sehr gegen die Ereignisse an sich, als gegen die Dummheit Don Ciccios, in dem er blitzartig die Klasse erkannt hatte, die nun herrschen würde. ›Was der gute Mann da sagt, ist gerade das Gegenteil von dem, was wahr ist. Er beklagt die jungen Menschen, die umkommen werden, aber das werden ja sehr wenige sein, wenn ich den Charakter der beiden Gegner recht kenne; bestimmt nicht einer mehr, als nötig ist, um eine Siegesbotschaft abzufassen, in Neapel oder in Turin, das ist schließlich dasselbe. Er glaubt hingegen an die ›ruhmreichen Zeiten für unser Sizilien‹, wie er sich ausdrückt – etwas, was uns versprochen wurde gelegentlich jeder der tausend Landungen, von Nikias an, und was nie geschehen ist. Warum übrigens hätte es geschehen sollen? Und was wird nun werden? Was schon! Unterhandlungen, interpunktiert von harmlosen Flintenschüssen, und hernach wird alles genauso sein, während alles verändert ist.‹ Ihm waren die doppelsinnigen Worte Tancredis wieder in den Sinn gekommen; jetzt aber verstand er sie von Grund auf. Er wurde ruhig und unterbrach das Durchblättern der Zeitschrift. Er betrachtete die Abhänge des Monte Pellegrino; sie waren ausgedörrt, zerklüftet, ewig wie das Elend.

Kurz darauf kam Russo, der Mann, der dem Fürsten als der bedeutendste seiner Untergebenen erschien. Schlank, nicht ohne Eleganz in die *bunaca*, die Jacke von geripptem Samt, gehüllt, gierige Augen unter einer bedenkenlosen Stirn – so war er für ihn der vollkommene Ausdruck eines Standes im Aufstieg. Ehrerbietig übrigens und ihm nahezu aufrichtig zugetan, denn er beging seine Diebstähle in der Überzeugung, damit ein Recht auszuüben. »Ich kann mir denken, wie leid es Eurer Exzellenz tun mag, daß der junge Herr Tancredi fort ist; aber seine Abwesenheit wird nicht lange dauern, dessen bin ich gewiß, und alles wird ein gutes Ende nehmen.«

Wieder einmal fand sich der Fürst einem der sizilianischen Rätsel gegenüber; auf dieser das Verborgene liebenden Insel, wo die Häuser verrammelt sind und die Bauern behaupten, sie kennten den Weg nicht, der zu dem Dorfe führt, in dem sie wohnen, das man doch dort auf dem Hügel, fünf Minuten entfernt, liegen sieht – auf dieser Insel ist, trotz des offensichtlichen Überflusses an Geheimnisvollem, die Zurückhaltung ein Mythos.

Er winkte Russo, er möge sich setzen, und blickte ihm fest in die Augen. »Pietro, sprechen wir von Mann zu Mann. Hast du auch mit diesen Angelegenheiten zu schaffen?« Zu schaffen habe er nicht damit, war die Antwort, er sei Familienvater, und diese Wagnisse seien Sache der jungen Leute wie des Herrn Tancredi. »Man stelle sich vor, daß ich etwas verbergen würde vor Eurer Exzellenz, der für mich wie ein Vater ist!« (Indes hatte er vor einem Vierteljahr in seinem Speicher dreihundert Körbe Zitronen, die dem Fürsten gehörten, verborgen, und er wußte, daß der Fürst es wußte.) »Aber ich muß sagen: mein Herz ist mit ihnen, mit den mutigen Jungen.« Er stand auf, um Bendicò hereinzulassen, dessen liebevolles Ungestüm die Tür erzittern ließ. Er setzte sich wieder hin. »Euer Exzellenz wissen es – man kann einfach nicht mehr: Durchsuchungen, Verhöre, Haufen von Papier um all und jedes, ein Aufpasser an jeder Hausecke; ein anständiger Mann kann sich nicht mehr ungestört um seine Sachen kümmern. Hernach aber werden wir Freiheit haben, Sicherheit, niedrigere Steuern, ein leichteres Leben, Handel. Uns allen wird es besser gehen; nur die Priester werden dabei verlieren. Der Herr schützt die Armen, wie ich einer bin, nicht sie.« Der Fürst lächelte: er wußte, daß gerade Russo sich durch einen Mittelsmann aufs eifrigste darum bemühte, Argivocale zu kaufen. »Es wird Tage geben mit Schießereien und Unruhen, aber die Villa Salina wird sicher sein wie ein Felsen; Eure Exzellenz ist unser Vater, und ich habe viele Freunde hier. Die Piemontesen werden nur mit dem Hut in der Hand hereinkommen, um Eurer Exzellenz ihre Aufwartung zu machen. Und dann – der Onkel und Vormund von Don Tancredi!«

Der Fürst fühlte sich gedemütigt; jetzt war er also in den Rang eines Schützlings der Freunde Russos abgestiegen; sein einziges Verdienst war, so viel ihm schien, das, der Onkel dieses Rotzjungen Tancredi zu sein. ›In einer Woche ist es sicher so weit, daß mein Leben außer Gefahr ist, weil ich Bendicò im Hause habe.‹ Er rieb ein Ohr des Hundes so kräftig zwischen den Fingern, daß das arme Tier aufwinselte – geehrt, ohne Zweifel, aber leidend.

Kurz darauf erleichterten den Fürsten einige Worte Russos. »Glauben Sie mir, Exzellenz, alles wird besser werden. Die Männer, die ehrenhaft und geschickt sind, werden vorankommen. Das übrige wird sein wie zuvor.« Diese Leute, diese elenden kleinen Liberalen vom Lande, wollten nichts als die Möglichkeit, leichter zu profitieren. Schluß, Punkt. Die Schwalben würden schneller davonfliegen – das war alles. Im übrigen waren ja noch so viele im Nest.

»Vielleicht hast du recht. Wer weiß!« Jetzt war er hinter den geheimen Sinn gekommen, bei allen: die rätselhaften Worte Tancredis, die rhetorischen Ferraras, die falschen, aber aufschlußreichen Russos hatten ihm ihr beruhigendes Geheimnis preisgegeben. Vielerlei würde geschehen, aber alles würde eine Komödie sein; eine lärmende, romantische Komödie mit ein paar Fleckchen Blut auf dem Narrenkleid. Dies war das Land der gütlichen Übereinkommen, hier gab es keine französische Raserei; andererseits: auch in Frankreich, wenn man den Juni des Jahres 48 ausnimmt – wann war dort je etwas Ernsthaftes geschehen?

Er hatte Lust, Russo zu sagen – aber die angeborene Höflichkeit hielt seine Worte zurück –: ›Ich habe sehr gut verstanden: vernichten wollt ihr uns, eure ›Väter‹, nicht; ihr wollt nur unsern Platz einnehmen. Mit Sanftmut, mit guten Manieren, wobei ihr uns womöglich ein paar tausend Dukaten in die Tasche steckt. Ist es nicht so? Dein Enkel, teurer Russo, wird aufrichtig glauben, er sei Baron; und eines schönen Tages bist du gar, was weiß ich, der Nachkomme eines Großfürsten von Moskau, dank deines Namens – statt der Sohn eines *cafone*, eines Bauern mit rotgebrannter Haut zu sein, ganz so, wie es dein Name verrät. Und deine Tochter wird schon zuvor einen von uns geheiratet haben, womöglich gar eben diesen Tancredi mit seinen blauen Augen und seinen lässigen Händen. Sie ist übrigens recht hübsch, und wenn sie erst einmal gelernt haben wird, sich zu waschen . . . ›Damit alles bleibt, wie es ist.‹ Wie es ist, im Grunde: nur daß, kaum merklich, ein Stand an die Stelle des andern tritt. Meine goldenen Kammerherrnschlüssel, das kirschrote Ordensband von San Gennaro werden im Kästchen bleiben müssen, und später enden sie wohl in einer Vitrine des Sohnes von Paolo; aber die Salina bleiben die Salina. Womöglich kriegen sie irgendeine Entschädigung: den Senat von Sardinien, das pistaziengrüne Band von San Maurizio. Flitterkram das eine, Flitterkram das andere.‹

Er erhob sich: »Pietro, sprich mit deinen Freunden. Hier sind so viele junge Mädchen. Sie dürfen nicht erschreckt werden.« »Ich war ja der Sache sicher, Exzellenz; ich habe schon mit ihnen gesprochen: Villa Salina wird ruhig sein wie ein Nonnenkloster.« Er lächelte mit gutmütigem Spott.

Don Fabrizio verließ das Zimmer, gefolgt von Bendicò; er wollte hinaufsteigen, um Pater Pirrone aufzusuchen, aber der flehende Blick des Hundes zwang ihn, doch in den Garten zu gehen. Bendicò bewahrte in der Tat begeisterte Erinnerungen an die schöne Arbeit vom Abend vorher und wollte sie nach allen Regeln der Kunst vollenden. Der Garten duftete noch stärker als gestern, und in der Morgensonne wirkte das Gold der Akazie weniger störend. ›Aber die Herrscher, unsere Herrscher? Und wohin kommen wir schließlich mit der Legitimität?‹ Der Gedanke beunruhigte ihn einen Moment, man konnte ihm nicht ausweichen. Für einen Augenblick dachte er an Màlvica. Diese so verachteten Herrscher, wie Ferdinand, wie Francesco, erschienen ihm wie ältere Brüder, vertrauenswürdig, wohlwollend, gerecht, wahre Könige. Aber schon eilten dem Fürsten die Verteidigungskräfte der inneren Ruhe, die so wachsam in ihm waren, zu Hilfe mit der Infanterie des Rechts, mit der Artillerie der Geschichte. ›Und Frankreich? Ist etwa Napoleon III. nicht illegitim? Und leben etwa die Franzosen nicht glücklich unter diesem aufgeklärten Kaiser, der sie gewiß zu ihrer höchsten Bestimmung führen wird? Im übrigen – verstehen wir uns recht. War etwa Karl III. völlig am rechten Platz? Auch die Schlacht von Bitonto war so etwas wie jene Schlacht von Bisacquino oder Corleone

43

oder was weiß ich welche sonst, in der die Unseren von den Piemontesen eins auf den Kopf kriegen werden; eine jener Schlachten, die gekämpft werden, damit alles bleibt wie es ist. Im übrigen war nicht einmal Jupiter der legitime König des Olymps.‹

Es war nur natürlich, daß der Staatsstreich Jupiters gegen Saturn ihm die Sterne wieder ins Gedächtnis rufen mußte.

Er überließ den eifrigen Bendicò seiner eigenen, selbsttätig wirkenden Kraft, stieg die Stufen wieder hinauf, durchschritt die Säle, in denen die Töchter von den Freundinnen vom ›Salvatore‹ sprachen (als er vorüberging, rauschte die Seide der Röcke, während sich die Mädchen erhoben), stieg eine lange, schmale Treppe empor und mündete ein in das große, blaue Licht des Observatoriums. Pater Pirrone saß mit dem befriedigten Gesicht des Priesters, der die Messe gelesen und den starken Kaffee mit den Biskuits von Monreale zu sich genommen hat, gänzlich versunken über seinen algebraischen Formeln. Die beiden Teleskope und die drei Fernrohre, hell von der Sonne beschienen, hockten mit ihrer schwarzen Kappe über dem Okular wohlverwahrt wie Hunde in ihrer Hütte, verwöhnte Tiere, die wußten, daß ihnen ihre Mahlzeit erst am Abend gegeben wird.

Der Anblick des Fürsten entzog den Pater seinen Berechnungen und rief ihm die schlechte Figur ins Gedächtnis, die dieser am Abend zuvor gemacht hatte. Er erhob sich, grüßte mit Ergebenheit, konnte sich jedoch nicht enthalten, zu sagen: »Euer Exzellenz kommen, um zu beichten?« Der Fürst, den der Schlaf und die Gespräche des Morgens die nächtliche Episode hatten vergessen lassen, war erstaunt. »Beichten? Aber heute ist doch nicht Samstag.« Dann entsann er sich und lächelte: »Wahrhaftig, Pater! Aber das wäre nicht einmal notwendig. Ihr wißt schon alles.« Daß der Fürst darauf bestand, ihm diese Mitwisserschaft aufzuerlegen, ärgerte den Jesuiten. »Exzellenz, die Wirksamkeit der Beichte besteht nicht nur darin, die Tatsachen zu erzählen, sondern darin, daß man alles bereut, was man Übles begangen hat. Und solange Ihr dies nicht tut und es mir zeigt, bleibt Ihr in der Todsünde, ob ich Eure Handlungen kenne oder nicht.« Sorgfältig blies er sich ein Härchen vom Ärmel und tauchte wieder in die Abstraktionen.

Die Ruhe, die die politischen Entdeckungen des Morgens in der Seele des Fürsten begründet hatten, war so groß, daß er über das, was ihm in einem anderen Augenblick als Unverschämtheit erschienen wäre, nur eben lächelte. Er öffnete eines der Fenster. Die Landschaft zeigte dem, der sie von dem kleinen Turm aus betrachtete, all ihre Schönheiten. Unter dem Ferment der starken Sonne schien jedes Ding ohne Gewicht: das Meer tief unten war ein Fleck von reiner Farbe, die Berge, die in der Nacht zum Fürchten voller Gefahren zu sein schienen, glichen jetzt zusammengeballten Dämpfen, die im Begriff sind, sich aufzulösen, und selbst das finstere Palermo breitete sich besänftigt um die Klöster wie eine Herde zu Füßen der Hirten. Die fremden, auf der Reede vor Anker liegenden Schiffe, die in Erwartung von Unruhen hierher entsandt worden waren, vermochten in dieser majestätischen Ruhe kein Gefühl von Furcht zu erregen. Die Sonne war an jenem Morgen des 13. Mai zwar noch lange nicht zu ihrem höchsten Brand entflammt, aber sie offenbarte sich schon als der wahre Herrscher über Sizilien: die gewalttätige, unmenschliche Sonne, die narkotisch betäubende Sonne, die den Einzelwillen vernichtet und alles in einer knechtischen Unbeweglichkeit hält, alles hin und her gerissen in gewalttätigen Träumen, in Gewalttaten, die in ihrer Willkür ebenso heftig waren wie die der Träume.

»Es wird manch ein Vittorio Emanuele nötig sein, um den Zauber in dem Trunk umzuwandeln, der hier gereicht wird.«

Pater Pirrone war aufgestanden, hatte seinen Gürtel zurechtgezupft und ging mit ausgestreckter Hand auf den Fürsten zu: »Exzellenz, ich bin unfreundlich gewesen. Bewahrt mir Euer Wohlwollen, aber hört auf mich, beichtet!«

Das Eis war gebrochen, und der Fürst konnte Pater Pirrone von seinen politischen Erkenntnissen unterrichten. Der Jesuit war jedoch weit davon entfernt, seine Erleichterung zu teilen. Er wurde sogar wieder scharf: »Kurz gesagt, Ihr Herren setzt Euch ins Einvernehmen mit den Liberalen, was sage ich mit den Liberalen – mit den Freimaurern geradezu, auf unsere Kosten, auf Kosten der Kirche: Denn es ist klar, daß unsere Güter, diese Güter, die das Erbteil der Armen sind, uns mit Gewalt genommen und unter die frechsten Anführer verteilt werden; und wer wird hernach den vielen Unglücklichen den Hunger stillen, die die Kirche heute noch ernährt und führt?« Der Fürst schwieg. »Wie wird man es dann fertigbringen, diese verzweifelten Scharen zu beschwichtigen? Das will ich Euch sagen, Exzellenz. Man wird ihnen erst einen Teil Eurer Länder zur Speise vorwerfen, dann einen zweiten, und schließlich das Ganze. Und so wird Gott seine Gerechtigkeit vollbracht haben, sei es auch mittels der Freimaurer. Der Herr heilte die leiblich Blinden; aber wo werden die geistig Blinden enden?«

Der unglückliche Pater holte mühsam Luft: da hatte ihn doch der aufrichtige Schmerz über die Vergeudung des Erbteils der Kirche, die er voraussah, von neuem hingerissen! Dieser Vorwurf schmolz in ihm zusammen mit der Furcht davor, den Fürsten zu beleidigen; denn er war ihm ja zugetan, er hatte zwar seine geräuschvollen Zornausbrüche erlebt, aber auch seine Güte, die keinen Unterschied machte. Er saß also aufmerksam da und sah verstohlen nach Don Fabrizio hin, der mit einer kleinen Bürste die Verbindungsstücke eines Fernrohres blankputzte und in diese seine eifrige Tätigkeit vertieft schien. Nach einer Weile stand er auf und säuberte lange die Hände mit einem Lappen; das Antlitz war ohne jeden Ausdruck, seine hellen Augen schienen nur darauf gerichtet, ein Krümchen Fett aufzuspüren, das sich etwa an die Nagelwurzel geflüchtet hätte. Die lichterfüllte Stille unten im Umkreis der Villa war tief, herrschaftlich im höchsten Grad, eher betont als gestört von dem weit entfernten Bellen von Bendicò, der sich frech benahm gegen den Hund des Gärtners ganz hinten bei der Zitronenpflanzung; sie war eher betont als gestört auch von dem sich im Takt wiederholenden, dumpfen Schlag des Messers, mit dem ein Koch unten in der Küche auf dem Hackbrett Fleisch zerteilte für das nicht mehr ferne Mittagsmahl. Die mächtige Sonne hatte das Hin und Her der Menschen genauso aufgezehrt wie die Härte der Erde. Dann trat der Fürst an den Tisch des Paters, setzte sich und begann mit dem gutgespitzten Bleistift, den der Jesuit in seinem Zorn aus der Hand gelegt hatte, getüpfelte bourbonische Lilien zu zeichnen. Er zeigte eine ernste, aber so unbewölkte Miene, daß die Betrübnis Pater Pirrones sogleich verschwand.

»Wir sind nicht blind, lieber Pater, wir sind nur Menschen. Wir leben in einer beweglichen Wirklichkeit, der wir uns anzugleichen suchen, so wie die Algen dem Druck des Meeres nachgeben. Der Heiligen Kirche ist die Unsterblichkeit ausdrücklich versprochen worden; aber uns, als sozialer Klasse, nicht. Für uns ist ein Palliativ, das hundert Jahre Dauer verspricht, gleichbedeutend mit Ewigkeit. Wir können allenfalls für unsere Kinder sorgen, vielleicht für die Enkel; aber über das hinaus, was wir mit diesen Händen zu liebkosen hoffen hönnen, haben wir keine Verpflichtungen. Und ich kann mich nicht bekümmern um das, was meine möglichen Nachkommen im Jahre 1960 sein werden. Die Kirche, ja, sie muß sich darum kümmern, denn sie ist dazu bestimmt, nicht zu sterben. In ihrer Verzweiflung ist der Trost mit inbegriffen. Glaubt Ihr, sie würde, wenn sie sich selber, jetzt oder in Zukunft, retten könnte mit unserm Opfer, das nicht tun? Gewiß würde sie es tun, und sie täte recht daran.«

Pater Pirrone war so froh darüber, den Fürsten nicht beleidigt zu haben, daß auch er sich nicht beleidigt fühlte. Zwar der Ausdruck ›Verzweiflung der Kirche‹ war unzulässig; aber die lange Übung im Beichtstuhl setzte ihn in den Stand, die Gemütsbeschaffenheit Don Fabrizios, der sich keiner Täuschung hingab, zu schätzen. Er durfte jedoch seinen Gesprächspartner nicht triumphieren lassen. »Exzellenz werden mir am Samstag zwei Sünden zu beichten haben: von gestern eine des Fleisches, von heute eine des Geistes. Erinnert Euch daran.«

Da nun beide besänftigt waren, begannen sie über einen Bericht zu sprechen, den man rasch an ein Observatorium im Ausland, Arcetri, senden mußte. Die Gestirne – gehalten, geführt wie es schien von den Zahlen –, zu dieser Stunde unsichtbar, aber gegenwärtig, durchzogen den Äther in ihren strenggeordneten Bahnen. Treu, wie vereinbart, pflegten sich die Kometen dem, der sie beobachtete, pünktlich auf die Sekunde zu zeigen. Und sie waren nicht Boten von Katastrophen, wie Stella glaubte: ihre vorgewußte Erscheinung war vielmehr der Triumph der menschlichen Vernunft, die sich bis in die erhabene Gesetzmäßigkeit der Himmel hinaufprojizierte und an ihr teilhatte. ›Mögen hier unten Hunde wie Bendicò auf dem Land ihre Beute verfolgen, mag das Hackmesser des Kochs das Fleisch unschuldiger kleiner Tiere zerteilen: in der Höhe dieses Observatoriums fließen die Prahlereien des einen, der Blutdurst des andern in eine ruhige Harmonie zusammen. Das wahre Problem besteht hierin: dieses Leben des Geistes weiterleben zu können in seinen sublimiertesten, dem Tode ähnlichsten Momenten.‹

So argumentierte der Fürst und vergaß dabei die Ängste eines jeden Tages, die fleischlichen Gelüste von gestern. Und für jene Augenblicke der Versenkung in seine Gedanken wurde er vielleicht ganz von innen her viel tiefer von seinen Sünden freigesprochen, das heißt, wieder mit dem All verbunden, als es der Segen Pater Pirrones hätte bewirken können. Die Gottheiten an der Decke und die Affen der Wandbekleidung wurden an jenem Morgen wieder für eine halbe Stunde zum Schweigen gebracht. Aber im Saal bemerkte es niemand.

Als die Glocke sie zum Essen nach unten rief, waren beide wieder heiter geworden sowohl durch die Einsicht in die politischen Verknüpfungen, als von der Überwindung dieser Einsicht selbst. In der Villa verbreitete sich eine ungewohnt entspannte Atmosphäre. Das Mittagsmahl war die Hauptmahlzeit des Tages, und es verlief Gott sei Dank ganz glatt. Man stelle sich vor, daß der zwanzigjährigen Tochter Carolina eine der langen Hängelokken, die ihr das Gesicht einrahmten, von einer offenbar unsicheren Haarnadel gehalten, herabglitt und auf dem Teller endete. Der Vorfall, der an einem anderen Tage hätte Ärger hervorrufen können, mehrte diesmal nur die Vergnügtheit: als der Bruder, der neben dem Mädchen saß, das Löckchen nahm und es sich am Hals anheftete, so daß es da herabhing wie ein Skapulier, gönnte sich sogar der Fürst ein Lächeln. Tancredis Fortgang, Zweck und Ziel seiner Abwesenheit waren nunmehr allen bekannt, ein jeder sprach davon, nur Paolo nicht, der schweigend weiteraß. Im übrigen machte keiner sich Sorge außer dem Fürsten, der jedoch die ohnehin nicht starke Unruhe tief in seinem Herzen verbarg, und Concetta, die als einzige einen Schatten auf der schönen Stirn behielt. ›Das Mädchen hat offenbar ein bißchen was für den Schelm übrig. Es wäre ein schönes Paar. Aber ich fürchte, Tancredi muß höher hinaus, ich meine: tiefer hinab.‹ Da die politische Aufheiterung die Nebel verjagt hatte, kam die dem Fürsten im Grunde innewohnende Gutherzigkeit an die Oberfläche. Um die Tochter zu beruhigen, begann er zu erklären, wie wenig wirksam die Flinten des königlichen Heeres seien; er sprach davon, wie mangelhaft die Züge in diesen riesigen Flintenläufen und wie gering an Durchschlagskraft die Geschosse seien, die aus ihnen herauskämen; technische Erklärungen, gegen besseres Wissen obendrein, die wenige verstanden und von denen niemand überzeugt war, die aber alle, Concetta inbegriffen, trösteten; denn es war ihnen geglückt, den Krieg in ein sauberes Diagramm von Kraftlinien zu verwandeln, während er doch in Wirklichkeit ein äußerst konkretes, schmutziges Chaos ist.

Am Schluß des Essens wurde die Rum-Gelatine serviert. Diesen Nachtisch liebte der Fürst besonders, und die Fürstin, erkenntlich für die empfangenen Tröstungen, hatte ihn sorglich frühzeitig angeordnet. Diese Gelatine hatte ein nahezu bedrohliches Aussehen: sie hatte die Form eines auf Bastionen und Böschungsmauern gestützten, mit Zinnen geschmückten Wehrturmes, mit Wänden, so glatt und schlüpfrig, daß sie unmöglich zu ersteigen waren; dieser Turm wurde verteidigt von einer rot und grünen Garnison von Kirschen und Pistazien; er war jedoch durchsichtig, er zitterte, und der Löffel senkte sich mit verblüffender Leichtigkeit hinein. Als die ambraduftende Festung zu Francesco Paolo gelangte, dem Sechzehnjährigen, dem zuletzt serviert wurde, bestand sie nur noch aus dem von Kanonen bestrichenen, schrägen Festungshang und dicken, aus ihm herausgebrochenen Blöcken. Erheitert von dem Duft des Likörs und dem köstlichen Geschmack des vielfarbigen Stückes Kriegskunst, hatte der Fürst eine rechte Freude daran, der raschen Schleifung der düsteren Bergfeste unter dem Ansturm der allgemeinen Eßlust beizuwohnen. Eines seiner Gläser war zur Hälfte voll Marsala geblieben. Er hob es hoch, blickte in der Familie rundum, wobei er auf Concettas blauen Augen ein ganz klein wenig länger verweilte, und sagte: »Auf die Gesundheit unseres Tancredi!« Er trank den Wein in einem einzigen Schluck. Die Buchstaben F. D., die sich zuvor ganz klar auf dem Gold des gefüllten Glases abgehoben hatten, waren nicht mehr zu sehen.

Nach dem Essen ging er wieder in die Verwaltung hinunter; das Licht fiel jetzt schräg herein, die Bilder der Lehnsgüter lagen im Schatten, und so brauchte er von ihnen keine Vorwürfe zu befürchten. »*Voscenza benedica*«, Euer Exzellenz segne uns, murmelten Pastorello und Lo Nigro, die beiden Pächter von Ragattisi, die die *carnaggi* gebracht hatten, jenen Teil der Abgaben, der in Naturalien bezahlt wurde. Sie standen schön gerade da, erstaunte Augen in den vollendet rasierten, von der Sonne stark verbrannten Gesichtern. Sie strömten Herdengeruch aus. Der Fürst sprach in seinem sehr stilisierten Dialekt freundlich mit ihnen, erkundigte sich nach ihren Familien, nach dem Stand des Viehs, nach den Ernteaussichten. Dann fragte er: »Habt ihr etwas mitgebracht?« Während die beiden mit Ja antworteten und sagten, daß die Sachen im Zimmer nebenan seien, merkte der Fürst etwas beschämt, daß die Unterredung eine Wiederholung der Audienzen König Ferdinands gewesen war. »Wartet fünf Minuten, Ferrara wird euch die Quittungen geben.«

Er legte jedem ein paar Dukaten in die Hand, was wohl mehr war als der Wert dessen, was sie gebracht hatten. »Trinkt ein Glas auf unsere Gesundheit«; und er ging, um die *carnaggi* zu besehen: auf dem Boden lagen vier Käse *primosale*, zum erstenmal durchgesalzen, in zwölf Rollen, jede zehn Kilo schwer; er betrachtete sie gleichgültig, diesen Käse verabscheute er. Da lagen sechs Lämmchen, die letzten vom Jahr, ihre Köpfe waren rührend über dem breiten Messerstich, durch den das Leben vor wenigen Stunden entwichen war, zur Seite gesunken. Auch ihre Bäuche waren aufgeschnitten, die schillernden Eingeweide hingen heraus. ›Der Herr sei seiner Seele gnädig‹, dachte er in Erinnerung an den Schwerverwundeten von vor vier Wochen.

Vier Paar an den Beinen zusammengebundene Hühner krümmten sich aus Furcht vor der Schnauze von Bendicò, der sie neugierig beschnupperte. ›Auch dies ein Beispiel unnützer Angst‹, dachte er. ›Der Hund bildet für sie keine Gefahr; auch nicht einen Knochen von ihnen würde er zu fressen bekommen, weil ihm davon der Bauch weh täte.‹

Das Schauspiel von Blut und Schrecken berührte ihn jedoch unangenehm. »Du, Pastorello, trage die Hühner in den Stall, für den Augenblick brauchen wir keine in der Vorratskammer; und ein andermal trage die Lämmchen sofort in die Küche, hier machen sie Schmutz. Und du, Lo Nigro, sage Salvatore, er solle kommen, alles säubern und die Käse fortschaffen. Und mach das Fenster auf, damit der Geruch hinauszieht.«

Dann trat Ferrara ein, um ihnen die Quittungen zu geben.

Als der Fürst wieder nach oben gegangen war, fand er in dem Arbeitszimmer, auf dessen rotem Diwan er Mittagsruhe zu halten pflegte, Paolo vor, den Erstgeborenen, den Herzog von Querceta, der auf ihn wartete. Der junge Mann hatte allen Mut zusammengenommen und wünschte ihn zu sprechen. Niedrig von Wuchs, schmächtig, mit olivfarbener Haut, wirkte er älter als der Vater. »Ich wollte dich fragen, Papà, wie wir uns zu Tancredi verhalten sollen, wenn wir ihn wiedersehen.«

Der Fürst verstand sofort und war schon gereizt. »Was willst du damit sagen? Was ist denn jetzt anders?«

»Aber, Papà, das kannst du doch sicher nicht billigen: er ist hingegangen, um sich mit diesen Gaunern zu vereinen, die Sizilien in Aufruhr halten; das sind Dinge, die man nicht tut.«

Die persönliche Eifersucht, die Empfindlichkeit des Frömmlers gegen den unvoreingenommenen Vetter, des

Einfältigen gegen den geistig regen Jungen hatten sich in politische Argumentation vermummt. Der Fürst war darüber so empört, daß er dem Sohn nicht einmal einen Stuhl anbot. »Besser Dummheiten machen, als den ganzen Tag dastehen und Pferdeäpfel besehen! Tancredi ist mir lieber als zuvor. Und dann sind das gar keine Dummheiten. Wenn du dir einmal Visitenkarten machen läßt mit ›Herzog von Querceta‹ darauf und wenn du einmal nach meinem Tod etwas erbst, dann hast du es Tancredi und anderen seinesgleichen zu danken. Mach, daß du fortkommst, ich erlaube nicht, daß du noch einmal davon sprichst. Hier befehle nur ich.« Dann beruhigte er sich und vertauschte den Zorn mit Ironie. »Geh, mein Sohn, ich will schlafen. Geh und sprich mit Guiscardo von Politik, ihr werdet euch gut verstehen.«

Und während Paolo, zu Eis geworden, die Tür schloß, zog der Fürst *redingote* und Stiefeletten aus, legte sich auf den Diwan, daß dieser unter seinem Gewicht ächzte, und schlief ruhig ein.

Als er erwachte, trat sein Kammerdiener ins Zimmer: er reichte ihm auf einem Tablett eine Zeitung und ein Briefchen. Beides war aus Palermo von seinem Schwager Màlvica geschickt worden, ein berittener Bote hatte es vor kurzem abgegeben. Noch ein wenig betäubt von seinem Nachmittagsschläfchen, öffnete der Fürst den Brief:

»Lieber Fabrizio, während ich dies schreibe, bin ich in einem grenzenlos elenden Zustand. Lies die entsetzlichen Nachrichten hier in der Zeitung. Die Piemontesen sind gelandet. Wir sind alle verloren. Noch heute abend suchen wir, ich mit der ganzen Familie, Zuflucht auf den englischen Schiffen. Sicher wirst Du das gleiche tun wollen;

wenn ja, werde ich Dir einige Plätze reservieren lassen. Der Herr möge unsern geliebten König noch retten. Es umarmt Dich Dein Ciccio.«

Er faltete das Briefchen zusammen, steckte es in die Tasche und begann laut zu lachen. Dieser Màlvica! Er war immer ein Karnickel gewesen. Begriffen hatte er nichts, und jetzt zitterte er. Und ließ den Palast in der Hand der Diener; diesmal würde er ihn leer wieder vorfinden, o ja! ›Übrigens – Paolo müßte doch wohl nach Palermo übersiedeln; verlassene Häuser sind in diesen Zeiten verlorene Häuser. Ich werde beim Abendessen mit ihm darüber sprechen.‹

Er schlug die Zeitung auf.

»Eine Tat offenkundiger Seeräuberei wurde verübt am 11. Mai in Form der Landung bewaffneter Männer am Strande von Marsala. Aus späteren Berichten wurde bekannt, daß die Bande, die gelandet war, etwa achthundert Mann zählte und von Garibaldi befehligt wurde. Sowie diese Flibustier an Land gekommen waren, vermieden sie mit aller Sorgfalt einen Zusammenstoß mit den königlichen Truppen, indem sie sich, soweit uns berichtet wird, nach Castelvetrano wandten, wobei sie die friedlichen Bewohner bedrohten und es an Räubereien und Verwüstungen nicht fehlen ließen, usw. . . . usw. . . .«

Der Name Garibaldi störte ihn ein wenig. Dieser Abenteurer, nichts als Haare und Bart, war ein reiner Mazzini-Anhänger. Er würde Unheil anstiften. ›Aber wenn der ‚Galantuomo‘ ihn hier hinunter hat kommen lassen, so heißt das, daß er seiner sicher ist. Man wird ihm den Zaum anlegen.‹

Er beruhigte sich, kämmte sich, ließ sich Schuhe und *redingote* wieder anziehen. Die Zeitung warf er in einen

Kasten. Es war fast Zeit für den Rosenkranz, aber der Saal war noch leer. Er setzte sich auf einen Diwan und bemerkte, während er wartete, wie der Vulkan an der Decke ein wenig den Lithographien von Garibaldi ähnelte, die er in Turin gesehen hatte. Er lächelte. ›Ein Gehörnter.‹

Die Familie begann sich zu versammeln. Die Seide der Röcke rauschte. Die Jüngeren scherzten noch untereinander. Von draußen, durch die Tür, drang der übliche Streit herein zwischen den Dienern und Bendicò, der um jeden Preis teilnehmen wollte. Ein mit Stäubchen beladener Sonnenstrahl beleuchtete die boshaften Äffchen.

Er kniete nieder. »*Salve Regina, Mater misericordiae.*«

ZWEITES KAPITEL

Reise nach Donnafugata – Der Halteplatz – Was der Reise voran- und wie sie vor sich ging – Ankunft in Donnafugata – In der Kirche – Don Onofrio Rotolo – Gespräch im Bad – Der Brunnen der Amphitrite – Überraschung vor dem Essen – Das Essen und verschiedenartige Reaktionen – Don Fabrizio und die Sterne – Besuch im Nonnenkloster – Was man von einem Fenster aus sieht

August 1860

»Die Bäume! Da sind die Bäume!«

Der aus dem ersten Wagen kommende Ruf durchlief nach rückwärts die Reihe der vier anderen, die in der Wolke weißen Staubes nahezu unsichtbar waren; und auf jedem der schweißbedeckten Gesichter hinter den Wagenfenstern lag der Ausdruck einer müden Genugtuung

Der Bäume, um die Wahrheit zu sagen, waren es nur drei – Eukalyptusbäume, die verkrüppeltsten Kinder der Mutter Natur. Aber es waren auch die ersten, die sich dem Blick zeigten, seit die Familie Salina um sechs Uhr morgens Bisacquino verlassen hatte. Jetzt war es elf Uhr, und man hatte diese fünf Stunden nichts anderes gesehen als träge, unter der Sonne gelbe Glut aushauchende Hügelrükken. Der Trab auf den Ebenen, die man durchfuhr, hatte rasch gewechselt mit dem langwährenden, langsamen, angespannten Gang bei den Steigungen, mit dem vorsichtigen Schritt bei Gefälle; Schritt und Trab übrigens in gleicher Weise wie aufgelöst vom beständigen Dahinfließen des Schellengeläutes, das man nur mehr wahrnahm als tönenden Ausdruck der ausgeglühten Luft ringsum. Man war durch zartblau angestrichene [4], wunderliche Dörfer gekommen; auf Brücken von seltsamer Großartigkeit hatte man völlig trockene Flußbette überquert; man war an hoffnungslos schroffen Abstürzen entlanggefahren, denen auch Mohrenhirse und Ginster nichts Tröstliches zu geben vermochten. Nie ein Baum, nie ein Tropfen Wasser: Sonne und in Wolken aufgewirbelter Staub. In den Wagen, die eben der Sonne und des Staubes wegen geschlossen waren, hatte die Temperatur gewiß fünfzig Grad erreicht. Diese drei verdursteten Bäume, die sich in den weißlichen Himmel reckten, verkündeten mancherlei: daß man nur mehr zwei Stunden vom Ziel der Reise entfernt war; daß man sich nun an den Grenzen der Güter Salina befand; daß man einen Imbiß nehmen und sich wohl auch mit dem von Würmern wimmelnden Wasser des Brunnens das Gesicht waschen könnte.

Zehn Minuten später hatte man die Faktorei von Rampinzèri erreicht; das riesige Gebäude war nur vier Wochen im Jahr von Taglöhnern, Maultieren und anderem Herdenvieh, das sich hier zur Ernte zusammenfand, bewohnt. Über dem sehr festen, aber beschädigten Tor tanzte ein steinerner Leopard, wiewohl ihm ein Steinwurf gerade die Beine zerschmettert hatte; neben dem Gebäude bot ein tiefer, von eben den Eukalyptusbäumen bewachter Brunnen stumm die mannigfachen Dienste an, deren er fähig war: er konnte Einweichtrog sein, Viehtränke, Kerker und Erbbegräbnis. Er stillte den Durst, er verbreitete den Typhus, er verwahrte eingesperrte Christenmenschen, er verbarg Leichname von Tieren und von Menschen so lange, bis sie sich in glattpolierte und namenlose Skelette verwandelt hatten.

Die ganze Familie Salina stieg aus den Wagen: der Fürst

froh bei der Vorstellung, nun bald in seinem geliebten Donnafugata anzulangen, die Fürstin nervös und träge zugleich, aber immerhin erquickt durch die Heiterkeit des Gemahls; die jungen Mädchen müde; die kleineren Knaben aufgeregt, weil alles neu war – die Hitze hatte es nicht fertiggebracht, sie zu zähmen; Mademoiselle Dombreuil, die französische Gouvernante, ganz aufgelöst – sie seufzte in Erinnerung an die in Algier bei der Familie des Marschalls Bugeaud verbrachten Jahre: »*Mon Dieu, mon Dieu, c'est pire qu'en Afrique!*«, während sie sich das Stulpnäschen abwischte; Pater Pirrone – ihm hatte die Lektüre des Breviers, kaum begonnen, einen Schlaf geschenkt, der ihm die Fahrt hatte kurz erscheinen lassen, und jetzt war er von allen der Munterste; ein Kammermädchen und zwei Diener, Stadtleute, verwirrt vom ungewohnten Anblick des Landes; und schließlich Bendicò – sowie er sich aus dem letzten Wagen gestürzt hatte, fuhr er los auf die Krähen, die, begräbnistrübe Vorstellungen weckend, im Licht ihre tiefen Kreise zogen.

Alle waren weiß vom Staub bis an die Brauen, die Lippen oder die Schwänze; weißliche Wölkchen erhoben sich um die Menschen, als sie, am Halteplatz angelangt, einer dem andern den Staub abklopften.

Um so mehr glänzte unter all dem Schmutz die untadelige Eleganz Tancredis. Er hatte die Reise zu Pferd gemacht und, da er eine halbe Stunde vor der Karawane angelangt war, Zeit gehabt, sich vom Staub zu befreien, sich zu säubern und die weiße Halsbinde zu wechseln. Als er aus dem Brunnen, der so vielen Zwecken diente, das Wasser heraufgezogen, hatte er sich einen Augenblick im Wasser des Eimers gespiegelt und in Ordnung gefunden: die schwarze Binde über dem rechten Auge diente weniger der Wunde, die er vor einem Vierteljahr in den Kämpfen um Palermo empfangen hatte, als vielmehr der Erinnerung daran; das andere tiefblaue Auge schien die Aufgabe übernommen zu haben, den schalkhaften Spott auch des zeitweilig verdunkelten mit auszudrücken; die scharlachrote Litze oben an der Halsbinde deutete diskret auf das Rothemd hin, das er getragen hatte. Er half der Fürstin, als sie aus dem Wagen stieg, er wischte mit dem Ärmel den Staub vom Zylinder des Fürsten, er verteilte Karamellen unter die Cousinen und Witzworte unter die Cousins, machte eine beinahe kniefällige Verbeugung vor dem Jesuiten, erwiderte die stürmisch-leidenschaftliche Begrüßung von Bendicò, tröstete Mademoiselle Dombreuil, mokierte sich über alle, entzückte alle.

Die Kutscher führten die Pferde langsam umher, damit sie sich, bevor sie getränkt würden, abkühlten; die Kammerdiener breiteten die Tischtücher über das vom Dreschen übriggebliebene Stroh in dem schmalen rechteckigen Schatten, den die Faktorei warf. Nahe am dienstwilligen Brunnen begann die Mahlzeit. Ringsum wellte sich das Land, begräbnistraurig, gelb von Stoppeln, schwarz von verbrannten Getreidegrannen; die Klage der Zikaden erfüllte den Himmel; in ihr war etwas wie das Röcheln Siziliens, das Ende August, versengt, vergebens den Regen erwartet.

Eine Stunde danach waren alle erfrischt wieder unterwegs. Obwohl die Pferde, müde, noch langsamer gingen, erschien der letzte Teil der Fahrt allen kurz; die nun nicht mehr unbekannte Landschaft hatte ihr düsteres Aussehen gemildert. Man erkannte vertraute Plätze wieder, dürftige Ziele vergangener Spaziergänge und Imbisse in den verflossenen Jahren; das trockene Flußbett der Dragonara, die Wegkreuzung von Misilbesi; binnen kurzem würde man bei der ›Madonna delle Grazie‹ angelangt sein; sie war von Donnafugata aus das Ende der längsten zu Fuß zurückgelegten Wege. Die Fürstin war eingeschlummert; der Fürst, allein mit ihr in dem geräumigen Wagen, fühlte sich glücklich. Nie war er es so zufrieden gewesen, ein Vierteljahr in Donnafugata zu verbringen, wie jetzt, in diesen letzten Augusttagen des Jahres 1860. Nicht nur, weil er in Donnafugata das Haus liebte, die Leute, das bestimmte Gefühl, das Feudalbesitz verleiht, wie es dort am Leben geblieben war, sondern auch, weil es ihm, im Unterschied zu anderen Malen, gar nicht leid tat um die friedlichen Abende im Observatorium, um die gelegentlichen Besuche bei Mariannina. Um aufrichtig zu sein – das Schauspiel, das Palermo in dem letzten Vierteljahr geboten, hatte ihn ein wenig angeekelt. Er wäre gern stolz darauf gewesen, daß er als einziger die Situation begriffen und dem ›Wauwau‹ im Rothemd gegenüber gute Miene gezeigt hätte; aber er hatte sich klarmachen müssen, daß die Hellsichtigkeit nicht Monopol des Hauses Salina war. Alle Palermitaner schienen glücklich – alle außer einer Handvoll Dummköpfe: seinem Schwager Màlvica, der sich von der Polizei des Diktators hatte einfangen lassen und zehn Tage im schwarzen Loch gewesen war, und außer seinem ebenso mißvergnügten, aber vorsichtigeren Sohne Paolo, den er in Palermo, in wer weiß welche kindlichen, heimlichen Machenschaften verwickelt, zurückgelassen hatte. Alle anderen zeigten offen ihre Freude, trugen ihre mit Trikoloren-Kokarden geschmückten Rockaufschläge spazieren, gingen von morgens bis abends in irgend jemandes Gefolge; vor allem aber redeten, predigten, deklamierten sie. Zwar hatte all dieser Lärm in den allerersten Tagen der Besetzung in gewisser Weise Sinn und Absicht erhalten in den Zurufen, die die wenigen Verwundeten begrüßten, wenn sie durch die Hauptstraßen gingen, und von den Jammerlauten der ›Ratten‹ her, der bourbonischen Polizeibeamten, die in den Gassen mißhandelt wurden; aber jetzt, da die Verwundeten genesen und die übriggebliebenen ›Ratten‹ sich in die neue Polizei eingereiht hatten, erschienen ihm diese Karnevalstreiche, deren unausweichliche Notwendigkeit er ja erkannte, dumm und geschmacklos. Er mußte jedoch zugeben, daß all das nur eben ein an die Oberfläche tretender Ausdruck schlechter Erziehung war; die Basis des Lebens, die ökonomische und soziale Behandlung, war zufriedenstellend, genau wie er es vorhergesehen hatte. Don Pietro Russo hatte seine Versprechungen gehalten, in Nähe der Villa Salina hatte man auch nicht einen Flintenschuß gehört; und wenn im Palast in Palermo ein großes Service von chinesischem Porzellan gestohlen worden war, so verdankte man das lediglich der Ungeschicklichkeit von Paolo: er hatte es in zwei Körbe verpacken und diese dann während des Bombardements im Hof stehen lassen – wahrhaftig eine Einladung an die Verpacker, zu kommen und das Service verschwinden zu lassen.

Die Piemontesen (auf dieser Namensgebung beharrte der Fürst, um sich darüber zu beruhigen, genauso wie andere sie Garibaldiner nannten, um sie zu preisen, oder Garibaldesker, um sie zu schmähen), die Piemontesen also hatten sich ihm vorgestellt, zwar nicht geradezu mit dem Hut in der Hand, wie ihm vorhergesagt worden war, so doch wenigstens mit der Hand am Schirm dieser ihrer lächerlichen roten Mützen, die genauso zerdrückt und zerknittert waren wie die der bourbonischen Offiziere.

Gegen den 20. Juni hatte sich, vierundzwanzig Stunden zuvor von Tancredi angekündigt, ein General vorgestellt, in der kurzen roten Jacke mit schwarzen Schnüren. Gefolgt von einem Offizier seines Stabes, hatte er höflich darum ersucht, die Deckengemälde bewundern zu dürfen. Seinem Wunsche wurde ohne weiteres entsprochen, denn die Ankündigung war so rechtzeitig erfolgt, daß man aus einem Salon ein Gemälde, das König Ferdinand II. in vollem Prunk zeigte, hatte entfernen und an seine Stelle eine neutrale *Probatica piscina*[5] hatte hängen können – eine Tat, die die ästhetischen Vorteile mit den politischen vereinte.

Der General war ein höchst gewandter Toskaner von etwa dreißig Jahren, ein großer Schwätzer und ziemlicher Prahlhans; gut erzogen übrigens und angenehm, hatte er sich mit der schuldigen Ehrerbietung betragen und den Fürsten sogar mit ›Exzellenz‹ angeredet, in klarem Widerspruch zu einem der ersten Erlasse des Diktators; der Stabsoffizier, ein elegantes Kerldien von neunzehn Jahren, war ein Graf aus Mailand, der die jungen Mädchen mit seinen blanken Stiefeln und dem weich gesprochenen ›r‹ bezauberte. Sie waren in Tancredis Begleitung gekommen; dieser war zum Hauptmann im Stab befördert, vielmehr war die Stelle für ihn geschaffen worden: ein wenig erschöpft durch die von seiner Wunde verursachten Leiden, stand er da, rotgekleidet, unwiderstehlich in der Art, wie er sein vertrautes Verhältnis zu den Siegern zeigte – ein Verhältnis auf dem Grunde wechselseitiger ›du‹ und ›mein tapferer Freund‹, Ausdrücke, die von denen ›vom Kontinent‹ mit kindlichem Eifer reichlich angewandt und von Tancredi erwidert wurden, jedoch ziemlich durch die Nase – eine heimliche Ironie, die nur der Fürst bemerkte. Der Fürst hatte die Offiziere von der Höhe seiner unanfechtbaren Höflichkeit herab empfangen, doch war er über die Besucher wahrhaft amüsiert und vollkommen beruhigt gewesen, so sehr, daß drei Tage danach die beiden ›Piemontesen‹ zur Tafel geladen worden waren. Es war köstlich gewesen, zu sehen, wie Carolina am Klavier saß und den General begleitete, der sich, um Sizilien zu huldigen, sogar an das Lied *Vi ravviso, o luoghi ameni*[6] gewagt hatte, während Tancredi selbstverständlich und geduldig die Notenblätter umwendete, als gäbe es auf dieser Welt keine überschnappenden Töne. Indes sprach das Mailänder Gräflein in gebeugter Haltung auf einem Sofa zu Concetta von Orangenblüten und enthüllte ihr die Existenz Aleardo Aleardis[7]; sie tat, als höre sie ihm zu, während sie sich über des Cousins elendes Aussehen grämte; doch ließen ihn die Kerzen am Klavier zarter erscheinen, als er in Wirklichkeit war.

Der Abend war vollendet idyllisch gewesen und hatte andere, gleichermaßen herzliche im Gefolge; an einem von ihnen wurde der General gebeten, sich dafür einzusetzen, daß der Ausweisungsbefehl für die Jesuiten nicht auf Pater Pirrone angewandt würde, den man ihm als mit Jahren und Gebresten überladen schilderte; der General, dem der ausgezeichnete Priester sympathisch geworden war, tat, als glaube er an seinen erbarmungswürdigen Zustand, sprach mit politischen Freunden – und Pater Pirrone blieb da. Eine Tatsache, die den Fürsten in der Richtigkeit dessen, was er vorausgesehen hatte, immer mehr bestärkte.

Auch in der verwickelten Angelegenheit der Passierscheine, die damals notwendig waren für einen jeden, der sich anderswohin begeben wollte, war der General höchst nützlich; man verdankte es zum großen Teil ihm, wenn sich die Familie Salina auch in jenem Revolutionsjahr des sommerlichen Aufenthalts auf ihrem Landsitz erfreuen konnte. Der junge Hauptmann erhielt einen vierwöchigen Urlaub und brach mit Onkel und Tante auf. Ganz abgesehen vom Passierschein waren die Reisevorbereitungen der Salina lang und kompliziert gewesen. Man hatte in der Tat im Verwaltungsbüro Salina Verhandlungen mit ›einflußreichen Personen‹ aus Girgenti führen müssen, um durch das Gebiet der Mafia reisen zu können – Verhandlungen, die mit Lächeln, Händedruck und dem Geklingel von Münzen endeten. So hatte man einen zweiten, gültigeren Passierschein erhalten; aber das war nichts Neues. Man mußte Berge von Gepäck und Vorräten aufstapeln und drei Tage früher einen Teil der Köche und Diener vorausschicken; man mußte ein kleines Fernrohr verpakken und Paolo davon überzeugen, daß er in Palermo bleiben müsse. Nach alledem hatte man aufbrechen können; der General und sein junger Adjutant waren gekommen, um gute Wünsche für die Reise und Blumen zu bringen; und als die Wagen von der Villa Salina abfuhren, winkten lange zwei rote Uniform-Arme, der schwarze Zylinder des Fürsten beugte sich aus dem Fenster, aber das Händchen im schwarzen Spitzenhandschuh, das zu sehen der junge Graf erhofft hatte, blieb im Schloß von Concetta.

Die Reise hatte mehr als drei Tage gedauert; sie war entsetzlich gewesen. Die Straßen, die berühmten Straßen Siziliens, auf Grund deren der Fürst von Satriano die Statthalterschaft verloren hatte, waren nichts als unbestimmte Spuren, holperig vor lauter Löchern und dick voll Staub. Die erste Nacht in Marineo, im Hause eines ihnen bekannten Notars, war noch erträglich gewesen; aber mühselig die zweite, die man in einer jämmerlichen Locanda in Prizzi hatte verbringen müssen: je zu dritt auf einem Bett und geplagt von ekelhaften Insekten. Die dritte in Bisacquino: dort gab es keine Wanzen, aber dafür hatte der Fürst dreizehn Fliegen im Glas mit dem Eisgetränk gefunden; ein starker Geruch nach menschlichen Exkrementen verbreitete sich in Dünsten sowohl von den Straßen aus als auch aus der anstoßenden Kammer, in der für die Nacht gewisse Gefäße standen, und das hatte im Fürsten peinigende Träume hervorgerufen. Als er in der allerersten Frühe erwacht war, schweißbedeckt, wie eingetaucht in den Gestank, hatte er nicht umhin gekonnt, diese abscheuliche Reise mit dem eigenen Leben zu vergleichen, das anfangs durch lachende Fluren geführt hatte, dann emporgeklettert war auf schroff ansteigende Berge, durch bedrohliche Hohlwege dahingeglitten, um sodann einzumünden in endloses Flachland von einem einzigen Farbton, öde wie die Verzweiflung. Solche Phantasien am frühen Morgen gehören zum Schlimmsten, was einem Manne mittleren Alters zustoßen kann, und obwohl der Fürst wußte, daß sie dazu bestimmt waren, mit der Tätigkeit des Tages zu verschwinden, litt er tief darunter; denn er war nun schon erfahren genug, um zu begreifen, daß diese Phantasien auf dem Grunde der Seele eine Ablagerung von Trauer zurückließen, die sich Tag um Tag aufhäufen würde: und die wäre dann am Ende die wahre Ursache des Sterbens.

Diese Ungeheuer hatten sich mit Sonnenaufgang in unbewußte Zonen verkrochen; Donnafugata war nunmehr nahe mit seinem Palast, seinen sprudelnden Wassern, den Erinnerungen an die heiligen Vorfahren, mit dem dort wiederkehrenden Gefühl einer immerwährenden Kindheit. Auch die Menschen dort waren angenehm, ihm ergeben und einfach. Aber hier lauerte ein Gedanke im Hinterhalt: Wer weiß, ob die Menschen ihm nach den neuesten ›Geschehnissen‹ ebenso ergeben sein würden wie zuvor? ›Wir werden sehen.‹

Jetzt war man wirklich nahezu angekommen. Tancredis kluges Gesicht beugte sich von draußen zum Wagenfenster. »Onkel, Tante, macht euch bereit: in fünf Minuten sind wir da.« Tancredi hatte zuviel Takt, um vor dem Fürsten im Ort anzugelangen. Er ließ sein Pferd Schritt gehen und ritt in äußerster Zurückhaltung neben dem ersten Wagen.

Jenseits der kurzen Brücke, die in den Ort führte, warteten die Honoratioren, umringt von ein paar Dutzend Bauern. Sowie die Wagen auf die Brücke einfuhren, stimmte die Gemeinde-Musikkapelle mit rasendem Ungestüm an: *Noi siamo zingarelle*[8], der erste, lächerliche und freundliche Gruß, den Donnafugata seit einigen Jahren seinem Fürsten entbot; und sogleich danach begannen die Glocken der Mutterkirche und die des Santo-Spirito-Klosters zu läuten – irgendein Dorfjunge auf dem Ausguck hatte ihnen das Zeichen gegeben – und erfüllten die Luft mit festlichem Getöse.

›Gott sei Dank, mir scheint, alles ist beim alten‹, dachte der Fürst, als er aus dem Wagen stieg. Da standen Don Calògero Sedàra, der Bürgermeister, eine Trikolorenschärpe, funkelnagelneu wie sein Amt, eng um die Taille gewunden; Monsignor Trottolino, der Erzpriester, mit seinem großen, vertrockneten Gesicht; Don Ciccio Ginestra, der Notar, der in seiner Eigenschaft als Hauptmann der Nationalgarde in vollem Prunk, mit Federbusch, erschienen war; da stand Don Totò Giambono, der Arzt, und da die kleine Nunzia Giarritta, die der Fürstin einen schon auseinanderfallenden Blumenstrauß überreichte – der übrigens eine halbe Stunde zuvor im Garten des Palastes ge-

pflückt worden war. Da stand Ciccio Tumeo, der Dom-
organist, dessen Rang strenggenommen nicht hoch genug
war, daß er sich mit den Honoratioren in eine Reihe stellen durfte; aber er war als Jagdfreund und -genosse trotzdem gekommen und hatte den Einfall gehabt, dem Fürsten zu Gefallen Teresina mitzubringen, die brandrote
Bracke mit den beiden kleinen nußfarbenen Zeichen oberhalb der Augen; und seine Kühnheit wurde mit einem
ganz besonderen Lächeln Don Fabrizios belohnt. Dieser
war in bester Laune und aufrichtig liebenswürdig; er war
mit seiner Gemahlin aus dem Wagen gestiegen, um sich
zu bedanken, und während Verdi-Musik und Glockenlärm
weitertobten, umarmte er den Bürgermeister und drückte
allen anderen die Hand. Die Menge der Bauern war stumm,
aber in den bewegungslosen Augen schimmerte eine nicht
feindselige Neugier, denn die Landleute von Donnafugata hegten wirklich eine Art Neigung zu ihrem duldsamen
Herrn, der so oft vergaß, die Abgaben und kleinen Pacht-
beträge einzufordern; und dann – gewohnt, den schnurr-
bärtigen Leoparden aufgereckt über der Palastfassade zu
sehen, über der Kirchenfront, oben auf den barocken Bru-
nen, auf den Majolika-Kacheln der Häuser, waren sie vergnügt darüber, daß sie jetzt den authentischen Leoparden
sahen, wie er in Hosen aus *piqué* freundschaftliche Tatzen-
hiebe an alle austeilte, als höfliches Katzentier ein Lächeln
im gutmütigen Gesicht.

›Nichts zu sagen – alles ist geblieben wie es war, ja besser als es war.‹

Auch Tancredi war Gegenstand großer Neugier; alle
kannten ihn schon lange, aber jetzt erschien er wie ver-
klärt: man sah in ihm nicht mehr den ausgelassenen Knaben, sondern den aristokratischen Liberalen, den Gefähr-

ten von Rosolino Pilo, den in den Kämpfen um Palermo ruhmreich Verwundeten. Er schwamm in der geräuschvollen Bewunderung wie der Fisch im Wasser – diese ländlichen Bewunderer waren wirklich ein Vergnügen; er sprach mit ihnen im Dialekt, machte Späße, mokierte sich über sich und seine Wunde. Aber wenn er sagte »der General Garibaldi«, dann senkte er die Stimme um einen Ton und zeigte die versunkene Miene eines jungen Priesters vor der Monstranz; und zu Don Calògero Sedàra, der sich, wie er andeutungsweise gehört hatte, in den Tagen der Befreiung viel zu tun gemacht hatte, sagte er mit lauter Stimme: »Von Euch, Don Calògero, hat mir Crispi viel Gutes gesagt.« Danach reichte er seiner Cousine Concetta den Arm, ging davon – und alle verblieben in Entzücken.

Die Wagen mit der Dienerschaft, den Kindern und Bendicò fuhren zum Palast; aber die andern mußten, wie es der uralte Ritus wollte, noch ehe sie den Fuß ins Haus setzten, ein *Te Deum* im Dom hören. Dieser war übrigens nur zwei Schritt entfernt, und man wandte sich dahin mit Geleit, staubig, aber imponierend die neu Gekommenen, leuchtend sauber, aber bescheiden die Honoratioren. Voraus ging Don Ciccio Ginestra, der denen, die ihm folgten, mit der Macht seiner Uniform Raum schaffte; dann kam, die Fürstin am Arm, der Fürst, und er sah aus wie ein satter, zahmer Löwe; hinter ihm Tancredi, diesem zur Rechten Concetta, der dieses Schreiten auf eine Kirche zu, an der Seite des Cousins, große Verwirrung schuf und eine süße Lust, zu weinen: ein Seelenzustand, der gewiß nicht gelindert wurde durch den starken Druck, den der sorgliche junge Mann auf ihren Arm ausübte – allerdings natürlich nur, damit sie den Löchern und Schalen, die sich wie Sternbilder über den Weg breiteten, ausweichen konnte. Weiter hinten folgten, weniger geordnet, die anderen. Der Organist war davongeeilt, damit er Zeit hätte, Teresina daheim abzugeben und dann in dem Augenblick, da die Herrschaft die Kirche beträte, an seinem Orgel-Donnerplatz zu sein. Die Glocken hörten nicht auf zu lärmen, und die Inschriften auf den Wänden der Häuser, »Es lebe Garibaldi«, »Es lebe König Vittorio« und »Tod dem Bourbonenkönig«, die ein ungeübter Pinsel vor acht Wochen hierhin gemalt hatte, waren verblichen; sie schienen wieder in die Mauer verschwinden zu wollen. Während man die Treppe hinaufstieg, krachten die Böller, und als die Herrschaft mit dem kleinen Gefolge die Kirche betrat, ertönte vom Platz Ciccio Tumeos her, der kurzatmig, aber rechtzeitig angelangt war, mit Schwung das *Amami, Alfredo*[9].

In der Mutterkirche standen dichtgedrängt neugierige Menschen zwischen den dicken Säulen aus rotem Marmor; die Familie Salina saß im Chor. Während der kurzen Zeremonie bot sich Don Fabrizio den Augen der Menge ganz herrlich dar; die Fürstin stand im Begriff, vor Hitze und Müdigkeit ohnmächtig zu werden, und Tancredi streifte unter dem Vorwand, die Fliegen fortzujagen, mehr als einmal das blonde Haupt Concettas. Alles war in Ordnung; nach der kurzen Ansprache Monsignor Trottolinos verneigte man sich vor dem Altar, wandte sich nach der Tür und trat auf die unter der Sonne wie gelähmt daliegende Piazza.

Unten auf der Treppe verabschiedeten sich die Honoratioren, und die Fürstin, die ihre Anordnungen während der Zeremonie flüsternd weitergegeben hatte, lud auf den gleichen Abend den Bürgermeister, den Erzpriester und den Notar zu Tisch. Der Erzpriester war Junggeselle von Berufs wegen, der Notar war es, weil er sich dazu berufen fühlte, und so konnte man die Frage hinsichtlich der Gattinnen an sie nicht stellen; lässig wurde die Einladung an den Bürgermeister ausgedehnt auf seine Frau: diese war nichts als eine Art Bäuerin, sehr schön, aber der Ehemann selber hielt sie in mehr als einer Hinsicht für nicht salonfähig. Niemand war daher überrascht, als er sagte, sie sei unpäßlich; aber groß war die Verwunderung, als er hinzufügte: »Wenn Eure Exzellenzen gestatten, werde ich mit meiner Tochter kommen, mit Angelica, die seit vier Wochen von nichts anderem mehr spricht als davon, wie sie sich freuen würde, von Euren Exzellenzen gekannt zu werden, jetzt, da sie groß ist.« Dem wurde natürlich zugestimmt; und der Fürst, der Tumeo hinter den anderen verstohlen hatte hervorblicken sehen, rief ihm zu: »Auch Ihr selbstverständlich, Don Ciccio, und kommt mit Teresina!« An alle anderen gewandt fügte er hinzu: »Und nach dem Essen, um neun Uhr, werden wir glücklich sein, alle Freunde bei uns zu sehen.« Donnafugata kommentierte diese letzten Worte lange. Der Fürst zwar hatte Donnafugata unverändert gefunden; ihn hingegen fand man sehr verändert, denn nie hätte er früher eine so herzliche Art, zu sprechen, angewandt; und mit diesem Augenblick begann, unsichtbar, sein Prestige zu schwinden.

Der Palast Salina grenzte an die Mutterkirche. Seine schmale Fassade, sieben Fenster auf die Piazza, ließ nicht vermuten, wie unermeßlich groß er war: er erstreckte sich zweihundert Meter nach hinten; es waren Bauwerke aus verschiedenen Stilepochen – jedoch harmonisch zusammengefügt – um drei sehr geräumige Höfe, und das Ganze endete in einen ausgedehnten Garten. Beim Haupteingang

auf der Piazza wurden die Reisenden neuen Willkommens-
kundgebungen unterworfen. Don Onofrio Rotolo, der hie-
sige Verwalter, nahm an der öffentlichen Begrüßung beim
Eintritt in den Ort nicht teil. Erzogen in der äußerst strengen Schule der Fürstin Carolina, betrachtete er den *vul-
gus* als nicht vorhanden und den Fürsten als im Ausland
weilend, solange er die Schwelle seines Palastes nicht über-
schritten hatte. Und darum stand er hier, zwei Schritt vor
dem Tor, ganz klein, ganz alt, ganz bärtig, ihm zur Seite
die Frau, sehr viel jünger als er und kräftig, hinter ihm die
Diener und die acht Männer der fürstlichen Schutzwache[10]
mit dem goldenen Leoparden an der Mütze, in den Händen Flinten von nicht unbedingter Ungefährlichkeit. »Ich
bin glücklich, Eure Exzellenzen in Ihrem Hause willkommen zu heißen. Ich übergebe den Palast in genau dem
gleichen Zustand, in dem er verlassen wurde.«

Don Onofrio Rotolo war einer der wenigen Menschen,
die der Fürst schätzte, und wohl der einzige, der ihn nie
bestohlen hatte. Seine Ehrlichkeit grenzte an Manie, und
man erzählte sich von ihr so großartige Episoden wie
die von dem Gläschen Likör, das die Fürstin einmal im
Augenblick der Abreise halbvoll hatte stehen lassen und
nach einem Jahr an genau derselben Stelle wieder vorgefunden hatte – der Inhalt zu einer zuckerigen Kruste verwandelt, aber nicht angerührt. »Denn dies ist ein unendlich kleiner Teil vom angestammten Besitztum des Fürsten und darf nicht zugrunde gehen.«

Nachdem die Förmlichkeiten mit Don Onofrio und Donna Maria beendet waren, ging die Fürstin, die sich nur noch
mit größter Nervenanspannung aufrecht hielt, unverzüglich zur Ruhe, die jungen Mädchen und Tancredi eilten in
die kühlenden Schatten des Gartens, der Fürst und der

Verwalter machten den Rundgang durch die großen Räumlichkeiten. Alles war in vollkommener Ordnung: die Gemälde in ihren schweren Rahmen waren abgestaubt, die Vergoldungen der alten Büchereinbände strahlten ihr diskretes Feuer aus, die hochstehende Sonne brachte den grauen Marmor um jede Tür zum Erglänzen. Ein jedes Ding war in dem Zustand, in dem er sich seit fünfzig Jahren befand. Hier fühlte sich Don Fabrizio, jetzt, da er dem geräuschvollen Wirbel des Bürgerkriegs entflohen war, gleichmütig, voll ruhiger Sicherheit, und betrachtete Don Onofrio, der ihm zur Seite trottete, fast mit Rührung. »Don Nofrio, Ihr seid richtig einer jener Zwerge, die Schätze hüten; die Erkenntlichkeit, die wir Euch schulden, ist groß.« In einem anderen Jahr wäre das Gefühl genau das gleiche gewesen, aber die Worte wären ihm nicht über die Lippen gekommen; Don Nofrio sah dankbar und überrascht zu ihm hin. »Meine Pflicht, Exzellenz, meine Pflicht.« Und um zu verbergen, wie aufgeregt er war, kratzte er sich das Ohr mit dem sehr langen Nagel des linken kleinen Fingers.

Dann wurde der Verwalter der Marter des Tees unterworfen. Don Fabrizio ließ zwei Tassen kommen, und Don Nofrio mußte, den Tod im Herzen, eine davon schlucken. Danach begann er die Chronik von Donnafugata zu erzählen: vor vierzehn Tagen hatte er die Verpachtung des Lehnsgutes Aquila erneuert, zu Bedingungen, die ein wenig schlechter waren als vorher; er hatte hohe Kosten aufbringen müssen, um die Dachböden des Gästeflügels auszubessern; aber in der Kasse lagen – nach Abzug aller Ausgaben, der Steuer und seines Lohnes – zur Verfügung Seiner Exzellenz dreitausendzweihundertfünfundsiebzig Unzen.

Dann kamen die privaten Neuigkeiten, die sich um das

große Geschehnis des Jahres rankten: die rasche Vermö-
genszunahme Don Calògero Sedàras. Vor einem halben
Jahr war das Darlehen verfallen, das er dem Baron Tu-
mino gewährt hatte, und er hatte das Land eingezogen;
dank tausend geliehener Unzen gehörte ihm jetzt ein Besitz, der ihm fünfhundert im Jahr einbrachte; im April
hatte er eine *salma*[11] Land um ein Stück Brot erwerben
können; und in jener *salma* war ein sehr begehrter Mar-
morbruch, den er ausbeuten wollte; er hatte äußerst vor-
teilhafte Getreideverkäufe getätigt in dem Augenblick der
Verwirrung und Teuerung, der auf die Landung gefolgt
war. In der Stimme Don Nofrios schwang jetzt ein heimlicher Groll. »Ich habe es mir an den Fingern abgezählt:
die Einkünfte Don Calògeros werden in Kürze denen Eurer
Exzellenz hier, in Donnafugata, gleichen.« Mit dem Reichtum wuchs auch der politische Einfluß: er war das Haupt
der Liberalen im Ort geworden, ebenso in den benachbar-
ten Dörfern; wenn dort die Wahlen sein würden, so war
er sicher, als Abgeordneter nach Turin geschickt zu werden. »Und wie sie sich aufspielen, nicht er, er ist dafür zu
durchtrieben, aber seine Tochter zum Beispiel, die aus dem
Internat in Florenz zurück ist und nun im Ort umhergeht
in gebauschtem Rock und mit Samtbändern, die ihr vom
Hütchen herunterhängen.«

Der Fürst schwieg; die Tochter, ach ja, diese Angelica,
die heute abend zum Essen kommen würde; er war neugierig darauf, die aufgeputzte kleine Schäferin wiederzusehen. Es stimmte nicht, daß nichts verändert war – Don
Calògero ebenso reich wie er! Aber diese Dinge waren im
Grunde vorauszusehen gewesen; sie waren der Preis, den
es zu zahlen galt.

Das Schweigen des Herrn machte Don Nofrio bestürzt;

er dachte, er habe den Fürsten mit der Erzählung der heimischen Klatschereien verstimmt. »Exzellenz, ich habe daran gedacht, ein Bad bereiten zu lassen; es muß jetzt fertig sein.«

Don Fabrizio merkte plötzlich, daß er müde war: es war fast drei Uhr, und neun Stunden schon war er in der brennendheißen Sonne unterwegs gewesen, nach dieser Nacht! Er spürte seinen Körper voll Staub bis in die letzten Falten. »Danke, Don Nofrio, daß Ihr daran gedacht habt; und auch für alles übrige. Wir sehen uns heute abend wieder, beim Essen.«

Er stieg die innere Treppe hinauf; er schritt durch den Saal mit den Gobelins, durch den blauen, durch den gelben; die herabgelassenen Jalousien filterten das Licht; in seinem Arbeitsraum tickte leise der Pendel der Boulle-Uhr. ›Welch ein Frieden, mein Gott, welch ein Frieden!‹ Er betrat das Badezimmerchen: klein, weißgekalkt, der Fußboden rauhe Ziegel, in seiner Mitte das Loch, durch das das Wasser abfloß. Die Wanne war eine Art ovaler Zuber, ungeheuer groß, in lackiertem Eisenblech, außen gelb und innen grau, auf vier kräftigen Holzfüßen. An einen Nagel in der Wand war ein Badetuch gehängt; auf einem der Strohstühle die Wäsche zum Wechseln; auf einem anderen ein Kleidungsstück, das noch vom Koffer her die Falten aufwies. Neben der Badewanne ein mächtiges Stück rosa Seife, eine große Bürste, ein zusammengeknotetes Taschentuch, die Kleie enthaltend, die, ins Bad getan, einen milchigen Duft ausströmen würde, und ein riesiger Schwamm, wie sie ihm der Verwalter von der Insel Salina schickte. Vom Fenster her, das ohne Schutz war, drang die Sonne gewaltsam herein.

Er klatschte in die Hände; zwei Diener traten ein, jeder trug zwei Eimer, in denen das Wasser schaukelte, in dem einen das kalte, im andern kochendheißes; sie gingen etliche Male hin und her; die Wanne füllte sich; er prüfte mit der Hand die Temperatur: es war gut so. Er hieß die Diener hinausgehen, entkleidete sich, tauchte ein. Unter der übermäßigen Masse schwappte das Wasser ein wenig über. Er seifte sich, er striegelte sich: die Wärme tat ihm gut, sie lockerte ihn. Schon war er nahe daran, einzuschlafen – da wurde an die Tür geklopft. Mimì, der Kammerdiener, trat schüchtern ein. »Pater Pirrone fragt, ob er Euer Exzellenz sogleich sehen könne. Er wartet hier nebenan, bis Euer Exzellenz aus dem Bad kommen.«

Der Fürst war überrascht; war etwas Schlimmes geschehen, dann war es besser, es ohne Verzug zu erfahren. »Nichts da, laß ihn sogleich eintreten.«

Don Fabrizio war von der Eile Pater Pirrones beunruhigt; ein wenig darum und ein wenig aus Ehrfurcht vor dem priesterlichen Gewand beeilte er sich, aus dem Bad zu steigen: er rechnete damit, daß er das Badetuch umnehmen könne, bevor der Jesuit einträte. Aber das gelang ihm nicht – und Pater Pirrone trat gerade in dem Augenblick ein, da er, von dem seifigen Wasser nicht mehr verhüllt, von dem provisorischen Schweißtuch noch nicht umkleidet, sich völlig nackend aufrichtete wie der Farnesische Herkules, und dazu noch dampfend, während ihm vom Halse, von den Armen, vom Leib, von den Schenkeln das Wasser in Strömen herabfloß: wie die Rhône, der Rhein, die Donau, die Etsch kreuz und quer von den Alpenjochen laufen und sie netzen. Das Panorama des Riesenfürsten im adamitischen Zustand war für Pater Pirrone unerhört; vom Sakrament der Buße auf die Nacktheit der Seelen vorbereitet, war er es weit weniger auf die der Körper; und er, der nicht mit der Wimper gezuckt hätte beim Anhören der Beichte, nehmen wir an, eines blutschänderischen Liebeshandels, wurde beim Anblick dieser unschuldigen Titanen-Nacktheit verwirrt. Er stammelte eine Entschuldigung und machte Miene, sich zurückzuziehen; aber Don Fabrizio, verärgert, daß er sich nicht beizeiten hatte bedecken können, wandte natürlicherweise seine Mißstimmung gegen ihn: »Pater, seid nicht töricht! Gebt mir lieber das Badetuch und helft mir – wenn es Euch nicht mißfällt –, mich abzutrocknen.« Sogleich danach kam ihm ein Streit, den er einmal mit dem Jesuiten gehabt, wieder in den Sinn. »Und hört auf mich, Pater: nehmt auch Ihr ein Bad.« Befriedigt darüber, daß er jemanden, der ihm so viele moralische Ermahnungen zukommen ließ, eine hygienische hatte geben können, wurde er wieder ruhig. Mit dem oberen Rand des Tuches, das er endlich erhalten hatte, trocknete er sich Haar und Hals, während ihm der gedemütigte Pater Pirrone mit dem unteren Rand die Füße abrieb.

Als Gipfel und Hänge des Berges trocken waren, sagte der Fürst: »Nun setzt Euch, Pater, und sagt mir, warum Ihr mich so ungestüm habt sprechen wollen.« Und während sich der Jesuit setzte, begann der Fürst mit einigen intimeren Abtrocknungen. »Es ist dies, Exzellenz: man hat mich mit einer delikaten Mission betraut. Eine Eurer Exzellenz höchst teure Person hat mir ihr Herz öffnen und mir die Aufgabe anvertrauen mögen, dafür zu sorgen, daß ihre Gefühle offenbar würden, vielleicht zu Unrecht darauf vertrauend, daß die Achtung, deren ich gewürdigt werde...« Pater Pirrones Umständlichkeit löste sich in nicht enden wollende Sätze. Don Fabrizio verlor die Geduld: »Kurz, Pater, um wen handelt es sich? Um die Fürstin?« Sein erhobener Arm schien zu drohen; in Wirklichkeit trocknete er sich eine Achselhöhle.

»Die Fürstin ist ermüdet; sie schläft, ich habe sie nicht gesehen. Es handelt sich um das gnädige Fräulein Concetta.« Pause. »Sie – ist verliebt.«

Ein Mann von fünfundvierzig Jahren kann sich noch für jung halten bis zu dem Augenblick, da er gewahr wird, daß er Kinder hat, die in dem Alter sind, selbst zu lieben. Der Fürst fühlte sich mit einemmal gealtert; er vergaß die Meilen, die er auf der Jagd hinter sich zu bringen pflegte, die ›Jesusmaria‹, die er hervorzurufen wußte, seine jetzige Frische am Ende einer langen, mühseligen Reise. Mit einemmal sah er sich selbst als einen Mann im Silberhaar, der eine Schar Enkelkinder zur Villa Giulia begleitet, damit sie dort auf den Ziegen reiten.

»Und warum hat das Gänschen diese Dinge Euch erzählt? Warum ist sie nicht zu mir gekommen?« Er fragte nicht einmal danach, wer der Betreffende sei; das war gar nicht erst nötig. »Euer Exzellenz verbergen das Herz des Vaters zu gut unter der Autorität des Herrn. Da ist es nur natürlich, wenn das arme junge Mädchen Scheu empfindet und bei dem treu ergebenen Hausgeistlichen Hilfe sucht.«

Don Fabrizio fuhr in die mächtigen, langen Unterhosen und schnaubte: er sah lange Gespräche voraus, Tränen, Störungen ohne Ende. Dieses zimperliche Mädchen verdarb ihm den ersten Tag in Donnafugata.

»Ich begreife, Pater, ich begreife. Hier versteht mich kein Mensch. Das ist mein Unglück.« Er blieb auf einem Schemel sitzen, das blonde Vlies der Brust mit Tröpfchen beperlt. Kleine Wasserrinnsale schlängelten sich auf die Ziegel, der Raum war voll vom milchigen Dunst der Kleie und vom Mandelduft der Seife. »Und was sollte ich Eurer

Ansicht nach sagen?« Der Jesuit schwitzte in der Glut-
hitze des kleinen Zimmers und wäre, da das Bekenntnis
übermittelt war, gern gegangen; aber das Gefühl seiner
Verantwortlichkeit hielt ihn fest. »Der Wunsch, eine christ-
liche Familie zu gründen, erscheint der Kirche höchst willkommen. Die Gegenwart Christi bei der Hochzeit von
Kana...« »Schweifen wir nicht ab. Ich beabsichtige von
dieser Ehe zu sprechen, nicht von der Ehe im allgemeinen.
Hat Don Tancredi sich etwa deutlich erklärt, und wann?«

Pater Pirrone hatte fünf Jahre lang versucht, diesen
Knaben das Latein zu lehren; sieben Jahre lang hatte er
seine Zornausbrüche und Scherze erduldet; wie alle hatte
er seinen Zauber verspürt. Aber die jetzige politische Haltung Tancredis hatte ihn gekränkt: die alte Zuneigung lag
mit dem neuen, heimlichen Groll im Widerstreit. Jetzt
wußte er nicht, was er sagen sollte. »Sich im eigentlichen
Sinn erklärt – nein. Aber das gnädige Fräulein Concetta
hegt keine Zweifel: seine Aufmerksamkeiten, seine Blicke,
seine Andeutungen, alles Dinge, die immer häufiger werden, haben diese fromme Seele überzeugt. Sie ist sicher,
daß sie geliebt wird; aber als gehorsame und ehrerbietige
Tochter wollte sie Euer Exzellenz mittels meiner Person
fragen, was sie antworten solle, wenn diese Erklärung
käme. Sie spürt, sie steht nahe bevor.«

Der Fürst war etwas beruhigt: woher hätte denn dieses
kleine Mädchen eine Erfahrung schöpfen sollen, die ihr
erlaubte, klar zu sehen in der Haltung eines jungen Mannes, noch dazu eines jungen Mannes wie Tancredi! Es handelte sich wohl um bloße Phantasien, um einen jener ›goldenen Träume‹, dank derer die Kopfkissen in den Inter-
naten zerwühlt zu werden pflegen. Die Gefahr war noch
fern.

Gefahr. Das Wort hallte in ihm mit solcher Deutlichkeit, daß es ihn überraschte. Gefahr. Aber Gefahr für wen? Er liebte Concetta sehr: ihm gefiel an ihr die ständige Unterwerfung, die Sanftmut, mit der sie sich jeder Kundgebung des väterlichen Willens, auch wenn sie ihr zuwider war, beugte – eine Unterwerfung und Sanftmut allerdings, die er überschätzte. Seine natürliche Neigung, jede Bedrohung der eigenen Ruhe wegzuschieben, hatte es ihm verwehrt, das harte Licht zu beobachten, das das Auge des jungen Mädchens jäh durchfuhr, wenn die Launen, denen sie gehorchte, wirklich zu quälend waren. Der Fürst liebte diese seine Tochter sehr. Aber mehr noch liebte er seinen Neffen. Immer schon war es der spöttisch-herzlichen Art des Knaben gelungen, ihn zu erobern; seit einigen Monaten aber hatte er begonnen, auch seine Intelligenz zu bewundern: die rasche Anpassungsfähigkeit, der weltgewandte Scharfblick, die angeborene Kunst der feinen Nuancen, die ihm Gelegenheit gab, die Eingeweihten – auch wenn er in der modischen Demagogensprache redete – doch spüren zu lassen, daß dies nur ein Zeitvertreib war, dem er, der Fürst von Falconeri, sich einen Augenblick hingab – all das hatte ihn amüsiert; und bei Menschen vom Charakter und Stand Don Fabrizios macht die Fähigkeit, daß jemand sie amüsiert, vier Fünftel der Zuneigung aus. Tancredi hatte seiner Ansicht nach eine große Zukunft vor sich; er würde der Fahnenträger eines Gegenstoßes sein können, den der Adel – in geänderter Uniform – gegen den neuen Sozialstaat führen könnte. Um dies zu tun, fehlte ihm nur eines: das Geld; Geld hatte Tancredi überhaupt keines. Und um in der Politik voranzukommen, jetzt, da der Name weniger zählte, brauchte man viel Geld: Geld, um die Stimmen zu kaufen, Geld, um den Wählern Gefälligkeiten zu erweisen, Geld, um ein großes Haus zu führen, das die Menschen blendete. Ein großes Haus führen ... Und würde Concetta mit all ihren passiven Tugenden imstande sein, einem ehrgeizigen, glänzenden Mann zu helfen, die schlüpfrigen Stufen der neuen Gesellschaft hinaufzusteigen? Scheu, zurückhaltend, störrisch wie sie war? Sie würde immer die schöne Internatsschülerin bleiben, die sie jetzt war, ein Bleigewicht am Fuß des Ehemannes.

»Könnt denn Ihr, Pater, Euch Concetta als Gattin des Botschafters in Wien oder Petersburg vorstellen?« Diese Frage verwirrte Pater Pirrone. »Aber was hat das damit zu tun? Das verstehe ich nicht.« Don Fabrizio machte sich nicht die Mühe, es zu erklären; lieber blieb er wieder mit seinen Gedanken allein. Geld? Concetta würde eine Mitgift bekommen, gewiß. Aber das Vermögen des Hauses Salina ging in sieben Teile, in nicht gleiche Teile, von denen die der Mädchen am kleinsten sein würden. Und dann? Tancredi brauchte etwas ganz anderes – Maria Santa Pau zum Beispiel mit den vier Lehnsgütern, die ihr schon gehörten, und all jenen Onkeln, die Priester und damit sparsam waren; eines der Mädchen Sutèra, ebenso häßlich wie reich. Die Liebe! Gewiß, die Liebe. Feuer und Flammen für ein Jahr, Asche für dreißig. Er, oh, er wußte, was die Liebe war ... Und dann Tancredi, dem die Frauen zufallen würden wie reife Früchte ...

Auf einmal wurde ihm kühl. Das Wasser, das noch um ihn war, verdampfte, und die Haut der Arme war eiskalt. Die Fingerspitzen wurden runzelig. Und was für eine Menge peinlicher Gespräche in Aussicht! Es galt, zu vermeiden ... »Jetzt muß ich mich ankleiden gehen, Pater. Bitte, sagt Concetta, ich sei gewiß nicht ärgerlich, aber wir würden von alledem wieder sprechen, wenn wir sicher seien, daß es sich nicht nur um Phantasien eines romantischen Mädchens handelt. Auf bald, Pater.«

Er erhob sich und ging ins Ankleidezimmer. Von der nahen Mutterkirche kamen traurig die Glockenschläge eines Begräbnisses. Irgendwer in Donnafugata war gestorben, irgendein ermatteter Körper, der der großen Trauer des sizilianischen Sommers nicht mehr widerstanden hatte, dem die Kraft gefehlt hatte, auf den Regen zu warten. ›Wohl ihm‹, dachte der Fürst, während er sich das duftende Wasser in den Bart rieb. ›Wohl ihm, jetzt pfeift er auf Töchter, Mitgiften und politische Karrieren.‹ Dieser flüchtige Augenblick, in dem er sich in einen unbekannten Verstorbenen hineinversetzte, genügte, um ihn zu beruhigen. ›Solange man sterben kann, ist noch Hoffnung‹, dachte er; dann fand er sich lächerlich, daß er in einen solchen Zustand von Niedergeschlagenheit geraten war, weil sich eine seiner Töchter verheiraten wollte. ›*Ce sont leurs affaires, après tout*‹, dachte er in Französisch, wie er immer tat, wenn seine Gedanken durchaus leichtsinnig sein wollten. Er setzte sich in einen Sessel und hielt ein Schläfchen.

Nach einer Stunde erwachte er frisch und ging in den Garten hinunter. Die Sonne neigte sich schon, und ihre Strahlen, deren Gewalt jetzt gebrochen war, beschienen mit ihrem milden Licht die Araukarien, die Pinien, die kräftigen Steineichen, die den Ruhm des Ortes ausmachten. Hinten von der Hauptallee her, die langsam abwärtsführte zwischen hohen Lorbeerhecken, die als Rahmen um die Büsten irgendwelcher nasenloser Göttinnen dienten, hörte man den sanften Regen der Wasserstrahlen, die in den Brunnen der Amphitrite zurückfielen. Rasch wandte er sich dorthin, begierig, ihn wiederzusehen. Aus den großen Muscheln der Tritonen, aus den kleineren der Najaden, aus den Nasenlöchern der Meerungeheuer kamen die Wasser in feinen Fäden hervor, schlugen mit scharfem, weithin vernehmbarem Ton auf die grünliche Oberfläche des Beckens, prallten zurück, erregten Blasen, Schaum, Wellenlinien, leichte Schauer, lachende Strudel; dem ganzen Brunnen, den lauen Wassern, den mit samtigen Moosen umkleideten Steinen entströmte das Versprechen einer Lust, die sich nie in Schmerz würde wenden können. Auf einem Inselchen in der Mitte des runden Beckens packte ein von einem unerfahrenen, aber sinnlichen Meißel geformter Neptun eifrig und lächelnd eine willige Amphitrite; ihr von den Spritzern befeuchteter Nabel blinkte in der Sonne – binnen kurzem im Schatten unter Wasser eine Stätte heimlicher Küsse. Don Fabrizio hielt an, schaute, dachte zurück, beklagte Verlorenes. So blieb er lange.

»Großer Onkel, komm und besieh dir die ausländischen Pfirsiche. Sie sind sehr gut geraten. Und laß diese indezenten Dinge sein, die sind nichts für Männer deines Alters.«

Die herzliche, spottlustige Stimme Tancredis löste ihn aus der wollüstigen Betäubung. Er hatte ihn nicht kommen hören: er war wie eine Katze. Zum erstenmal meinte er beim Anblick des jungen Mannes einen heimlich quälenden Groll zu verspüren: dieser Geck mit der feinen, schmalen Taille unter dem dunkelblauen Anzug war die Ursache gewesen, daß er vor zwei Stunden so vorzeitig an den Tod gedacht hatte. Dann machte er sich klar, daß es kein Groll war, sondern nur eine vermummte Furcht; er hatte Angst, er spräche ihm von Concetta. Aber die ungezwungene Art, der Ton des Neffen ließen nicht vermuten, daß er sich anschicke, einem Manne wie ihm Liebesdinge anzuvertrauen. Er wurde ruhig. Tancredis Auge sah mit der spöttischen Heiterkeit zu ihm hin, wie sie die Jugend älteren Menschen zugesteht.

›Sie können sich schon erlauben, ein wenig großmütig mit uns zu sein, sie sind ja sicher, daß sie am Tage nach unserm Begräbnis frei sein werden.‹ Er ging mit Tancredi, um die ›ausländischen Pfirsiche‹ zu besehen. Das Aufpfropfen der deutschen Reiser, vor zwei Jahren vorgenommen, war völlig geglückt: es waren zwar nur wenige Früchte, ein Dutzend auf zwei gepfropften Bäumen, aber sie waren groß, samtig, von starkem Wohlgeruch; gelblich, auf beiden Wangen rosig getönt, schienen sie Köpfchen schamhafter kleiner Chinesenmädchen. Der Fürst betastete sie mit der berühmten Zartheit seiner fleischigen Fingerkuppen. »Mir scheint, sie sind wirklich reif. Schade, daß es zu wenige sind, um sie heute abend zu servieren. Aber morgen werden wir sie pflücken lassen und sehen, wie sie sind.« »Siehst du wohl, Onkel, so gefällst du mir, so, in der Rolle des *agricola pius*, der die Früchte seiner Arbeit abschätzt und vorausschmeckt — und nicht, wie ich dich noch eben vorfand, in der Betrachtung skandalöser Nuditäten.« »Und doch, Tancredi, ist auch solch ein Pfirsich ein Ergebnis von Liebe, von Vereinigung.« »Gewiß, aber von legaler Liebe, gefördert von dir als Herrn und von dem Gärtner Nino als Notar. Von vorbedacht fruchtbringender Liebe. Was jene beiden dort betrifft«, und er wies auf den Brunnen, dessen leises Plätschern durch einen Steineichenvorhang zu ihnen drang, »meinst du wirklich, sie seien vor dem Pfarrer erschienen?« Die Fahrtgeschwindigkeit der Unterhaltung wurde bedenklich, und Don Fabrizio beeilte sich, den Kurs zu wechseln. Als sie wieder zum Hause hinanstiegen, erzählte Tancredi alles, was er von der galanten Chronik von Donnafugata erfahren hatte: Menica, die Tochter des Schutzwächters Saverio, hatte sich vom Bräutigam schwängern lassen; jetzt mußte man schleunigst heiraten. Und weiter: Calicchio war nur um ein Haar dem Flintenschuß eines mißvergnügten Ehemanns entgangen. »Aber wieso weißt du diese Dinge schon?« »Ich weiß sie eben, großer Onkel, ich weiß sie. Mir erzählen sie alles, sie wissen, daß ich Mitgefühl habe.«

Als sie oben auf der Treppe angelangt waren, die mit sanften Windungen und langen, ausruhsamen Absätzen vom Garten zum Palast hinaufführte, sahen sie drüben über den Bäumen den Abendhimmel: von seiten des Meeres stiegen ungeheure, drohende, tintenfarbene Wolken auf. War der Zorn Gottes etwa gestillt, hatte der jährlich wiederkehrende Fluch Siziliens ein Ende erreicht? In jenem Augenblick betrachteten viele tausend andere Augen, gemahnt von Milliarden Samen im Schoß der Erde, diese trostbeladenen, drohenden Wolken. »Hoffen wir, daß der Sommer zu Ende ist, daß endlich der Regen kommt«, sagte Don Fabrizio; und mit diesen Worten offenbarte sich der stolze Edelmann, dem die Regenfälle persönlich nur Verdruß bringen würden, als ein Bruder seiner unwissenden Bauern.

Der Fürst hatte immer darauf geachtet, daß das erste Diner in Donnafugata einen feierlichen Charakter trug: die Kinder unter fünfzehn Jahren wurden von der Tafel ausgeschlossen, es wurden französische Weine serviert, es gab vor dem Braten den Punsch auf römische Art; und die Diener waren in Perücke und Escarpins. Nur auf eine Besonderheit verzichtete er: er zog nicht den Abendanzug an, um die Gäste, die offensichtlich keinen besaßen, nicht in Verlegenheit zu bringen. An dem Abend erwartete die Familie Salina im sogenannten ›Leopold-Saal‹ die letzten Eingeladenen. Unter den mit Spitze überzogenen Schirmen verbreiteten die Petroleumlampen ein genau abgegrenztes, gelbes Licht; die ungeheuren Reitergemälde der dahingeschiedenen Salina waren nur noch imponierende Bilder, unbestimmt wie ihre Erinnerung. Don Onofrio war – zusammen mit seiner Frau – schon erschienen, und ebenso der Erzpriester, der, in seiner Mantilla aus ganz leichtem Stoff, die von den Schultern abwärts – als Festgewand – in kleine Falten gelegt war, mit der Fürstin von den Streitigkeiten im ›Collegio di Maria‹ sprach. Auch Don Ciccio, der Organist, war eingetroffen (Teresina hatte man bereits an ein Tischbein im Anrichteraum gebunden); er frischte mit dem Fürsten die Erinnerung an sagenhafte Büchsenschüsse auf, die ihnen in den Schluchten der Dragonara geglückt waren. Alles verlief glatt und wie üblich, als Francesco Paolo, der sechzehnjährige Sohn, auf eine unziemliche Art in den Saal stürmte: »Papà, Don Calògero kommt die Treppe herauf. Er ist im Frack!«

Tancredi wertete die Wichtigkeit der Nachricht eine Sekunde früher als die anderen; er war eifrig dabei, Don Onofrios Frau zu bezaubern. Aber als er das verhängnisvolle Wort vernahm, konnte er nicht an sich halten und lachte krampfhaft los. Nicht aber lachte der Fürst; auf ihn übte – wenn man es sagen darf – die Nachricht eine größere Wirkung aus als der Bericht von der Landung in Marsala. Jene war ein Ereignis gewesen, das nicht nur vorausgesehen, sondern auch fern und unsichtbar war. Jetzt – empfindsam wie er war für Ahnungen und Symbole –

betrachtete er diese kleine weiße Krawatte und diese beiden schwarzen Schöße, die die Stufen seines Hauses heraufstiegen, als eine Revolution. Nicht nur war er, der Fürst, nicht mehr der größte Grundbesitzer in Donnafugata, sondern er sah sich auch gezwungen, selber nachmittäglich gekleidet, einen Gast zu empfangen, der im Abendanzug vor ihn trat.

Seine Verstimmtheit war beträchtlich und dauerte noch an, während er mechanisch auf die Tür zuschritt, um den Gast zu empfangen. Als er ihn jedoch erblickte, milderte sich sein Kummer einigermaßen. Der Frack Don Calògeros war zwar als politische Demonstration vollkommen gelungen; eines jedoch konnte man mit Gewißheit sagen: als Schneider-Kunstwerk war er eine Katastrophe. Das Tuch war äußerst fein, die Machart neu, aber der Schnitt war einfach ungeheuerlich. Die Enden der beiden Rockschöße hoben sich in stummem Flehen gen Himmel, der breite Kragen war ohne Form, und – so schmerzlich es ist, so muß es doch gesagt werden – des Bürgermeisters Füße steckten in Knopfstiefelchen.

Don Calògero ging, die behandschuhte Hand ausgestreckt, auf die Fürstin zu: »Meine Tochter bittet um Entschuldigung – sie war noch nicht ganz fertig. Euer Exzellenz wissen, wie Weibsleute sind bei solchen Gelegenheiten«, fügte er hinzu und drückte nahezu im Dialekt einen Gedanken von pariserischer Leichtigkeit aus. »Aber sie wird in einem Augenblick hier sein; von unserm Hause sind es ja nur zwei Schritte, wie Exzellenz wissen.«

Der Augenblick dauerte fünf Minuten; dann öffnete sich die Tür, und herein trat Angelica. Der erste Eindruck war der einer alle blendenden Überraschung. Den Salina stockte der Atem; Tancredi spürte geradezu, wie ihm die Adern an den Schläfen klopften. Unter dem Stoß, den die Männer damals vom Ansturm ihrer Schönheit empfingen, blieben sie außerstande, die nicht wenigen Fehler, die diese Schönheit hatte, zu bemerken, so daß sie sie hätten analysieren können; es mochte viele Menschen geben, die zu solcher Anstrengung nie imstande waren. Angelica war groß und gut gewachsen – selbst nach hohem Maßstab geurteilt; ihre Haut besaß gewiß den Duft der frischen Sahne, der sie ähnelte, der kindliche Mund den von Erdbeeren. Unter der Fülle der nachtfarbenen, in lieblichen Wellen sie umfließenden Haare dämmerten die grünen Augen regungslos wie die von Statuen und, wie sie, ein wenig grausam. Sie schritt langsam, wobei sie den weiten, weißen Rock um sich schwingen ließ und in der ganzen Gestalt die Gelassenheit, die Unbesiegbarkeit der Frau zum Ausdruck brachte, die ihrer Schönheit gewiß ist. Erst viele Monate danach erfuhr man, daß sie in dem Augenblick dieses ihres siegreichen Einzuges im Begriff war, vor Angst in Ohnmacht zu fallen.

Sie beachtete nicht den Fürsten, der auf sie zueilte, sie ging vorüber an Tancredi, der ihr betroffen zulächelte; vor dem Sessel der Fürstin deutete ihr wunderbarer Rücken eine Verbeugung an, und diese in Sizilien ungewohnte Form der Huldigung verlieh ihr einen Augenblick zu dem Zauber ländlicher Schönheit noch den fremder Sitte. »Liebe Angelica, wie lange habe ich dich nicht gesehen! Du bist sehr verändert; und nicht zum Schlechten.« Die Fürstin traute ihren Augen nicht: sie erinnerte sich der wenig gepflegten, ziemlich häßlichen Dreizehnjährigen von vor vier Jahren und vermochte jenes Bild mit der sinnlich lockenden Jungfräulichkeit, die vor ihr stand, nicht zusammenzubringen. Der Fürst hatte keine Erinnerungen neu zu ordnen; er hatte sich nur kopfüber in Voraussagen zu stürzen. Der Schlag, den der Frack des Vaters seinem Stolz zugefügt hatte, wiederholte sich jetzt im Anblick der Tochter; aber diesmal handelte es sich nicht um schwarzes Tuch, sondern um eine zarte milchweiße Haut; und gut geschnitten, wie gut! Die Fanfare der weiblichen Anmut fand ihn, das alte Schlachtroß, bereit, und er wandte sich dem jungen Mädchen zu mit der vollen huldigenden Liebenswürdigkeit, die er der Herzogin von Bovino oder der Fürstin von Lampedusa gegenüber angewandt hätte: »Es ist ein Glück für uns, Signorina Angelica, eine so schöne Blüte in unserm Hause aufgenommen zu haben; und ich hoffe, wir werden die Freude haben, Sie hier oft wiederzusehen.« »Danke, Fürst; ich sehe, Ihre Güte zu mir ist die gleiche, wie Sie sie meinem lieben Papà immer erzeigt haben.« Ihre Stimme war schön, tief im Ton, vielleicht ein wenig zu sehr überwacht, und das Internat in Florenz hatte das Schleppende des Akzents von Girgenti ausgelöscht; vom Sizilianischen blieb ihr nur die rauhe Aussprache der Konsonanten, was übrigens mit ihrer klaren, aber schweren Lieblichkeit vorzüglich zusammenstimmte. In Florenz hatte man sie auch gelehrt, das ›Exzellenz‹ fortzulassen.

Schade, daß von Tancredi nicht viel zu sagen ist: nachdem er sich von Don Calògero hatte vorstellen, nachdem er den Leuchtturm seines blauen Auges hatte manövrieren lassen, nachdem er nur mit Mühe der Sehnsucht widerstanden hatte, Angelicas Hand zu küssen, war er dazu zurückgekehrt, mit der Signora Rotolo zu plaudern, und begriff nichts von dem, was er hörte. Pater Pirrone stand meditierend in einer dunklen Ecke und dachte an die Heilige Schrift, die sich ihm an diesem Abend nur als eine Aufeinanderfolge von Frauen wie Dalila, Judith und Esther darbot.

Die Haupttür des Saales öffnete sich, und der Oberaufseher sagte würdevoll: »*Prann' pronn'*« – geheimnisvolle Töne, mittels deren gemeldet wurde, daß das *Pranzo pronto*, das Diner serviert sei; und die ungleichartige Gruppe machte sich auf den Weg in den Speisesaal.

Der Fürst war zu erfahren, um sizilianischen Gästen in einem Ort im Landesinnern ein Mahl anzubieten, das mit einem *potage* anfing, und er durchbrach die Regeln der Hohen Küche um so leichter, als das seinem eigenen Geschmack entsprach. Aber die Kunde von der barbarischen fremden Sitte, als erstes Gericht eine dünne Suppe zu reichen, war zu den Oberen von Donnafugata viel zu beharrlich gedrungen, als daß nicht bei Beginn solcher feierlichen Diners ein Restchen Furcht ihr Herz hätte klopfen lassen. Als daher drei Diener in Grün, Gold und Perücke eintraten, jeder eine ungeheure Silberplatte tragend, die eine turmhohe Makkaroni-Pastete enthielt, unterließen es nur vier von den zwanzig Tischgenossen, eine leichte Überraschung zu zeigen: der Fürst und die Fürstin, weil sie es erwarteten, Angelica aus Affektiertheit, und Concetta aus Mangel an Appetit. Alle anderen (Tancredi, es muß leider gesagt werden, eingeschlossen) zeigten ihre Erleichterung auf verschiedene Art, von den verzückt grunzenden Flötentönen des Notars bis zum kleinen, hellen Schrei Francesco Paolos. Der ringsum drohende Blick des Hausherrn schnitt übrigens diese unziemlichen Kundgebungen sogleich ab.

Ganz abgesehen jedoch von guter Erziehung – der Anblick jener riesigen Makkaroni-Pastete verdiente sehr wohl, einem jeden summende Laute der Bewunderung zu entlocken. Das gebräunte Gold der Umhüllung, der starke

Duft von Zucker und Zimt, der davon ausströmte, waren nichts als das Vorspiel zu dem Wonnegefühl, das einem im Innern aufstieg, wenn das Messer die Kruste auseinanderriß: zuerst brach ein mit Wohlgerüchen beladener Dampf daraus hervor, und dann bemerkte man die Hühnerleber, die harten Eier, die Streifen von Schinken, jungem Huhn und Trüffeln in der weichen, heißen Masse der kleinen, kurzen Makkaroni, denen die verdichtete Fleischessenz eine köstliche Gamslederfarbe verlieh.

Zu Beginn der Mahlzeit herrschte, wie es in der Provinz zu geschehen pflegt, gesammelte Stille. Der Erzpriester bekreuzte sich und warf sich kopfüber in den Genuß, ohne ein Wort zu sagen. Der Organist schlürfte die dicke Sauce mit geschlossenen Augen: er war dem Schöpfer dankbar, daß ihm die Geschicklichkeit, mit der er Hasen und Schnepfen unfehlbar traf, bisweilen solche Entzückungen verschaffte, und dachte daran, daß allein mit dem, was eine solche Pastete wert war, er und Teresina vier Wochen leben konnten; Angelica, die schöne Angelica vergaß die heißen Kastanienkuchen der Toskana und einen Teil ihrer guten Manieren und schlang mit dem Appetit ihrer siebzehn Jahre und mit dem Nachdruck, den ihr die in der Mitte des Griffs gehaltene Gabel verlieh. Tancredi – in dem Versuch, Galanterie und Eßlust zu vereinen – probierte schwärmend, ob er die Würze der Küsse seiner Nachbarin Angelica in den aromatischen Gabeln voll Makkaroni mitschmekken konnte, spürte aber sogleich, daß das Experiment nicht eben geschmackvoll war, und schob es auf, wobei er sich vorbehielt, diese Phantasien wieder zu beleben, sowie das Dessert serviert würde; der Fürst war, wiewohl entzückt in die Betrachtung Angelicas versunken, die ihm gegenübersaß, als einziger bei Tisch imstande, zu bemerken, daß die *demi-glace* zu mächtig sei, und nahm sich vor, es dem Koch am nächsten Tage zu sagen; die anderen aßen gedankenlos und wußten nicht, daß ihnen die Speise darum so köstlich erschien, weil ein sinnliches Lüftchen ins Haus geweht war.

Alle waren ruhig und zufrieden. Alle – außer Concetta. Sie hatte Angelica wohl umarmt und geküßt, hatte auch das ›Sie‹ zurückgewiesen, das jene ihr gegenüber gebrauchte, und auf dem ›du‹ ihrer Kindheit bestanden, aber hier – unter dem blaßblauen Leibchen – fühlte sie ihr Herz wie mit Zangen gefoltert; das gewalttätige Salina-Blut erwachte in ihr, unter der glatten Stirn brüteten Giftmordphantasien. Tancredi saß zwischen ihr und Angelica und verteilte ganz gerecht mit der peinlich genauen Höflichkeit eines Menschen, der sich schuldig fühlt, Blicke, Komplimente und Scherzworte unter seine beiden Nachbarinnen; aber Concetta spürte, spürte tierhaft den Strom von Verlangen, der von dem Cousin zu der hinlief, die sich hier eingedrängt hatte; die kleine Falte zwischen Stirn und Nase wurde schärfer: sie begehrte ebenso danach, zu sterben, wie sie danach begehrte, zu töten. Da sie Frau war, klammerte sie sich an Einzelheiten: sie bemerkte die nicht eben vornehme Grazie von Angelicas rechtem kleinen Finger, den sie, während sie das Glas in der Hand hielt, nach oben spreizte; sie bemerkte ein rötliches kleines Muttermal auf der Haut des Halses, bemerkte den – auf halbem Wege unterdrückten – Versuch, ein Stückchen Speise, das zwischen den blendendweißen Zähnen hängengeblieben war, mit der Hand wegzuholen; sie bemerkte noch weit deutlicher eine gewisse Unbiegsamkeit des Geistes; und an diese Einzelheiten, die in Wirklichkeit unbedeutend waren, weil der sinnliche Zauber sie sozusagen ausglühte, klammerte sie sich vertrauensvoll und verzweifelt, wie ein Mann, der abstürzt, sich an eine Dachtraufe aus Blei anklammert; sie hoffte, Tancredi bemerke all das ebenfalls und fühle sich abgestoßen von diesen offensichtlichen Kennzeichen der unterschiedlichen Erziehung. Aber Tancredi hatte es schon bemerkt und – ach – ohne jedes Ergebnis. Er ließ sich von dem sinnlichen Anreiz, den das wunderschöne Mädchen auf seine feurige Jugend ausübte, fortreißen und auch von der – sagen wir: so in Zahlen ausdrückbaren – Erregung, die das reiche junge Mädchen in seinem Hirn hervorrief, dem Hirn eines ehrgeizigen Mannes ohne Vermögen.

Am Ende des Mahles war die Unterhaltung allgemein: Don Calògero schilderte in sehr schlechtem Italienisch, aber in schlauer Erkenntnis der Lage einige Hintergründe der garibaldinischen Eroberung der Provinz; der Notar erzählte der Fürstin von der kleinen Villa ›außerhalb der Stadt‹, die er sich bauen ließ; Angelica, aufgeregt von den Lichtern, von der Speise, vom *chablis*, von der offensichtlichen Zustimmung, die sie bei allen männlichen Wesen rings um die Tafel fand, hatte Tancredi gebeten, ihr ein paar Episoden von den ›ruhmreichen Waffentaten‹ um Palermo zu erzählen. Sie hatte einen Ellbogen auf das Tischtuch gestützt und die Wange auf die Hand gelehnt. Das Blut strömte ihr ins Gesicht, sie war gefährlich reizvoll anzusehen: die Arabeske, die der Unterarm, der Ellbogen, die Finger, der herabhängende weiße Handschuh zeichneten, erschien Tancredi köstlich und Concetta abgeschmackt. Der junge Mann erzählte, wobei er immer fortfuhr, Angelica zu bewundern, vom Kriege so, daß alles leicht und unwichtig erschien: von dem nächtlichen Marsch auf Gibilrossa, von der Szene zwischen Bixio und La Masa, vom Überfall auf Porta di Termini. »Ich habe mich mächtig amüsiert, gnädiges Fräulein, glauben Sie es mir. Am unbändigsten gelacht haben wir am Abend des 28. Mai. Der General brauchte einen Auslugposten oben im Origlione-Kloster: er klopft und klopft, er flucht, keiner macht auf: es war ein Nonnenkloster mit Klausur. Da versuchen Tassoni, Aldrighetti, ich und einige andere, das Tor mit den Flintenkolben einzuschlagen. Nichts. Wir laufen los, um einen Balken aus einem bombardierten Haus in der Nähe zu holen, und endlich, mit einem Höllenlärm, stürzt das Tor zusammen. Wir treten ein: alles verlassen; aber aus einer Ecke des Flurs hört man verzweifelte Schreie: eine Gruppe Nonnen war in die Kapelle geflüchtet, dort standen sie aneinandergedrängt neben dem Altar; wer weiß, was sie von diesem Dutzend aufgebrachter junger Männer befürch-te-ten. Komisch waren sie anzusehen, häßlich, alt, in ihren schwarzen Kutten, die Augen aufgerissen, bereit und geneigt zum ... Martyrium. Sie winselten wie Hunde. Tassoni, dieser schöne Kerl, schrie: ›Nichts zu machen, Schwestern, wir müssen auf anderes achtgeben; wir kommen wieder, wenn ihr dafür sorgt, daß wir hier die Novizinnen vorfinden.‹ Und wir alle halten uns den Bauch vor Lachen. Und lassen sie dort stehen, mit trockenem Mund, um oben von den kleinen Terrassen aus auf die Königlichen zu schießen. Zehn Minuten danach wurde ich verwundet.«

Angelica, noch auf den Arm gestützt, lachte und zeigte all ihre Zähne, weiß wie bei einem jungen Wolf. Der Scherz erschien ihr köstlich; jene Möglichkeit einer Schändung verwirrte sie; die schöne Kehle klopfte. »Prächtige Typen müßt ihr gewesen sein! Wie gern hätte ich mit euch sein mögen!« Tancredi schien verändert: der Eifer des Erzählens, die Kraft der Erinnerung, beides aufgepfropft auf die

Erregung, in die ihn die sinnliche Aura des jungen Mädchens versetzte, verwandelten ihn einen Augenblick von dem verständigen jungen Mann, der er in Wirklichkeit war, in einen groben Soldaten.

»Wären Sie, gnädiges Fräulein, dort gewesen, hätten wir es nicht nötig gehabt, auf die Novizinnen zu warten.«

Angelica hatte zu Hause viele derbe Worte gehört; dies war jedoch das erste (und nicht das letzte) Mal, daß sie sich als Gegenstand eines frechen Doppelsinnes fand; die Neuheit gefiel ihr, ihr Lachen wurde um einen Ton höher, wurde schrill.

In dem Augenblick erhoben sich alle von der Tafel; Tancredi bückte sich, um den Federfächer aufzuheben, den Angelica hatte fallen lassen; als er sich wieder aufrichtete, sah er, daß Concetta ein glutrotes Gesicht und zwei kleine Tränen am Rand der Wimpern hatte: »Tancredi, diese häßlichen Dinge sagt man dem Beichtvater; man erzählt sie nicht bei Tafel den jungen Mädchen – wenigstens nicht, wenn auch ich dabei bin.« Und sie wandte ihm den Rücken.

Ehe Don Fabrizio zu Bett ging, blieb er einen Augenblick auf dem kleinen Balkon des Ankleidezimmers stehen. Tief in den Schatten gesunken, schlief unten der Garten; in der reglosen Luft schienen die Bäume wie in Blei gegossen; vom ragenden Glockenturm kam, an Märchen gemahnend, der klagende Ruf der Käuzchen. Der Himmel war frei von Wolken: die, die sie am Abend begrüßt hatten, waren wer weiß wohin gezogen, in weniger schuldhafte Länder, über die der göttliche Zorn geringere Strafe verhängt hatte. Die Sterne erschienen trübe, ihre Strahlen hatten Mühe, das Bahrtuch von Schwüle zu durchdringen.

Des Fürsten Seele schwang sich zu ihnen hin, zu den

Unberührbaren, den Unerreichbaren, die Freude schenkten, ohne eine Gegengabe zu fordern; wie schon so oft phantasierte er, er könne sich rasch in jenen eisigen Räumen einfinden, reiner Intellekt, bewaffnet mit einem Taschenbuch für Berechnungen: für äußerst schwierige Berechnungen, die jedoch immer aufgehen würden.

›Sie sind die einzigen Reinen, die einzigen Edeln‹, dachte er in seinen weltlichen Formeln. ›Wer denkt daran, sich um die Mitgift der Plejaden zu kümmern, um die politische Karriere des Sirius, um die Alkoven-Attitüden der Wega?‹ Der Tag war schlimm gewesen; er merkte es jetzt, nicht nur an dem Druck an der Magenpforte, sondern es sagten ihm auch die Sterne: statt daß sie sich ihm zu ihren gewohnten Zeichen zusammenfügten, bemerkte er jedesmal, wenn er den Blick hob, dort oben ein einziges Diagramm: zwei Sterne oberhalb – die Augen; einer darunter – die Spitze des Kinns: jenes höhnische Schema eines dreieckigen Gesichts, das seine Seele in die Sternbilder hinaufprojizierte, wenn sie in Aufruhr war. Der Frack Don Calògeros, die Liebesgeschichten Concettas, die offenkundige Bezauberung Tancredis, seine eigene Verzagtheit; sogar die bedrohliche Schönheit dieser Angelica: schlimme Dinge; kleine, rutschende Steine, die dem Bergsturz vorangehen. Und dieser Tancredi! Er hatte recht, natürlich, und er würde ihm auch helfen; aber man konnte nicht leugnen, daß er ein ganz klein wenig unvornehm war. Und er selbst war wie Tancredi.

›Genug jetzt. Schlafen wir darüber.‹

Bendicò im Schatten rieb den großen Kopf gegen sein Knie. »Siehst du, Bendicò: du bist ein wenig wie sie, wie die Sterne – in glücklicher Weise unverständlich, unfähig, Angst zu erregen.« Er hob den Kopf des Hundes, der in der Nacht nahezu unsichtbar war. »Und dann diese deine Augen in derselben Höhe wie die Nase, und daß dir das Kinn fehlt – nein, dein Kopf beschwört am Himmel keine bösen Geister herauf, das ist unmöglich.«

Jahrhundertealte Gewohnheiten erforderten, daß die Familie Salina an dem auf ihre Ankunft folgenden Tag in das Santo-Spirito-Kloster ginge, um am Grabe der seliggesprochenen Corbèra zu beten – einer Vorfahrin des Fürsten, die das Kloster gegründet und beschenkt, heiligmäßig dort gelebt hatte und heiligmäßig daselbst gestorben war.

Das Santo-Spirito-Nonnenkloster war einer strengen Klausur-Regel unterworfen, und der Eintritt war Männern unter keinen Umständen gestattet. Gerade darum war der Fürst besonders vergnügt darüber, es zu besuchen, denn für ihn, den direkten Nachkommen der Gründerin, galt der Ausschluß nicht, und auf dieses sein Vorrecht, das er nur mit dem König von Neapel teilte, war er eifersüchtig und kindlich stolz.

Dieses Recht der Kirchengewalt war der Hauptgrund – aber nicht der einzige – seiner Vorliebe für Santo Spirito. An diesem Ort liebte er alles, von der Bescheidenheit des höchst einfachen Sprechraumes an mit seiner halbkreisrunden Wölbung und dem Leoparden in der Mitte, mit den doppelten Gittern für die Unterredungen, mit dem kleinen Rad aus Holz, um die Botschaften hinein- und herauszulassen, mit dem in guten Maßen gebauten Tor, das der König und er, als einzige männliche Wesen auf der Welt, erlaubterweise durchschreiten durften. Er liebte den Anblick der Nonnen mit ihrem breiten Latz aus dem weißesten Linnen in kleinen, genauen Falten, der sich von der rauhen schwarzen Kutte abhob; er erbaute sich daran, wenn er hörte, wie ihm die Äbtissin zum zwanzigsten Male die harmlosen Wunder der Seligen erzählte, wenn er sah, wie sie ihm die Ecke des melancholischen Gartens wies, wo die Heilige Nonne in der Luft einen schweren Stein aufgehalten hatte, den der Teufel, von ihrer Strenge nervös gemacht, nach ihr geschleudert hatte; er staunte immer wieder, wenn er, eingerahmt auf der Wand einer Zelle, die beiden berühmten, unleserlichen Briefe sah, den einen, den die Selige Corbèra dem Teufel geschrieben hatte, um ihn zum Guten zu bekehren, und die Antwort, die, scheint es, sein Bedauern ausdrückte darüber, daß er ihr nicht Folge leisten könne; er liebte das Mandelkonfekt, das die Nonnen auf Grund hundertjähriger Rezepte zubereiteten, er liebte es, die Messe im Chor zu hören, und er war es sogar zufrieden, dieser Gemeinschaft einen nicht ganz kleinen Teil seiner Einkünfte zukommen zu lassen, wie es die Gründungsakte wollte.

An jenem Morgen saßen daher nur zufriedene Menschen in den beiden Wagen, die zu dem nur eben außerhalb des Ortes gelegenen Kloster fuhren. Im ersten waren der Fürst mit der Fürstin und den Töchtern Carolina und Concetta; im zweiten die Tochter Caterina, Tancredi und Pater Pirrone, die beide natürlich *extra muros* bleiben und während des Besuches im Sprechraum warten würden, getröstet von dem Mandelkonfekt, das durch das Rad hindurch erscheinen würde. Concetta schien ein wenig zerstreut, aber gelassen, und der Fürst wollte durchaus hoffen, daß ihr die Flausen von gestern vergangen wären.

Das Betreten eines Klosters mit Klausur ist keine rasche Angelegenheit auch für jemanden, der das heiligste Recht dazu besitzt. Die frommen Jungfrauen halten darauf, ein gewisses Widerstreben zu zeigen, rein der Form wegen;

jedoch verleiht es, in die Länge gezogen, im übrigen der schon gewährten Zulassung größere Würze; und obwohl der Besuch vorher angekündigt worden war, mußte man eine ganze Zeit im Sprechraum verweilen. Es geschah gegen Ende dieser Wartefrist, daß Tancredi überraschend zum Fürsten sagte: »Onkel, könntest du nicht bewirken, daß ich mit hinein darf? Schließlich bin ich zur Hälfte ein Salina, und hier bin ich noch nie gewesen.« Der Fürst freute sich im Grunde über die Bitte, aber er schüttelte entschlossen den Kopf. »Du weißt es doch, mein Sohn: nur ich darf hier hinein; für die andern ist es unmöglich.« Es war jedoch nicht leicht, Tancredi aus dem Sattel zu heben. »Entschuldige, großer Onkel: *Es darf eintreten der Fürst von Salina und mit ihm zwei Edelleute seines Gefolges, wenn die Äbtissin es erlaubt* – ich habe es gestern wieder gelesen. Ich mache den Edelmann deines Gefolges, ich mache deinen Schildträger, ich mache alles, was du willst. Frage die Äbtissin, ich bitte dich darum.« Er sprach mit ungewohnter Wärme; vielleicht wollte er jemanden die unbedachten Reden des letzten Abends vergessen lassen. Der Fürst fühlte sich geschmeichelt. »Wenn dir so viel daran liegt, mein Lieber, will ich sehen...« Aber Concetta wandte sich mit ihrem holdesten Lächeln an den Cousin: »Tancredi, wir haben einen Balken auf der Erde liegen sehen, als wir vorüberfuhren, vor dem Hause von Ginestra. Geh und hole ihn, dann kannst du schneller hineinkommen.« Tancredis blaues Auge wurde dunkel, sein Gesicht rot wie Mohn, ob aus Scham oder Zorn, blieb ungewiß. Er wollte zu dem überraschten Fürsten etwas sagen, aber Concetta trat wieder dazwischen, jetzt mit böser Stimme, ohne Lächeln: »Laß gut sein, Papà, er macht nur Scherz; in dem einen Kloster wenigstens ist er gewesen, das mag ihm genügen; daß er unseres hier betritt, ist nicht recht.« Die Riegel wurden lärmend zurückgestoßen, die Tür tat sich auf. In den schwülen Sprechraum drang mit der Kühle des Klosters zugleich das leise Getuschel der Nonnen, die sich hinten in einer Reihe aufgestellt hatten. Es war zu spät, um zu verhandeln; Tancredi blieb draußen und ging, um vor dem Kloster unter dem glühendheißen Himmel hin und her zu spazieren.

Der Besuch in Santo Spirito glückte vollkommen. Don Fabrizio hatte es, seiner Ruhe zuliebe, unterlassen, Concetta zu fragen, was ihre Worte zu bedeuten hätten: zweifelsohne handelte es sich um eine der Kindereien, wie sie unter Cousin und Cousine üblich sind; jedenfalls schob die Streiterei zwischen den beiden jungen Leuten Störungen hinaus, Gespräche, Entscheidungen, die zu treffen wären: daher war sie willkommen gewesen. Unter diesen Prämissen wurde dem Grabe der Seligen Corbèra von allen die gebräuchliche Verehrung erwiesen, der dünne Kaffee der Nonnen mit Duldsamkeit getrunken und das rosa und hellgrüne, krachende Mandelkonfekt mit Befriedigung verzehrt. Die Fürstin besichtigte die Kleiderkammer, Concetta sprach zu den Schwestern mit ihrer gewohnten zurückhaltenden Güte, er selbst, der Fürst, hinterließ auf der Tafel des Refektoriums die zehn Unzen, die er jedesmal darreichte. Allerdings fand man, als man heraustrat, Pater Pirrone allein: aber da er sagte, Tancredi sei zu Fuß vorausgegangen, da er sich an einen dringlichen Brief erinnert habe, den er schreiben müsse, hielt es niemand für nötig, sich weiter darum zu kümmern.

Als der Fürst in den Palast zurückgekehrt war, stieg er in die Bibliothek hinauf, die sich genau in der Mitte der

Fassade befand, unter der Uhr und dem Blitzableiter. Von dem großen Balkon aus, dessen Fenster der Schwüle wegen geschlossen waren, sah man die Piazza von Donnafugata: geräumig, beschattet von den staubbedeckten Platanen. Einige Häuser gegenüber zeigten Fassaden, die von einem Baumeister vom Ort prätentiös gebaut worden waren: ländliche Ungeheuer in weichem Stein, von den Jahren geglättet, hielten, sich zusammenkrümmend, die allzu kleinen Balkone; andere Häuser, darunter das Don Calògero Sedàras, versteckten sich hinter schamhaften kleinen Empire-Fassaden.

Don Fabrizio schritt auf und ab in dem ungeheuren Raum; alle paar Schritte warf er einen Blick auf die Piazza: auf einer der Bänke, die er selber der Gemeinde geschenkt hatte, brieten in der Sonne drei alte Männer; vier Maultiere waren an einen Baum gebunden; ein Dutzend Dorfjungen rannte schreiend, Holzschwerter schwingend, hinter einander her. Unter der wütenden Hundstagssonne konnte das Schauspiel nicht ländlicher sein. Einmal jedoch, als er wieder vor dem Fenster vorbeiging, wurde sein Blick von einer sicherlich städtischen Gestalt angezogen: aufrecht, schlank, gut gekleidet. Er sah scharf hin – es war Tancredi; er erkannte ihn, obwohl er schon ziemlich weit entfernt war, an den abfallenden Schultern, an der von der *redingote* gut umschlossenen schlanken Taille. Er hatte sich umgezogen: er war nicht mehr in Kastanienbraun wie in Santo Spirito, sondern in Preußischblau, ›meiner Verführungsfarbe‹, wie er selbst sagte. In der Hand hielt er ein Rohr mit emailliertem Knopf (gewiß war es das mit dem Einhorn der Falconeri und dem Motto *Semper purus)* und schritt, leicht wie eine Katze, wie jemand, der sich die Schuhe nicht staubig machen möchte. Zehn Schritt dahinter folgte ihm ein Diener, der einen schleifengeschmückten Korb trug; darin lagen ein Dutzend Pfirsiche, gelblich, mit roten Bäckchen. Tancredi umging einen schwertschwingenden Dorfjungen, vermied sorgfältig die Pfütze eines Maultiers. Er erreichte die Tür des Hauses Sedàra.

DRITTES KAPITEL

Oktober 1860

Der Regen war gekommen, der Regen war vorübergezogen, und die Sonne hatte von neuem den Thron bestiegen wie ein absoluter König, der, auf eine Woche verjagt von den Untertanen, die auf die Barrikaden gegangen waren, nun wieder regiert – zornmütig, aber durch einschränkende Gesetze gezügelt. Die Wärme tat wohl, ohne zu brennen, das Licht war mächtig, aber es ließ die Farben am Leben, und aus der Erde kamen wieder Klee und vorsichtige Büschel von Minthe zum Vorschein, und auf den mißtrauischen Gesichtern dämmerte die Hoffnung.

Don Fabrizio verbrachte mit Teresina und Arguto, den Hunden, und Don Ciccio Tumeo, dem Gefolgsmann, lange Stunden auf der Jagd, vom frühen Morgen bis zum Nachmittag. Gewiß stand die Mühe in keinem Verhältnis zu den Ergebnissen, denn auch für die erfahrensten Schützen wird es schwierig, ein Ziel zu treffen, wenn sich so gut wie nie eines zeigt; und es war viel, wenn der Fürst bei der Heimkehr ein paar Rebhühner in die Küche tragen lassen konnte, so wie Don Ciccio sich glücklich schätzte, wenn er am Abend ein wildes Kaninchen auf den Tisch warf, das übrigens *ipso facto* zum Grad eines Hasen befördert wurde, wie es bei uns üblich ist.

Für den Fürsten bestand übrigens das Vergnügen erst in zweiter Linie in einer reichlichen Beute; die Freude der Jagdtage lag anderswo und war in viele kleine Episoden unterteilt. Sie begann mit dem Rasieren im noch dunklen Zimmer, beim Licht einer Kerze, das die Bewegungen übertrieben an die Decke zwischen die gemalten Architekturen warf; sie wurde intensiver, wenn er die großen, noch verschlafenen Säle durchschritt, wenn er im schwankenden Lichtschein den Tischen auswich, auf denen die Tarockkarten zwischen Spielmarken und leeren Gläschen umherlagen, wenn er unter den Karten die vom Roß mit den Schwertern bemerkte, das ihm einen männlichen Wunsch für den Tag zuwinkte; wenn er den unter dem grauen Licht reglos liegenden Garten rasch durchquerte, indes die allerfrühesten Vögel den Tau aus dem Gefieder schüttelten; wenn er durch die kleine, vom Efeu verhangene Pforte schlüpfte: kurz – wenn er allem entfloh. Und dann auf der Straße, die im ersten Dämmerlicht noch voll Unschuld war, traf er Don Ciccio: dieser lächelte unter dem vergilbten Schnurrbart, während er – in aller Liebe – gegen die Hunde loswetterte; denen zitterten vor Erwartung die Muskeln unter dem Samt der Haut. Venus glänzte wie die aufquellende Beere einer Traube, durchscheinend und feucht, aber schon meinte man das Getöse des Sonnenwagens zu vernehmen, der steil am Horizont heraufstieg; bald begegnete man den ersten Herden, die von den fellbeschuhten Hirten mit Steinwürfen zusammengehalten wurden – ihr Sich-Vorwärtsschieben war wie das träge Auf und Ab von Meereswogen; die ersten Strahlen machten ihre Wolle zart und rosig. Dann mußte man den üblichen dunklen Streit schlichten zwischen den Herdenhunden und den empfindlichen Bracken, den Streit um den Vorrang, und nach diesem betäubenden Zwischenspiel stieg man über einen Hang in die Höhe und befand sich nun in der Stille des Hirtenlandes Sizilien, wo jede Erinnerung schwindet. Man war sogleich fern von allem, im Raum und mehr noch in der Zeit. Donnafugata mit seinem Palast und seinen Neureichen war kaum zwei Meilen entfernt, aber wenn man versuchte, daran zu denken, schien es blaß, gleich einer Landschaft, wie man sie manchmal im fernen Ausgang eines Eisenbahntunnels sieht; seine Mühen, seine Pracht erschienen bedeutungsloser, als wenn sie der Vergangenheit angehörten — denn im Vergleich zu der Unwandelbarkeit dieser weitab gelegenen Gegend war es, als gehörten sie noch der Zukunft an, nicht aus Stein und Leiblichkeit geschaffen, sondern aus dem Stoff einer geträumten, erst noch kommenden Zeit, einer Utopie entnommen, die, von einem ländlichen Platon schwärmend erdacht, sich auch in ganz andere Formen hätte begeben oder geradezu gar nicht hätte erscheinen können: auf diese Weise auch des geringen fortwirkenden Gewichts beraubt, das alles Vergangene weiterhin besitzt, konnten sie nicht einmal mehr Plage mit sich bringen.

Plagen hatte Don Fabrizio in diesen letzten acht Wochen etliche gehabt: von allen Seiten waren sie hervorgekrochen wie Ameisen, die eine tote Eidechse erobern wollen. Einige waren zum Vorschein gekommen aus den klaffenden Sprüngen der politischen Lage; andere waren ihm von den Leidenschaften des lieben Nächsten aufgebürdet worden; wieder andere (und das waren die allerbissigsten) waren aus seinem eigenen Innern hervorgetrieben, das heißt, aus seinen irrationalen Reaktionen auf die Politik und auf die Launen des Nächsten (›Launen‹ nannte er, wenn er verärgert war, das, was er im ruhigen Gemütszustand als ›Leidenschaften‹ bezeichnete); und diese Plagen ließ er jeden Tag an sich vorbeidefilieren, ließ sie manövrieren, in Kolonne marschieren oder sich auf dem Waffenplatze seines Bewußtseins in Reihen auflösen in der Hoffnung, er werde in ihren Bewegungen irgendeinen Sinn, einen Endzweck bemerken, der ihn beruhigen könne; und es gelang ihm nicht. In den vergangenen Jahren hatte es weit weniger Verdruß gegeben, und in jedem Fall hatte der Aufenthalt in Donnafugata eine Zeit der Ruhe dargestellt: die Ärgernisse warfen sozusagen das Gewehr weg, zerstreuten sich in die Talschluchten und verhielten sich wie Ackersleute, nur darauf gerichtet, ihr Brot und ihren Käse zu essen, so still, daß man ihre kriegerischen Uniformen vergessen und sie für ungefährlich halten konnte. In diesem Jahr hingegen waren sie – aufrührerische Truppen, die lärmten und die Waffen schwangen – beisammengeblieben und hatten ihn in seinem Hause erschreckt, wie ein Oberst erschrickt, der, nachdem er gesagt hat: »Rührt euch«, das Regiment geschlossener und bedrohlicher denn je vor sich stehen sieht.

Musikkapellen, Böllerschüsse, Glocken, *zingarelle* und *Te Deum* bei der Ankunft – ganz schön und gut: aber hernach! Die bürgerliche Revolution, die im Frack Don Calògeros seine Treppen hinaufstieg, die Schönheit Angelicas, die die verhaltene Anmut seiner Concetta in den Schatten stellte, Tancredi, der das Zeitmaß der vorgesehenen Entwicklung überstürzt nahm, ja, dem die sinnliche Bezauberung die Möglichkeit gab, seine realistischen Beweggründe mit Blüten zu schmücken; das Bedenkliche und Zweifelhafte dieser Volksabstimmung; die tausend Schlauheiten, zu denen er sich bequemen mußte, er, der Leopard, der Jahre hindurch die Schwierigkeiten mit einem Tatzenhieb weggefegt hatte.

Tancredi war schon vor mehr als vier Wochen abgereist und lag jetzt in Caserta im Quartier, in den Gemächern seines Königs; von da schickte er Don Fabrizio alle Augenblicke Briefe, die dieser abwechselnd mit Knurren und mit Lächeln las und dann in den geheimsten Schreibtischkasten tat. An Concetta hatte er nie geschrieben, aber er vergaß nicht, sie mit der gewohnten herzlichen Ironie grüßen zu lassen; einmal schrieb er sogar: »Ich küsse allen kleinen Leopardinnen die Hand, vor allem Concetta«, ein Satz, den die väterliche Vorsicht ausließ, als der Brief der vereinigten Familie vorgelesen wurde. Angelica kam fast jeden Tag zu Besuch, verführerischer denn je, begleitet vom Vater oder von einem Dienstmädchen, das dem bösen Blick wehren sollte; nach außen hin galten die Besuche den Freundinnen, den jungen Mädchen, aber in Wirklichkeit war ihr Höhepunkt, das spürte man, erreicht in dem Augenblick, da sie gleichgültig fragte: »Und gibt es etwas Neues vom Fürsten?« Das Wort ›Fürst‹ im Munde Angelicas galt – leider – nicht ihm, Don Fabrizio, sondern sie gebrauchte es, um diesen kleinen Garibaldi-Hauptmann heraufzubeschwören: und das weckte in Salina ein komisches Gefühl, gewoben aus der Baumwolle des sinnlichen Neides und der Seide der Freude über den Erfolg des lieben Tancredi – ein im Grunde unangenehmes Gefühl. Auf die Frage gab immer er selbst die Antwort: in höchst überlegter Form berichtete er, was er wußte, wobei er jedoch darauf bedacht war, ein gut zugestutztes Pflänzchen von Nachrichten darzubieten, von dem seine vorsichtige Schere ebenso die Dornen entfernt hatte (Erzählungen von häufigen Ausflügen nach Neapel, sehr deutliche Anspielungen auf die schönen Beine von Aurora Schwarzwald, der kleinen Ballett-Tänzerin an San Carlo) wie die verfrühten Knöspchen (»gib mir Nachricht von der Signorina Angelica« – »im Arbeitszimmer Ferdinands II. sah ich eine Madonna von Andrea del Sarto, die mich an die Signorina Sedàra erinnert hat«). Auf die Art entwarf er ein langweiliges Bild von Tancredi, das der Wahrheit sehr wenig entsprach; aber so konnte man auch nicht sagen, er mache den Spielverderber oder Liebesvermittler. Diese Behutsamkeit in der Wortwahl entsprach sehr wohl seinen eigenen Gefühlen hinsichtlich der von der Vernunft diktierten Leidenschaft Tancredis, aber sie störte ihn ebenso wie sie ihn ermüdete; sie war übrigens nur ein Beispiel der hundert Listen in Sprache und Haltung, die zu erfinden er seit einiger Zeit gezwungen war: er dachte mit Neid an die Situation vor einem Jahr, da er alles sagte, was ihm durch den Kopf fuhr, sicher, daß jede Torheit aufgenommen würde als Wort des Evangeliums und jede Übertreibung als fürstliche Unbekümmertheit. Hatte er sich einmal auf den Weg begeben, zu beklagen, was vergangen war, dann drängte es ihn in den Augenblicken schlechterer Laune noch sehr viel weiter hinunter auf diesem gefährlich abschüssigen Hang: einmal, während er die Tasse Tee zuckerte, die Angelica ihm reichte, entdeckte er in sich ein Gefühl des Neides gegenüber den Fabrizio Salina und Tancredi Falconeri von vor dreihundert Jahren, weil sie dem Gelüste, mit den Mädchen Angelica ihrer Zeiten ins Bett zu gehen, folgen konnten, ohne mit ihnen vor dem Priester zu erscheinen, ohne daß sie sich um die Mitgift von Dorfmädchen – die im übrigen keine besaßen – zu kümmern brauchten; ebenso waren sie jeder

Notwendigkeit enthoben, ihre hochachtbaren Onkel zu zwingen, wahre Eiertänze aufzuführen, um die geeigneten Dinge zu sagen oder zu verschweigen. Der Impuls urväterlicher Wollust (die ja nicht ganz nur Wollust war, sondern auch, in sinnlichem Gewande, Trägheit) war in einer solchen Weise roher Instinkt, daß der höchst kultivierte, fast fünfzigjährige Edelmann darüber errötete, und in seinem Gemüt, das sich, wenn auch durch zahlreiche Filter, am Ende mit Gewissensbedenken im Sinne Rousseaus durchtränkt hatte, empfand er tiefe Scham; hieraus aber entstand ein noch heftigerer Abscheu vor der sozialen Verknüpfung, in die er geraten war.

Die Empfindung, gefangen zu sein in einer Situation, die sich rascher weiterentwickelte als vorgesehen, war an jenem Morgen besonders heftig. Wirklich – am Abend vorher hatte ihm der Kurierwagen, der in dem kanariengelben Kasten unregelmäßig die spärliche Post für Donnafugata heranschaffte, einen Brief gebracht: von Tancredi.

Schon bevor man ihn las, verkündete er deutlich seine Wichtigkeit dadurch, daß er auf prächtige Blättchen glänzenden Papiers geschrieben war, und durch die harmonische Schrift, in der die ›starken‹ Abstriche und die ›feinen‹ Aufstriche mit peinlicher Sorgfalt gezogen waren. Er offenbarte sich sogleich als die ›Schönschrift‹ wer weiß wie vieler Entwürfe. Der Fürst wurde in diesem Brief nicht mit dem Beinamen »großer Onkel« angeredet, der ihm lieb geworden war; der scharfsinnige Garibaldiner hatte sich die Formel »liebster Onkel Fabrizio« ausgedacht, und die besaß mancherlei Vorteile: einmal den, jeden Verdacht von Scherz schon aus der Vorhalle des Tempels zu entfernen, sodann den, von der ersten Zeile an die Wichtigkeit dessen, was folgen würde, im voraus spüren zu lassen, weiter den Vorteil, zu erlauben, daß man den Brief einem jeden zeige, und endlich den, anzuknüpfen an uralte religiöse, vorchristliche Traditionen, die der bestimmten Prägung des angerufenen Namens eine bindende Kraft zuerkannten.

Der »liebste Onkel Fabrizio« also wurde davon in Kenntnis gesetzt, daß sein »ihm in Liebe zugetaner und sehr ergebener Neffe« seit einem Vierteljahr eine Beute der heftigsten Liebe war, daß weder »die Gefahren des Krieges« (lies: Spaziergänge im Park von Caserta) noch »die vielen Lockungen einer großen Stadt« (lies: die Reize der Ballett-Tänzerin Schwarzwald) auch nur einen Augenblick aus seinem Sinn und aus seinem Herzen das Bild der Signorina Angelica Sedàra hatten entfernen können (hier eine lange Aufeinanderfolge von Adjektiven, um die Schönheit, die Anmut, die Tugend, den Verstand des geliebten Mädchens zu preisen). Sodann wurde mittels sauberer Schnörkel von Tinte und Gefühlen gesagt, wie Tancredi selber, seiner Unwürdigkeit bewußt, versucht habe, seine Glut zu ersticken (»lange, aber vergebliche Stunden habe ich im Lärm Neapels oder im ernsten Beisammensein mit meinen Waffengefährten versucht, meine Gefühle zu unterdrücken«). Jetzt jedoch habe die Liebe seine Scheu überwunden, und er komme zu dem sehr geliebten Onkel, ihn zu bitten, er möge, in seinem Namen, von sich aus des Fräulein Angelica »hochachtbaren Vater« um ihre Hand bitten. »Du weißt, Onkel, daß ich dem Gegenstand meiner Liebesglut nichts bieten kann außer meiner Liebe, meinem Namen und meinem Degen.« Nach diesem Satz – bei dem man nicht vergessen darf, daß man sich damals im lichten Mittag der Romantik befand – gab sich Tancredi langen Betrachtungen hin über den Vorteil, ja, über die Notwendigkeit, Vereinigungen zwischen Familien wie der der Falconeri und der der Sedàra (einmal fühlte er sich gar dazu gedrängt, kühn zu schreiben »das Haus Sedàra«) zu fördern wegen des neuen Blutes, das diese den alten großen Häusern zuführten, und um die Stände einander anzugleichen, was eines der Ziele der gegenwärtigen politischen Bewegung in Italien darstelle. Dies war der einzige Teil des Briefes, den Don Fabrizio mit Vergnügen las – und nicht nur, weil er das, was er selbst vorausgesehen hatte, bestätigte und ihm den Lorbeer des Propheten verlieh, sondern auch (es wäre hart, zu sagen: ›vor allem‹) darum, weil der Stil, überreich an einer zwischen den Zeilen spürbaren Ironie, die Gestalt des Neffen magisch in ihm heraufbeschwor: die spöttisch-nasale Stimme, die blauen Augen, malitiös sprühend, der höflich lächelnde Sarkasmus. Als er dann gemerkt hatte, daß dieser Jakobiner-Abschnitt sorgfältig auf einen Bogen für sich geschrieben war, so daß man, wenn man wollte, den Brief auch zum Lesen weitergeben konnte, indem man das Revolutionskapitelchen unterschlug – da erreichte seine Bewunderung für Tancredis Takt den Zenit. Nachdem der junge Mann noch kurz die neuesten Kriegsgeschehnisse erzählt und der Überzeugung Ausdruck verliehen hatte, binnen einem Jahr werde man Rom erreicht haben, »die vom Schicksal vorherbestimmte, hehre Hauptstadt des neuen Italien«, bedankte er sich für alle liebevolle Sorgfalt, die er in der Vergangenheit empfangen, und schloß mit der Entschuldigung, daß er die Kühnheit gehabt habe, ihm den Auftrag anzuvertrauen, »von dem sein künftiges Glück abhänge«. Dann kamen die Grüße (nur an ihn).

Als Don Fabrizio dieses außerordentliche Stück Prosa zum ersten Male las, schwindelte ihn ein wenig: wieder bemerkte er, wie verblüffend schnell die Geschichte ins Rollen kam. Wollten wir uns modern ausdrücken, so würden wir sagen: er fand sich im Seelenzustand eines Menschen, der glaubt, er sei soeben an Bord eines der höchst friedlichen Flugzeuge gegangen, die die Küstenstrecke zwischen Palermo und Neapel fliegen, aber mit einem Male merkt, daß er in einen Stratosphärenkreuzer eingeschlossen ist, und begreift, daß er am Ziel sein wird, noch ehe er die Zeit gehabt hat, das Kreuz zu schlagen. Die zweite Schicht in der Persönlichkeit des Fürsten, die liebevolle, brach sich Bahn: er freute sich über Tancredis Entschluß, der seine leibliche, kurzfristige Befriedigung und seine wirtschaftliche, dauernde, sicherstellte. Hernach aber bemerkte er doch das unglaubliche Selbstgefühl des jungen Mannes, der seinen Wunsch als von Angelica schon angenommen voraussetzte; aber am Ende wurden all diese Gedanken verschlungen von einem Gefühl der Demütigung, daß er sich gezwungen finde, mit Don Calògero so intime Gegenstände zu besprechen, und auch von einem gewissen Ärger darüber, daß er am nächsten Tage delikate Unterhandlungen in Angriff nehmen und jene Behutsamkeit und Umsicht anwenden müsse, die seiner – wie er stolz glaubte, löwenhaften – Natur widerstrebten.

Den Inhalt des Briefes teilte Don Fabrizio nur seiner Frau mit, als sie schon beim bläulichen Schein des mit einem Glasschirm verwahrten Öllämpchens im Bett lagen. Maria Stella sagte zunächst kein Wort, aber der Kreuzeszeichen, die sie schlug, waren eine ganze Menge; dann versicherte sie, sie hätte sich nicht mit der Rechten, sondern mit der Linken bekreuzigen müssen; nach diesem Ausdruck höchster Verwunderung brachen die Blitze ihrer Beredsamkeit los. Sie saß aufrecht im Bett, ihre Finger knüllten das Laken zusammen, während die Worte die Mondschein-Atmosphäre des umhegten Zimmers durchzogen, rot wie zornige Fackeln. »Und wie habe ich gehofft, er heirate Concetta! Er ist ein Verräter wie alle Liberalen seiner Art; erst hat er den König verraten, jetzt verrät er uns! Oh, diese falschen Augen, diese honigsüßen Worte und die Taten voll Gift! Da sieht man, was geschieht, wenn man sich solche Leute ins Haus holt: nicht vom eigenen Blut!« Und hier ließ sie den ganzen Panzerreiter-Ansturm der Familienszenen los: »Ich habe es immer gesagt! Aber keiner hört auf mich. Ich habe diesen Gecken nie leiden mögen. Du hast seinetwillen den Kopf verloren, nur du!« In Wirklichkeit war auch die Fürstin Tancredis Schmeicheleien erlegen, auch sie liebte ihn noch; aber da die Wollust, zu rufen: »Ich habe es gesagt«, die stärkste ist, deren sich ein menschliches Wesen freuen kann, wurden nun alle Wahrheiten, alle Gefühle umgekehrt. »Und jetzt hat er noch die Unverfrorenheit, dich, seinen Onkel, den Fürsten von Salina, den Vater des Wesens, das er hintergangen hat, damit zu beauftragen, seine unwürdige Frage an diesen Gauner zu richten, den Vater dieser Dirne! Aber das darfst du nicht tun, Fabrizio, das darfst du nicht tun, nein, das wirst du nicht tun, das darfst du nicht tun!« Ihre Stimme kletterte in die Höhe, ihr Körper begann starr zu werden.

Don Fabrizio, der sich schon langgestreckt hatte, blickte nach der Seite, um sich zu vergewissern, daß der Baldrian auf der Kommode stand. Die Flasche war dort, und auch der silberne Löffel, quer über den Stöpsel gelegt; im bläulichgrünen Halbdunkel des Zimmers glänzte das wie ein gegen die Stürme der Hysterie errichteter, beruhigender Leuchtturm. Schon wollte er sich erheben und beides holen; doch er begnügte sich damit, sich ebenfalls aufzusetzen; so gewann er einen Teil seines Nimbus wieder. »Stelluccia, rede nicht solchen Unsinn. Du weißt nicht, was du sagst. Angelica ist keine Dirne. Vielleicht wird sie einmal eine, aber im Augenblick ist sie nichts als ein junges Mädchen, nur schöner als die anderen; sie will sich einfach gut verheiraten; vielleicht ist sie auch, wie alle, in Tancredi ein bißchen verliebt. Geld aber wird sie haben: großenteils das unsere, das doch von Don Calògero nur allzugut verwaltet wird; und Tancredi hat Geld sehr nötig: er ist ein großer Herr, ist ehrgeizig, ist ein Verschwender. Zu Concetta hat er nie etwas gesagt, vielmehr ist sie es, die ihn, seit wir in Donnafugata sind, wie einen Hund behandelt. Und dann – ein Verräter ist er nicht; er geht mit der Zeit, das ist alles, in der Politik wie im persönlichen Leben. Im übrigen ist er der reizendste junge Mann, den ich kenne; das weißt du so genau wie ich, meine Stelluccia.« Fünf riesige Finger strichen über ihren winzigen Hirnkasten. Sie schluchzte nun; sie war so vernünftig gewesen, einen Schluck Wasser zu trinken, und das Feuer des Zorns hatte sich in stillen Kummer verwandelt. Don Fabrizio begann zu hoffen, es werde nicht notwendig sein, das warme Bett zu verlassen und mit nackten Füßen durch das schon ein wenig kühle Zimmer zu gehen. Um der künftigen Ruhe sicher zu sein, spielte er den Wütenden: »Und dann will ich kein Geschrei in meinem Haus, in meinem Zimmer, in meinem Bett! Nichts mit diesen: ›das wirst du tun‹ und ›das wirst du nicht tun‹. Die Entscheidung liegt bei mir. Und ich habe schon entschieden zu einer Zeit, da du es dir noch nicht hast träumen lassen. Genug jetzt!«

Er, der Geschrei haßte, schrie jetzt selbst mit so viel Atem, wie der ungeheure Brustkasten hergab. In dem Glauben, er habe einen Tisch vor sich, schlug er mit der Faust aus aller Kraft auf das eigene Knie, tat sich weh und wurde nun auch ruhig.

Die Fürstin war erschreckt, sie winselte leise wie ein bedrohtes Schoßhündchen. »Schlafen wir jetzt! Morgen gehe ich zur Jagd und muß früh aufstehen. Genug jetzt! Was entschieden ist, ist entschieden. Gute Nacht, Stelluccia.« Er küßte seine Frau zuerst auf die Stirn, dann auf den Mund. Dann legte er sich wieder hin und drehte sich nach der Wand. Auf der Seide, womit sie bespannt war, lag sein Schatten, langgestreckt wie das Profil einer Bergkette auf aschblauem Horizont.

Auch Stelluccia legte sich wieder zurecht, und während ihr rechtes Bein das linke des Fürsten streifte, fühlte sie sich ganz getröstet und stolz darauf, einen so willensstarken und kühnen Mann zum Gemahl zu haben. Was bedeutete schließlich Tancredi ... und auch Concetta ...

Dieser Tänze auf des Messers Schneide war er für den Augenblick, wie auch der anderen Gedanken, völlig enthoben in der duftreichen, archaischen Welt des Landes – wenn man die Orte, an denen er jeden Morgen zu jagen pflegte, Land nennen konnte. In dem Begriff Land ist der Sinn einer durch die Arbeit umgewandelten Erde mitenthalten; der Buschwald hingegen, der sich an eine steil aufsteigende Höhe klammerte, befand sich im gleichen Zustand eines aromatischen Gewirrs, in dem ihn Phönizier, Dorier und Jonier vorgefunden hatten, als sie in Sizilien landeten, diesem Amerika des Altertums. Don Fabrizio und Tumeo stiegen hoch, stiegen ab, rutschten und wurden von den Dornen genauso zerkratzt, wie irgendein Archedamos oder Philostratos vor zweitausendfünfhundert Jahren ermüdet oder zerkratzt worden war: sie sahen dieselben Gegenstände, ein ebenso klebriger Schweiß feuchtete ihre Kleider, derselbe gleichgültige, nie nachlassende Wind, ein Seewind, bewegte die Myrten- und Ginsterbüsche, verbreitete den Duft des Thymians. Das jähe, ins Horchen vertiefte Innehalten der Hunde, ihre pathetische Gespanntheit in Erwartung der Beute war völlig dasselbe wie in den Tagen, da man Artemis' Hilfe für die Jagd erflehte. Führte man das Leben auf diese wesentlichen Elemente zurück — nachdem man ihm die Schminke der Vorurteile vom Gesicht gewaschen hatte —, dann erschien es unter einem erträglichen Aspekt. An jenem Morgen schickten sich Arguto und Teresina, kurz bevor man oben auf der Höhe anlangte, zum andächtigen Tanz der Hunde an, die das Wild gewittert haben: ein Schleichen, ein Erstarren, ein vorsichtiges Heben der Pfote, ein unterdrücktes Bellen: nach wenigen Minuten sprang ein graufelliges Hinterteilchen zwischen die Gräser, zwei beinahe gleichzeitige Schüsse machten der schweigenden Erwartung ein Ende; Arguto legte dem Fürsten ein mit dem Tode kämpfendes Tierchen zu Füßen.

Es war ein wildes Kaninchen: der so bescheidene tonfarbene Rock hatte nicht genügt, es zu retten. Gräßlich waren ihm Schnauze und Brust zerfetzt. Don Fabrizio sah die großen, schwarzen Augen, über die sich rasch ein bläulichgrüner Schleier zog; sie blickten ihn starr an, ohne Vorwurf, aber voll eines erstaunten Schmerzes, der sich gegen die ganze Ordnung der Welt richtete; die samtigen Ohren waren schon kalt, die kräftigen kleinen Läufe zogen sich im Rhythmus zusammen, Symbol einer nutzlosen Flucht, das den Tod überlebte: das Tier verendete in der Qual einer ängstlichen Hoffnung, daß es gerettet werde, in der Einbildung, es könne noch entrinnen, da es schon gepackt war – genau wie so viele Menschen. Während des Fürsten mitleidige Fingerkuppen das elende Schnäuzchen streichelten, zitterte das Tierchen ein letztes Mal und verendete; aber Don Fabrizio und Don Ciccio hatten ihren Zeitvertreib gehabt; der erstere hatte sogar, als Zugabe zur Lust des Tötens, auch die beruhigende Lust empfunden, Mitleid zu fühlen.

Als die Jäger oben auf dem Berg anlangten, tat sich zwischen den spärlichen Tamarisken und Korkeichen das Bild des wahren Sizilien vor ihnen auf, ein Bild, demgegenüber barocke Städte und Orangengärten nichts sind als unwesentlicher Flitter: eine Dürre, die sich rund ins Unendliche wellte von Höhenrücken zu Höhenrücken, und diese waren wie unwirklich, sie lähmten den Mut, ihre Hauptlinien konnte der Sinn nicht fassen, weil sie in einem Moment des Fieberwahns der Schöpfung geschaffen schienen: ein Meer, das plötzlich Stein geworden ist in dem Augenblick, da ein Umschwung des Windes es hochgepeitscht hat zu wahnwitzigen Wogen. Donnafugata, in sich zusammengesunken, verschwand in irgendeiner Falte der Erde; keine Menschenseele war zu sehen; nur ein paar dürftige Reihen Rebstöcke zeigten an, daß überhaupt Menschen hier durchkamen. Jenseits der Höhen auf einer Seite der indigofarbene Fleck des Meeres, noch mineralischer und unfruchtbarer als die Erde. Der leichte Wind fuhr über alles hin, machte die Gerüche von Mist, Aas und Salbeibüschen zu einem einzigen Duft, verwischte, zertrennte und fügte alles wieder zusammen, wie er so achtlos daherwehte; er trocknete die Blutströpfchen, das einzige, was das Kaninchen hinterlassen hatte; viel weiter drüben fuhr er durch den mächtigen Haarbusch Garibaldis, dann wirbelte er noch den Staub in die Augen der neapolitanischen Soldaten, die in

Eile die Bastionen von Gaeta verstärkten, getäuscht von einer Hoffnung, die ebenso vergeblich war wie die gewaltsamen Fluchtbewegungen des Wildes, das schon am Boden lag.

Im umgrenzten Schatten der Korkeichen ruhten der Fürst und der Organist sich aus: sie tranken den lauwarmen Wein, den sie in hölzernen Feldflaschen mit sich führten, sie aßen zu einem gebratenen Huhn, das aus der Jagdtasche Don Fabrizios zum Vorschein kam, die ganz zarten, mit rohem Mehl gestreuten *muffoletti* [12], die Don Ciccio mitgebracht hatte; sie kosteten die süße *insòlia*, diese Traube, die ebenso unschön anzusehen wie gut zu essen ist; sie sättigten mit dicken Schnitten Brot den Hunger der Bracken, die ihnen gegenüberstanden, starr wie Gerichtsboten, die nur darauf aus sind, Schulden einzuziehen. Sodann waren Don Fabrizio und Don Ciccio unter der den Körper durchdringenden Sonne nahe daran, in Schlaf zu fallen.

Aber wenn ein Flintenschuß das Kaninchen getötet hatte, wenn die aufgereihten Kanonen Cialdinis den bourbonischen Soldaten schon den Mut nahmen, wenn die mittägliche Wärme die Menschen einschläferte, so war doch keine Macht der Welt imstande, die Ameisen aufzuhalten. Durch einige schon verdorbene Beeren, die Don Ciccio wieder ausgespuckt hatte, angelockt, eilten sie in dichten Scharen herbei, aufgeregt von dem Begehren, sich die geringe, faulige, vom Speichel des Organisten durchtränkte Masse einzuverleiben. Höchst keck, ungeordnet, aber entschlossen eilten sie herbei; in kleinen Gruppen von dreien oder vieren hielten sie eine Weile inne, um miteinander zu tuscheln – ganz gewiß priesen sie den zeitlichen Ruhm und künftigen Überfluß des Ameisenhaufens Numero 2 unter der Korkeiche Numero 4 auf dem Gipfel des Monte

Morco; sodann setzten sie sich gemeinsam mit den anderen wieder in Marsch auf die glückhafte Zukunft hin; die glänzenden Rücken dieser Imperialisten schienen vor Begeisterung zu beben – und zweifelsohne flogen über ihren Reihen die Klänge einer Hymne.

Als Folge einiger Ideenassoziationen, die genauer anzugeben nicht ratsam wäre, hinderte das geschäftige Hin und Her dieser Insekten den Fürsten am Schlaf; es rief ihm die Tage der Volksabstimmung ins Gedächtnis, die er vor kurzem in Donnafugata selber durchlebt hatte. Außer einem Gefühl von Verwunderung hatten ihm jene Tage etliche Rätsel hinterlassen, die gelöst werden mußten; jetzt, angesichts dieser Natur, die – außer den Ameisen – sich offensichtlich nicht darum kümmerte, war es vielleicht möglich, zu versuchen, eines dieser Rätsel zu lösen. Die Hunde schliefen langausgestreckt, flach wie ausgeschnittene Figuren, das kleine Kaninchen hing, den Kopf nach unten, an einem Zweig und pendelte, vom ständigen Wind getrieben, hin und her; aber Tumeo vermochte – mit Hilfe seiner Pfeife – noch die Augen offenzuhalten.

»Und Ihr, Don Ciccio – wie habt Ihr denn am Einundzwanzigsten gewählt?«

Der Arme fuhr zusammen; so unvorbereitet überfallen, in einem Augenblick, da er sich außerhalb des kleinen, von Vorsichts-Hecken umgrenzten Gebietes befand, in dem er sich gewöhnlich, wie jeder seiner Landsleute, bewegte, zögerte er und wußte nicht, was er antworten sollte.

Der Fürst nahm für Furcht, was nur Überraschung war, und wurde ärgerlich. »Na los! Vor wem habt Ihr Angst? Hier ist niemand als wir, der Wind und die Hunde.«

Die Liste der Zeugen, die Don Ciccio beruhigen sollten, war, die Wahrheit zu sagen, nicht eben glücklich aufgestellt: der Wind ist von Natur ein Schwätzer, der Fürst war zur Hälfte Sizilianer. Vollkommen vertrauenswürdig waren nur die Hunde, und auch die nur darum, weil ihnen keine artikulierte Sprache eigen war. Don Ciccio jedoch hatte sich wieder in der Hand, und die bäuerliche Schlauheit hatte ihm die rechte Antwort eingegeben, das heißt: eine, die keine war. »Entschuldigen Exzellenz – diese Frage ist überflüssig. Es ist doch bekannt, daß in Donnafugata alle mit Ja gestimmt haben.«

Das war Don Fabrizio natürlich bekannt; vor der Abstimmung waren viele Menschen zu ihm gekommen, um seinen Rat zu erbitten, und alle waren – aufrichtig – ermahnt worden, mit einem Ja zu stimmen. Don Fabrizio begriff in der Tat nicht einmal, wie man anders handeln könne: sei es der vollendeten Tatsache gegenüber, als auch hinsichtlich der theatralischen Banalität des Wahlaktes; mit Ja mußte gewählt werden der geschichtlichen Notwendigkeit gegenüber wie auch in Anbetracht der Schwierigkeiten, in die jene bescheidenen Menschen vielleicht geraten wären, wenn ihre ablehnende Haltung offenbar geworden wäre. Er hatte jedoch bemerkt, daß seine Worte viele von ihnen nicht überzeugt hatten: da hatte der abstrakte Machiavellismus der Sizilianer mitzuspielen begonnen, der diese von Natur großmütigen Menschen so oft dahin brachte, komplizierte Balkengerüste zu errichten, die auf höchst schwachem Grunde ruhten. Wie Kliniker, die, in ihren Kuren höchst geschickt, sich jedoch auf völlig verkehrte Blut- und Urin-Analysen gestützt haben und zu träge gewesen sind, sie zu korrigieren, so handelten – damals – die Sizilianer: sie töteten schließlich den Kranken, das heißt sich selbst, gerade infolge ihrer höchst raffinierten Schlauheit, die sich so gut wie nie auf eine wirkliche

Kenntnis der Probleme oder wenigstens der Gesprächspartner gestützt hatte. Einige von denen, die die Reise *ad limina gattopardorum* unternommen hatten, hielten es für ganz unmöglich, daß ein Fürst von Salina zugunsten der Revolution stimmen konnte (als solche wurden die jüngsten Veränderungen an jenem entlegenen Orte noch bezeichnet), und deuteten seine Reden als ironische Ausfälle in der Absicht, praktisch ein Ergebnis zu erhalten, das dem, was er ihnen in Worten nahelegte, entgegengesetzt war. Diese Pilger (und es waren die Besseren) hatten sein Arbeitszimmer, soweit es ihnen der Respekt erlaubte, mit einem Zwinkern verlassen, stolz darauf, in den Sinn der fürstlichen Worte eingedrungen zu sein; sie rieben sich die Hände und beglückwünschten sich zu ihrem Scharfsinn just in dem Augenblick, da er sich ihnen verdunkelt hatte. Andere hingegen entfernten sich, nachdem sie ihm zugehorcht hatten, betrübt und davon überzeugt, er sei ein Überläufer oder nicht recht bei Sinnen, und mehr denn je entschlossen, nicht auf ihn zu hören, sondern dem tausendjährigen Sprichwort zu gehorchen, demzufolge ein schon bekanntes Übel einem noch nicht erprobten Guten vorzuziehen sei. Diesen Menschen widerstrebte es auch aus persönlichen Gründen, die neue nationale Wirklichkeit anzuerkennen: sei es aus Frömmigkeit, sei es, weil sie von dem verflossenen System Vergünstigungen angenommen und sich dann nicht rasch genug ins neue hatten einfügen können, sei es schließlich, weil ihnen während der Unruhe der Befreiung etliche Kapaune und etliche Maß Bohnen verschwunden und statt dessen etliche Hörner hervorgesproßt waren, entweder zwanglos freiwillig wie im Dienst der Garibaldi-Truppen, oder in Zwangsaushebung wie in den bourbonischen Regimentern. Kurz, er hatte bei etwa fünfzehn Menschen den peinlichen, aber klaren Eindruck gehabt, sie würden mit Nein stimmen – gewiß eine schwache Minderheit, die aber in dem kleinen Wahlbezirk von Donnafugata immerhin beachtet werden mußte. Wenn der Fürst weiter bedachte, daß die Menschen, die zu ihm gekommen waren, nur die Blüte des Ortes darstellten, und daß es manchen Nichtüberzeugten doch auch unter den Hunderten von Wählern geben mußte, denen es nicht im Traum eingefallen wäre, sich im Palast blicken zu lassen, so hatte er folgendermaßen gerechnet: das Gesamtbild der Ja-Stimmen von Donnafugata würde mit etwa vierzig Nein-Stimmen gleichsam gesprenkelt sein.

Der Tag der Volksabstimmung war windig und bedeckt gewesen, und auf den Dorfstraßen hatte man müde Grüppchen junger Leute umhergehen sehen, die sich ins Hutband ein Zettelchen gesteckt hatten, das ein großes Ja trug. Inmitten weggeworfener Papiere und von den Windstößen fortgewehter Stimmenthaltungen sangen sie ein paar Strophen der *Bella Gigugín* [13], aber verwandelt in arabische Klage-Gesänge, ein Schicksal, das jede kleine, lebhafte Melodie ereilt, soll sie in Sizilien gesungen werden. Man hatte auch zwei, drei ›fremde Gesichter‹ gesehen (das heißt: junge Leute aus Girgenti), die ihren Sitz in der Schenke von *zzu* Menico aufgeschlagen hatten und dort ihr Loblied sangen auf den »herrlichen, immer weiter in den Fortschritt führenden Schicksalsweg« eines mit dem wiedererstandenen Italien verbundenen Sizilien.

Ein paar Bauern standen stumm dabei und hörten zu – fast wieder zu Tieren geworden ebenso vom übermäßigen Gebrauch der schweren Rodehacke wie von den vielen Tagen erzwungener, vom Hunger gequälter Muße. Sie räusperten sich und spuckten häufig, aber sie schwiegen; sie schwiegen so ausgiebig, daß es wohl damals geschah (wie Don Fabrizio später sagte), daß die ›fremden Gesichter‹ beschlossen, unter den vier mittelalterlichen Künsten des Quadrivium der Rhetorik nur die zweite Stelle anzuweissen und der Mathematik die erste.

Gegen vier Uhr nachmittags hatte sich der Fürst zur Abstimmung begeben, zur Rechten Pater Pirrone, zur Linken Don Onofrio Rotolo; finsterblickend, hellhäutig schritt er langsam auf das Gemeindeamt zu und deckte die Hand oft schützend über die Augen, um zu verhindern, daß dieser lästige Wind, der allen unterwegs aufgesammelten ekelhaften Schmutz mit sich trug, bei ihm die Bindehautentzündung erregte, die ihn häufig befiel; und er sagte im Gehen zu Pater Pirrone, ohne Wind würde die Luft wie ein fauliger Tümpel sein, aber auch die heilkräftigen Windstöße schleppten eine Menge Schweinereien daher. Er trug die gleiche schwarze *redingote*, in der er sich vor zwei Jahren nach Caserta begeben hatte, um dem armen König Ferdinand seine Aufwartung zu machen – der war ja glücklicherweise zur rechten Zeit gestorben, um nicht zugegen zu sein an diesem von einem unreinen Wind gepeitschten Tage, da man unter seine Torheit das Siegel setzte. Aber war es denn wirklich Torheit gewesen? Dann konnte man genauso gut sagen, wer dem Typhus erliege, sterbe durch Torheit. Er dachte an diesen König zurück, wie er eifrig bemüht gewesen war, dem sich zu einem See erweiternden Strom der Papiere Dämme entgegenzusetzen: und plötzlich merkte er, welch ein unbewußter Appell an das Mitleid sich in jenem unsympathischen Antlitz kundgetan hatte.

Diese Gedanken waren unerfreulich, wie es Gedanken, die uns die Dinge zu spät erkennen lassen, immer sind;

und der Fürst, seine ganze Erscheinung wurde so feierlich und düster, daß es aussah, als folge er einem unsichtbaren Leichenwagen. Nur an der Heftigkeit, mit der seine Füße die Kiesel der Straße mit wütendem Stoß beiseite schleuderten, wurden die inneren Konflikte offenbar; es ist überflüssig, zu sagen, daß keinerlei Wahlzettel das Band seines Zylinders berührte; aber die ihn kannten, meinten zu sehen, wie immer abwechselnd ein Ja und ein Nein einander auf der glänzenden Fläche des Filzes folgten.

Als der Fürst einen kleinen Saal des Gemeindeamtes betrat, in dem die Abstimmung stattfand, sah er überrascht, wie alle Mitglieder des Wahlkomitees aufstanden, als seine Gestalt in der Tür, sie bis zur Höhe ausfüllend, erschien; einige Bauern, die früher gekommen waren, wurden beiseitegeschoben, und so übergab Don Fabrizio sein Ja den patriotischen Händen Don Calògero Sedàras. Pater Pirrone hingegen wählte nicht, denn er hatte es klug vermieden, sich als im Orte wohnhaft einschreiben zu lassen. Don Nofrio allerdings bestätigte, dem ausdrücklichen Wunsch des Fürsten gehorchend, seine diese eine Silbe umfassende Meinung über die verwickelte italienische Frage: ein Meisterwerk an gedrängter Kürze, das mit der gleichen guten Miene ausgeführt wurde, mit der ein Kind das Rizinusöl nimmt. Danach wurden alle aufgefordert, sich oben im Arbeitsraum des Bürgermeisters »ein Gläschen zu genehmigen«; aber Pater Pirrone und Don Nofrio schützten gute Gründe vor, der eine die Abstinenz, der andere Bauchweh, und blieben unten. Don Fabrizio mußte der Erfrischung allein die Stirn bieten.

Hinter dem Schreibtisch des Bürgermeisters glänzte ein Bild von Garibaldi und (schon) eines von Vittorio Emmanuele, glücklicherweise rechts gehängt, ein schöner Mann der erste, ein äußerst häßlicher der zweite: beide jedoch verbrüdert durch den wunderbar üppigen Wuchs ihres Haares, das nahezu wie eine Maske wirkte. Auf einem niedrigen Tischchen ein Teller mit sehr alten Biskuits, die Fliegendreck mit Trauerstreifen versehen hatte, und zwölf dicke Gläschen voll Likör: vier rote, vier grüne, vier weiße – diese in der Mitte; ein harmloses Sinnbild der neuen Fahne, das dem Fürsten trotz seines Unbehagens ein Lächeln entlockte. Er wählte für sich den weißen Likör, weil dieser vermutlich weniger schwer verdaulich war, und nicht, wie es später hieß, um dem bourbonischen Banner nachträglich zu huldigen. Die drei verschiedenen Sorten Likör waren im übrigen gleicherweise zuckerig, klebrig und widerlich. Man hatte soviel Geschmack, keinen Trinkspruch auszubringen. Und große Freuden, wie Don Calògero sagte, sind ja stumm. Man zeigte Don Fabrizio einen Brief der Behörden von Girgenti, der den arbeitsamen Bürgern Donnafugatas die Gewährung eines Beitrags von zweitausend Lire ankündigte für die Kanalisation – ein Werk, das im Jahre 1961 fertiggestellt sein würde, wie der Bürgermeister versicherte, wobei er in einen jener Lapsus verfiel, deren Mechanismus Freud viele Jahrzehnte später erklären sollte; und die Gesellschaft löste sich auf.

Vor Sonnenuntergang erschienen die drei oder vier Hürchen von Donnafugata (die gab es auch hier, nicht ›im Verein‹, sondern in ihren privaten Wirtschaften tätig) auf der Piazza, die Mähne mit Trikolorenbändchen geziert, um dagegen zu protestieren, daß die Frauen von der Wahl ausgeschlossen waren; die Armen wurden auch von den begeisterten Liberalen mit Spott davongejagt und waren gezwungen, sich wieder zu verkriechen. Dies hinderte nicht, daß vier Tage danach das *Giornale di Trinacria* die

Palermitaner wissen ließ, in Donnafugata »hätten einige Vertreterinnen des schönen Geschlechts ihren unerschütterlichen Glauben an den neuen, glänzenden Aufstieg des allergeliebtesten Vaterlandes kundtun wollen und seien auf der Piazza aufmarschiert unter der allgemeinen Zustimmung jener patriotischen Bevölkerung«.

Danach wurde das Wahllokal geschlossen, die Stimmenzähler machten sich ans Werk; nach Einbruch der Dunkelheit wurde die Tür zum Mittelbalkon des Gemeindeamts aufgetan, Don Calògero wurde sichtbar mit Trikoloren-Bauchbinde und allem sonst, flankiert von zwei Dienern mit brennenden Kandelabern, deren Kerzen jedoch der Wind flugs auslöschte. Der in der Finsternis unsichtbaren Menge verkündete er, daß in Donnafugata die Volksabstimmung folgende Ergebnisse gehabt habe: Eingeschrieben 515; abgestimmt 512; ja 512; nein keines.

Vom dunklen Grunde der Piazza stiegen Applaus und Hochrufe auf; auf dem kleinen Balkon ihres Hauses stand Angelica mit der düsteren Dienstmagd und klatschte in die schönen, habgierigen Hände; es wurden Reden gehalten: Eigenschaftsworte, mit Superlativen und doppelten Konsonanten beladen, schnellten hoch und stießen im Dunkeln gegen die Häuserwände, von der einen zur anderen; im Donner der Böllerschüsse sandte man Botschaften an den König (den neuen) und an den General; ein paar Trikoloren-Raketen kletterten von dem im Dunkel liegenden Ort in den sternenlosen Himmel. Um acht Uhr war alles zu Ende, und es blieb nichts übrig als die tiefe Dunkelheit – wie an jedem anderen Abend, seit Urzeiten.

Auf dem Gipfel des Monte Morco war jetzt alles hell, das Licht war groß; die Düsternis jener Nacht jedoch lag noch immer unbeweglich im Seelengrunde Don Fabrizios. Sein Mißbehagen nahm um so quälendere Formen an, je ungewisser diese waren; es war in keiner Weise in den wichtigen Fragen begründet, deren Lösung die Volksabstimmung eingeleitet hatte: die großen Interessen des Reiches (der Beiden Sizilien), die Interessen des eigenen Standes, seine privaten Vorteile gingen aus all diesen Ereignissen zwar zusammengedrückt, aber noch lebenskräftig hervor. Unter den gegebenen Umständen durfte man nicht mehr verlangen: das Mißbehagen war nicht politischer Natur, es mußte tiefere Wurzeln haben, eingesenkt in eine jener Ursachen, die wir irrational nennen, weil sie begraben sind unter Haufen von Unkenntnis unser selbst.

Italien war an jenem finsteren Abend in Donnafugata geboren worden; geboren hier, in diesem vergessenen Ort, wie im lässigen Palermo und im erregten Neapel; eine böse Fee jedoch, deren Namen man nicht kannte, mußte gegenwärtig gewesen sein; jedenfalls – geboren war es, dieses Italien, und man mußte hoffen, daß es in dieser Form würde leben können – jede andere würde schlechter sein. Einverstanden. Und doch hatte diese beharrliche Unruhe etwas zu bedeuten. Er spürte: während jener allzu trockenen Verkündung von Zahlen, wie während der allzu hochtrabenden Reden war irgend etwas, irgendwer gestorben, Gott allein wußte in welcher schmalen Gasse des Ortes, in welchem Winkel des Gewissens seiner Einwohner.

Die Kühle hatte Don Ciccios Schläfrigkeit gelöst, das mächtige, großartige Wesen des Fürsten hatte ihm seine Ängste genommen. Jetzt tauchte nur der Ärger an die Oberfläche seines Bewußtseins, gewiß unnütz, aber nicht unedel. Don Ciccio hatte sich erhoben, er redete im Dialekt und machte weitausholende Bewegungen, ein mitleiderregender Hampelmann, der lächerlicherweise recht hatte.

»Ich, Exzellenz, hatte Nein gestimmt. Nein, hundertmal Nein. Ich weiß, was Euer Exzellenz mir gesagt hatten: die Notwendigkeit, die Einheit, der günstige Augenblick. Exzellenz werden recht haben; ich verstehe nichts von Politik. Diese Dinge überlasse ich anderen. Aber Ciccio Tumeo ist ein Ehrenmann, zwar arm und dürftig, mit durchgestoßenen Hosen« (und er schlug sich auf die Hinterbacken, wo die Jagdhose sorgfältig geflickt war), »aber empfangene Wohltat hat er nicht vergessen. Und diese Schweine im Gemeindeamt schlucken meine Meinung, kauen sie und kakken sie aus – verwandelt, wie sie es wollen. Ich habe Schwarz gesagt, und sie lassen mich Weiß sagen! Das eine Mal, da ich sagen konnte, was ich dachte, macht mich dieser Blutsauger Sedàra zur Null, tut, als wäre ich nie vorhanden gewesen, als hätte ich nie mit einem Menschen zu schaffen gehabt, ich, Francesco Tumeo La Manna, Sohn vom seligen Leonardo, Organist an der Mutterkirche von Donnafugata, tausendmal so frei wie er – ich habe ihm auch eine von mir komponierte Mazurka gewidmet, als diese . . .« (und er biß sich auf den Finger, um sich zu beherrschen) »diese seine Tochter, dieses Frätzchen, geboren wurde . . .«

Hier, bei diesen Worten, senkte sich Ruhe in Don Fabrizios Seele; endlich hatte er das Rätsel gelöst; jetzt wußte er, wer in Donnafugata, in hundert anderen Orten im Laufe jener Nacht voll unsauberen Windes getötet worden war: ein Neugeborenes – die Redlichkeit, gerade das Wesen, das man am meisten hätte pflegen müssen, dessen wachsende Kraft andere unsinnige barbarische Verwüstungen, die begangen worden waren, gerechtfertigt hätte. Die Nein-Stimme Don Ciccios, fünfzig gleiche Stimmen in Donnafugata, hunderttausend Nein im ganzen Königreich! Sie hätten zwar am Ergebnis nichts geändert, hätten es vielmehr noch bedeutungsvoller gemacht; aber es wäre doch diese Seelenverstümmelung vermieden worden. Es war ein halbes Jahr her, da hatte man die harte, herrische Stimme sagen hören: »Tu, wie ich dir sage – oder es setzt Schläge.« Jetzt hatte man schon den Eindruck, daß die Drohung durch die geschmeidigen Worte des Wucherers ersetzt wurde: »Aber wenn du selber unterzeichnet hast! Siehst du es nicht? Es ist doch so klar. Du mußt handeln, wie wir sagen, denn – sieh dir den Wechsel an: dein Wille dem meinen gleich.«

Don Ciccio donnerte weiter: »Für euch Herren ist die Sache anders. Man kann undankbar sein, wenn man noch ein Lehnsgut dazubekommt – aber für ein Stück Brot ist Erkenntlichkeit Pflicht. Ganz etwas anderes ist es noch für Handeltreibende wie Sedàra, für die ist der eigene Vorteil Naturgesetz. Für uns kleine Leute sind die Dinge so, wie sie sind. Exzellenz wissen es – mein seliger Vater war Jagdhüter im königlichen Landgut S. Onofrio schon zur Zeit Ferdinands IV., als die Engländer hier waren. Es war ein hartes Leben, aber des Königs grüner Rock und das silberne Schildchen verliehen Ansehen. Die Königin Isabella, die Spanierin, die damals Herzogin von Kalabrien war – die hat mich studieren lassen, sie hat bewirkt, daß ich der wurde, der ich bin, Organist an der Mutterkirche, beehrt mit dem Wohlwollen Eurer Exzellenz; und wenn meine Mutter in den Jahren, da wir besonders nötig Hilfe brauchten, eine Bittschrift bei Hofe einreichte, dann kamen die fünf Unzen Unterstützung sicher wie der Tod, denn dort in Neapel war man uns gewogen, man wußte, wir waren ordentliche Leute und getreue Untertanen; wenn der König kam, schlug er meinem Vater kräftig auf die Schulter und sagte: ›Don Lionà, ne vurria tante come a vuie, fedeli sostegni del trono e della Persona mia.‹[14] Der Adjutant verteilte dann die Goldmünzen. Almosen heißt man sie jetzt, diese Großmut wahrer Könige; man sagt es, damit man sie nicht selber zu geben braucht; aber sie waren ein gerechter Lohn für treue Ergebenheit. Und wenn diese heiligen Könige und schönen Königinnen heute vom Himmel herabsehen — was müßten sie sagen? ›Der Sohn Don Leonardo Tumeos hat uns verraten!‹ Nur gut, daß man im Paradies die Wahrheit kennt. Ich weiß, ich weiß, Menschen wie Euer Exzellenz haben es mir gesagt: diese Dinge von seiten der Königlichen haben gar keine Bedeutung, sie gehören zu ihrem Handwerk. Es mag wahr sein — ja, es ist wahr. Aber die fünf Unzen waren da, das ist eine Tatsache, und mit ihrer Hilfe kam man durch den Winter. Und jetzt, wo ich die Schuld wieder gutmachen konnte — nichts, ›du bist gar nicht vorhanden‹. Mein Nein wird ein Ja. Ich war ein ›getreuer Untertan‹, jetzt bin ich ein ›abscheulicher Bourbone‹!«

Don Fabrizio hatte Don Ciccio immer gern leiden mögen, aber dieses Gefühl hatte seinen Ursprung in dem Mitleid gehabt, das uns ein jeder einflößt, der sich in der Jugend zur Kunst berufen glaubte und als alter Mann, nachdem er gemerkt hat, daß es ihm an Talent fehlt, die gleiche Tätigkeit auf niedrigeren Stufen ausübt — in der Tasche seine verwelkten Träume —, und er hatte Mitgefühl auch mit seiner mit Würde getragenen Armut. Jetzt aber empfand er für ihn auch eine Art Bewunderung; und in der Tiefe, ganz in der Tiefe seines stolzen Selbstbewußtseins fragte eine Stimme, ob sich nicht etwa Don Ciccio herrenmäßiger betragen habe als der Fürst von Salina. Und die Sedàra, alle die Sedàra, von diesem winzigen, der die Rechenkunst in Donnafugata entehrte, bis zu den größeren in Palermo, in Turin – hatten die nicht etwa ein Verbrechen begangen, als sie diese Gewissen erwürgten? Don Fabrizio konnte es damals noch nicht erkennen – aber ein gut Teil der Trägheit, des allzu raschen Verzichts – Untugenden, die man während der folgenden Jahrzehnte den Menschen des Südens zum Vorwurf machen mußte – hatte seinen Ursprung in dieser Torheit, mit der man den Ausdruck der Freiheit, als sie sich ihnen das erstemal bot, zunichte machte.

Don Ciccio hatte sich Luft geschaffen. Nun kam zu seiner authentischen, immerhin seltenen Personifikation des ›strengen Ehrenmannes‹ noch die andere hinzu, die sehr viel häufigere und nicht weniger unverfälschte des Snobs. Denn Tumeo gehörte zu der zoologischen Gattung der ›passiven Snobs‹, die heute zu Unrecht verachtet ist. Verstehen wir uns recht: das Wort ›Snob‹ war in Sizilien des Jahres 1860 natürlich nicht bekannt; aber wie es vor Koch Schwindsüchtige gab, so gab es in jener weit zurückliegenden Zeit Menschen, deren höchstes Lebensgesetz ist, zu gehorchen, nachzuahmen und vor allem denen, deren soziale Einsicht sie als der ihren überlegen erachten, keinen Kummer zu bereiten: der Snob ist in der Tat das Gegenteil vom neidischen Menschen. Damals trat er unter verschiedenen Namen auf: er nannte sich »ganz ergeben«, »in Liebe zugetan« oder »treu«; er führte ein glückliches Leben, weil schon das flüchtigste Lächeln eines Edelmannes genügte, ihm einen ganzen Tag mit Sonne anzufüllen; und da er in der Begleitung jener freundlichen Gattungsbezeichnungen auftrat, waren die ihn erquickenden Gnaden häufiger als jetzt. Die freundliche, snobistische Natur Don

Ciccios also fürchtete, Don Fabrizio gelangweilt zu haben; sein Eifer suchte eilig nach Mitteln, die Schatten zu vertreiben, die sich, wie er glaubte, durch seine Schuld auf des Fürsten olympischer Stirn versammelt hatten: und das am unmittelbarsten geeignete Mittel war der Vorschlag, die Jagd wieder aufzunehmen; und so geschah es. Einige unglückliche Schnepfen und ein weiteres Kaninchen, alle in ihrem Mittagsschlaf überrascht, fielen unter den Schüssen der Jäger – Schüsse, die an jenem Tage besonders genau gezielt und mitleidslos waren, weil sowohl Salina wie Tumeo sich darin gefielen, diese unschuldigen Tiere mit Don Calògero Sedàra gleichzusetzen. Die Schießereien jedoch, die kleinen Fell- oder Federknäuel, die beim Schuß einen Augenblick in der Sonne aufglänzten, genügten an jenem Tage nicht, den Fürsten wieder gleichmütig zu stimmen; je mehr die Stunden verstrichen und die Heimkehr nach Donnafugata näherrückte, um so mehr bedrückten ihn die Sorge, der Ärger, die Demütigung wegen des Gespräches, das ihm mit dem plebejischen Bürgermeister bevorstand; und es hatte gar nichts geholfen, daß er zwei Schnepfen und ein Kaninchen in seinem Herzen »Don Calògero« genannt hatte. Obwohl er schon dazu entschlossen war, diese »höchst abscheuliche Kröte zu schlucken«, empfand er doch das Bedürfnis, umfänglichere Auskünfte über den Gegner einzuholen, oder, besser gesagt, die öffentliche Meinung hinsichtlich des Schrittes, den er zu tun gedachte, zu ergründen. So geschah es, daß Don Ciccio das zweitemal an jenem Tage von einer Frage überrascht wurde, die ihm sozusagen das Messer an die Kehle setzte.

»Don Ciccio, hört einmal zu: Ihr seht doch so viele Menschen im Ort – was denkt man in Donnafugata wirklich von Don Calògero?«

Tumeo schien es – die Wahrheit zu sagen –, er habe seine Meinung über den Bürgermeister schon deutlich genug ausgedrückt, und er wollte soeben in diesem Sinne antworten, als in seinem Verstand die unbestimmten Gerüchte aufblitzten, von denen er überall hatte tuscheln hören: daß Don Tancredi Angelica mit recht freundlichen Augen anschaue. Daher überfiel ihn ein Unbehagen, daß er sich zu Bemerkungen über volkstribunenhafte Allüren hatte hinreißen lassen, die dem Fürsten – wenn das, was man annahm, stimmte – gewiß recht unangenehm in die Nase gestiegen waren; alles das, während er sich in einer anderen Ecke seines Verstandes darüber freute, wenigstens nichts Bestimmtes gegen Angelica gesagt zu haben; ja, der leichte Schmerz, den er noch in seinem rechten Zeigefinger empfand, wirkte dagegen wie Balsam.

»Alles in allem, Exzellenz, ist Don Calògero Sedàra nicht schlimmer als viele andere Leute, die in diesen letzten Monaten hochgekommen sind.« Die Huldigung war gemäßigt, aber doch deutlich genug, daß Don Fabrizio weiter in ihn dringen konnte: »Seht, Don Ciccio, mir liegt viel daran, die Wahrheit über Don Calògero und seine Familie zu erfahren.«

»Die Wahrheit, Exzellenz, ist folgende: Don Calògero ist sehr reich und hat auch sehr viel Einfluß; er ist geizig (als die Tochter im Internat war, haben er und seine Frau zu zweit ein Spiegelei gegessen); aber wenn es darauf ankommt, weiß er auch Geld auszugeben. Da nun jeder ausgegebene *tarì*[15] in der Tasche von irgend jemandem auf der Welt endet, so ist es nun so weit, daß viele Menschen von ihm abhängen. Und dann, das muß man sagen: wem er einmal Freund ist, dem ist er ein Freund; sein Land gibt er zu fünf *terraggi* her, die Bauern müssen

137

schier verrecken, um ihn zu bezahlen, aber vor vier Wochen hat er Pasquale Tripi fünfzig Unzen geliehen (der hatte ihm zur Zeit der Landung geholfen), und ohne Zinsen: das größte Wunder, das man erlebt hat, seit die heilige Rosalía die Pest in Palermo hat aufhören lassen. Im übrigen schlau wie der Teufel; Euer Exzellenz hätten ihn im letzten April und Mai sehen sollen – er zog wie eine Fledermaus hin und her im ganzen Gebiet: im Wägelchen, auf dem Maultier, zu Fuß, ob es regnete oder ob der Himmel hell war; und wo er durchgezogen war, bildeten sich geheime Zirkel, bereitete man denen, die kommen sollten, den Weg. Eine Strafe Gottes, Exzellenz, eine Strafe Gottes. Und noch sehen wir nur den Anfang von Don Calògeros Laufbahn: in ein paar Monaten ist er gewiß Abgeordneter im Parlament von Turin; in ein paar Jahren, wenn die Kirchengüter zum Verkauf kommen, steckt er gewiß um einige Soldi die Lehnsgüter von Marca und Fondachello ein, und dann ist er der größte Grundbesitzer in der Provinz. Das ist Don Calògero, Exzellenz, der neue Mann, wie er sein muß; daß es so sein muß, ist immerhin schade.«

Don Fabrizio erinnerte sich an das Gespräch vor einigen Monaten mit Pater Pirrone, in dem ganz in Sonne getauchten Observatorium. Was der Jesuit vorausgesagt hatte, erwies sich als wahr; aber war es denn nicht eine gute Taktik, sich in die neue Bewegung einzureihen, diese wenigstens zum Teil für einige Menschen des eigenen Standes zum Vorteil zu wenden? Der Verdruß über die ihm bevorstehende Unterredung mit Don Calògero wurde geringer.

»Aber die andern in seinem Hause, Don Ciccio, die andern – wie sind sie wirklich?«

»Exzellenz, Don Calògeros Frau hat seit Jahren kein Mensch gesehen – außer mir. Sie verläßt das Haus nur,

um zur Messe zu gehen, zur ersten Messe morgens fünf
Uhr, wenn kein Mensch da ist. Organistendienst gibt es
zu der Stunde nicht: aber ich bin einmal ganz früh aufgestanden, nur um sie zu sehen. Donna Bastiana betrat die
Kirche in Begleitung der Dienstmagd, und ich – behindert
durch den Beichtstuhl, hinter dem ich mich versteckt hatte –
vermochte nicht viel zu sehen: aber am Ende der Messe
wurde die Hitze stärker, als die arme Frau ertragen konnte, und sie schlug den schwarzen Schleier zurück. Auf Ehre,
Exzellenz: sie ist schön wie die Sonne, und man kann Don
Calògero nicht unrecht geben, wenn er, Mistkäfer, der er
ist, sie von den anderen fernhalten will. Aber auch aus den
bestbewachten Häusern sickert schließlich einiges heraus –
die Dienstboten reden; und es scheint, Donna Bastiana ist
so etwas wie ein Tier: sie kann nicht lesen, sie kann nicht
schreiben, sie kennt nicht die Uhr, kaum daß sie sprechen
kann. eine richtige schöne Stute, wollüstig und noch ganz
roh; sie ist nicht einmal imstande, die Tochter zu lieben –
gut fürs Bett, das ist alles.« Don Ciccio, der als Königin-
Mündel und Fürsten-Gefolgsmann sehr viel von seinen
einfachen Manieren hielt und sie für vollkommen erach-
tete, lächelte wohlgefällig: er hatte entdeckt, wie er sich
an dem Vernichter seiner Persönlichkeit ein wenig rächen
könnte. »Im übrigen«, fuhr er fort, »kann es ja nicht
anders sein. Wissen Exzellenz, wessen Tochter Donna Bastiana ist?« Er drehte sich um, er hob sich auf die Zehenspitzen, er wies mit dem Zeigefinger auf ein fernes Grüppchen dürftiger Häuser, die, wie mit Mühe nur mit einem
jämmerlichen Glockenturm festgenagelt, von einer jäh
abstürzenden Höhe hinabzugleiten schienen: ein Ort der
Qual. »Sie ist die Tochter eines Halbpächters Eurer Exzellenz, des Peppe Giunta – so hieß er – von Runci, und er

war so schmutzig und unzivilisiert, daß alle ihn ›Peppe 'Mmerda‹ nannten, Stinkmist – entschuldigen Exzellenz das Wort.« Und befriedigt wickelte er um einen seiner Finger ein Ohr Teresinas. »Zwei Jahre, nachdem Don Calògero Bastiana entführt hatte, fand man den Alten tot auf dem Pfad, der nach Rampinzèri führt, mit zwölf Schüssen im Rücken. Immer hat er Glück, dieser Don Calògero: denn der Alte wurde unbequem und anmaßend.«

Viele dieser Dinge waren Don Fabrizio bekannt, sie waren schon mitgewogen worden; aber der Spitzname von Angelicas Großvater war ihm unbekannt geblieben: er öffnete eine tiefe geschichtliche Perspektive, er gewährte einen flüchtigen Blick in andere Abgründe, im Vergleich mit denen Don Calògero als ein Gartenbeet erschien. Der Fürst spürte wahrhaftig den Boden unter den Füßen schwinden; wie sollte Tancredi auch dies noch schlucken? Und er selbst? Sein Kopf begann zu rechnen, was für ein Verwandtschaftsband den Fürsten von Salina, den Onkel des Bräutigams, mit dem Großvater der Braut würde verbinden können: er fand es nicht, es gab keines. Angelica war Angelica, eine Blüte von einem jungen Mädchen, eine Rose; der Spitzname des Großvaters hatte nur dazu gedient, den Boden für sie zu düngen. *Non olet*, wiederholte er, *non olet;* vielmehr *optime foeminam ac contubernium olet.*

»Von allem sprecht Ihr mir, Don Ciccio, von noch ganz rohen Müttern und Mist-Großvätern, aber nicht von dem, woran mir liegt: von der Signorina Angelica.«

Die geheimen Ehe-Absichten Tancredis wären, obwohl sie sich noch bis vor wenigen Stunden im Embryonalzustand befanden, sicher überall verbreitet worden, hätten sie nicht das Glück gehabt, getarnt zu sein. Zweifellos waren die häufigen Besuche des jungen Mannes im Hause

Don Calògeros bemerkt worden und ebenso sein verzücktes Lächeln und die tausend kleinen Aufmerksamkeiten, die, in der Stadt üblich und ohne Bedeutung, in den Augen der tugendhaften Einwohner von Donnafugata Symptome heftiger Begierden wurden. Der größte Anstoß war am Anfang erfolgt: die alten Männer, die in der Sonne brieten, die Schlingel, die im Staub ihre Duelle ausfochten, hatten alles gesehen, alles begriffen, alles den anderen wiederholt; und über die kupplerische und zur Liebe anreizende Bedeutung jenes Dutzend Pfirsiche waren höchst erfahrene böse Weiber und Spruch- und Zauberbücher befragt worden, an erster Stelle der Rutilio Benincasa, der Aristoteles der Bauernbevölkerung. Zum Glück war eine bei uns verhältnismäßig häufige Erscheinung aufgetreten: von der Begier nach böser Nachrede war die Wahrheit verdeckt worden; alle hatten sich den Popanz eines Lebemann-Tancredi verfertigt, der seine freche Sinnlichkeit auf Angelica gerichtet hatte und alle Waffen gebrauchte, um das Mädchen zu verführen – weiter nichts. Nicht einmal der Gedanke an eine vorbedachte Heirat zwischen einem Fürsten von Falconeri und einer Enkelin von Peppe 'Mmerda konnte jenen Landleuten in den Sinn kommen; auf solche Art erwiesen sie den Häusern des Feudaladels einen Respekt, der den gleichen Wert hatte wie der, den ein Mensch, der flucht, Gott erweist. Dann machte Tancredis Abreise solchen Phantasien ein Ende, und man redete nicht mehr davon. Tumeo hatte ganz das gleiche gedacht wie die anderen, und daher nahm er die Frage des Fürsten mit der ergötzten Miene auf, die ältere Männer aufsetzen, wenn sie von den Streichen der Jungen sprechen.

»Über die Signorina, Exzellenz, ist nichts zu sagen – sie spricht für sich: ihre Augen, ihre Haut, ihre prächtige Erscheinung sind offenkundig und für alle zu begreifen. Ich glaube, die Sprache, die sie sprechen, ist von Don Tancredi verstanden worden; oder denke ich darin zu kühn? In ihr steckt die ganze Schönheit der Mutter ohne den Ziegenbocksgeruch des Großvaters; und dann ist sie klug! Haben Exzellenz gesehen, wie die paar Jahre Florenz genügt haben, sie zu verwandeln? Eine wahre Dame ist sie geworden«, fuhr Don Ciccio fort, der für feine Unterschiede unempfindlich war, »eine vollendete Dame. Als sie aus dem Internat zurückkam, hat sie mich kommen lassen und mir meine alte Mazurka vorgespielt: sie spielte schlecht, aber sie zu sehen war eine Wonne, mit diesen schwarzen Flechten, diesen Augen, diesen Beinen, dieser Brust... Hoho! Alles andere als Bocksgeruch – ihre Bettlaken haben sicher den Duft des Paradieses!«

Der Fürst wurde verdrießlich: so eifersüchtig ist der Stolz auf den eigenen Stand auch in dem Augenblick, da er aus der Art schlägt, daß ihn diese orgiastischen Lobsprüche auf die kecken Reize der künftigen Nichte beleidigten; wie konnte Don Ciccio wagen, sich so lyrisch-lasziv auszudrücken über eine künftige Fürstin von Falconeri! Allerdings wußte ja der Arme nichts davon; man mußte ihm alles erzählen; im übrigen würde die Sache etwa nach drei Stunden bekannt werden. – Er entschloß sich rasch und wandte sich Tumeo mit einem – immerhin freundlichen – Leopardenlächeln zu: »Beruhigt Euch, lieber Don Ciccio, beruhigt Euch; ich habe zu Hause einen Brief meines Neffen, der mich damit beauftragt, um die Hand der Signorina Angelica anzuhalten; von nun an werdet Ihr von ihr mit der gewohnten Ehrerbietung sprechen. Ihr seid der erste, der die Neuigkeit erfährt – aber für diesen Vorzug werdet Ihr bezahlen müssen: wenn wir in den Palast zurückgekehrt sind, werdet Ihr mit Teresina in die Gewehrkammer eingeschlossen; Ihr werdet Zeit haben, alle Flinten zu putzen und zu ölen, und werdet erst nach dem Besuche Don Calògeros in Freiheit gesetzt; ich will nicht, daß zuvor etwas durchsickert.«

Bei diesem unvorhergesehenen, überraschenden Angriff stürzten die hundert Behutsamkeiten, die hundert Snobismen Don Ciccios zusammen wie ein Satz Kegel von einem Volltreffer. Übrig blieb nur eine uralte Empfindung.

»Das, Exzellenz, ist eine Schweinerei! Ein Neffe von Euch dürfte nie die Tochter eines jener Menschen heiraten, die Eure Feinde sind: sie haben Euch immer den Boden unter den Füßen weggezogen. Versuchen, sie zu verführen, wie ich meinte – das wäre eine Eroberungstat; so ist es eine bedingungslose Übergabe. Es ist das Ende der Falconeri – und auch das der Salina.«

Nachdem er dies gesagt hatte, senkte er den Kopf und wünschte voller Angst, die Erde moge sich unter seinen Füßen auftun. Der Fürst war blaurot geworden bis an die Ohren, bis in die Augäpfel hinein, deren Äderchen sich mit Blut gefüllt hatten. Er ballte die Fäuste, diese schweren Hämmer, und machte einen Schritt auf Don Ciccio zu. Aber er war ein Mann der Wissenschaft, immerhin gewohnt, das Für und Wider bisweilen zu sehen; außerdem war er unter dem löwenhaften Aussehen ein Skeptiker. Er hatte heute schon vieles zu erdulden gehabt: das Ergebnis der Volksabstimmung, den Spitznamen von Angelicas Großvater, die Schüsse in den Rücken! Tumeo hatte recht – aus ihm sprach die reine Tradition. Und doch war er ein Dummkopf: mit dieser Ehe ging nichts zu Ende, sondern es fing alles erst an. Sie befand sich im Umkreis der besten Traditionen.

Die Fäuste öffneten sich wieder; die Eindrücke der Nägel blieben in den Handflächen stehen. »Gehen wir heim, Don Ciccio! Gewisse Dinge könnt Ihr nicht begreifen. Also – wie wir ausgemacht haben, nicht wahr?«

Und während sie nach der Straße zu abstiegen, wäre schwer zu sagen gewesen, wer von den beiden Don Quichotte und wer Sancho Pansa war.

Als dem Fürsten genau um halb fünf Uhr die höchst pünktliche Ankunft Don Calògeros gemeldet wurde, hatte er seine Toilette noch nicht beendet; er ließ den Herrn Bürgermeister bitten, einen Augenblick im Arbeitszimmer zu warten, und fuhr ruhig fort, sich schön zu machen. Er rieb sich das Haar mit dem *Lemo-liscio*, dem *Lime-Juice* von Atkinson ein, einer dichten, weißlichen Lotion, die er in Kästchen aus London bekam; sie mußte sich im Namen die gleiche ethnische Entstellung gefallen lassen wie die Lieder. Er verschmähte den schwarzen Gehrock und wählte statt seiner einen ganz zart fliederfarbenen, der ihm für die mutmaßlich festliche Gelegenheit geeigneter schien; er verweilte sich noch etwas, um mit einer Pinzette ein freches blondes Härchen auszureißen, dem es am Morgen beim eiligen Rasieren geglückt war, sich selbständig zu machen; er ließ Pater Pirrone rufen; bevor er das Zimmer verließ, nahm er von einem Tisch einen Auszug der *Blätter für Himmelsforschung* [16] und machte sich mit dem zusammengerollten dünnen Heftchen das Zeichen des Kreuzes – eine fromme Geste, die in Sizilien öfter, als man glaubt, eine nichtreligiöse Bedeutung hat.

Als er die beiden Räume durchschritt, die vor dem Arbeitszimmer lagen, gab er sich dem Wahne hin, er sei ein achtunggebietender Leopard mit glatter, parfümierter Haut, der sich anschickt, einen furchtsamen kleinen Schakal zu zerfleischen; aber durch eine der unwillkürlichen Ideenassoziationen, die die Geißel von Naturen wie der seinen sind, kam ihm eines jener historischen französischen Gemälde in den Sinn, auf denen österreichische Marschälle und Generäle, mit Orden und Federbüschen beladen, vor einem spöttischen Napoleon, sich ihm ergebend, vorbeimarschieren: sie sind zweifellos die Eleganteren, aber Sieger ist der kleine Mann im grauen Mantel. So also betrat ein von den unzeitigen Erinnerungen an Mantua und Ulm verletzter, gereizter Leopard das Arbeitszimmer.

Dort stand Don Calògero, sehr klein, dünn und unvollkommen rasiert; er hätte wirklich das Aussehen eines Schakals gehabt, wären nicht seine von Intelligenz funkelnden Äuglein gewesen; aber da dieser Geist ein materielles Ziel hatte, das dem abstrakten, dem der Fürst nachzustreben meinte, entgegengesetzt war, wurde ein solcher Blick als Bosheit gedeutet. Auch hatte der Bürgermeister, dem der Sinn dafür fehlte, daß die Kleidung den Umständen angepaßt werden könne – ein Sinn, der dem Fürsten angeboren war –, gemeint, er tue gut daran, sich nahezu in Trauer zu kleiden; er war beinahe so schwarz wie Pater Pirrone; aber während jener sich in eine Ecke setzte, wobei er die marmorn unbeteiligte Miene der Priester annahm, die nicht auf die Entschlüsse der anderen Einfluß nehmen wollen, drückte Don Calògeros Gesicht eine Empfindung gieriger Erwartung aus, die fast peinlich anzusehen war. Sogleich begannen die Scharmützel unbedeutender Worte, die den wahren Wortschlachten voranzugehen pflegen. Doch war es Don Calògero, der den großen Angriff unternahm.

»Haben Exzellenz«, fragte er, »gute Nachrichten von Don Tancredi?« In kleinen Orten hatte damals der Bürgermeister die Möglichkeit, die Post inoffiziell zu kontrollieren, und so hatte die ungewöhnliche Eleganz des Papiers vielleicht seine Aufmerksamkeit erregt. Als dem Fürsten das durch den Kopf ging, begann er gereizt zu werden.

»Nein, Don Calògero, o nein. Mein Neffe ist verrückt geworden . . .«

Aber es gibt einen Schutzgeist der Fürsten. Er heißt ›Gute Manieren‹. Und er tritt oft dazwischen, um die Leoparden vor schlimmen Schritten zu bewahren. Doch muß man ihm einen hohen Tribut zahlen. Wie Pallas dazwischentritt, um Odysseus' heftige Ausbrüche zu zügeln, so erschienen die ›Guten Manieren‹ dem Don Fabrizio, um ihn am Rande des Abgrunds festzuhalten; aber der Fürst mußte die Rettung damit bezahlen, daß er ein einziges Mal in seinem Leben deutlich wurde. Mit vollkommener Natürlichkeit, ohne einen Augenblick innezuhalten, schloß er den Satz:

» . . . verrückt aus Liebe zu Eurer Tochter, Don Calògero. Und das hat er mir gestern geschrieben.«

Der Bürgermeister bewahrte einen überraschenden Gleichmut. Er lächelte kaum und begann sein Hutband zu untersuchen; Pater Pirrone hatte den Blick zur Decke gewandt, als wäre er ein Maurermeister, der beauftragt ist, ihre Festigkeit zu prüfen. Der Fürst war verstimmt: diese vereinte Schweigsamkeit nahm ihm selbst die armselige Genugtuung, seine Zuhörer verblüfft zu haben. Daher bemerkte er mit Erleichterung, daß Don Calògero zum Sprechen ansetzte.

»Ich wußte es, Exzellenz, ich wußte es. Man hat gesehen, daß sie sich küßten: Dienstag, den 25. September, am Abend vor der Abreise Don Tancredis. In Euerm Garten nahe dem Brunnen. Die Lorbeerhecken sind nicht immer so dicht, wie man glaubt. Ich habe vier Wochen auf einen Schritt Eures Neffen gewartet, und jetzt dachte ich schon daran, Euer Exzellenz zu fragen, welches seine Absichten waren.«

Zahlreiche stechende Wespen fielen über Don Fabrizio her, vor allem — wie es sich für jeden noch nicht altersschwachen Mann gehört — die der körperlichen Eifersucht: Tancredi hatte jenen Geschmack von Erdbeeren und Sahne gekostet, der ihm für immer unbekannt bleiben würde. Danach ein Gefühl sozialer Demütigung, daß er sich als Angeklagter fand, statt der Bote mit guten Nachrichten zu sein. Drittens ein persönlicher Ärger: der des Mannes, der sich eingebildet hat, er kontrolliere alle, und statt dessen gewahr wird, daß vieles sich entwickelt, ohne daß er davon weiß. »Don Calògero, wir wollen nicht die Karten vertauschen. Erinnert Euch, daß ich es gewesen bin, der Euch hat rufen lassen. Ich wollte Euch einen Brief mitteilen, der gestern gekommen ist, von meinem Neffen. Darin erklärt er seine Leidenschaft für Euer Fräulein Tochter, eine Leidenschaft, die ich ...« (hier zögerte der Fürst ein klein wenig, denn das Lügen vor so bohrenden Augen wie denen des Bürgermeisters ist manchmal schwer) »... deren ganze Kraft ich bisher nicht kannte; und am Schluß des Briefes hat er mir einen Auftrag anvertraut: ich bitte Euch also um die Hand der Signorina Angelica.«

Don Calògero blieb weiter unbewegt; Pater Pirrone hatte sich vom bauverständigen Ädil in einen weisen Muselmann verwandelt: er hatte vier Finger der rechten und vier der linken Hand ineinandergeschlungen und rollte die beiden Daumen, wobei er ihre Richtung mit einem großen Aufwand an choreographischer Phantasie ständig umkehrte und änderte. Das Schweigen dauerte lange, der Fürst wurde ungeduldig: »Jetzt bin ich es, Don Calògero, der wartet, daß Ihr darlegt, wie Ihr darüber denkt.«

Der Bürgermeister hielt den Blick noch immer auf die orangenfarbene Franse am Sessel des Fürsten gerichtet; jetzt bedeckte er die Augen einen Moment mit der Rechten, dann hob er sie wieder: sie erschienen voll Unschuld, ganz verblüfft und überrascht, gerade als hätte er sie mit dieser Gebärde ausgewechselt.

»Entschuldigt mich, Fürst.« (An der blitzartigen Auslassung des ›Exzellenz‹ merkte Don Fabrizio, daß alles glücklich überstanden war.) »Aber die schöne Überraschung hatte mir die Sprache verschlagen. Ich bin jedoch ein moderner Vater, ich werde Euch eine endgültige Antwort erst geben können, nachdem ich diesen Engel gefragt habe, den Trost unseres Hauses. Die heiligen Rechte eines Vaters aber weiß ich schon auszuüben: ich kenne alles, was in Angelicas Herz und Sinn vor sich geht; und ich glaube sagen zu können, daß die Neigung Don Tancredis, die uns alle hoch ehrt, aufrichtig erwidert wird.«

Don Fabrizio wurde von einer ehrlichen Rührung überwältigt: die ›Kröte war geschluckt‹; der Kopf und die zerbissenen Gedärme rutschten die Kehle hinunter; es blieben noch die Beine zu kauen, aber das war dem übrigen gegenüber wenig: das meiste war getan. Nachdem er dieses Gefühl der Befreiung durchgekostet hatte, machte sich nun die Liebe zu Tancredi Bahn; er stellte sich die schmalen blauen Augen vor, wie sie funkelten, wenn er die freudige Antwort las; er dachte, vielmehr er erinnerte sich an die ersten Monate einer Liebesheirat, während derer die Rasereien, die Seiltänze der Sinne mit Schmelz überzogen und gehalten werden von allen Engelshierarchien – die wohlgesonnen, wenn auch überrascht zusehen. Noch weiter jenseits erblickte er flüchtig das gesicherte Leben, die Entwicklungsmöglichkeiten von Tancredis Talenten, denen ohne dies alles der Mangel an Geld die Flügel gestutzt hätte.

Der Edelmann erhob sich, tat einen Schritt auf den verdutzten Don Calògero zu, hob ihn vom Sessel, drückte ihn an die Brust: des Bürgermeisters kurze Beine blieben in der Luft. In diesem Zimmer weit hinten in der sizilianischen Provinz kam sozusagen ein japanischer Druck zur Darstellung: man sah auf ihm eine riesige violette Schwertlilie, von deren einem Blumenblatt eine große, behaarte Fliege herabhing. Als Don Calògero den Boden wieder berührte, dachte Don Fabrizio:

›Ich muß ihm wirklich ein paar englische Rasiermesser schenken – so kann es nicht weitergehen.‹

Pater Pirrone hörte ruckartig auf, seine Daumen umeinanderzuwirbeln; er erhob sich und drückte dem Fürsten die Hand: »Exzellenz, ich rufe den Schutz Gottes herab auf diese Heirat; Euer Exzellenz Freude ist die meine geworden.« Don Calògero streckte er die Fingerspitzen hin, ohne ein Wort zu sagen. Dann schlug er mit einem Knöchel an ein Barometer, das an der Wand hing: es fiel; schlechtes Wetter in Aussicht. Er setzte sich wieder und öffnete das Brevier.

»Don Calògero«, sagte der Fürst, »die Liebe der beiden jungen Leute ist die Grundlage von allem, der einzige Grund, auf dem ihr künftiges Glück erstehen kann. Genug davon – das wissen wir. Aber wir als ältere Männer, als lebenserfahrene Männer, sind gezwungen, uns um andere Dinge zu kümmern. Es ist überflüssig, Euch zu sagen, wie hochberühmt die Familie Falconeri ist: sie kam nach Sizilien mit Karl von Anjou, sie fand die Möglichkeit, weiterzublühen unter dem Hause Aragon, unter den Spaniern, den bourbonischen Königen (wenn es mir erlaubt ist, sie vor Euch zu nennen), und ich bin sicher, sie wird auch ihren glücklichen Fortgang nehmen unter der neuen Dynastie vom Kontinent (die Gott schützen möge).« (Man konnte nie genau wissen, wann der Fürst spottete oder wann er sich nur versprach.) »Sie waren Pairs des Reiches, spanische Granden, Ritter von Santiago, und sollte es ihnen plötzlich einfallen, auch Malteserritter sein zu wollen, so brauchen sie nur einen Finger zu heben – und Via Condotti liefert ihnen ohne mit der Wimper zu zucken die Diplome, als wären sie Fastenkuchen – wenigstens bis heute.« (Diese boshafte Insinuation war völlig vergeudet, denn Don Calògero hatte nicht die leiseste Ahnung von der Satzung des Jerusalemitaner Ordens vom Heiligen Johannes.) »Ich bin sicher, Eure Tochter in ihrer seltenen Schönheit wird den alten Stamm der Falconeri noch mehr zieren; sie wird mit ihrer Tugend derjenigen der frommen Fürstinnen nacheifern, deren letzte, meine verstorbene Schwester, das junge Paar gewiß vom Himmel herab segnen wird.« Und Don Fabrizio wurde von neuem gerührt, da er an seine liebe Giulia dachte, deren mißachtetes Leben angesichts der wahnwitzigen Narrheiten von Tancredis Vater ein ständiges Opfer gewesen war. »Was den jungen Mann betrifft, so kennt Ihr ihn; und wenn Ihr ihn nicht kenntet, bin ja ich da, der Euch für ihn in allem und für alles bürgen kann. Schiffstonnen an Güte sind in ihm, und ich bin nicht der einzige, der das sagt, nicht wahr, Pater Pirrone?«

Der ausgezeichnete Jesuit, der so aus seiner Lektüre gerissen wurde, fand sich plötzlich vor eine recht peinliche Wahl gestellt. Er war Tancredis Beichtvater gewesen, und er kannte mehr als eine seiner kleinen Sünden: keine war natürlich wirklich schwer, aber sie genügten immerhin, um etliche Doppelzentner von jener Masse an Güte abzuziehen, von der gesprochen wurde – alle übrigens so geartet, daß man sich verbürgen konnte (genau so mußte es heißen) für eine eiserne eheliche Untreue. Dies durfte man natürlich nicht sagen, einmal aus Gründen des Sakraments, und dann, weil es sich im weltlichen Leben nicht schickte. Andererseits mochte er Tancredi gut leiden, und wenn er auch diese Ehe von Herzensgrund mißbilligte, so hätte er doch nie etwas geäußert, was den glatten Verlauf auch nur hätte trüben, geschweige denn ihn hätte behindern können. Er fand Zuflucht in der Vorsicht, der dehnbarsten unter den Kardinaltugenden, zugleich die, die am leichtesten zu handhaben ist. »Der Grad von Güte bei unserm lieben Tancredi ist groß, Don Calògero, und er wird, gehalten von der göttlichen Gnade und von der irdischen Tugend der Signorina Angelica, eines Tages ein guter christlicher Ehemann werden können.« Die Prophezeiung, gewagt, aber klug durch Bedingungen eingeschränkt, ging glatt durch.

»Aber, Don Calògero«, fuhr der Fürst fort, die letzten Krötenknorpel kauend, »wenn es überflüssig ist, Euch davon zu sprechen, wie uralt das Haus Falconeri ist, so ist es unglücklicherweise auch überflüssig – denn Ihr werdet es schon wissen –, Euch zu sagen, daß die gegenwärtigen wirtschaftlichen Verhältnisse meines Neffen der Größe seines Namens nicht entsprechen. Der Vater Don Tancredis, mein Schwager Ferdinando, war nicht das, was man einen fürsorglichen Vater nennt; seine Aufwendungen als großer Herr, die von dem Leichtsinn seiner Verwalter noch unterstützt wurden, haben das Erbteil meines lieben Neffen und gewesenen Mündels schwer erschüttert: die großen Lehnsgüter in Mazzara, die riesigen Pistazienflächen von Ravanusa, die Maulbeerbaumpflanzungen in Oliveri, der Palast in Palermo – alles ist fort; Ihr wißt es, Don Calògero.« Don Calògero wußte es in der Tat: es war die größte Schwalbenwanderung gewesen, deren man sich entsinnen konnte, und die Erinnerung daran flößte dem ganzen sizilianischen Adel noch immer Schrecken, aber keine Vorsicht ein, während sie gerade für alle Sedàra eine Quelle der Schadenfreude war. »Während der Zeit meiner Vormundschaft ist es mir gelungen, als einziges die Villa zu retten, die neben der meinen – durch viele juristische Kniffe und auch dank manchen Opfers, das ich übrigens freudig gebracht habe sowohl im Gedanken an meine fromme Schwester Giulia als auch, weil ich dem lieben Jungen herzlich zugetan bin. Es ist eine schöne Villa: die Treppe ist von Marvuglia entworfen, die Säle sind von Serenario ausgeschmückt; aber im Augenblick kann der Raum, der noch im besten Zustand ist, nur eben als Ziegenstall dienen.«

Die letzten Krötenknöchelchen waren unschmackhafter gewesen als erwartet; aber schließlich waren auch sie hinunter. Jetzt mußte man sich mit irgendeinem freundlichen – im übrigen aufrichtigen – Satz den Mund spülen. »Aber, Don Calògero, das Ergebnis all diesen Unheils, all dieser herzbrechenden Dinge war Tancredi. Wir andern wissen es ja: es ist wohl unmöglich, daß ein so ausgesucht feiner, so anmutiger, so bezaubernder Mensch wie er geboren wird, ohne daß seine Vorfahren ein halbes Dutzend großer Erbgüter vergeudet haben. Wenigstens in Sizilien ist es so; es ist eine Art Naturgesetz – wie die es sind, die Erdbeben und Dürre bestimmen.«

Er schwieg, weil ein Diener eintrat und auf einem Tablett zwei brennende Kerzen brachte. Während sie an ihre

Stelle gesetzt wurden, herrschte im Arbeitszimmer – und dem Fürsten war es recht – ein nachdenklich-betrübtes Schweigen. Danach fuhr er fort: »Tancredi, Don Calògero, ist nicht ein beliebiger junger Mann, er ist nicht nur vornehm und elegant; er hat zwar wenig gelernt, aber er kennt alles, was man kennen muß: die Männer, die Frauen, Bewandtnisse und Farbe der Zeit. Er ist ehrgeizig, und er tut recht daran – er wird in die weite Welt ziehen: und Eure Angelica, Don Calògero, wird beglückt sein, wenn sie den Weg, der hinaufführt, mit ihm geht. Und dann – wenn man mit Tancredi zusammen ist, kann man sich wohl manchmal über ihn ärgern, aber langweilen kann man sich nie mit ihm; und das ist viel.«

Es wäre übertrieben, zu behaupten, daß der Bürgermeister die feinen weltmännischen Abstufungen zu schätzen wußte, die dieser Teil der Rede des Fürsten enthielt; sie bestärkte ihn nur im Ganzen in seiner summarischen Überzeugung von der Schlauheit und dem Opportunismus Tancredis; und einen schlauen, die Zeit nutzenden Mann brauchte er im Hause, weiter nichts. Er glaubte sich, er fühlte sich einem jeden gleich; es tat ihm sogar leid, daß er an der Tochter eine gewisse herzliche Empfindung für den schönen jungen Mann bemerkte.

»Diese Dinge, Fürst, waren mir bekannt, und andere auch. Aber sie sind mir nicht wichtig.« Wieder hüllte er sich in Gefühlsseligkeit. »Die Liebe, Exzellenz, die Liebe ist alles; ich muß es wissen.« Und vielleicht war er aufrichtig, der Arme, wenn man seine wahrscheinliche Definition der Liebe gelten ließ. »Aber ich bin ein Mann von Welt, und so will ich meine Karten ebenfalls auf den Tisch legen. Es wäre überflüssig, wenn ich von der Mitgift meiner Tochter spräche: sie ist das Blut meines Herzens, die

Leber unter meinen Eingeweiden – ich habe keinen Menschen sonst, dem ich hinterlassen könnte, was ich besitze, und was mir gehört, das gehört ihr. Aber es ist recht und billig, daß die jungen Leute wissen, womit sie sofort rechnen können. Im Ehevertrag werde ich meiner Tochter bestimmen: das Lehnsgut Settesoli, 644 *salme*, das heißt 1010 Hektar, wie man es heute nennt, alles Getreideland, Ländereien erster Güte, im Wind gelegen und frisch; 180 *salme* Wein- und Ölbaumland in Gibildolce; und am Tage der Eheschließung werde ich dem Ehemann zwanzig Leinensäckchen übergeben, jedes mit zehntausend Unzen. Mir bleibt nichts als ein Rohr in den Händen«, fügte er hinzu – überzeugt und willens, daß man ihm nicht glaube –, »aber eine Tochter ist eine Tochter. Damit können die jungen Leute alle Treppen von Marruggia und alle Decken von Sorcionario, die es auf der Welt gibt, erneuern. Angelica muß anständig wohnen.«

Die unwissende Vulgarität spritzte ihm aus allen Poren; trotzdem waren seine beiden Zuhörer geblendet. Don Fabrizio hatte all seine Selbstbeherrschung nötig, um zu verbergen, wie überrascht er war: Tancredis Coup war sehr viel größer gewesen als man hatte annehmen können. Wieder wollte ihn ein Gefühl von Ekel anfallen; aber der Schönheit Angelicas, der Anmut des jungen Bräutigams gelang es noch einmal, die Roheit des Vertrages mit Poesie zu umhüllen. Pater Pirrone allerdings schnalzte mit der Zunge; dann, beschämt, sein Staunen offen gezeigt zu haben, suchte er den unbedachten Ton zu übertönen dadurch, daß er Stuhl und Schuhe knarren ließ und geräuschvoll im Brevier blätterte; es nutzte gar nichts: der Eindruck blieb bestehen.

Zum Glück zog eine unvorsichtige Äußerung Don Calògeros, die einzige im Gespräch, alle aus der Verlegenheit. »Fürst«, sagte er, »ich weiß, das, was ich sagen will, wird keinen Eindruck machen auf Euch, die Ihr abstammt von der Liebe zwischen dem Kaiser Titus und der Königin Berenice – aber auch die Sedàra sind von Adel: bis zu mir sind sie ein vom Mißgeschick verfolgtes Geschlecht gewesen, in der Provinz vergraben und ohne Glanz; aber ich habe die Papiere in meinem Kasten schon beisammen, und eines Tages wird man erfahren, daß Euer Neffe die Baroneß Sedàra del Biscotto geheiratet hat: ein Titel, den Seine Majestät Ferdinand IV. auf bestimmte Gebiete am Hafen von Mazzara verliehen hat. Ich muß mich darum bemühen, es fehlt mir nur noch ein Bindeglied.«

Das von den fehlenden Bindegliedern, von bestimmten verliehenen Gebieten, von den – fast – Gleichnamigkeiten war vor hundert Jahren ein wichtiger Bestandteil im Leben vieler Sizilianer und verschaffte Tausenden von mehr oder weniger tüchtigen Menschen abwechselnd Entzücken und Niedergeschlagenheit; aber das ist ein zu wichtiger Gegenstand, als daß er flüchtig behandelt werden dürfte. Hier wollen wir uns damit begnügen, zu sagen, daß der heraldische Ausbruch Don Calògeros dem Fürsten eine unvergleichliche künstlerische Genugtuung bereitete: er sah, wie sich ein Typ in allen seinen Einzelheiten verwirklichte, und er mußte das Lachen, das ihm warm den Mund füllte, so sehr unterdrücken, daß ihm fast übel wurde.

In der Folge löste sich das Gespräch in viele unnütze kleine Bäche auf; Don Fabrizio erinnerte sich daran, daß Tumeo im Dunkeln in der Gewehrkammer eingeschlossen war, beklagte zum xten Mal die lange Dauer ländlicher Besuche und verschloß sich am Ende in ein feindseliges Schweigen. Don Calògero begriff, versprach, am nächsten

Morgen wiederzukommen, um die nicht zu bezweifelnde Zustimmung Angelicas zu überbringen, und nahm Abschied. Er wurde durch zwei Säle hinausbegleitet, wurde wieder umarmt und schickte sich an, die Treppen hinunterzugehen, während der Fürst, ein hochragender Turm, von oben zusah, wie er immer kleiner wurde – dieses Häufchen von Schlauheit, schlechtsitzenden Kleidern, Gold und Ignoranz, das jetzt sozusagen einen Teil der Familie bilden sollte.

Eine Kerze in der Hand, ging er dann hin, Tumeo zu befreien, der ganz ergeben im Dunkeln saß und seine Pfeife rauchte. »Es tut mir leid, Don Ciccio, aber Ihr werdet verstehen, daß ich es tun mußte.« »Ich verstehe, Exzellenz, ich verstehe. Ist wenigstens alles gut gegangen?« »Sehr gut, es konnte nicht besser gehen.« Tumeo murmelte Glückwünsche, befestigte die Leine wieder am Halsband Teresinas, die schlief, erschöpft von der Jagd, und hob die Jagdtasche auf. »Nehmt auch meine Schnepfen, es sind ja doch zu wenige für uns. Auf Wiedersehen, Don Ciccio, laßt Euch bald sehen. Und nichts für ungut.« Ein mächtiger Schlag auf die Schulter diente als Zeichen der Versöhnung und als neue Bekräftigung der Macht; und der letzte Getreue des Hauses Salina ging in seine ärmliche Behausung zurück.

Als der Fürst wieder in sein Arbeitszimmer trat, stellte es sich heraus, daß Pater Pirrone, um Erörterungen zu vermeiden, entwischt war. Er wandte sich nach dem Zimmer seiner Gemahlin, ihr die Geschehnisse zu berichten. Das Geräusch seiner kräftigen, raschen Schritte kündete ihn schon aus zehn Metern Entfernung an. Er durchschritt den Wohnraum der jungen Mädchen: Carolina und Caterina wickelten ein Knäuel Wolle auf und erhoben sich lächelnd, als er vorüberging; Mademoiselle Dombreuil nahm eilig die Brille ab und erwiderte förmlich seinen Gruß; Concetta saß mit dem Rücken zur Tür; sie stickte an ihrem Rahmen; und da sie den Vater nicht hatte hindurchgehen hören, wandte sie sich ihm nicht einmal zu.

VIERTES KAPITEL

November 1860

Aus den häufigeren Begegnungen wegen des Ehevertrags bildete sich in Don Fabrizio allmählich eine sonderbare Bewunderung für die Verdienste Sedàras. Der längere Umgang gewöhnte ihn an die schlechtrasierten Backen, an die plebejische Art der Aussprache, an die wunderliche Weise, sich zu kleiden, und an den ständigen Geruch nach altem Schweiß, und er begann die ungewöhnliche Intelligenz des Mannes zu bemerken. Viele Probleme, die dem Fürsten unlösbar schienen, wurden von Don Calògero im Handumdrehen gemeistert; da dieser frei war von den hundert Fesseln von Ehrenhaftigkeit, Anstand und auch guter Erziehung, Fesseln, die den Taten vieler anderer Menschen angelegt sind, schritt er im Walde des Lebens vorwärts mit der Sicherheit eines Elefanten, der, Bäume entwurzelnd und Hütten niederwuchtend, geradeaus weiterstampft und die Dornenkratzer und die Schmerzensschreie derer, die er mit Füßen tritt, nicht einmal gewahr wird. Der ganz anders erzogene Fürst hatte in lieblichen kleinen Tälern gelebt, die durchweht waren von den artigen Zephyrlüften der »würdest du wohl«, »ich wäre dir dankbar«, »du tätest mir einen Gefallen«, »das war sehr liebenswürdig von dir«; jetzt hingegen, wenn er mit Don Calògero plauderte, fand er sich ungeschützt im freien Gelände, über das dörrende Winde hinwegfegten; und wenn er auch in seinem Herzen den Bergen mit ihren schützenden Schluchten weiter den Vorzug gab, so konnte er doch nicht umhin, das Ungestüm dieses Luftstroms zu bewundern, der den Steineichen und Zedern Donnafugatas noch nie gehörte Harfenakkorde entlockte.

Ganz allmählich, fast ohne es zu merken, sprach Don Fabrizio zu Don Calògero von seinen eigenen Geschäften, die zahlreich und verwickelt waren und die er selbst schlecht kannte – letzteres nicht so sehr aus Mangel an Scharfblick, als dank einer gewissen verächtlichen Gleichgültigkeit solcherart Dingen gegenüber, die er für recht untergeordnet hielt: eine Gleichgültigkeit, die ihre tiefste Wurzel darin hatte, daß er lässig und erprobterweise immer wieder leicht aus bösen Lagen herausgekommen war durch den Verkauf einiger hundert Hektar von den Tausenden, die er besaß.

Die Handlungen, zu denen Don Calògero riet, nachdem er vom Fürsten den Bericht gehört und von sich aus Ordnung in ihn gebracht hatte, entsprachen der jeweiligen Lage im höchsten Grade und wirkten unmittelbar; aber das Endergebnis der Ratschläge, die auf eine grausame Wirksamkeit hin ersonnen waren und von dem gutmütigen Don Fabrizio mit ängstlicher Weichheit angewandt wurden, war dieses, daß sich im Lauf der Jahre das Haus Salina den Ruf unleidlichen Geizes erwarb denen gegenüber, die von ihm abhingen – ein in Wirklichkeit höchst unverdienter Ruf, der aber das Ansehen des Fürsten in Donnafugata und in Querceta zerstörte; übrigens wurde der Bergrutsch des Besitztums dadurch in keiner Weise abgedämmt.

Es wäre unbillig, zu verschweigen, daß die wiederholten Besuche beim Fürsten eine gewisse Wirkung auch auf Sedàra ausgeübt hatten. Bis dahin war er Aristokraten nur bei geschäftlichen Zusammenkünften begegnet (das heißt bei Käufen und Verkäufen) oder zufolge äußerst seltener, sehr lange erwogener Einladungen zu Festen – beides Gelegenheiten, bei denen dieser höchst eigentümliche soziale Stand sich nicht von seiner besten Seite zeigt. Bei solchen Begegnungen hatte sich in ihm die Überzeugung gebildet, die Aristokratie bestehe einzig und allein aus Schafen, die nur dazu da seien, ihre Wolle seiner, Sedàras, Schurschere zu überlassen und ihren – von einem unerklärlichen Zauber erhellten – Namen seiner Tochter. Aber schon bei diesem Tancredi der nach-garibaldinischen Zeit, den er kannte, hatte er sich einem unerwarteten Exemplar jenes Standes gegenüber gefunden: ein junger Edelmann, der trocken war wie er, fähig, sein Lächeln und seine Titel sehr vorteilhaft gegen Gefälligkeiten und Vermögen anderer einzutauschen, wobei er jedoch seine ›Sedàra-haften‹ Handlungen mit einer Anmut und einem Zauber umkleidete, den er – Sedàra selbst –, wie er fühlte, nicht besaß, dem er unterlag, ohne daß er sich darüber klarwerden konnte und ohne daß er auch nur irgendwie zu erkennen vermochte, woher er rührte.

Als er dann Don Fabrizio besser kennenlernte, fand er wohl die Weichheit wieder und die Unfähigkeit, sich zu verteidigen, als die besonderen Kennzeichen des Adels-Schafes, wie es in seiner Einbildung lebte; aber außerdem fand er eine Anziehungskraft, die anders im Ton, doch an Intensität der des jungen Falconeri ähnlich war, und darüber hinaus noch eine bestimmte, zum rein Geistigen hinstrebende Tatkraft, eine Neigung, die Lebensform in dem zu suchen, was von ihm selbst ausging, und nicht in dem, was er den anderen entreißen konnte. Von dieser rein aufs Geistige gerichteten Tatkraft blieb er stark beeindruckt, wenn sie sich ihm auch nur in groben Umrissen und nicht, wie hier versucht, klar in Worte gefaßt darbot. Er merkte, daß ein gut Teil dieses Zaubers von den guten Manieren herkam, und machte sich klar, wie angenehm ein guterzogener Mensch wirkt – denn er tut im Grunde nichts weiter, als die immer unangenehmen Kundgebungen eines großen Teils der menschlichen Bedingtheit fortzulassen und eine Art vorteilhaften Altruismus auszuüben (eine Formel, in der die Wirksamkeit des Eigenschaftswortes ihm die Nutzlosigkeit des Hauptwortes erträglich machte). Langsam begriff Don Calògero bestimmte Dinge: daß nämlich eine gemeinsame Mahlzeit nicht notwendig ein Orkan von Kaugeräuschen und Fettflecken sein müsse; daß ein Gespräch sehr wohl so geführt werden könne, daß es nicht einem Streit unter Hunden ähnlich sei; weiter, wenn man einer Frau den Vortritt lasse, so sei dies ein Zeichen von Kraft und nicht, wie er gemeint hatte, von Schwäche; auch könne man von einem Gesprächspartner mehr erhalten, wenn man zu ihm sage: ›ich habe mich nicht klar genug ausgedrückt‹, statt: ›du hast ja überhaupt nichts kapiert!‹; und wenn man solche Vorsicht walten lasse, so gereichten Speise, Reden, Frauen, Gesprächspartner völlig dem zum Nutzen, der sie gut behandelt habe.

Es wäre vermessen, zu behaupten, Don Calògero habe aus allem, was er gelernt hatte, sogleich Nutzen gezogen; er verstand sich von da an ein wenig besser zu rasieren und sich weniger zu entsetzen über die Menge der Seife, die man zur Wäsche gebraucht hatte – das war alles. Aber von da an begann für ihn und die Seinen jenes ständige

Sichverfeinern eines Standes, das im Laufe von drei Generationen einfache, grobe Bauern in Edelleute verwandelt, die sich nicht mehr zu verteidigen wissen.

Der erste Besuch Angelicas als Braut in der Familie Salina hatte sich abgewickelt, als folge er den Regeln einer untadeligen Regie. Das Betragen des jungen Mädchens war dermaßen vollkommen gewesen, daß es schien, Tancredi habe ihr alles Wort für Wort so geraten; aber die langsamen Verbindungswege der Zeit machten so etwas unmöglich, und man war gezwungen, zu einer Annahme Zuflucht zu nehmen: vielleicht waren die Ratschläge der öffentlichen Verlobung selber vorausgegangen – eine gewagte Annahme auch für den, der die Voraussicht des jungen Fürsten recht gut kannte; aber gänzlich falsch war sie nicht. Angelica langte um sechs Uhr abends an, in Weiß und Rosa: die weichen schwarzen Flechten beschattet von einem großen, noch sommerlichen Strohhut, auf dem künstliche Weintrauben und goldene Ähren diskret die Weinberge von Gibildolce und die Kornböden von Settesoli heraufbeschworen. Im Eingangssaal ließ sie den Vater einfach stehen; sie stieg in ihrem wehenden weiten Rock leichtfüßig die nicht wenigen Stufen der inneren Treppe hinauf und warf sich Don Fabrizio in die Arme; sie gab ihm auf den Backenbart zwei schöne, herzliche Küsse, die mit natürlicher Zuneigung erwidert wurden; der Fürst verweilte vielleicht einen Augenblick länger als notwendig dabei, den Gardienduft der jugendlichen Wangen einzuatmen. Darauf errötete Angelica und trat einen halben Schritt zurück: »Ich bin so, so glücklich . . .« Sie näherte sich ihm wieder, hob sich auf die Spitzen ihrer Schuhchen und hauchte ihm ins Ohr: »Großer Onkel!« – ein höchst glücklicher *gag*, an Wirksamkeit der Regie geradezu dem Kinderwägelchen von Eisenstein vergleichbar; jedenfalls bezwang er, deutlich und heimlich wie er war, das einfache Herz des Fürsten und setzte es in Entzücken, so daß er dem schönen jungen Mädchen endgültig zugetan blieb. Don Calògero stieg indes die Treppe hinauf und sagte, wie leid es seiner Frau tue, daß sie nicht dabeisein könne, aber sie sei gestern abend im Hause gestolpert und habe sich den linken Fuß recht schmerzhaft verzerrt. »Die Höhlung ihres Fußes, Exzellenz, ist wie eine Aubergine.« Don Fabrizio war von der Zärtlichkeit des Ausdrucks erheitert; anderseits hatten ihn Tumeos rächende Worte darüber beruhigt, daß eine höfliche Redensart für ihn nicht gefährlich werden könne; und so machte er sich das Vergnügen, zu sagen, er wolle sogleich selber zur Signora Sedàra gehen. Der Vorschlag erschreckte Don Calògero; um ihn zurückzuweisen, war er genötigt, seiner Frau ein zweites Leiden aufzubürden, diesmal ein Kopfweh, das die Ärmste dazu zwang, im Finstern zu sitzen.

Inzwischen reichte der Fürst Angelica den Arm. Man durchschritt etliche Säle nahezu im Dunkeln, sie waren von Öllämpchen so schwach erhellt, daß man nur eben den Weg finden konnte; hinten aber, am Ende der Säle, schimmerte der Leopold-Saal, worin sich die übrige Familie befand, und dieses Vorwärtsschreiten durch das einsame Dunkel hin zu dem hellen Mittelpunkt vertrauten Lebens hatte die abgemessene Bewegung einer Freimaurer-Einweihung.

Die Familie drängte sich in der Tür zusammen: die Fürstin hatte ihre Vorbehalte zurückgezogen angesichts des eheherrlichen Zornes, der diese, es genügt nicht zu sagen: zurückgewiesen, sondern geradezu ins Nichts geschleudert hatte; sie küßte die schöne künftige Nichte zu wiederholten Malen und preßte sie so eng an sich, daß die Konturen des berühmten Salinaschen Rubinenkolliers, das Maria Stella, obwohl es Tag war, zum Zeichen des großen Festes durchaus hatte tragen wollen, dem jungen Mädchen auf der Haut eingedrückt blieben. Francesco Paolo, der Sechzehnjährige, freute sich über die außergewöhnlich günstige Gelegenheit, daß auch er, unter dem ohnmächtig eifersüchtigen Blick des Vaters, Angelica küssen konnte. Concetta war auf eine besondere Art herzlich: ihre Freude schien so heftig, daß ihr Tränen in die Augen stiegen. Die anderen Schwestern umringten Angelica mit lauter Fröhlichkeit, eben weil sie nicht gerührt waren. Und Pater Pirrone, in aller Heiligkeit nicht unempfindlich gegenüber weiblichem Zauber, in dem er wohlgefällig einen unleugbaren Beweis für die Güte Gottes erkannte, fühlte all seine Widerstände vor der milden Wärme der Anmut dahinschmelzen; und er murmelte ihr zu: »*Veni, sponsa de Libano.*« (Danach mußte er ein wenig dagegen ankämpfen, daß ihm nicht andere, glutvollere Verschen wieder ins Gedächtnis kamen.) Mademoiselle Dombreuil weinte vor Rührung, wie es sich für Gouvernanten gehört, umklammerte mit ihren enttäuschten Händen die blühenden Schultern des jungen Mädchens und sagte dabei: »*Angelicà, Angelicà, pensons à la joie de Tancrède.*« Nur Bendicò, der sich im Gegensatz zur gewohnten Umgänglichkeit unter eine Konsole verkrochen hatte, knurrte tief in der Kehle, bis er von dem empörten Francesco Paolo, dem noch die Lippen zitterten, nachdrücklich zurechtgewiesen wurde.

Auf vierundzwanzig von den achtundvierzig Armen des Kronleuchters waren brennende Kerzen gesteckt worden, und eine jede Wachskerze, weiß und glühend zugleich,

schien eine Jungfrau, die sich in Liebe verzehrt; die zwei-
farbigen Murano-Blüten auf ihrem gebogenen Glasstengel
blickten nach unten, bewunderten sie, die Eintretende, und
wandten ihr ein Lächeln zu, schillernd und zerbrechlich.
Der große Kamin brannte mehr zum Zeichen des Jubels,
als um den noch nicht kühlen Raum zu erwärmen, und der
Widerschein der Flammen zuckte auf dem Boden und entlockte den mattgewordenen Vergoldungen der Möbel unregelmäßig aufglänzende Lichter; er stellte wahrhaftig den
häuslichen Herd vor, das Symbol des Hauses, und seine
brennenden Scheite deuteten hin auf funkensprühende Begierden, die Glut auf bezähmte Leidenschaft.

Die Fürstin, die in hervorragendem Maße die Fähigkeit
besaß, Gemütsbewegungen auf den allerkleinsten Nenner
zu bringen, erzählte treffliche Episoden aus Tancredis Kindheit; und sie blieb so hartnäckig bei diesen Geschichten,
daß man wirklich hätte meinen können, Angelica müsse
sich wahrhaft glücklich preisen: der Mann, den sie heiraten sollte, war mit sechs Jahren so vernünftig gewesen,
sich den unerläßlichen Klistierchen zu unterziehen, ohne
sich zu sträuben, und mit zwölf Jahren so keck, daß er
gewagt hatte, eine Handvoll Kirschen zu mausen. Während
diese Episode eines tollkühnen Räubertums erwähnt wurde, fing Concetta an zu lachen: »Das ist ein Laster, das
sich Tancredi noch nicht abgewöhnt hat«, sagte sie. »Weißt
du noch, Papà, wie er dir vor acht Wochen diese Pfirsiche
weggeholt hat, an denen dir so viel lag?« Und dann verdüsterte sie sich mit einemmal, als wäre sie Vorsitzende
einer geschädigten Obstzüchtereigesellschaft.

Bald stellte die Stimme Don Fabrizios diese Kindereien
in den Schatten: er sprach von dem jetzigen Tancredi,
von dem lebhaften jungen Mann, aufmerksam, immer be-

reit zu einem jener Ausbrüche, die den, der ihm wohlwollte, hinrissen, die anderen aber erbitterten; er erzählte, wie die Herzogin von San-Irgendwas, der er während eines Aufenthalts in Neapel vorgestellt wurde, von einer Leidenschaft zu ihm erfaßt worden sei und ihn immerzu in ihrem Hause habe sehen wollen, am Morgen, am Nachmittag und am Abend, ganz gleich, ob sie sich im Salon befand oder im Bett, weil, wie sie sagte, kein Mensch *les petits riens* so erzählen könne wie er; und obwohl Don Fabrizio deutlichkeitshalber rasch hinzufügte, Tancredi sei damals noch nicht sechzehn Jahre alt gewesen und die Herzogin über die fünfzig hinaus, blitzte es in Angelicas Augen auf – denn sie besaß genaue Angaben über die hübschen jungen Männer in Palermo und starke Intuitionen betreffs der Herzoginnen in Neapel.

Wollte man aus dieser Haltung Angelicas schließen, sie liebe Tancredi, so würde man sich täuschen: sie besaß viel zuviel Stolz und Ehrgeiz, um fähig zu sein zu jenem zeitweiligen völligen Aufgeben der eigenen Persönlichkeit, ohne das es Liebe nicht gibt; außerdem ließ es ihre jugendliche Erfahrung noch nicht zu, seine wirklichen Qualitäten zu schätzen, die nur in feinsten Nuancen bestanden. Doch wenn sie ihn auch nicht liebte, so war sie doch damals in ihn verliebt, was etwas ganz anderes ist; die blauen Augen, diese scherzhaft-herzliche Art, gewisse plötzlich tiefe Schwingungen in seiner Stimme schufen ihr, auch in der Erinnerung, eine genau umgrenzte Verwirrung, und sie sehnte sich in jenen Tagen nur danach, seinen sie biegenden Händen nachgeben zu können; nachdem sie ihnen nachgegeben hätte, würde sie sie vergessen und andere an ihre Stelle setzen, wie es in der Tat geschehen sollte; aber im Augenblick lag ihr viel daran, von Tancredi fest gepackt zu werden. Daher verursachte ihr die Enthüllung jener möglichen galanten Beziehung (die es übrigens gar nicht gab) einen Anfall rückschauender Eifersucht, diese unsinnigste aller Plagen – einen Anfall jedoch, der rasch behoben wurde durch eine kalt prüfende Erwägung der erotischen und nichterotischen Vorteile, die ihr die Hochzeit mit Tancredi brachten.

Don Fabrizio fuhr fort, Tancredi zu preisen. Von seiner Zuneigung hingerissen, sprach er von ihm wie von einem Mirabeau: »Er hat früh begonnen, und gut begonnen«, sagte er, »und er wird weit kommen.« Die glatte Stirn Angelicas neigte sich zustimmend. In Wirklichkeit kümmerte Tancredis politische Zukunft sie wenig; sie gehörte zu den vielen jungen Mädchen, die öffentliche Ereignisse so betrachteten, als trügen sie sich in einem fernen Universum zu, und sie konnte sich nicht einmal vorstellen, daß eine Rede Cavours – mit der Zeit, durch tausend winzige, ineinandergreifende Räder – auf ihr Leben Einfluß zu nehmen und es zu ändern vermöge. Sie dachte auch echt sizilianisch: ›Wir haben das *furmento*, den Weizen, und damit genug; wozu noch ‚weit kommen'!‹ Naive jugendliche Ideen, die sie später mit der Wurzel ausrotten sollte, als sie sich im Lauf der Jahre zu einer der giftigsten Zungen um das Parlament und bei den Ministerien entwickelte – wie einstens Egeria bei Numa Pompilius.

»Und dann, Angelica – Ihr wißt noch nicht, wie unterhaltsam Tancredi ist! Er kennt alles, er weiß allem eine unerwartete Seite abzugewinnen. Ist man mit ihm zusammen, wenn er so recht in Laune ist, dann erscheint die Welt närrischer, als sie so schon erscheint – manchmal auch ernsthafter.« Daß Tancredi unterhaltsam war, wußte Angelica; daß er fähig sei, ihr neue Welten zu offenbaren, war nicht nur ihre Hoffnung – sie hatte vielmehr allen Grund, es zu vermuten schon seit dem verflossenen 25. September, dem Tage des berühmten öffentlich festgestellten, aber nicht einzigen Kusses im Schutze der unzureichenden Lorbeerhecke – ein Kuß, der in der Tat etwas viel Feineres, Schmackhafteres und völlig anderes gewesen war als ihr bisher einziges Exemplar: der, mit dem sie vor mehr als einem Jahr von dem Gärtnerjungen in Poggio a Cajano beschenkt worden war. Doch für Angelica bedeuteten die Eigenschaften des Geistes, der Intelligenz bei ihrem Verlobten ja nicht eben viel, sehr viel weniger jedenfalls, als solche Dinge diesem lieben Don Fabrizio bedeuteten, der wirklich so lieb war, aber auch so »intelligent«. In Tancredi sah sie die Möglichkeit, einen schönen Platz in der Adelswelt Siziliens einzunehmen, einer Welt, die sie voll ganz anderer Wunder vermutete, als diese in Wirklichkeit enthielt; und in ihm ersehnte sie auch einen munteren Gefährten für Umarmungen. War er darüber hinaus auch geistig überragend – um so besser; ihr lag hieran nicht eben viel. Vergnügen konnte man sich immer. Im übrigen waren ihre Vorstellungen für die Zukunft diese: im Augenblick, mochte Tancredi nun geistreich oder dumm sein, hätte sie ihn gern hier gehabt, damit er ihr wenigstens den Nacken kitzelte unter den Flechten, wie er es einmal getan hatte.

»Himmel, wie gern hätte ich ihn jetzt hier, unter uns!«

Ein Ausruf, der alle rührte, einmal wegen seiner offenkundigen Aufrichtigkeit, und dann, weil niemand wußte, worin er eigentlich begründet war; er beschloß den höchst glücklichen ersten Besuch. Kurz danach verabschiedeten sich Angelica und ihr Vater. Vor ihnen her ging ein Stallbursche mit einer Laterne, deren Schein das Rot der abgefallenen Platanenblätter aufleuchten ließ; und so kehrten Vater und Tochter in ihr Haus zurück, das zu betreten Peppe 'Mmerda verwehrt worden war von den Schüssen, die ihm die Lenden durchbohrt hatten.

Eine Gewohnheit, die Don Fabrizio, nachdem er seine Ausgeglichenheit wiedererlangt, von neuem aufgenommen hatte, war die des abendlichen Vorlesens. Im Herbst sammelte sich die Familie nach dem Rosenkranz, da es zu dunkel war, um auszugehen, in Erwartung des Abendessens um den Kamin, und der Fürst las den Seinen, stehend, in Fortsetzungen einen modernen Roman vor; aus jeder seiner Poren strahlte würdevolles Wohlwollen.

Es waren dies eben die Jahre, in denen sich durch die Romane jene literarischen Mythen bildeten, die den Sinn der Europäer noch heute beherrschen; Sizilien jedoch – teils dank der hier überlieferten Undurchlässigkeit dem Neuen gegenüber, teils dank dem verbreiteten Mangel an Kenntnis irgendeiner Sprache, teils auch, man muß es schon sagen, dank der schikanösen bourbonischen Zensur, die mittels der Zollämter wirkte – Sizilien wußte nichts vom Dasein eines Dickens, Eliot, der Sand und Flauberts; nicht einmal von dem eines Dumas. Ein paar Bände Balzac allerdings waren irgendwie insgeheim bis in Don Fabrizios Hände gelangt, der sich dem Amt des Familienzensors unterzogen hatte; er hatte sie gelesen und dann, angewidert, an einen Freund weitergegeben, dem er übelwollte, wobei er sagte, sie seien die Frucht eines zweifellos kraftvollen Geistes, der jedoch überspannt und »von einer fixen Idee besessen« sei (heute hätte er gesagt: monoman) – ein, wie man sieht, etwas rasches Urteil, das aber eines gewissen Scharfsinns nicht entbehrte. Das Niveau der vorgelesenen

Romane war daher einigermaßen niedrig, da es bedingt war von der Rücksicht auf das jungfräuliche Schamgefühl der jungen Mädchen wie auf religiöse Bedenken der Fürstin, bedingt auch eben von dem Gefühl für Würde von seiten des Fürsten, der sich entschieden geweigert hätte, seinen versammelten Familienmitgliedern ›Schweinereien‹ vorzusetzen.

Es ging auf den zehnten November zu; der Aufenthalt in Donnafugata sollte bald zu Ende sein. Es regnete ununterbrochen, es tobte ein feuchter Nordwest, der wütend den Regen an die Fenster warf; in der Ferne rollten Donner; immer wieder fanden einige Tropfen den Weg tief in die arglos sizilianischen Schornsteine hinunter, zischten einen Augenblick im Feuer und tüpfelten die glühenden Ölbaumscheite mit Schwarz. Man las *Angiola Maria* und war an jenem Abend zu den letzten Seiten gelangt: die Beschreibung der Schreckensreise der jungen Heldin durch die eisige winterliche Lombardei ließ das sizilianische Herz der jungen Mädchen – sogar in ihren warmen Sesseln – erstarren. Plötzlich ein großer Lärm im Zimmer nebenan, und der Kammerdiener Mimì kam atemlos herein: »Eure Exzellenzen«, schrie er und vergaß all seinen guten Stil, »Eure Exzellenzen, der junge Herr Tancredi ist da! Er ist im Hof und läßt das Gepäck von der Kutsche abladen. O Madonna, schöne Muttergottes, bei diesem Wetter!« Und weg war er.

Die Überraschung riß Concetta mit sich fort in eine Zeit, die der Wirklichkeit nicht mehr entsprach, und sie rief: »Lieber!« Aber schon der Klang der eigenen Stimme führte sie in die trübe Gegenwart zurück, und – wie leicht zu begreifen – dieser rauhe Übergang von einer abgeschlossenen, warmen Zeitlichkeit in eine andere, offenbare und kalte, tat ihr sehr weh; zum Glück ging der Ausruf in der allgemeinen Erregung unter, es hörte ihn niemand.

Alle stürzten nach der Treppe zu, Don Fabrizio mit langen Schritten voraus; sie durchquerten rasch die dunklen Säle, sie gingen die Stufen hinunter; das Portal, das auf die äußere Freitreppe in den Hof hinabführte, stand weit offen; der Wind brach herein, er brachte die Leinwand der Gemälde zum Beben und stieß Feuchte und Erdgeruch vor sich her; vor dem flammenden Himmel schwangen die Bäume des Gartens hin und her und rauschten wie Stücke knatternder Seide. Don Fabrizio wollte gerade ins Portal treten, da erschien auf der letzten Stufe eine unförmige, schwere Masse: es war Tancredi, in den riesigen blauen Mantel der Piemonteser Kavalleristen gehüllt, der so viel Wasser aufgesogen hatte, daß er hundert Kilo schwer und schwarz erschien. »Sieh dich vor, großer Onkel – rühre mich nicht an, ich bin wie ein Schwamm!« Die Kerzen der Leuchte im Saal ließen sein Antlitz flüchtig aufschimmern. Er trat ein, hakte die kleine Kette los, die den Mantel geschlossen hielt, und ließ das Kleidungsstück fallen; es sank mit einem patschenden Geräusch schwer zu Boden. Er roch wie ein nasser Hund, er war seit drei Tagen nicht aus den Stiefeln gekommen – aber für Don Fabrizio, der ihn umarmte, war es Tancredi, der Junge, den er mehr liebte als die eigenen Söhne, für Maria Stella war es der geliebte, schmählich verleumdete Neffe, für Pater Pirrone das immer verirrte, immer wiedergefundene Schäfchen, für Concetta ein teures Trugbild, ähnlich ihrer verlorenen Liebe. Auch Mademoiselle Dombreuil küßte ihn mit ihrem der Zärtlichkeiten ungewohnten Mund und rief – das arme Mädchen –: »*Tancrède, Tancrède, pensons à la joie d'Angelica*«, so wenige Saiten hatte sie auf ihrer Fiedel, da sie ja immer genötigt war, sich die Freuden der anderen vorzustellen. Auch Bendicò fand den ihm teuren Spielgefährten wieder, der sich wie kein anderer darauf verstand, ihm durch die geschlossene Faust in die Schnauze zu blasen; aber er zeigte auf echte Hundeart seine Begeisterung dadurch, daß er wie rasend um den Saal jagte und sich um den geliebten Freund nicht kümmerte.

Es war wirklich ein herzbewegender Augenblick, als sich die Familie um den jungen Mann, der heimkehrte, zusammenfand; er war ihr um so lieber, als er nicht eigentlich zur engsten Familie gehörte, um so erfreulicher, als er erschien, um Liebe entgegenzunehmen zugleich mit dem Gefühl einer immerwährenden Sicherheit. Ein herzbewegender, aber auch ein ein wenig in die Länge gezogener Augenblick.

Nachdem die erste, stürmische Begrüßung vorüber war, bemerkte Don Fabrizio, daß auf der Portalschwelle noch zwei Gestalten standen, ebenso tropfnaß und ebenso lächelnd. Auch Tancredi bemerkte sie und begann zu lachen: »Ich bitte alle um Entschuldigung, aber vor Rührung habe ich den Kopf verloren. Tante«, sagte er zur Fürstin gewandt, »ich habe mir erlaubt, einen lieben Freund von mir mitzubringen, den Grafen Carlo Cavriaghi; übrigens kennt Ihr ihn, er ist oft in die Villa gekommen, als ich bei dem General im Dienst war. Und der andere ist der Ulan Moroni, mein Bursche.« Der Soldat lächelte über das ganze schwerfällig-ehrliche Gesicht und stand stramm, während vom groben Tuch des Mantels das Wasser auf den Boden troff. Aber der junge Graf stand nicht stramm – nachdem er die kleine, feuchte Mütze abgenommen, die ihre Form verloren hatte, küßte er der Fürstin die Hand, lächelte die jungen Mädchen an und betörte sie mit seinem blonden Schnurrbart und dem ununterdrückbaren weichen ›r‹. »Wenn man daran denkt, daß es hieß, hier unten bei Euch regne es nie! *Mamma mia* – zwei Tage sind wir gereist, als befänden wir uns im Meer!« Danach wurde er ernst: »Nun aber, Falconeri – wo ist die Signorina Angelica? Du hast mich von Neapel hierhergeschleift, um sie mir zu zeigen. Ich sehe viele schöne Mädchen, aber nicht sie.« Er wandte sich an Don Fabrizio: »Wissen Sie, Fürst, wenn man ihn hört, so ist sie die Königin von Saba! Gehen wir sogleich, um der *formosissima et nigerrima* aufzuwarten. Los, du Dickkopf!«

So ließ er sich vernehmen und brachte in den finsteren Saal mit der doppelten Reihe Vorfahren in Harnisch oder bandgeschmücktem Kleid die Sprache der Offiziersmesse – und alle amüsierten sich. Aber Don Fabrizio und Tancredi wußten ja längst Bescheid, sie kannten Don Calògero, wußten von seiner Frau, dem schönen Tier, und von der unglaublichen Ungepflegtheit im Hause dieses steinreichen Mannes – alles Dinge, wie sie der harmlosen Lombardei unbekannt waren.

Don Fabrizio legte sich ins Mittel: »Hören Sie, Graf: Sie haben geglaubt, in Sizilien regne es nie, und jetzt erleben Sie diese Sintflut. Ich möchte nicht, daß Sie glauben, es gäbe in Sizilien keine Lungenentzündung, und lägen dann im Bett mit vierzig Grad Fieber. Mimì«, sagte er zu seinem Kammerdiener, »laß im Zimmer des jungen Herrn Tancredi und in dem grünen im Gästeflügel in den Kaminen Feuer machen. Laß das Zimmerchen daneben für den Soldaten herrichten. Und Sie, Graf, trocknen Sie sich gut ab und wechseln Sie die Uniform. Ich werde Ihnen einen Punsch und Biskuits bringen lassen. Das Diner ist um acht Uhr, in zwei Stunden.« Cavriaghi war schon zu viele Monate Militärdienst gewohnt, als daß er sich der gebietenden Stimme nicht sogleich gebeugt hätte; er grüßte und folgte brav dem Kammerdiener. Moroni schleppte die Offizierskisten und die gekrümmten Säbel in ihrem grünen Flanellfutteral.

Indes schrieb Tancredi: »Liebste Angelica, ich bin da, da für dich. Ich bin verliebt wie ein Kater, aber auch naß wie ein Frosch, schmutzig wie ein herrenloser Hund und hungrig wie ein Wolf. Sowie ich mich gesäubert habe und mich für würdig erachte, mich vor der Schönsten unter den Schönen sehen zu lassen, stürze ich zu dir: binnen zwei Stunden. Meine Empfehlungen an Deine lieben Eltern. Für Dich . . . im Augenblick nichts.« Der Text wurde dem Fürsten unterbreitet, damit er ihn billige; dieser hatte den Briefstil Tancredis immer bewundert, er lachte und billigte diese Zeilen voll und ganz. Donna Bastiana würde Zeit haben, sich ein neues Leiden zuzulegen, und das Briefchen wurde sogleich hinübergeschickt.

Bei der großen allgemeinen Freudenaufwallung genügte eine Viertelstunde, daß die beiden jungen Herren sich abtrockneten, säuberten, die Uniform wechselten und sich wieder im ›Leopold‹ um den Kamin einfanden: sie tranken Tee und Kognak und ließen sich bewundern. In jenen Zeiten gab es niemanden, der weniger militärliebend gewesen wäre als die Familien der sizilianischen Aristokratie; bourbonische Offiziere hatte man in den Salons von Palermo nie gesehen, und die wenigen Garibaldiner, die dort eingedrungen waren, machten eher den Eindruck von malerischen Vogelscheuchen als den von wirklichen Militärs. Darum waren jene beiden jungen Offiziere in Wahrheit die ersten, die die Töchter des Hauses Salina aus der Nähe sahen; beide im zweireihigen Rock, Tancredi mit den silbernen Knöpfen der Ulanen, Carlo mit den goldenen der Bersaglieri, der erste im hohen, schwarzsamtenen Kragen, orangegelb gesäumt, der andere mit karmesinroten Streifen; die Beine, in blauem Tuch und in schwarzem Tuch, waren nach der Kaminglut hin lang ausgestreckt. Auf den Ärmeln wickelten sich die ›Blumen‹ aus Silber oder Gold, die Verzierungen, in Schnörkeln und immer wiederholten Schwüngen ohne Ende umeinander: ein besonderer Reiz für diese jungen Mädchen, die gewohnt waren an die strengen *redingotes* und an die *fracs* in ihrer begräbnishaften Düsterkeit. Der erbauliche Roman lag, den Titel nach unten, hinter einem Sessel.

Don Fabrizio verstand diese Pracht nicht recht: er erinnerte sich, daß beide rot gewesen waren wie Krebse und nachlässig gekleidet. »Ja, tragt ihr Garibaldiner denn nicht mehr das rote Hemd?« Die beiden wandten sich ihm zu, als habe sie eine Viper gebissen. »Aber Onkel! Garibaldiner! Das sind wir gewesen, und damit genug. Cavriaghi und ich sind, Gott sei Dank, Offiziere im regulären Heer Seiner Majestät des – noch für ein paar Monate – Königs von Sardinien, bald König von Italien. Als Garibaldis Heer aufgelöst wurde, konnte man wählen: entweder nach Hause gehen oder bei den Streitkräften des Königs bleiben. Er und ich sind, wie viele andere, ins *wahre* Heer eingetreten. Mit den andern konnte man nicht leben, nicht wahr, Cavriaghi?« Dieser hob den Schnurrbart und zog dabei die Grimasse eines ganz jungen Mannes, der einer Sache überdrüssig ist: »*Mamma mia*, was für ein Pack! Männer, um den Feind zu überrumpeln, gut für Schießereien, das war alles. Jetzt sind wir ordentliche Leute, kurz: ernsthaft Offiziere.«

»Weißt du, großer Onkel: sie haben uns um einen

Dienstgrad niedriger eingestuft, so wenig Achtung hatten sie vor der Ernsthaftigkeit unserer militärischen Haltung. Ich bin nicht mehr Hauptmann, sondern Premierleutnant, schau«, und er wies auf die beiden Sternchen der Achselstücke; »er ist nicht mehr Premier-, sondern Sekondleutnant. Aber wir sind so zufrieden, als hätte man uns befördert. Wir werden jetzt in unseren Uniformen ganz anders geachtet.« »Und ob!« unterbrach ihn Cavriaghi, »jetzt haben die Leute keine Angst mehr, daß wir ihnen die Hühner stehlen.« »Das hättest du mitansehen müssen, von Palermo hierher, wenn wir an den Poststationen hielten zum Pferdewechsel! Man brauchte nur zu sagen: ›Dringende Befehle im Dienst Seiner Majestät‹, und die Pferde erschienen wie durch Zauber; wir zeigten die Befehle – das waren die Hotelrechnungen aus Neapel, schön zusammengefaltet und versiegelt.«

Nachdem das Gespräch über die militärischen Veränderungen erschöpft war, unterhielt man sich über verschiedenerlei. Concetta und Cavriaghi hatten sich zusammen ein wenig abseits gesetzt, und der junge Graf zeigte ihr das Geschenk, das er ihr aus Neapel mitgebracht hatte: die *Canti* von Aleardo Aleardi, die er prächtig hatte binden lassen. In das Dunkelblau des Leders war eine Fürstenkrone tief eingeprägt und darunter ihr Monogramm: C. C. S. Noch weiter unten stand in großen, annähernd gotischen Buchstaben: *Sempre sorda*, immer taub. Concetta lachte amüsiert: »Aber warum taub, Graf? C. C. S. hört ausgezeichnet.« Das Antlitz des jungen Grafen überzog sich mit dem Rot einer kindlichen Leidenschaft. »Doch, Signorina, taub, es stimmt schon, taub meinen Seufzern, taub meinen Klagen, und blind dazu, blind für die flehentlichen Bitten, die meine Blicke an Sie richten. Wenn Sie wüßten, wie ich in Palermo gelitten habe, als Sie alle nach hier abreisten: nicht einmal ein Gruß, nicht einmal ein Winken, während der Wagen auf der Allee entschwand! Und ich soll Sie nicht taub nennen? Grausam, das hätte ich schreiben sollen.«

Sein literarisches Ungestüm gefror unter der Zurückhaltung des jungen Mädchens. »Sie sind noch erschöpft von der langen Reise, Ihre Nerven sind überanstrengt. Beruhigen Sie sich; lassen Sie mich lieber ein paar schöne Gedichte hören.«

Während der Bersagliere die weichen Verse mit trauriger Stimme und mancher trostlosen Pause vorlas, zog Tancredi vor dem Kamin ein kleines Etui aus der Tasche, aus himmelblauem Atlas. »Hier ist der Ring, großer Onkel, der Ring, den ich Angelica schenke – oder vielmehr der, den du ihr schenkst durch meine Hand.« Er ließ die Feder aufspringen, und es erschien ein ganz dunkler, als ein flaches Achteck geschnittener Saphir, den eine Menge kleiner, sehr reiner Brillanten im dichtesten Kranz umgaben. Ein etwas düsteres Juwel, das jedoch mit dem Friedhofsgeschmack der Zeit ungemein übereinstimmte und offensichtlich die zweihundert Unzen, die Don Fabrizio geschickt hatte, wert war. In Wirklichkeit hatte es sehr viel weniger gekostet: in jenen Zeiten, immer am Rande von Plünderung und Flucht, gab es in Neapel wunderschöne Juwelen als Gelegenheitskäufe; bei dem Preisunterschied war eine Brosche herausgesprungen, eine Erinnerung für die Schwarzwald. Auch Concetta und Cavriaghi wurden gerufen, den Ring zu bewundern, aber sie kamen nicht, weil der junge Graf ihn schon gesehen hatte und Concetta dieses Vergnügen auf später verschob. Der Ring wanderte von Hand zu Hand, wurde bewundert, gelobt, und Tancredis vorauszusehender guter Geschmack wurde gerühmt. Don Fabrizio fragte: »Aber wie ist es mit dem Maß? Man wird den Ring nach Girgenti schicken müssen, um ihn passend zu machen.« Tancredis Augen sprühten in spöttischem Vergnügen: »Das wird nicht nötig sein, Onkel; das Maß stimmt; ich hatte es vorher genommen.« Don Fabrizio schwieg; er hatte einen Meister erkannt.

Das Etui hatte seine Rundreise um den Kamin beendet und war in Tancredis Hände zurückgekehrt, da vernahm man vor der Tür ein leises: »Darf man?« Es war Angelica. In der Eile und Aufregung hatte sie, um sich vor dem heftigen Regen zu schützen, nichts besseres gefunden als ein *scappolare*, einen jener ungeheuer großen Bauernumhänge aus ganz rauhem Tuch. In die steifen, dunkelblauen Falten gehüllt, erschien ihr Körper äußerst schlank; unter der nassen Kapuze blickten die grünen Augen ängstlich-verwirrt hervor; aus ihnen sprach die Wollust.

Von diesem Anblick, diesem Gegensatz auch zwischen der Schönheit des Mädchens und der ländlich rauhen Kleidung empfing Tancredi etwas wie einen Peitschenhieb: er stand auf, eilte, ohne ein Wort zu sagen, auf sie zu und küßte sie auf den Mund. Das Etui, das er in der Rechten hielt, kitzelte den sanft geneigten Nacken. Dann ließ er die Feder aufspringen, nahm den Ring und steckte ihn ihr an den Finger; das Etui fiel zu Boden. »Nimm ihn, meine Schöne, er ist für dich, von deinem Tancredi.« Der Spott wurde wieder wach: »Und bedanke dich dafür auch bei dem großen Onkel.« Dann umarmte er sie von neuem. Die sinnliche Spannung machte beide beben: der Saal, die Anwesenden dünkten sie in weiter Ferne; und ihm schien wirklich, er ergreife in diesen Küssen wieder Besitz von Sizilien, von der schönen, treulosen Erde, die die Falconeri durch Jahrhunderte besessen hatten und die sich ihm nun, nach vergeblicher Empörung, von neuem ergab, wie sie sich den Seinen immer schon ergeben hatte – eine Erde, die in leiblichen Wonnen bestand und in goldenen Ernten.

Da so willkommene Gäste erschienen waren, wurde die Rückkehr nach Palermo aufgeschoben; es folgten zwei Wochen voller Entzückungen. Der Sturm, der die Reise der beiden Offiziere begleitet hatte, war der letzte einer ganzen Reihe gewesen, und nach ihm erglänzte wieder der Sommer von San Martino, in Sizilien die wahre Jahreszeit der Sinnenlust: eine leuchtend blaue Luft, eine milde Oase im rauhen Gang der Jahreszeiten, die mit ihrer Weichheit die Sinne überredet und vom Wege lockt, während sie mit ihrer sanften Wärme zu heimlicher Nacktheit lädt. Von nackter Erotik konnte im Palast von Donnafugata nicht sonderlich die Rede sein – aber es gab hier eine Fülle von übersteigerter Sinnlichkeit, die um so ärger biß, je mehr sie zurückgehalten wurde. Der Palast der Salina war vor achtzig Jahren ein Ort für jene dunklen Lüste gewesen, in denen sich das sterbende 18. Jahrhundert gefallen hatte; doch die gestrenge Herrschaft der Fürstin Carolina, die religiöse Erneuerung der Restaurationszeit, der nur auf liebenswürdige Art muntere Charakter des gegenwärtigen Don Fabrizio hatten bewirkt, daß die wunderlichen Verfehlungen jener Zeit in Vergessenheit geraten waren. Die gepuderten Teufelchen waren längst in die Flucht geschlagen; sie existierten noch, ganz gewiß, aber im Larvenzustand, und überwinterten unter Haufen von Staub auf wer weiß welchem Dachboden des unermeßlich großen Baues. Als die schöne Angelica den Palast betrat, hatten sich jene Larven, wie man sich wohl erinnern wird, ein wenig geregt, doch erst die Ankunft der verliebten jungen Männer rief die im Hause versteckten Triebe wirklich wach; sie zeigten sich jetzt überall wie von der Sonne aufgeweckte Ameisen, noch ohne Gift, aber über die Maßen lebendig. Die Architektur, die Rokoko-Ausschmückung selbst mit ihren immer wieder überraschenden Kurven beschworen langgestreckte Körper und aufgerichtete Brüste herauf; wurde eine Portiere zurückgeschlagen, so rauschte es jedesmal wie ein Alkoven-Vorhang.

Cavriaghi war verliebt in Concetta; aber da er noch recht knabenhaft war, nicht nur im Äußeren wie Tancredi, sondern in seinem Innern, machte sich seine Liebe Luft in den leichten Rhythmen Pratis und Aleardis, im Träumen von Entführungen bei Mondschein, deren logische Folgen zu erwägen er sich nicht getraute; sie wurden übrigens durch die Taubheit Concettas gleich im Keim zerdrückt. Es blieb unbekannt, ob er sich in der Abgeschlossenheit seines grünen Zimmers einem bestimmteren Schwärmen hingab; sicher ist, daß er zur galanten Szenographie jenes Donnafugata-Herbstes nur dadurch beitrug, daß er in seinen Gedanken Wolken entwarf und dunstige Horizonte und nicht als Schöpfer architektonischer Massen auftrat. Die beiden jungen Mädchen hingegen, Carolina und Caterina, spielten recht brav ihr Instrument in der Sinfonie der Sehnsüchte, die in jenem September den ganzen Palast durchtönte und sich mischte mit dem Gemurmel der Brunnen, mit den Hufschlägen der Pferde im brunsterfüllten Marstall und dem hartnäckigen Ticken der Holzwürmer, die sich in die alten Möbel ihre Hochzeitsnester bohrten. Die beiden Mädchen waren blutjung und voll Anmut und fanden sich, ohne in eine bestimmte Person verliebt zu sein, eingetaucht in den Strom von Trieben,

die von den anderen ausgingen; und oft geschah es, daß
der Kuß, den Concetta Cavriaghi verweigerte, die Umarmung Angelicas, die Tancredis Durst nicht gestillt hatte,
auf sie zurückstrahlte, ihre unberührten Körper streifte;
für diese anderen träumten sie selber von Haarlocken, die
feucht wurden, träumten von kurzen Klagelauten. Sogar
die unglückliche Mademoiselle Dombreuil wurde, weil sie
als Blitzableiter dienen mußte – wie Irrenärzte angesteckt
werden von den Rasereien ihrer Kranken und ihnen erlie-
gen –, in jenen trüben, lachenden Wirbel hineingezogen.
Wenn sie sich nach einem Tage voll moralischer Verfolgungen und Hinterhalte auf ihrem einsamen Bett lang-
streckte, faßte sie ihre welken Brüste und murmelte unbestimmte Anrufungen, gerichtet an Tancredi, an Carlo,
an Fabrizio . . .

Mittelpunkt und Antrieb dieser sinnlichen Verzückung
war natürlich das Paar Tancredi-Angelica. Die sichere,
wiewohl nicht ganz nahe Hochzeit warf im voraus ihren
beruhigenden Schatten auf das verbrannte Erdreich der
wechselseitigen Sehnsüchte. Der Unterschied des Standes
bewirkte bei Don Calògero, daß er meinte, solche langen
Gespräche zu zweit seien beim Adel die Regel, bei der Fürstin Maria Stella hingegen, daß sie die häufigen Besuche
Angelicas für in Sedàra-Kreisen üblich hielt, wie auch eine
gewisse Freiheit im Benehmen, die sie bei ihren eigenen
Töchtern bestimmt nicht statthaft gefunden hätte. Und
so wurden die Besuche Angelicas im Palast immer häufiger, bis es schien, als würden sie sozusagen gar nicht mehr
unterbrochen, und am Ende ließ sie sich nur noch der Form
nach begleiten von dem Vater, der sich sogleich in die Verwaltung begab, um heimliche Machenschaften aufzudecken
oder anzuzetteln, oder von der Dienstmagd, die in der

Anrichtekammer verschwand, um Kaffee zu trinken und die unglücklichen Diener mürrisch zu stimmen.

Tancredi wollte, Angelica solle den ganzen Palast kennenlernen in seiner unentwirrbaren Gesamtheit: Gästeflügel, Repräsentationsräume, Küchen, Kapellen, Theater, Bildergalerien, nach Leder duftende Wagenschuppen, Stallungen, schwüle Gewächshäuser, Durchfahrten, Treppchen, kleine Terrassen und Bogengänge, und vor allem eine Reihe von seit Jahrzehnten aufgegebenen unbewohnten Räumen, die ein labyrinthisches, geheimnisvolles Gewirr bildeten. Tancredi machte sich nicht klar (oder er machte es sich sehr wohl klar), daß er das junge Mädchen zur verborgenen Mitte des sinnlichen Wirbelsturmes hinzog; und Angelica wollte in jener Zeit das, was Tancredi beschlossen hatte. Die Streifzüge durch das fast unbegrenzt große Gebäude nahmen kein Ende; man brach auf wie zu einem unbekannten Land, und unbekannt war es wirklich, denn in viele dieser Räume und gebogenen Gänge hatte nicht einmal Don Fabrizio je den Fuß gesetzt, was ihm im übrigen Grund besonderer Genugtuung war; er pflegte nämlich zu sagen, ein Palast, in dem man alle Zimmer kenne, sei es nicht wert, bewohnt zu werden. Die beiden Verliebten schifften sich nach Cythera ein, auf einem Schiff, das düstere und sonnige Räume enthielt, prunkvolle oder jämmerliche, leere oder solche, die vollgestopft waren mit Überbleibseln verschiedenartigen Mobiliars. Sie brachen auf, begleitet von Cavriaghi oder von Mademoiselle Dombreuil (Pater Pirrone weigerte sich – mit dem Scharfsinn seines Ordens – immer, mitzugehen), manchmal von beiden: der äußere Anstand war gewahrt. Aber im Palast von Donnafugata war es nicht schwierig, jemanden, der einem hier folgen wollte, von solchem Wege abzubringen: man brauchte nur in einen Gang zu schlüpfen (es gab welche, die ganz lang waren, eng und gewunden, mit kleinen, vergitterten Fenstern, man konnte nicht ohne Angst rasch hindurchgehen), brauchte nur in einen Gang einzubiegen, eine kleine, hilfreiche Treppe hinaufzusteigen – und schon waren sie fort, die beiden Kinder, unsichtbar, allein wie auf einer verlassenen Insel. Um sie zu betrachten, blieben nur ein verwischtes Pastellgemälde, das die Unerfahrenheit des Malers mit Augen geschaffen, die keinen Blick hatten, oder an einer mehrfach übermalten Decke eine sogleich zustimmende Schäferin. Cavriaghi übrigens wurde rasch müde; kaum fand er auf seinem Weg einen bekannten Raum oder eine kleine Treppe, die in den Garten führte, so machte er sich eilig davon, einmal dem Freunde zu Gefallen, und dann, um bei Concetta zu seufzen, wenn er ihre kalten Hände sah. Die Gouvernante hielt länger aus, aber nicht für immer; eine Zeitlang hörte man, immer ferner, ihre Rufe, auf die eine Antwort nicht gegeben wurde: »*Tancrède, Angelica, où êtes-vous?*« Dann schloß sich alles wieder in Schweigen, in das der Galopp der Mäuse oben über die Dachböden sozusagen Streifen zog, oder es raschelte ein hundert Jahre lang vergessener Brief, den der Wind über den Boden fegte: alles Vorwände für erwünschte Ängste, für ein beruhigendes Aneinanderdrängen der Glieder. Und immer war Eros mit ihnen, scherzend und zäh; das Spiel, in das er die Verlobten zog, war voll Hexerei und Gefahren. Beide waren sie der Kindheit noch ganz nahe, sie fanden Gefallen am Spiel an sich, genossen es, wenn sie einander verfolgten, verloren, wiederfanden; aber hatten sie einander erreicht, dann gewannen ihre geschärften Sinne die Oberhand, Tancredis Finger schoben sich zwischen die Angelicas in der Gebärde, die den noch unentschlossenen Verliebten lieb ist, das zarte, sanfte Reiben der Fingerkuppen auf den bleichen Adern des Rückens erschütterte der beiden ganzes Sein, war Vorspiel für weitere sich einschleichende Zärtlichkeiten.

Einmal hatte sie sich versteckt hinter einem riesigen Bild, das auf den Boden gestellt worden war, und für eine Weile beschirmte *Arturo Corbera bei der Belagerung von Antiochia* die mit Hoffnung durchsetzte Angst des jungen Mädchens; aber als Tancredi sie entdeckte, ein Lächeln im spinnwebenfeuchten Gesicht, die Hände unter einem leichten Schleier von Staub, umschlang er sie und drückte sie fest an die Brust; sie sagte immer und immer wieder: »Nein, Tancredi, nein« – eine Weigerung, die eine Aufforderung war, denn er tat in Wirklichkeit weiter nichts, als daß er mit seinen blauen Augen in ihre grünen eindrang. Einmal, an einem lichtvollen, kalten Morgen, zitterte sie in dem noch sommerlichen Kleid: auf einem mit zerfetztem Stoff bedeckten Diwan preßte er sie an sich, um sie zu wärmen; ihr duftender Atem wehte ihm die Haare an der Stirn hin und her; und das waren verzückte Augenblicke voller Pein, in denen die Sehnsucht Qual wurde, die Zügel wiederum, die sie sich auferlegten, Wonne.

Die ineinandergehenden, verlassenen Räume hatten weder ein bestimmtes Aussehen noch einen Namen; und wie die Entdecker der Neuen Welt tauften sie die Zimmer, die sie durchschritten, und priesen sie mit den Namen der wechselseitigen Entdeckungen. An ein großes Schlafzimmer – im Alkoven stand ein Bett, dessen Baldachin gespenstisch mit Straußenfeder-Skeletten geschmückt war – erinnerten sie sich später als an das »Zimmer der Qualen«; eine kleine Treppe mit abgetretenen, da und dort zerbrochenen Schieferstufen nannte Tancredi »die Treppe des glücklichen Sturzes«. Mehr als einmal wußten sie wirklich nicht, wo sie waren: dank Drehungen im Kreise, Rückkehr, Verfolgungen, dank langer Ruhepausen, die mit Geflüster und Berührung angefüllt waren, verloren sie die Richtung und mußten sich aus einem scheibenlosen Fenster beugen, um nach dem Aussehen eines Hofes, nach der Perspektive des Gartens zu begreifen, in welchem Flügel des Palastes sie sich befanden. Manchmal jedoch fanden sie sich trotzdem nicht zurecht, denn das Fenster ging nicht auf einen der großen Höfe, sondern auf einen inneren Gang, gleichfalls ohne Namen und nie auch nur flüchtig gesehen, bezeichnet nur vom Aas einer Katze oder von der üblichen Handvoll Tomatenmakkaroni, von denen man nie wissen konnte, ob sie ausgespieen oder weggeworfen worden waren; und aus einem anderen Fenster spähten die Augen einer pensionierten Kammerfrau zu ihnen herüber. An einem Nachmittag entdeckten sie in einem Schrank vier *carillons*, diese Spieldosen, mit denen sich die gekünstelte Naivität des 18. Jahrhunderts vergnügte. Drei von ihnen, in Staub und Spinnweben versunken, blieben stumm; aber bei der letzten, neueren, die in ihr dunkles Holzetui besser verschlossen war, setzte sich der dicht mit Stacheln besetzte Kupferzylinder in Bewegung, und die sich hebenden Erz-Zünglein ließen plötzlich eine dünne, zierliche Musik in ganz spitzen, silbernen Tönen hören: den berühmten ›Karneval von Venedig‹. Sie küßten sich im Takt jener Töne einer vorgetäuschten Fröhlichkeit; und als sich ihre enge Umschlingung lockerte, merkten sie überrascht, daß die Töne schon eine Zeitlang aufgehört hatten und ihre Zärtlichkeiten keiner anderen Spur gefolgt waren als der der Erinnerung an jenes Gespenst einer Musik.

Einmal war die Überraschung von anderer Art. In einem Zimmer des alten Gästeflügels bemerkten sie eine von einem Schrank verborgene Tür; das hundert Jahre alte Schloß gab bald nach unter jenen Fingern, die Freude daran hatten, wenn sie sich, um es zu sprengen, kreuzten und gelinde rieben: dahinter wand sich eine lange, schmale Treppe mit ihren kleinen rosa Marmorstufen in weichen Windungen empor. Oben wieder eine Tür, offen, dick gepolstert, aber der Stoff war zerrissen; dann eine anmutige, sonderbare Flucht kleiner Zimmer, sechs, rund um einen Salon mittlerer Größe; und der Salon selbst mit Bodenplatten vom weißesten Marmor, die, ein wenig geneigt, seitlich zu einer kleinen Rinne abfielen. An den niederen Decken wunderliche bunte Stuckverzierungen, die zum Glück die Feuchtigkeit unkenntlich gemacht hatte; an den Wänden große, erstaunte Spiegel, allzuweit nach unten gehängt, einer von einem Schlag fast in der Mitte zertrümmert, ein jeder mit dem gewundenen Kerzenhalter der Rokoko-Zeit. Die Fenster gingen auf einen abgesonderten Hof, eine Art blinden, tauben Brunnenschacht, der ein graues Licht hereinließ; auf ihn öffnete sich sonst keinerlei Spalt. In jedem Zimmer, auch im Salon, breite, zu breite Diwane, die dort, wo die Nägel steckten, Spuren einer weggerissenen Seide zeigten; mit beflecktem Stoff bezogene Lehnen; an den kleinen, kunstvollen Kaminen wirre Marmorschnitzereien, fiebrig verzerrte, nackte Figuren, die jedoch gemartert, verstümmelt waren von einem wütenden Hammer. Die Feuchtigkeit hatte die Mauern mit Flekken überzogen, oben und wohl auch unten, in Menschenhöhe, wo sie sonderbare Formen angenommen hatte, ungewöhnlich dichte Stellen, düstere Tönungen.

Tancredi, in Unruhe, wollte nicht, daß Angelica einen

Wandschrank im Salon anrühre: er öffnete ihn selbst. Er war sehr tief, aber leer bis auf eine Rolle schmutzigen Stoffes, die aufrecht in einem Winkel stand; darin war ein Bündel kleiner Peitschen, Reitgerten mit Rindsnerv überzogen, einige mit silbernem Griff, andere bis zur Hälfte mit einer entzückenden, sehr alten Seide umkleidet – weiß mit schmalen blauen Streifen –, auf der man drei Reihen schwärzlicher Flecke bemerkte, und dann noch kleine Geräte aus Metall, die man sich nicht erklären konnte. Tancredi bekam Angst, auch vor sich selber: »Gehen wir, meine Liebe, hier gibt es nichts Interessantes.« Sie schlossen sorgfältig die Tür, sie gingen schweigend die Treppe hinab, sie stellten den Schrank wieder an seinen Platz; und den ganzen Tag über waren dann die Küsse Tancredis nur ganz leicht, er gab sie wie im Traum und zur Sühne.

Nächst dem Bildnis des Leoparden schien, wenn man die Wahrheit sagen will, die Peitsche der häufigste Gegenstand in Donnafugata. Am Tage nach ihrer Entdeckung der rätselhaften kleinen Zimmerflucht trafen die beiden Verliebten wieder auf ein Peitschchen. Das war nun nicht in den unbekannten Räumen, sondern in besonders hochgehaltenen, in denen des ›Heiligen Herzogs‹; in sie hatte sich um die Mitte des 17. Jahrhunderts ein Salina zurückgezogen, sozusagen wie in ein privates Kloster, hatte Buße getan und seinen Weg zum Himmel im voraus bestimmt. Es waren enge Zimmer mit niedrigen Decken, der Boden aus bescheidenen Lehmziegeln, die Wände weiß gekalkt wie bei den elendsten Bauern. Das letzte Zimmer ging auf einen Balkon, von dem man die gelbe Weite der Lehnsgüter beherrschte, eins am andern, alle in ein trauriges Licht getaucht. An einer Wand ein ungeheurer Crucifixus, überlebensgroß: der Kopf des gemarterten Gottes berührte die Decke, die blutenden Füße streiften den Boden; die Seitenwunde war wie ein Mund, dem die unermeßliche Qual verwehrt hatte, die letzten Worte der Erlösung auszusprechen. Neben dem göttlichen Leichnam hing an einem Nagel eine Peitsche mit kurzem Griff, an dem sechs Streifen von nun hart gewordenem Leder befestigt waren; an ihren Enden sechs haselnußgroße Bleikugeln. Es war die Geißel des ›Heiligen Herzogs‹. In jenem Zimmer pflegte sich Giuseppe Corbera, Herzog von Salina, zu peitschen, allein, angesichts des eigenen Gottes und des eigenen Feudalbesitzes; ihm schien dann wohl, als flössen die Tropfen seines Blutes auf die Ländereien, wie um sie zu erlösen: in seiner frommen Verzückung schien es ihm, als würden sie erst mittels dieser Sühne-Taufe wirklich sein eigen, Blut von seinem Blut, Fleisch von seinem Fleisch, wie man sagt. Aber diese Erde hatte sich ihm entzogen, und vieles von dem, was man von hier oben sah, gehörte nun anderen, auch Don Calògero: das war, als ob es Angelica gehörte beziehungsweise ihrem künftigen Sohn.

Diese hier sich offenbarende Wiedererwerbung verlorenen Gutes mittels der Schönheit, parallel der anderen Erwerbung mittels des Blutes, verursachte Tancredi eine Art Schwindel. Angelica war niedergekniet und küßte die durchbohrten Füße Christi. »Siehst du, du bist so etwas wie dieses Werkzeug hier, du dienst den gleichen Zwekken.« Und er zeigte ihr die Geißel. Da Angelica es nicht verstand, den Kopf hob und ihm, schön aber leer, zulächelte, beugte er sich zu ihr nieder und gab ihr, der Knienden, einen tiefen Kuß, der sie aufstöhnen ließ, denn er verwundete ihr von innen die Lippe und verletzte ihr den Gaumen.

So verbrachten die beiden jene Tage in verträumtem Wandern, in der Entdeckung von Höllen, die die Liebe dann sühnte, im Auffinden verwahrloster Paradiese, die die Liebe selber entweihte. Die Gefahr, mit dem Spiel aufzuhören, um sogleich den Einsatz selbst zu genießen, wurde ernster, dringlicher für beide; schließlich suchten sie nicht mehr, sondern wandten sich versunken in die entferntesten Zimmer, in solche, aus denen kein Schrei einen Menschen hätte erreichen können; doch Schreie würde es nicht geben, nur Anrufungen und leises Schluchzen. Aber nein – sie weilten dort eng aneinandergepreßt und unschuldig, jeder mit dem andern Mitleid empfindend. Am gefährlichsten waren für sie die Zimmer des alten Gästeflügels: abgelegen, längst nicht so verwahrlost, jedes mit seinem schönen Bett, die Matratzen zusammengerollt, so daß ein Griff genügt hätte, sie hinzubreiten. Eines Tages hatte nicht das Hirn Tancredis – das war hierbei nicht beteiligt –, wohl aber sein Blut beschlossen, ein Ende zu machen: an jenem Morgen hatte Angelica, diese schöne Kanaille, zu ihm gesagt: »Ich bin deine Novizin«, wodurch sie ihm, mit der Deutlichkeit einer Aufforderung, den Augenblick ins Gedächtnis rief, da die heißen Wünsche des einen denen des andern zum erstenmal begegnet waren; und schon bot sich die Frau in ihr, verwirrt, ihm dar, schon wollte der Mann den Menschen überwältigen – da fiel jäh der laute Schall der großen Kirchenglocke senkrecht auf ihre liegenden Körper und fügte ihr Brausen dem anderen Brausen hinzu; die Münder, die schon ganz ineinandergedrungen waren, konnten nicht anders, als sich zu einem Lächeln lösen. Sie fingen sich wieder; und am nächsten Tage mußte Tancredi abreisen.

Dies waren die besten Tage im Leben Tancredis und

Angelicas – zweier Leben, die später nie mehr so sehr eines werden sollten, die so sündig werden würden vor dem unausweichlichen Hintergrund des Schmerzes. Aber damals wußten sie es nicht, sie strebten auf eine Zukunft hin, die sie greifbar wähnten, während sich später herausstellte, daß sie nur aus Rauch und Wind gebildet war. Als sie dann alt und nutzlos weise geworden waren, kehrten ihre Gedanken mit ständigem Bedauern zu jenen Tagen zurück: es waren die Tage der immer gegenwärtigen, weil immer beherrschten Sehnsucht, die Tage der vielen Betten, die sich darboten und verschmäht wurden, die Tage des sinnlichen Reizes, der eben, weil ihm noch gewehrt wurde, sich einen Augenblick zum Verzicht erhob, das heißt: zur wahren Liebe. Jene Tage waren die Vorbereitung auf ihre Ehe, die auch im Erotischen mißlang – eine Vorbereitung jedoch, die sich darstellte als ein Gefüge für sich, auserlesen schön und von kurzer Dauer: wie jene Ouvertüren, die länger leben als die vergessenen Opern, denen sie angehören – sie enthalten in ihrer schamhaft verhüllten Heiterkeit alle die Arien, die dann in der Oper, ungeschickt ausgeführt, enttäuschen müssen.

Wenn Angelica und Tancredi in die Welt der Lebenden zurückkehrten, aus ihrer Entrüstung ins Reich der erloschenen Laster, der vergessenen Tugenden und vor allem der ewig währenden Sehnsucht, wurden sie mit gutmütigem Spott empfangen. »Ihr seid doch töricht, Kinder, euch so staubig zu machen. Sieh doch nur, Tancredi, wie du dich zugerichtet hast!« Don Fabrizio lächelte; und der Neffe ging, um sich abbürsten zu lassen. Cavriaghi, rittlings auf einem Stuhl, rauchte betrübt eine Virginia und betrachtete den Freund, der sich Gesicht und Hals wusch und prustete, vor Ärger darüber, daß das Wasser kohlschwarz wurde. »Ich will ja nichts sagen, Falconeri: die Signorina Angelica ist das schönste Mädchen, das ich je gesehen habe – aber das rechtfertigt dich nicht: Herrgott, ein bißchen bremsen muß man schon! Heute seid ihr drei Stunden allein gewesen; wenn ihr so verliebt seid, dann heiratet rasch und macht die Leute nicht lachen. Du hättest das Gesicht sehen sollen, das ihr Vater heute gemacht hat, als er aus der Verwaltung kam und sah, daß ihr noch in diesem Ozean von Zimmern umherfuhrt! Bremsen, mein Freund, bremsen muß man – ihr Sizilianer tut es recht wenig!«

Er predigte, froh darüber, daß er seine Weisheit gegenüber dem älteren Kameraden, dem Cousin der »tauben« Concetta, anbringen konnte. Aber Tancredi war, während er sich die Haare trocknete, wütend: beschuldigt zu werden, er verstehe sich nicht aufs Bremsen, er, der sich so gut darauf verstand, daß er einen ganzen Zug hätte zum Stehen bringen können! Anderseits hatte der gute Bersagliere nicht ganz unrecht: man mußte auch an den äußeren Schein denken; aber Cavriaghi war Moralprediger geworden aus Neid, denn es war nunmehr klar, daß er bei Concetta mit seinem Hofieren kein Glück hatte. Und diese Angelica – was für ein köstlicher Geschmack heute, das Blut, als er sie in die Lippe gebissen hatte. Und wie weich sie seiner Umarmung nachgab! Aber es war schon richtig, es hatte keinen Sinn. »Morgen werden wir in die Kirche gehen, wie es sich gehört: mit Pater Pirrone und Mademoiselle Dombreuil als Gefolge.«

Angelica zog sich indes in den Zimmern der jungen Mädchen um. »*Mais Angelicà, est-il Dieu possible de se mettre dans un tel état?*« So sagte die Dombreuil empört, während sich die Schöne in Leibchen und Unterrock Arme und Hals wusch. Das kalte Wasser kühlte die Erregung, und sie mußte im stillen zugeben, daß die Gouvernante recht hatte: war es der Mühe wert, sich so zu ermüden, die Leute zum Lachen zu bringen? Und wofür? Damit er ihr in die Augen sah, damit diese feinen Finger über sie hinliefen, mehr war es ja kaum . . . Und die Lippe tat ihr noch weh. ›Genug jetzt. Morgen wollen wir bei den andern im Salon bleiben.‹ Aber am nächsten Tage würden die gleichen Augen, die gleichen Finger wieder ihre Zeichensprache aufnehmen, und von neuem würden die beiden ihr tolles Spiel treiben, sich zu verstecken und sich zu zeigen.

Das seltsame Ergebnis dieser getrennt gefaßten, aber übereinstimmenden Vorsätze war, daß am Abend bei Tisch die beiden Verliebtesten auch die Ausgeglichensten waren, da sie sich stützten auf ihre – trügerischen – guten Absichten für den nächsten Tag; und sie vergnügten sich damit, über die doch so viel geringeren Liebeskundgebungen der anderen zu spotten. Tancredi war von Concetta enttäuscht: in Neapel hatte er ihretwegen einige Gewissensbisse verspürt, und darum hatte er Cavriaghi mit hierhergezogen, weil er hoffte, dieser werde bei der Cousine seine Stelle einnehmen; auch das Mitleid hatte an seiner Voraussicht teil. Fein und gutmütig-schlau zugleich hatte er bei seiner Ankunft ihr gegenüber fast so getan, als sei es ihm leid, daß er sie verlassen hatte, und den Freund nach vorn geschoben. Aber nein – Concetta haspelte ihr Internatsmädchen-Geschwätz ab und betrachtete das empfindungsvolle Gräflein mit kalten Augen, in denen man sogar ein klein wenig Verachtung bemerken konnte. Dieses Mädchen war eine Törin: sie wußte aus der Situation nichts Gutes zu machen. Was wollte sie schließlich? Cavriaghi war ein hübscher Junge, ein guter Kerl, er hatte einen guten Namen und fette Meierhöfe in der Brianza; kurz, er war das, was man mit dem erfrischenden Ausdruck als ›eine sehr gute Partie‹ bezeichnet. Nun ja – Concetta wollte ihn, Tancredi, nicht wahr? Auch er hatte einmal sie gewollt: sie war weniger schön, sehr viel weniger reich als Angelica, doch sie hatte etwas in sich, was das Mädchen aus Donnafugata nie besitzen würde. Aber, zum Teufel, das Leben ist eine ernste Sache! Concetta hätte es begreifen müssen. Und dann – warum hatte sie begonnen, ihn so schlecht zu behandeln? Dieser häßliche Auftritt in Santo Spirito, viele andere hernach. Der Leopard, gewiß, der Leopard; aber es müßte auch für dieses schlimme, stolze Tier Grenzen geben. ›Bremsen muß man, liebe Cousine, bremsen! Und ihr Sizilianerinnen tut es recht wenig!‹

Angelica hingegen gab in ihrem Herzen Concetta recht: Cavriaghi fehlte es gar zu sehr an Pfeffer; nachdem sie in Tancredi verliebt gewesen war, mußte eine Heirat mit Cavriaghi so sein, als trinke man Wasser, nachdem man Marsala gekostet hatte, der jetzt vor ihr stand. Concetta – nun ja, sie verstand sie auf Grund dessen, was vorangegangen war. Aber die anderen beiden, Carolina und Caterina, wie dumm! Sie sahen Cavriaghi mit toten Fischaugen an und rutschten hin und her, fielen beinahe in Ohnmacht, wenn er sich näherte. Und dann – sie begriff nicht (bei der in ihrer Familie üblichen Unbedenklichkeit), warum nicht eine der beiden den jungen Grafen von Concetta wegzog, zu eigenem Nutzen. ›In dem Alter sind junge Männer wie Hündchen: man braucht ihnen nur zu pfeifen, sie kommen sofort. Dumm sind die beiden: vor lauter Rücksichten, Vetos, Stolz werden sie noch wer weiß wie enden.‹

In dem Salon, in den sich die Herren nach Tisch zurückzogen, um zu rauchen, nahmen auch die Gespräche zwischen Tancredi und Cavriaghi, den einzigen Rauchern im Hause und daher den einzigen Verbannten, einen besonderen Ton an. Der junge Graf bekannte schließlich dem Freunde den Fehlschlag seiner Liebeshoffnungen: »Sie ist zu schön, zu rein für mich; sie kann mich nicht lieben; es war vermessen von mir, das zu hoffen; ich gehe von hier, tief im Herzen den Dolch des Leides. Ich habe nicht einmal gewagt, ihr einen deutlichen Antrag zu machen. Ich fühle, ich bin für sie so etwas wie ein Wurm auf der Erde, und das ist ganz richtig; ich muß eine Wurmfrau finden, die wird sich mit mir begnügen.« Und seine neunzehn Jahre ließen ihn über sein Unglück lachen.

Tancredi suchte ihn von der Höhe des eigenen, sicheren Glückes herab zu trösten: »Weißt du, ich kenne Concetta von Geburt an, sie ist ein liebes Wesen, es gibt kein lieberes – ein Spiegel aller Tugenden; aber sie ist ein bißchen verschlossen, viel zu zurückhaltend, ich fürchte, sie achtet sich selbst zu hoch; und dann ist sie Sizilianerin bis auf die Knochen, ist nie von hier fortgekommen: wer weiß, ob sie sich in Mailand wohlfühlen würde – ein schlimmes Land da oben, wo man, will man einen Teller Makkaroni essen, das eine Woche vorher bedenken muß!«

Der Ausspruch Tancredis, eine der ersten Kundgebungen der nationalen Einheit, bewirkte bei Cavriaghi schon wieder ein Lächeln – Pein und Schmerzen konnten sich bei ihm nicht halten. »Aber ich hätte ihr doch eure Makkaroni kistenweise verschafft! Nun, was geschehen ist, ist geschehen; ich hoffe nur, daß dein Onkel und deine Tante, die so reizend zu mir waren, mich nachher nicht abscheulich finden, weil ich ganz umsonst zu euch zum Jagen gekommen bin.« Er wurde darüber beruhigt, aufrichtig, denn

Cavriaghi hatte allen gefallen – außer Concetta und, wer weiß, vielleicht auch ihr – wegen der geräuschvollen, guten Laune, die sich bei ihm mit der herzbewegendsten Gefühlsseligkeit verband; und man sprach von anderem, das heißt, man sprach von Angelica.

»Du, Falconeri, du hast wirklich Glück! Ein Juwel wie die Signorina Angelica ausfindig zu machen in diesem – entschuldige, mein Lieber – diesem Schweinestall! Wie schön sie ist, Herrgott, wie schön! Du elender Schurke, daß du sie stundenlang spazierenführst in die fernsten Winkel dieses Hauses, das so groß ist wie unser Dom! Und dann – sie ist nicht nur schön, sondern auch klug und gebildet; und gut – ihre Güte, ihre liebe, unschuldsvolle Naivität schaut ihr aus den Augen.«

Cavriaghi fuhr fort, sich für Angelicas Güte zu begeistern – unter dem belustigten Blick Tancredis. »Der wahrhaft Gute in alledem bist du, Cavriaghi.« Der Satz glitt am ambrosianischen Optimismus unbemerkt ab. Dann sagte der junge Graf: »Höre, wir reisen in wenigen Tagen: meinst du nicht, es wäre Zeit, daß ich nun der Mutter der Baroneß vorgestellt würde?«

Es war das erstemal, daß Tancredi so, von einer lombardischen Stimme, seine Schöne mit einem Titel nennen hörte. Für einen Augenblick verstand er nicht, von wem man sprach. Dann empörte sich der Fürst in ihm: »Was Baroneß, Cavriaghi! Sie ist ein schönes, liebes Mädchen, dem ich gut bin, das ist alles.«

Daß es wirklich »alles war«, stimmte zwar nicht; aber Tancredi sprach aufrichtig: in der von Urzeiten her ererbten Gewohnheit an weite Besitztümer schien ihm, Gibildolce, Settesoli und die Leinwandsäckchen wären sein gewesen von der Zeit Karls von Anjou her, schon immer.

»Es tut mir leid, aber ich glaube, du wirst Angelicas Mutter nicht sehen können: sie reist morgen nach Sciacca, um Schwitzbäder zu nehmen – sie ist sehr krank, die Ärmste.«

Er drückte den Rest seiner Virginia im Aschenbecher aus. »Gehen wir in den Salon, wir haben lange genug die Bären gespielt.«

An einem jener Tage hatte Don Fabrizio einen Brief vom Präfekten von Girgenti erhalten, ein äußerst höflich abgefaßtes Schreiben, das ihm meldete, der Ritter Aimone Chevalley di Monterzuolo, sein – des Regierungspräsidenten – Sekretär, werde nach Donnafugata kommen, um ihn von einer Sache zu unterrichten, die der Regierung sehr am Herzen liege. Don Fabrizio, überrascht, schickte am nächsten Tage seinen Sohn Francesco Paolo an die Poststation, den *missus dominicus* zu empfangen und einzuladen, im Palast zu wohnen – ein Akt der Gastlichkeit sowohl wie des Mitleids, um den Körper des Edelmannes aus Piemont nicht den tausend Tierchen zu überlassen, die ihn in der Spelunken-Schenke von *zzu* Menico quälen würden.

Die Postkutsche langte bei Anbruch der Nacht an, auf dem Bock, wie immer, die bewaffnete Wache, und darin die wenigen, verschlossenen Gesichter. Ihr entstieg auch Chevalley di Monterzuolo, sogleich daran erkennbar, daß er sehr entsetzt aussah und vorsichtig lächelte. Er befand sich seit vier Wochen in Sizilien, zudem noch in dem Teil der Insel, der wirklich ›eingeboren‹ war, und war unmittelbar von seinem kleinen Burgflecken in Monferrato hier hineingesetzt worden. Ängstlicher Gemütsart, von Natur bürokratisch, fühlte er sich hier sehr unbehaglich.

Er hatte den Kopf voll von all den Räubergeschichten, mit denen die Sizilianer den Nerven-Widerstand Neuangekommener zu erproben pflegen, und vermutete seit vier Wochen in jedem Amtsdiener einen Meuchelmörder und in jedem hölzernen Brieföffner auf seinem Schreibtisch einen Dolch; außerdem brachte die Ölküche seine Eingeweide schon seit vier Wochen in Unordnung. Jetzt stand er da in der Abenddämmerung, mit seinem grauen Leinenköfferchen, mitten auf der Gasse, auf der er ausgeladen worden war, und betrachtete sie – dieser Gasse fehlte wahrlich jede Koketterie. Die Aufschrift ›Corso Vittorio Emanuele‹ in blauen Buchstaben auf weißem Grunde, die das verfallene Haus ihm gegenüber zierte, genügte nicht, ihn davon zu überzeugen, er befinde sich an einem Ort, der ja immerhin zu dem Lande gehörte, das auch das seine war; und er wagte nicht, sich an einen der Bauern zu wenden, die wie Karyatiden an den Häusern lehnten, weil er gewiß war, nicht verstanden zu werden, und fürchtete, unentgeltlich einen Messerstich zu empfangen in seine Eingeweide, die ihm – wiewohl durcheinandergeraten – doch teuer waren.

Als Francesco Paolo auf ihn zukam, wobei er sich ihm vorstellte, verdrehte Chevalley die Augen, denn er glaubte sich dem Tode geweiht; aber das ordentliche, ehrenhafte Aussehen des zarten, blonden jungen Mannes beruhigte ihn einigermaßen, und als er dann begriff, daß er eingeladen war, im Hause Salina zu wohnen, war er überrascht und erleichtert. Der Gang im Dunkeln bis zum Palast wurde vergnüglich, weil die Höflichkeit der Piemonteser und die der Sizilianer – diese beiden nehmen es damit in Italien am genauesten – sich ständig kleine Gefechte lieferten um den Koffer, der schließlich, obwohl er sehr leicht war, von beiden ritterlichen Streitern abwechselnd getragen wurde.

Als man im Palast anlangte, verwirrten die bärtigen Gesichter der Schutzwachen, die sich bewaffnet im ersten Hof aufhielten, den Sinn Chevalleys di Monterzuolo von neuem, während die davon abstechende gutmütig-freundliche Art, mit der ihn der Fürst aufnahm, zugleich mit der schon dem flüchtigen Blick sich offenbarenden Pracht der Räume ihn in entgegengesetzte Überlegungen stürzte. Er war Sprößling einer jener Familien des kleinen Piemonteser Adels, der in anständiger Eingeschränktheit auf seinem Lande lebt, und fand sich zum erstenmal als Gast in einem großen Hause, was seine Schüchternheit verdoppelte; die blutrünstigen Anekdoten, die er in Girgenti hatte erzählen hören, das über die Maßen trutzige Aussehen des Ortes, in den er verschlagen war, die im Hofe verteilten »Schergen« (wie er sie nannte) jagten ihm Schrecken ein; und so erschien er zum Abendessen gemartert von einander entgegengesetzten Ängsten: einmal, in eine Umwelt gekommen zu sein, die seine Gewohnheiten überstieg, zum andern, unschuldig in einen Hinterhalt geraten zu sein, unter die Räuber.

Bei Tisch aß er zum ersten Male gut, seit er die sikulischen Küsten erreicht hatte, und die liebenswürdige Art der jungen Mädchen, die Würde Pater Pirrones, die großartige Haltung Don Fabrizios überzeugten ihn, daß der Palast von Donnafugata nicht die Höhle des Räubers Capraro sei und daß er aus ihm wahrscheinlich lebendig herauskommen würde. Was ihn am meisten tröstete, war die Gegenwart Cavriaghis, der, wie er erfuhr, seit zehn Tagen hier wohnte und aussah, als fühle er sich höchst wohl, und weiter tröstete ihn, daß dieser mit dem jungen

Falconeri sehr befreundet war – eine Freundschaft zwischen einem Sizilianer und einem Lombarden erschien ihm als etwas ganz Wunderbares.

Als man gespeist hatte, bat er den Fürsten, er möge ihm eine private Unterredung gewähren, denn er habe die Absicht, am nächsten Morgen wieder abzureisen; aber der Fürst schlug ihm die Hand auf die Schulter, daß sie fast zerquetscht wurde, und sagte mit dem leopardenhaftesten Lächeln: »Nichts da, lieber Ritter: jetzt sind Sie in meinem Hause, und ich werde Sie als Geisel behalten, solange es mir behagt; morgen wird nicht gereist, und um dessen sicher zu sein, will ich mich des Vergnügens, mit Ihnen unter vier Augen zu reden, bis zum Nachmittag berauben.« Dieser Satz, der den trefflichen Sekretär drei Stunden zuvor in Schrecken gesetzt hätte, bereitete ihm jetzt hingegen Freude. Angelica war an jenem Abend nicht da, und daher spielte man *whist:* an einem Tisch mit Don Fabrizio, Tancredi und Pater Pirrone gewann er zwei *rubbers* und nahm drei Lire und fünfunddreißig Centesimi ein; danach zog er sich in sein Zimmer zurück, genoß die frische Kühle der Laken und fiel in den vertrauenden Schlaf des Gerechten.

Am anderen Morgen führten ihn Tancredi und Cavriaghi im Garten umher und ließen ihn die ›Gemäldegalerie‹ und die Sammlung von Wandteppichen bewundern. Sie machten zusammen auch einen kleinen Spaziergang in den Ort: unter der honigfarbenen Sonne dieses Novembers erschien er weniger düster als am Abend zuvor; man sah hier und da sogar ein Lächeln, und Chevalley di Monterzuolo begann auch hinsichtlich des ländlichen Sizilien ruhig zu werden. Dies bemerkte Tancredi, und sogleich wurde er von dem besonderen insularen Kitzel befallen, den Fremden Schauergeschichten zu erzählen – leider immer ganz echte.

Man kam an einem drolligen, mittelgroßen Palast vorüber, dessen Fassade mit naiven Rustika-Quadern geziert war. »Dies, lieber Chevalley, ist das Haus des Barons Mùtolo; jetzt ist es leer, ist geschlossen, weil die Familie in Girgenti lebt, seit der Sohn des Barons vor zehn Jahren von den Räubern entführt wurde.« Der Piemontese begann unruhig zu werden. »Die Ärmsten, wer weiß, wieviel sie haben bezahlen müssen, um ihn loszukaufen.« »O nein, sie haben nichts bezahlt; sie befanden sich schon in finanziellen Schwierigkeiten, ohne bares Geld, wie alle hier. Aber der Knabe wurde ihnen trotzdem zurückgegeben – jedoch in Raten.« »Wie, Fürst, was soll das heißen?« »Genau wie ich sage – in Raten: Stück für Stück. Zuerst kam der Zeigefinger der rechten Hand. Nach einer Woche der linke Fuß; und schließlich in einem schönen Korb unter einer Schicht Feigen (es war im August) der Kopf; die Augen aufgerissen, in den Mundwinkeln geronnenes Blut. Ich habe ihn nicht gesehen, ich war damals ein Kind – aber man hat mir gesagt, es sei kein schöner Anblick gewesen. Der Korb war auf diese Stufe hier gestellt worden, die zweite vor der Tür, von einer Alten, die einen schwarzen Schal um den Kopf trug: niemand hat sie wiedererkannt.« Chevalleys Augen wurden starr vor Abscheu; er hatte das Geschehnis schon erzählen hören, aber jetzt, in dieser schönen Sonne, die Stufe zu sehen, auf die das seltsame Geschenk gestellt worden war – das war etwas anderes. Seine Beamtenseele kam ihm zu Hilfe: »Was für eine untaugliche Polizei hatten diese Bourbonen! Wenn unsere Carabinieri hierherkommen, wird all das aufhören.« »Ohne Zweifel, Chevalley, ganz ohne Zweifel.«

Man kam auf die Piazza und am *Circolo dei Civili*, dem Bürgerklub, vorüber, der im Schatten der Platanen wie jeden Tag seine Eisenstühle zur Schau stellte und darauf die Männer in Trauer. Ehrerbietige Verneigungen, Lächeln. »Sehen Sie sich alle genau an, Chevalley, prägen Sie sich die Szene ins Gedächtnis: ein paarmal im Jahr geschieht es, daß einer dieser Herren plötzlich tot auf seinem kleinen Sessel bleibt: ein Schuß im unsicheren Licht des Sonnenuntergangs, und niemand findet je heraus, wer geschossen hat.« Chevalley verspürte das Bedürfnis, sich auf Cavriaghis Arm zu stützen, um ein wenig nördliches Blut in der Nähe zu fühlen.

Kurz danach erschien auf der Höhe eines steilen Sträßchens, zwischen vielfarbigen Girlanden an der Luft hängender Unterhosen, flüchtig ein naiv barockes Kirchlein. »Das ist Santa Ninfa. Hier drin wurde der Pfarrer vor fünf Jahren getötet, während er die Messe las.« »Wie entsetzlich! Ein Schuß in der Kirche!« »Aber nein, kein Schuß, Chevalley! Wir sind viel zu gute Katholiken, um solche Ungezogenheiten zu begehen. Sie haben einfach in den Kommunionwein Gift getan; das ist diskreter, liturgischer, möchte ich sagen. Man hat nie erfahren, wer es getan hat: der Pfarrer war ein ausgezeichneter Mann und hatte keine Feinde.«

Wie ein Mensch, der nachts aufwacht und ein leibhaftiges Gespenst zu Füßen des Bettes sitzen sieht, sich aus dem Schreck rettet, indem er sich müht, nur einen Scherz seiner gut aufgelegten Freunde anzunehmen, so flüchtete sich Chevalley in den Glauben, man mache sich einen Spaß mit ihm: »Sehr vergnüglich, Fürst, wirklich lustig! Sie sollten Romane schreiben – Sie erzählen diese Märchen vorzüglich!« Aber seine Stimme zitterte; Tancredi tat er leid, und obwohl sie vor der Heimkehr noch an drei oder vier Orten vorüberkamen, die mindestens ebensolche Geister heraufbeschworen, stand er davon ab, den Chronisten zu machen, und sprach von Bellini und von Verdi, den ewigen Heilsalben der nationalen Wunden.

Um vier Uhr nachmittags ließ der Fürst Chevalley sagen, er erwarte ihn im Arbeitszimmer. Es war dies ein kleiner Raum, an dessen Wänden unter Glas einige graue Rebhühner hingen, die mit roten Füßchen, die für selten galten, ausgestopfte Trophäen vergangener Jagden. Eine Wand war geadelt durch ein hohes, schmales Bücherregal, das vollgestopft war mit alten Nummern mathematischer Zeitschriften. Über dem großen, für die Besucher bestimmten Sessel ein Sternbild von Familienminiaturen: der Vater Don Fabrizios, Fürst Paolo, dunkelhäutig und mit sinnlichen Sarazenen-Lippen, in der schwarzen, vom Ordensband von San Gennaro schräg durchteilten Hofuniform; die Fürstin Carolina, schon als Witwe, das hellblonde Haar zu einer Turmfrisur hochgekämmt, die blauen Augen streng; des Fürsten Schwester Giulia, die Fürstin von Falconeri, auf einer Gartenbank sitzend, in der Rechten den amarantfarbenen Fleck eines kleinen, auf die Erde aufgestützten Sonnenschirms, an der Linken den gelben Fleck eines dreijährigen Tancredi, der ihr Feldblumen reicht (diese Miniatur hatte Don Fabrizio heimlich in die Tasche gesteckt, während die Gerichtsdiener von den Möbeln der Villa Falconeri Inventur machten). Dann weiter unten Paolo, der Erstgeborene, in enganliegenden, weißen Lederhosen, im Begriff, ein stolzes Pferd mit gewölbtem Hals und funkelnden Augen zu besteigen; verschiedene, nicht näher gekennzeichnete Onkel und Tanten trugen große Juwelen zur Schau oder wiesen trauernd auf die Büste eines teuren Verstorbenen. In der Mitte des Sternbildes jedoch, als Polarstern, hob sich eine größere Miniatur heraus: es war Don Fabrizio selbst im Alter von wenig mehr als zwanzig Jahren, mit der ganz jungen Braut, die in der Haltung völliger liebender Hingabe den Kopf an seine Schulter lehnt; sie braun; er, rosig in der blau-silbernen Uniform der Königlichen Garde-du-Corps, lächelte wohlgefällig, das Gesicht umrahmt vom ersten Flaum des hellblonden Backenbartes.

Sowie Chevalley saß, begann er die Mission darzulegen, mit der man ihn betraut hatte. »Nach der glücklichen Annexion, ich meine nach der heilbringenden Vereinigung Siziliens mit dem Königreich Sardinien, ist es die Absicht der Regierung in Turin, einige berühmte Sizilianer zu Senatoren des Königreichs zu ernennen. Die Behörden der Provinz sind beauftragt worden, eine Liste von Persönlichkeiten aufzustellen, um sie der Prüfung der Zentralregierung und eventuell dem König zur Ernennung vorzulegen; und man hat natürlich in Girgenti sogleich an Ihren Namen gedacht, Fürst: einen Namen, hochberühmt durch sein Alter, durch das persönliche Ansehen dessen, der ihn trägt, durch die wissenschaftlichen Verdienste; auch durch die würdige, liberale Haltung, durch die er sich während der jüngsten Ereignisse ausgezeichnet hat.« Die kleine Rede war beizeiten vorbereitet, ja, sie war mit Bleistift in gedrängter Kürze in das dicke Notizbuch eingetragen worden, das jetzt in der Außentasche von Chevalleys Hosen ruhte. Don Fabrizio jedoch gab kein Lebenszeichen von sich: die schweren Lider ließen den Blick kaum frei. Unbewegt ruhte die mächtige, blondbehaarte Pranke auf einer alabasternen Sankt-Peters-Kuppel, die auf dem Tische stand; sie bedeckte diese gänzlich.

Chevalley war an die Verschlossenheit der redseligen Sizilianer nun schon gewöhnt; er ließ sich nicht aus dem Sattel werfen. »Bevor die Liste nach Turin gehen soll, hielten meine Vorgesetzten es für schicklich, Ihnen, Fürst, darüber zu berichten und zu fragen, ob ein solcher Vorschlag Ihnen genehm sein würde. Ihre Zustimmung zu erbitten, worauf die Regierung große Hoffnungen setzt, ist Gegenstand meiner Mission hier; einer Mission, die mir zudem die Ehre und Freude verschafft hat, daß ich Sie und die Ihren kennengelernt habe, sowie diesen prächtigen Palast und das so malerische Donnafugata.«

Die Schmeicheleien glitten von der Persönlichkeit des Fürsten ab wie Wasser von den Blättern der Seerose: das ist einer der Vorteile, die Männer genießen, die zugleich stolz sind und daran gewöhnt, es zu sein.

›Da bildet dieser hier sich nun ein‹, dachte er, ›mir damit eine große Ehre zu erweisen, mir, der ich doch bin, der ich bin, unter anderem auch Pair des Königreichs Sizilien, was ja ungefähr so viel sein mag wie Senator. Es ist wahr, Geschenke muß man je nach dem einschätzen, der sie darbietet: ein Bauer, der mir sein Stück Schafskäse gibt, macht mir ein größeres Geschenk als der Fürst von Làscari, wenn er mich zu Tische lädt. Das ist klar. Das Schlimme ist nur, daß mir der Schafskäse Ekel erregt. Und so bleibt nichts als die Dankbarkeit des Herzens, die man nicht sieht, und die vor Abscheu gerümpfte Nase, die man nur zu genau sieht.‹

Don Fabrizios Vorstellungen von einem Senat waren höchst unbestimmt; so sehr er sich auch mühen mochte, sie führten ihn immer zurück zum römischen Senat: zu dem Senator Papirius, der einen Stab auf dem Kopf eines schlechterzogenen Galliers zerbrach, zu einem Pferd Incitatus, das Caligula zum Senator gemacht hatte – eine Ehre, die auch seinem Sohne Paolo übertrieben erschienen wäre. Es störte ihn, daß hartnäckig ein Satz vor ihm auftauchte, den Pater Pirrone bisweilen gesagt hatte: ›*Senatores boni viri, senatus autem mala bestia.*‹ Jetzt gab es auch den Senat des Kaiserreiches in Paris, aber das war nichts als eine Versammlung von Profitmachern, die mit dicken Pfründen versehen waren. Einen Senat gab es oder hatte es gegeben auch in Palermo, doch da hatte es sich nur um ein Komitee von städtischen Verwaltern gehandelt, und was für Verwalter! Kleinkram für einen Salina. Aber er wollte klarsehen. »Ja nun, Ritter – erklären Sie mir doch, was das in Wahrheit bedeutet: Senator sein! Die Presse der verflossenen Monarchie ließ Nachrichten über das Verfassungssystem der anderen italienischen Staaten nicht durch, und ein achttägiger Aufenthalt in Turin vor zwei Jahren hat nicht genügt, mich aufzuklären. Was ist ein Senat? Eine einfache, ehrende Bezeichnung? Eine Art Verdienstmedaille, oder soll er gesetzgebende, beschlußfassende Funktionen ausüben?«

Der Piemontese, Vertreter des einzigen liberalen Staates in Italien, fuhr auf: »Aber Fürst, der Senat ist das oberste Parlament des Königreichs! In ihm sitzen die besten Politiker Italiens, ausgewählt von der Weisheit des Herrschers, und prüfen, diskutieren jene Gesetze, die die Regierung für den Fortschritt des Landes vorschlägt, stimmen ihnen zu oder weisen sie zurück; er hat zur gleichen Zeit die Funktion eines Sporns und eines Zügels: er treibt an, etwas gut zu tun, er verhindert, des Guten zuviel zu tun. Wenn Sie zugestimmt haben, darin einen Platz einzunehmen, werden Sie Sizilien vertreten genau wie die gewählten Abgeordneten, werden Ihre Stimme hören lassen über dieses Ihr wunderschönes Land, das nun vor den umfassenden Blick der modernen Welt tritt, mit so vielen Wunden, die geheilt, mit so vielen gerechten Wünschen, die erhört werden sollen.«

Chevalley hätte wohl noch lange in diesem Ton weitergeredet, hätte nicht Bendicò hinter der Tür der ›Weisheit des Herrschers‹ nahegelegt, zugelassen zu werden. Don Fabrizio machte Anstalten, sich zu erheben, aber er tat es so gemächlich, daß er damit dem Piemontesen die Zeit ließ, den Hund hereinzulassen; Bendicò schnupperte gewissenhaft lange an Chevalleys Hosen; dann – überzeugt, er habe es mit einem braven Mann zu tun – legte er sich unter das Fenster und schlief.

»Hören Sie mir zu, Chevalley. Hätte es sich um einen Ehrenbeweis gehandelt, einfach um einen Titel, den man auf die Visitenkarte setzt, und damit gut, so hätte ich ihn gern angenommen: ich finde, in diesem für die Zukunft des italienischen Staates entscheidenden Augenblick ist es Pflicht eines jeden, seine Zustimmung zu geben und den Eindruck von Uneinigkeit zu vermeiden vor jenen Staaten des Auslands, die uns teils mit Furcht betrachten, teils mit Hoffnung; beide werden sich als unbegründet erweisen – aber im Augenblick existieren sie.«

»Aber warum dann den Senatorentitel nicht annehmen, Fürst?«

»Haben Sie Geduld, Chevalley, ich will es Ihnen jetzt darlegen. Wir Sizilianer sind von einer langen, sehr langen Führerschaft von Regierenden her, die nicht von unserer Religion waren, die nicht unsere Sprache sprachen, daran gewöhnt, uns mit Winkelzügen durchzuhelfen. Hätte man das nicht getan, so wäre man den Steuereintreibern aus Byzanz, den Emiren aus der Berberei, den Vizekönigen aus Spanien nicht entronnen. Jetzt hat es diese Wendung genommen, nun sind wir einmal so. Ich hatte gesagt ›Zustimmung‹, nicht ›Teilnahme‹. In dem letzten halben Jahr, seit euer Garibaldi in Marsala an Land gegangen ist, sind viel zuviele Dinge geschehen, ohne daß man uns befragt hätte, als daß man jetzt ein Glied des alten leitenden Standes darum angehen könnte, sie weiterzuentwickeln und zur Vollendung zu bringen. Ich will jetzt nicht darüber diskutieren, ob das, was man getan hat, übel oder gut war; ich von mir aus glaube, daß vieles übel gewesen ist; aber ich will Ihnen sogleich etwas sagen, was Sie selbst erst verstehen werden, wenn Sie ein Jahr unter uns gelebt haben. In Sizilien ist es nicht von Wichtigkeit, ob man übel oder ob man gut tut: die Sünde, die wir Sizilianer nie verzeihen, ist einfach die, überhaupt etwas zu ›tun‹. Wir sind alt, Chevalley, sehr alt. Es sind zum mindesten fünfundzwanzig Jahrhunderte, daß wir auf den Schultern das Gewicht hervorragender, ganz verschiedenartiger Kulturen tragen: alle sind sie von außen gekommen, keine ist bei uns von selbst gekeimt, in keiner haben wir den Ton angegeben; wir sind Weiße, wie Sie es sind, Chevalley, und ebenso weiß wie die Königin von England; und doch sind wir seit zweitausendfünfhundert Jahren eine Kolonie. Ich sage das nicht, um mich zu beklagen: es ist unsere Schuld. Aber einerlei – wir sind müde und leer.«

Nun war Chevalley verwirrt. »Das ist doch jetzt in jeder Weise zu Ende; jetzt ist Sizilien nicht mehr erobertes Land, sondern freier Teil eines freien Staates.«

»Die Absicht ist gut, Chevalley – aber sie kommt zu spät; im übrigen habe ich Ihnen schon gesagt: es ist zum größten Teil unsere Schuld. Sie sprachen noch eben von einem Sizilien, das jung vor die Wunder der modernen

Welt tritt; ich von mir aus sehe eher eine Hundertjährige, die in ihrem Rollstuhl zur Londoner Weltausstellung geschleppt wird, die nichts versteht, die auf alles pfeift, auf die Stahlwerke von Sheffield wie auf die Spinnereien von Manchester, die sich nur danach sehnt, in ihren Halbschlaf zurückzufinden, in die begeiferten Kissen, unter dem Bett das Nachtgeschirr.«

Er sprach noch nicht laut, aber die Hand preßte sich fest um Sankt Peter; später fand man das winzige Kreuz, das die Kuppel krönte, zerbrochen. »Den Schlaf, lieber Chevalley, den Schlaf wollen die Sizilianer, und sie werden immer den hassen, der sie wecken will, brächte er ihnen auch die schönsten Geschenke; und – im Vertrauen gesagt – ich hege starke Zweifel, ob das neue Reich in seinem Gepäck für uns viele Geschenke hat. Alle Offenbarungen des sizilianischen Wesens kommen aus krankhafter Träumerei, auch die heftigsten: unsere Sinnlichkeit ist Sehnsucht nach Vergessen; unsere Flintenschüsse und Messerstiche Sehnsucht nach Tod; eine Sehnsucht nach wollüstiger Unbeweglichkeit – das heißt: wieder nach Tod – sind unsere Trägheit und auch unsere Eisgetränke; unsere grüblerische Art richtet sich auf das Nichts, als wollten wir damit die Rätsel des Nirwana lösen. Daher rührt es, daß bestimmte Menschen bei uns ein Übergewicht gewinnen: die, die wenigstens halbwach sind; daher diese berühmte Verspätung um ein Jahrhundert, was die künstlerischen und intellektuellen Offenbarungen in Sizilien anbetrifft: etwas Neues zieht uns nur an, wenn es schon verblichen ist, unfähig, strömendem Leben Raum zu geben; daher die verwunderliche Erscheinung, daß sich gegenwärtig Mythen bilden, die verehrungswürdig sein würden, wenn sie wirklich alt wären, die aber nichts weiter sind als unglückselige Versuche, in eine Vergangenheit einzutauchen, die uns nur, weil sie tot ist, anzieht.«

Nicht alles begriff der gute Chevalley; vor allem blieb ihm der letzte Satz dunkel: er hatte die buntbemalten Karren gesehen, die von federgeschmückten Pferden gezogen wurden, hatte reden hören von den Puppen, die im Marionettentheater Heldenspiele aufführten, doch glaubte auch er, das seien echte alte Traditionen. So sagte er: »Aber meinen Sie nicht, Fürst, daß das ein wenig übertrieben ist? Ich selbst habe in Turin gebürtige Sizilianer kennengelernt, um nur einen zu nennen: Crispi, und sie schienen mir alles andere als Schlafmützen.«

Der Fürst wurde ungeduldig: »Wir sind zu viele, als daß es nicht Ausnahmen gäbe; auf unsere Halbwachen habe ich im übrigen schon hingewiesen. Was diesen jungen Crispi betrifft, so werde ich es sicher nicht erleben – aber Sie werden wohl beobachten können, ob er nicht im Alter in unsere wollüstige Erstarrung zurückfällt: das tun alle. Anderseits sehe ich, daß ich mich nicht gut ausgedrückt habe – ich sagte: die Sizilianer, ich hätte hinzufügen müssen: Sizilien, die Umwelt, das Klima, die sizilianische Landschaft. Das sind die Kräfte, die zugleich – und vielleicht mehr als alle Fremdherrschaften und Schändungen – unseren Geist gebildet haben: diese Landschaft, die keine Mitte kennt zwischen üppiger Weiche und vermaledeiter Wüste; die niemals eng ist, nie nur bescheidene Erde, ohne Spannung, wie ein Land sein müßte, das vernünftigen Wesen zum Aufenthalt dienen soll; dieses Land, das wenige Meilen voneinander entfernt die Hölle um Randazzo hat und die Schönheit der Bucht von Taormina; dieses Klima, das uns sechs Fiebermonate von vierzig Grad auferlegt. Zählen Sie sie, Chevalley, zählen Sie sie: Mai, Juni, Juli,

August, September, Oktober; sechsmal dreißig Tage Sonne senkrecht auf den Kopf; dieser unser Sommer, ebenso lang und schrecklich wie der russische Winter, und man kämpft gegen ihn an mit geringerem Erfolg; Sie wissen es noch nicht – aber bei uns kann man sagen, es regne Feuer wie auf die verfluchten Städte der Bibel; wenn ein Sizilianer in nur einem jener Monate ernstlich arbeiten wollte, würde er die Energie verbrauchen, die für drei ausreichen muß Und dann das Wasser: das ist entweder nicht vorhanden oder man muß es von so weit herholen, daß jeder Tropfen mit einem Tropfen Schweiß bezahlt werden muß; und danach wieder die Regengüsse, immer ungestüm: sie bringen die ausgetrockneten Flußbetten zu wahnwitzigem Überschäumen, sie ersäufen Tiere und Menschen genau da, wo vor vierzehn Tagen die einen wie die andern vor Durst verreckt sind. Diese Heftigkeit der Landschaft, diese Grausamkeit des Klimas, diese ständige Gespanntheit, wohin man auch blickt, auch diese Denkmäler der Vergangenheit, großartig, aber unbegreiflich, weil nicht von uns errichtet: sie stehen um uns her wie wunderschöne, stumme Gespenster. All die Regierungen, Fremde in Waffen, gelandet von wer weiß wo, denen man sogleich diente, die man rasch verabscheute und nie begriff, die sich ausdrückten nur in Kunstwerken, die für uns rätselhaft blieben, und leibhaftig in den Eintreibern von Steuergeldern, die hernach anderswo ausgegeben wurden – all diese Dinge haben unseren Charakter gebildet, und darum bleibt er bedingt von äußeren Schicksalsfügungen, weit mehr noch als von dieser entsetzlichen Insularität des Geistes.«

Die ideologische Hölle, die in diesem kleinen Arbeitszimmer heraufbeschworen wurde, erschreckte Chevalley noch mehr als die blutige Heerschau am Morgen. Er wollte etwas sagen, aber Don Fabrizio war jetzt zu erregt, um ihm zuzuhören.

»Ich leugne nicht, daß einige Sizilianer, die von der Insel fortgekommen sind, es fertigbringen, sich von dem Zauber freizumachen: man muß jedoch zusehen, daß sie sehr, sehr jung fortziehen; mit zwanzig Jahren ist es schon zu spät, die Kruste ist fest: sie werden davon überzeugt bleiben, daß ihr Land ein Land sei wie alle anderen, nur ruchlos verleumdet; daß die normale Kultur hier sei, das Ungereimte draußen, außerhalb Siziliens.

Aber entschuldigen Sie, Chevalley, ich habe mich fortreißen lassen und habe Sie wahrscheinlich gelangweilt. Sie sind nicht hierhergekommen, um Ezechiel zu hören, wie er Gott beschwört, das Übel von Israel abzuwenden. Kehren wir zu unserem wahren Gegenstand zurück: ich bin der Regierung sehr erkenntlich dafür, daß sie für den Senat an mich gedacht hat, und bitte Sie, ihr diese meine aufrichtige Dankbarkeit auszudrücken. Aber ich kann das Amt nicht annehmen. Ich bin ein Repräsentant des alten Standes, unausweichlich verknüpft mit dem bourbonischen Regime, an dieses Haus gebunden mit den Banden des Anstands in Ermangelung derer der Neigung. Ich gehöre einer unglücklichen Generation an, die zwischen der alten und der neuen Zeit steht und sich in beiden unbehaglich fühlt. Zudem bin ich, wie Sie zweifellos bemerkt haben, frei von Illusionen; und was würde der Senat anfangen mit mir, mit einem unerfahrenen Gesetzgeber, dem die Fähigkeit fehlt, sich selbst zu täuschen – dieses wesentliche Erfordernis für einen, der die anderen führen will? Wir von unserer Generation müssen uns in eine Ecke zurückziehen, um den Purzelbäumen und Luftsprüngen der Jungen um diesen wunderschön geschmückten Leichenwagen zuzusehen.

Ihr braucht jetzt Junge, gewandte junge Menschen, deren Sinn mehr dem *Wie* offen ist als dem *Warum*, die auch geschickt darin sind, ihr bestimmtes Sonderinteresse mit den unbestimmten öffentlichen ideellen Forderungen zu maskieren – ich meine: es ihnen anzupassen.« Er schwieg und ließ Sankt Peter in Frieden. Dann fuhr er fort: »Darf ich mir erlauben, Ihnen einen Rat zu geben, den Sie Ihren Vorgesetzten übermitteln sollten?«

»Natürlich, Fürst; man wird ihn gewiß bei allem wohl erwägen; aber ich hoffe noch immer, daß Sie mir statt eines Rates eine Zustimmung geben.«

»Da ist ein Name, den ich Ihnen für den Senat einprägen möchte – den von Calògero Sedàra. Er hat mehr Verdienste als ich, um einen Sitz darin zu haben: sein Geschlecht, hat man mir gesagt, ist alt oder wird es schließlich sein; Sie sprachen von Ansehen, doch er hat mehr: die Macht; in Ermangelung wissenschaftlicher Verdienste hat er praktische, und ausnehmend hohe; seine Haltung während der Maikrise war nicht nur tadelfrei, sondern höchst nützlich; Illusionen hat er wohl nicht mehr als ich, aber er ist gewandt genug, daß er sie sich, wenn nötig, zu verschaffen weiß. Er ist der Mann, den ihr braucht. Aber ihr müßt euch beeilen, denn ich habe sagen hören, er wolle bei der Abgeordnetenkammer kandidieren.«

Von Sedàra hatte man auf der Präfektur viel gesprochen, seine Tätigkeit als Bürgermeister wie als Privatmann war bekannt. Chevalley zuckte zusammen: er war ein ehrenhafter Mann, seine Achtung vor den gesetzgebenden Kammern hielt der Reinheit seiner Absichten die Waage. Darum meinte er, es sei angemessen, kein Wort zu sagen; und er tat gut daran, sich nicht bloßzustellen, denn zehn Jahre später sollte der treffliche Don Calògero das Senato-

rengewand tragen. Aber Chevalley war, obgleich ehrenhaft, nicht dumm: es fehlte ihm wohl an jener Raschheit
des Geistes, die sich in Sizilien den Namen Intelligenz an-
maßt, doch machte er sich die Dinge langsam und gründ-
lich klar, und dann besaß er nicht die südliche Eigenart, die
Mühsale anderer nicht in sich hineinzulassen. Er begriff
die Bitterkeit und Betrübnis Don Fabrizios, er sah in einem
Augenblick wieder das Schauspiel von Elend, Niedrigkeit,
finsterer Gleichgültigkeit vor sich, dessen Zeuge er seit vier
Wochen war. In den letzten Stunden hatte er Neid empfunden angesichts des Überflusses, des großen Lebensstils
der Salina – jetzt erinnerte er sich mit Zärtlichkeit an sein
winziges Weingut, sein Monterzuolo bei Casale, häßlich,
mittelmäßig, aber gleichmäßig heiter und lebendig. Und
er hatte Mitgefühl ebenso mit dem Fürsten ohne Hoffnung
wie mit den barfüßigen Kindern, den malariakranken
Frauen, mit den nicht unschuldigen Opfern, deren Listen
jeden Morgen in sein Amt gelangten: alle im Grunde gleich,
Gefährten im Unglück, ausgesondert, im selben Brunnenschacht.

Er wollte eine letzte Anstrengung machen. Er erhob sich,
und seine Stimme gewann, da er bewegt war, Pathos:
»Fürst, ist es denn wirklich Ihr Ernst, daß Sie sich weigern,
Ihr möglichstes zu tun, um den Zustand materieller Armut, blinden moralischen Elends, in dem dieses Ihr Volk
darniederliegt, zu erleichtern, zu versuchen, Abhilfe zu
schaffen? Das Klima läßt sich überwinden, die Erinnerung
an böse Regierungen erlischt, die Sizilianer wollen gewiß,
daß es besser wird; wenn sich die ehrenhaften Männer zurückziehen, wird der Weg frei bleiben für Leute ohne Bedenken und ohne Weitsicht, für solche wie Sedàra; und
alles wird wieder sein wie zuvor, für weitere Jahrhunderte.

Hören Sie auf Ihr Gewissen, Fürst, und nicht auf die stolzen Wahrheiten, die Sie gesagt haben. Arbeiten Sie mit!«

Don Fabrizio lächelte ihm zu, nahm ihn bei der Hand, zog ihn neben sich auf den Diwan: »Sie sind ein Edelmann, Chevalley, und ich erachte es als ein Glück, daß ich Sie kennengelernt habe; Sie haben in allem recht; Sie haben sich nur in der einen Annahme getäuscht: als Sie sagten, die Sizilianer wollten gewiß, daß es besser würde. Ich möchte Ihnen eine persönliche Anekdote erzählen. Zwei, drei Tage bevor Garibaldi nach Palermo kam, wurden mir ein paar englische Marineoffiziere vorgestellt; sie taten Dienst auf jenen Schiffen, die an der Reede lagen, um das, was geschah, zu beobachten. Sie hatten, ich weiß nicht wie, erfahren, daß ich ein Haus am Strand besitze, dem Meer gegenüber; auf den Bastionen ist eine Terrasse, von der aus man den ganzen Umkreis der Berge sieht, die die Stadt umkränzen; sie baten mich darum, das Haus besuchen und den Umkreis betrachten zu dürfen, innerhalb dessen, wie man sagte, die Garibaldiner sich nähern würden, ein Gebiet, das sie sich von ihren Schiffen aus nicht hatten klar vorstellen können. Tatsächlich war Garibaldi schon in Gibilrossa. Sie kamen ins Haus, ich begleitete sie nach oben; es waren harmlose junge Leute, trotz ihrer rötlichen Backenbärte. Sie waren entzückt von dem Rundblick, von dem Ungestüm des Lichtes; sie bekannten jedoch, sie seien zu Stein erstarrt, als sie die gräßliche Armut, den Schmutz, die uralten Häuser der Zugangsstraßen gesehen hätten. Ich habe ihnen nicht erklärt, daß das eine sich aus dem andern ableitet, wie ich es Ihnen gegenüber zu tun versucht habe. Einer von ihnen fragte mich dann, was denn diese italienischen Freiwilligen hier in Sizilien in Wahrheit tun wollten. ›They are coming to teach us good manners‹, antwortete ich. ›*But they wont succeed, because we are gods.*‹ Sie wollen uns gute Manieren lehren, aber sie werden es nicht fertigbringen, denn wir sind Götter. Ich glaube nicht, daß sie es verstanden haben, aber sie lachten und gingen fort.

So antworte ich auch Ihnen, lieber Chevalley: die Sizilianer wollen gewiß nie, daß es besser wird, aus dem einfachen Grunde, weil sie glauben, sie seien vollkommen; ihre Eitelkeit ist stärker als ihr Elend; jede Einmischung von Fremden – sei es, daß sie wirklich anderen Ursprungs, sei es, daß sie, wenn Sizilianer, unabhängigen Geistes sind – verwirrt ihr Phantasieren darüber, daß sie die Vollendung erreicht haben, läuft Gefahr, ihre wohlgefällige Erwartung des Nichts zu stören; diese Menschen, die von einem Dutzend verschiedener Völker mit Füßen getreten wurden, glauben, sie selbst mit ihrer ›kaiserlich-herrlichen Vergangenheit‹ hätten ein Recht auf prunkvolle Leichenfeiern. Meinen Sie wirklich, Chevalley, Sie wären der erste, der hofft, Sizilien in den Fluß der Weltgeschichte hineinleiten zu können? Wer weiß, wieviele mohammedanische Imame, wieviele Ritter des normannischen Königs Roger, wieviele Gelehrte der Hohenstaufen, wieviele Barone der Anjou, wieviele Gesetzeskundige Seiner Katholischen Majestät sich die gleiche schöne Tollheit ausgedacht haben, wieviele spanische Vizekönige, wieviele Reformationen planende Beamte des Neapolitaners Karl III.! Und wer weiß heute noch, wer sie waren? Sizilien hat schlafen wollen trotz ihrer Anrufungen; warum hätte es auf sie hören sollen? Es ist ja doch reich, ist weise, ist ehrlich, von allen bewundert und beneidet, in einem Wort: es ist vollkommen!

Jetzt redet man auch bei uns nach, was Proudhon und

ein kleiner deutscher Jude – an dessen Namen ich mich nicht erinnere – geschrieben haben, schuld an dem schlimmen Stand der Dinge, hier und anderswo, sei die Herrschaft der Großgrundbesitzer – das heißt, sozusagen, die meine. Es mag sein. Aber Großgrundbesitz hat es überall gegeben, ebenso wie die fremden Invasionen. Ich glaube nicht, daß Ihre Vorfahren, Chevalley, oder die englischen *squires* oder die französischen großen Herren ihren Besitz besser verwaltet haben als die Salina. Die Ergebnisse indes sind verschieden. Der Grund für die Verschiedenheit muß jenes Gefühl von Überlegenheit sein, das in jedem sizilianischen Auge blitzt; wir selber nennen es Stolz: in Wirklichkeit ist es Blindheit. Für jetzt, für lange ist da nichts zu machen. Es tut mir leid – aber für das Politische kann ich auch nicht einen Finger hinhalten. Sie würden ihn mir abbeißen. Das sind Dinge, die man Sizilianern nicht sagen kann; übrigens würde auch ich, wenn Sie sie mir gesagt hätten, das übelnehmen.

Es ist spät, Chevalley: wir müssen uns für das Essen umkleiden. Ich muß ein paar Stunden die Rolle eines kultivierten Mannes spielen.«

Am nächsten Morgen ganz früh reiste Chevalley wieder ab, und Don Fabrizio, der beschlossen hatte, zur Jagd zu gehen, konnte ihn zur Poststation begleiten. Mit ihnen ging Don Ciccio Tumeo; er trug auf den Schultern die doppelte Last der beiden Flinten, der seinen und der von Don Fabrizio, und im Innern noch immer die Galle über seine mißachtete Tugend.

Im bläulichen Schimmer von halb sechs Uhr morgens gesehen, erschien Donnafugata öde und hoffnungslos. Vor jeder Wohnung lagen in Haufen längs der wie mit Aussatz bedeckten Mauern die Überbleibsel der jämmerlichen Mahlzeiten; zitternde Hunde durchwühlten sie mit einer immer enttäuschten Gier. Hier und da stand schon eine Tür offen, der üble Geruch der vielen Schläfer verbreitete sich auf die Straße; im Dämmerlicht der Dochte hoben die Mütter die Lider ihrer Kinder, die an Trachomen litten: diese Mütter trugen fast alle Trauer, etliche waren die Frauen solcher dummen Tröpfe gewesen, über die man an den Biegungen der Saumpfade stolpern kann. Die Rodehacke fest in der Hand, kamen die Männer heraus, um jemanden zu suchen, der ihnen, wenn es Gott gefiele, Arbeit gäbe; kraftloses Schweigen oder erbittertes Gekreisch hysterischer Stimmen; drüben bei Santo Spirito begann die silbrig-zinnerne Morgendämmerung auf den bleifahlen Wolken zu schäumen.

›Dieser Stand der Dinge wird nicht dauern‹, dachte Chevalley, ›unsere neue, bewegliche, moderne Verwaltung wird alles ändern.‹ Der Fürst aber, niedergeschlagen: ›All das hätte nicht dauern dürfen – und doch wird es dauern, immer; das menschliche ‚Immer‘, wohlverstanden, ein Jahrhundert oder zwei . . . Danach wird es anders sein, aber schlechter. Wir waren die Leoparden, die Löwen: unseren Platz werden die kleinen Schakale einnehmen, die Hyänen; und alle zusammen, Leoparden, Schakale und Schafe, werden wir weiter daran glauben, daß wir das Salz der Erde seien.‹

Man bedankte sich beieinander, man nahm Abschied. Chevalley kletterte auf die Postkutsche; sie war auf vier Räder aufgesetzt, die grünlichgelb aussahen wie Erbrochenes. Das Pferd, nichts als Hunger und Wunden, begann die lange Reise.

Es wurde eben Tag; das schwache Licht, das die gesteppte Decke der Wolken zu durchdringen vermochte, war auf seinem weiteren Weg wieder behindert von dem unvorstellbaren Schmutz der Kutschfenster. Chevalley befand sich allein: unter Schütteln und heftigen Stößen feuchtete er die Spitze des Zeigefingers mit Speichel an und putzte an der Scheibe eine augengroße Stelle. Er sah hinaus: vor ihm, unter dem aschfarbenen Licht, schaukelte die Landschaft auf und nieder – dieses Land ohne Erlösung.

FÜNFTES KAPITEL

*Ankunft Pater Pirrones in San Cono – Gespräch mit
den Freunden; der Kräutermann – Familienwirren bei
einem Jesuiten – Lösung der Wirren – Das Gespräch
mit dem »Ehrenmann« – Rückkehr nach Palermo*

Februar 1861

Pater Pirrone stammte vom Lande: er war geboren in
S. Cono, einem winzigkleinen Dorf, das heute dank der
Autobusverbindungen fast einer der Satelliten ist, die sich
in dichter Folge um Palermo drängen, vor hundert Jahren
aber sozusagen einem anderen Planetensystem angehörte,
da es ja vier oder fünf Wagenstunden von der Sonne Palermo entfernt war.

Der Vater unseres Jesuiten war ›Aufseher‹ zweier Lehnsgüter gewesen, auf deren Besitz im Gebiet von S. Cono
die Abtei von S. Eleuterio stolz war. Dieses ›Aufseher‹-
Gewerbe war damals ebenso gefährlich für die Gesundheit
der Seele wie für die des Leibes, denn es brachte zwangs-
läufig sonderbare Besuche mit sich und das Mitwissen man-
nigfacher verschwiegener Histörchen, die, wenn sich ihrer
viele ansammelten, eine recht merkwürdige ›Krankheit‹
verursachten: der Kranke fiel ›ganz plötzlich‹ (das ist das
genaue Wort dafür) tot zu Füßen irgendeines Mäuerchens
nieder – all seine hübschen Geschichten im Bauche versiegelt und der Neugier von Müßiggängern hinfort unzu-
gänglich. Doch Don Gaetano, Pater Pirrones Vater, hatte

dieser Berufskrankheit zu entgehen vermocht dank einer strengen Hygiene, die gegründet war auf kluge Bescheidenheit und auf eine umsichtige Anwendung vorbeugender Mittel; er war friedlich an Lungenentzündung gestorben, an einem sonnigen Februarsonntag, an dem ein brausender Wind die Blüten der Mandelbäume herunterriß. Er hinterließ die Witwe und drei Kinder (zwei Mädchen und den Knaben, der später Priester wurde) in verhältnismäßig guter wirtschaftlicher Lage; als wahrhaft kluger Mann hatte er es verstanden, von dem unglaublich kümmerlichen Lohn, den ihm die Abtei zahlte, Ersparnisse zu machen, und er besaß im Augenblick seines Todes einige Mandelbäume unten im Tal, ein paar Büschel von Weinstöcken an den Hängen und ein kleines Stück steiniger Weide noch weiter oben – eine ärmliche Habe natürlich; sie genügte jedoch, ihm einiges Gewicht in der dürftigen Landwirtschaft von S. Cono zu verleihen. Er war auch Eigentümer eines streng kubischen Häuschens, außen blau und innen weiß, vier Zimmer unten, vier oben, gerade dort, wo man von Palermo her ins Dorf kam.

Pater Pirrone hatte mit sechzehn Jahren jenes Haus verlassen, als seine Erfolge in der Kirchschule und die Gewogenheit des Infulierten Abtes von S. Eleuterio ihm den Weg ins erzbischöfliche Seminar geebnet hatten; doch war er im Abstand von Jahren mehrmals dahin zurückgekehrt, entweder, um die Ehen seiner Schwestern einzusegnen, oder, um dem sterbenden Don Gaetano eine – natürlich nur im weltlichen Sinn gemeint – überflüssige Absolution zu erteilen, und jetzt, gegen Ende Februar des Jahres 1861, kehrte er dahin zurück, weil sich der Todestag des Vaters zum fünfzehntenmal jährte. Es war ein winddurchbrauster, klarer Tag, gerade wie damals.

Fünf Stunden heftiger Stöße: die Füße schwebten hinter dem Schwanz des Pferdes frei in der Luft; anfangs hatte ihn der Ärger gepackt über diese widerlichen patriotischen Bilder, mit denen die Seitenbretter des Wagens frisch bemalt waren – sie gipfelten in der pathetischen Darstellung eines flammenfarbenen Garibaldi Arm in Arm mit einer meerfarbenen heiligen Rosalía; aber nachdem er diesen Ärger hinuntergeschluckt hatte, waren es doch fünf erfreuliche Stunden gewesen. Das Tal, das von Palermo nach S. Cono hinaufführt, vereinigt in sich die prächtige Landschaft der Küstenzone und die unerbittlich harte des Innern; es ist durchweht von plötzlichen Windstößen, die zwar die Luft gesund machen, aber auch dafür berühmt waren, daß sie selbst vorzüglich gezielte Kugeln von ihrer Flugbahn ablenkten, so daß die Schützen, so schwierigen ballistischen Problemen gegenübergestellt, es vorzogen, sich anderswo zu üben. Und dann hatte sich der Fuhrmann, der den Verstorbenen sehr gut gekannt hatte, über dessen Verdienste ausführlich verbreitet – Erinnerungen, die, obwohl nicht immer geeignet für die Ohren des Sohnes und Mannes der Kirche, doch dem solche Dinge gewohnten Zuhörer geschmeichelt hatten.

Bei der Ankunft wurde er mit tränenreicher Freude empfangen. Er umarmte und segnete die Mutter, die das weiße Haar und rosige Aussehen von Witwen in den Wollkleidern einer unverjährten Trauer zur Schau trug, begrüßte die Schwestern und Neffen; unter letzteren sah er Carmelo etwas schief an: dieser hatte zum Zeichen des Festes recht geschmacklos eine Trikoloren-Kokarde an die Mütze gesteckt. Sowie er das Haus betreten hatte, überfielen ihn, wie immer, die Erinnerungen an die Jugend mit wohltuendem Ungestüm: alles war unverändert, der Boden aus roten Ziegeln wie der dürftige Hausrat; das gleiche Licht drang durch die winzigen Fenster; der Hund Romeo, der in einer Ecke kurz aufbellte, war der Ururenkel eines anderen Luchshundes, des Gefährten seiner hitzigen Spiele, diesem sehr ähnlich; und aus der Küche dunstete der jahrhundertealte Duft des leise brutzelnden Ragouts: ein Extrakt von Tomaten, Zwiebeln und Hammelfleisch für die *anelletti*, die Ringnudeln der besonders herausgehobenen Tage. Alles drückte die heitere Ruhe aus, die man erreicht hatte dank der Mühen des seligen Vaters.

Sehr bald begab man sich in die Kirche, um die Gedächtnismesse zu hören. S. Cono zeigte sich an jenem Tage von seiner besten Seite, es schwelgte geradezu in einer fast stolzen Darbietung der verschiedentlichsten Exkremente. Scharfriechende junge Ziegen mit schwarzen, herabhängenden Zitzen und eine Menge der kleinen sizilianischen Schweine, die schwarz und flink sind wie winzige Füllen, verfolgten einander zwischen den Leuten, die steilen Gassen hinauf; und da Pater Pirrone eine Art Lokalberühmtheit geworden war, umringten ihn viele Frauen, Kinder und auch junge Männer, ihn um den Segen zu bitten oder ihn an alte Zeiten zu erinnern.

In der Sakristei wurde der Heimgekehrte vom Pfarrer begrüßt, und nachdem man die Messe gehört, versammelte man sich um den Grabstein in einer Seitenkapelle: die Frauen küßten weinend den Marmor, der Sohn betete mit lauter Stimme in seinem geheimnisvollen Latein; und als man nach Hause zurückkehrte, waren die *anelletti* fertig und behagten Pater Pirrone sehr; die kulinarischen Feinheiten der Villa Salina hatten seinen Geschmack nicht verdorben.

Gegen Abend kamen die Freunde, ihn zu begrüßen; man

setzte sich in seinem Zimmer zusammen. Von der Decke hing eine dreischnabelige, kupferne Lampe und verbreitete das bescheidene Licht ihrer Öldochte; in einer Ecke trug das Bett seine buntgestreiften Matratzen zur Schau und die zum Ersticken schwere, rote und gelbe Steppdecke; eine andere Ecke des Zimmers war abgeteilt mit einem hohen, steil hochgestellten Strohgeflecht, dem *zimmile:* es umschloß das honigfarbene Getreide, von dem man so viel, wie die Familie brauchte, wöchentlich zur Mühle trug; an den Wänden pockennarbige Stiche: der heilige Antonius zeigte das Göttliche Kind, die heilige Lucia ihre ausgerissenen Augen, und der heilige Franziskus Saverius predigte vor Scharen federgeschmückter, mangelhaft bekleideter Indianer. Draußen, unter dem gestirnten Dämmerungshimmel, blies der Wind und war, auf seine Weise, einsam dabei, die Erinnerung an den Todestag wachzuhalten. Mitten im Zimmer, unter der Lampe, stand auf den Boden geduckt die große Glutpfanne, umschlossen von einem Rand blanken Holzes, auf den man die Füße setzte; rundherum Strohseil-Stühle mit den Gästen. Da waren der Pfarrer, die beiden Brüder Schirò, Grundbesitzer hier im Ort, und Don Pietrino, der sehr alte Kräutermann: finster waren sie gekommen, finster blieben sie, denn sie sprachen, während die Frauen unten ihrer Arbeit nachgingen, von Politik; sie hofften, tröstliche Neuigkeiten zu hören von Pater Pirrone, der aus Palermo kam und viel wissen mußte, weil er ja zwischen den ›Herren‹ lebte. Das Verlangen nach Neuigkeiten war befriedigt worden, das nach Trost jedoch enttäuscht, denn ihr Freund, der Jesuit, zeigte ihnen teils aus Aufrichtigkeit, teils auch aus Taktik eine ganz schwarze Zukunft. Über Gaeta wehte zwar noch die bourbonische Trikolore, aber die Blockade war eisern, und die Pulverkammern der Festung flogen eine nach der andern in die Luft: hier war nichts mehr zu retten außer der Ehre – das heißt also: nicht viel; Rußland war freundschaftlich gesinnt, aber fern, Napoleon III. unsicher und nah, und von den Aufrührern in der Basilicata und der Terra di Lavoro sprach der Jesuit wenig, weil er sich dessen insgeheim schämte. Es sei notwendig, sagte er, den neuen Staat, da er einmal vorhanden sei, zu ertragen – diesen sich bildenden italienischen Staat, gottlos und raubgierig mit seinen Zwangsenteignungs- und Aushebungsgesetzen, die sich vom Piemont bis hierher ausbreiten würden wie die Cholera. »Ihr werdet sehen«, das war der Schluß, den er nicht eben als erster zog, »ihr werdet sehen, sie lassen uns nicht einmal mehr die Augen zum Weinen.«

In solche Worte mischte sich der herkömmliche Chor der ländlichen Klagen. Die Brüder Schirò und der Kräutermann spürten schon den Biß der kleinlichen Fiskusverordnungen; für erstere hatte es Sonderbeiträge und einen Steueraufschlag gegeben, für den anderen eine aufregende Überraschung: man hatte ihn aufs Gemeindeamt gerufen und ihm gesagt, wenn er nicht jährlich zwanzig Lire zahle, würde man ihm nicht mehr erlauben, seine Arzneikräuter zu verkaufen. »Aber wenn ich doch diese Sennesblätter, diesen Kreuzkümmel, diese vom Herrgott geschaffenen Heilkräuter mit eigenen Händen auf den Bergen sammle, ob es regnet oder klar ist, in den vorgeschriebenen Tagen und Nächten! Ich trockne sie in der Sonne, die allen gehört, ich zerreibe sie selber zu Pulver in dem Mörser, den schon mein Großvater benutzt hat! Was geht das euch vom Amt an? Warum soll ich euch zwanzig Lire zahlen? Nur so für euer schönes Gesicht?«

Die Worte kamen verstümmelt aus dem zahnlosen Munde, doch die Augen wurden dunkel von einer ganz echten Wut. »Habe ich unrecht, Pater, oder habe ich recht? Sag du es mir!«

Der Jesuit mochte ihn gut leiden; als er selber noch ein Knabe gewesen war und mit Steinen nach den Spatzen geworfen hatte, war jener, wie er sich erinnerte, schon ein Mann, ja, schon krumm von seinem ständigen Umherstreifen und Kräutersammeln gewesen; und er wußte ihm auch Dank, denn wenn der Alte den Frauen eines seiner Tränklein verkaufte, sagte er immer, es würde ohne soundso viele ›Ave Maria‹ oder ›Gloriapatri‹ unwirksam bleiben. Des Paters kluges Hirn hingegen wollte lieber nichts davon wissen, was wirklich in den zusammengebrauten Tränken war und für welcherart Hoffnungen sie verlangt wurden.

»Ihr habt recht, Don Pietrino, hundertmal recht. Wie auch nicht? Aber wenn man nicht Euch und andern, die arm sind wie Ihr, das Geld wegnähme – wo fände man welches, um den Papst zu bekriegen und ihm zu rauben, was ihm gehört?«

Unter dem milden Licht, das in dem Winde schwankte, der sogar durch die festen Läden zu dringen vermochte, zog sich das Gespräch in die Länge. Pater Pirrone verbreitete sich über die künftigen unvermeidlichen Konfiskationen der Kirchengüter: dann war es aus mit der milden Herrschaft der Abtei hier in der Gegend, aus mit den Suppen, die in den harten Wintern ausgeteilt wurden; und als der jüngere Schirò die Unvorsichtigkeit beging, zu sagen, daß so vielleicht ein paar arme Bauern ein bißchen eigenen Grund und Boden bekommen würden, wurde die Stimme des Paters von der entschiedensten Verachtung ganz hart. »Ihr werdet schon sehen, Don Antonino, Ihr werdet sehen. Alles wird der Bürgermeister kaufen; die ersten Raten wird er zahlen, und dann habt Ihr das Nachsehen. Im Piemont ist das schon vorgekommen.«

Schließlich gingen sie, mürrischer als sie gekommen waren, und hatten nun auf acht Wochen Gesprächsstoff. Nur der Kräutermann blieb; er würde diese Nacht nicht zu Bett gehen, denn es war Neumond, und er mußte auf den Felsen der Pietrazzi Rosmarin sammeln; er hatte das Laternchen mitgebracht und würde sich, sowie er das Haus verließ, dorthin auf den Weg machen.

»Pater, du lebst doch mitten unter dem Adel: was sagen denn die Herren zu all dem großen Feuer? Was sagt der Fürst von Salina dazu, groß, jähzornig und stolz wie er ist?«

Schon mehr als einmal hatte Pater Pirrone sich diese Frage selbst gestellt, und eine Antwort darauf zu finden war nicht leicht gewesen, vor allem, weil er das, was ihm Don Fabrizio eines Morgens, vor fast einem Jahr, im Observatorium gesagt, damals nicht weiter beachtet und eher als Übertreibung aufgefaßt hatte. Jetzt, da ihn der Kräutermann fragte, wußte er die Antwort; er mußte sie nur in eine Form bringen, die Don Pietrino begreifen konnte. Dieser verstand sich zwar besser auf die gegen Erkältungen oder Blähungen wirkenden und womöglich zur Liebe anreizenden Eigenschaften seiner Kräuter als auf solche abstrakten Begriffe, aber er war durchaus kein Dummkopf.

»Seht, Don Pietrino, die ›Herren‹, wie Ihr sagt, sind nicht leicht zu verstehen. Sie leben in einem besonderen Universum, das nicht geradezu von Gott geschaffen ist, wohl aber von ihnen selbst in Jahrhunderten eigener, ganz besonderer Erfahrungen, Mühen und Freuden; sie besitzen ein ziemlich gutes kollektives Gedächtnis, und daher ärgern sie sich oder finden Gefallen an Dingen, an denen Euch und mir überhaupt nichts liegt, für sie aber sind sie wesentlich, weil sie in Beziehung gesetzt werden zu diesem ihrem Erbe an Erinnerungen, Hoffnungen, Ängsten, die mit ihrem Stande zusammenhängen. Die Göttliche Vorsehung hat gewollt, daß ich ein bescheidenes Teilchen des ruhmreichsten Ordens unserer in Ewigkeit währenden Kirche wurde, der der endgültige Sieg zugesichert ist; Ihr seid am andern Ende, ich will nicht sagen, daß es die niedrigste, sondern nur, daß es eine ganz andere Stufe ist. Wenn Ihr einen üppigen Busch Majoran entdeckt oder ein ordentliches Nest Canthariden-Insekten[17] (auch die sucht Ihr, Don Pietrino, ich weiß es), so seid Ihr in unmittelbarer Verbindung mit der Natur, die der Herr geschaffen hat mit den noch offenen Möglichkeiten von Gut und Böse, damit der Mensch daran seine freie Wahl üben könne; und wenn Ihr von boshaften alten Frauen oder von lüsternen kleinen Mädchen befragt werdet, so laßt Ihr Euch in den Abgrund der Jahrhunderte hinab bis zu den dunklen Zeiten, die dem Lichte von Golgatha vorangegangen sind.«

Der Alte sah ihn verwundert an: er wollte wissen, ob der Fürst von Salina von dem neuen Stand der Dinge befriedigt sei oder nicht, und dieser da sprach von Canthariden und Lichtern von Golgatha. ›Weil er so viel liest, ist er verrückt geworden, der arme Kerl.‹

»Die ›Herren‹, o nein, die sind nicht so: sie leben von dem, was schon fertig an sie herangebracht wird. Wir Männer der Kirche dienen ihnen dazu, sie des ewigen Lebens zu versichern, wie ihr Kräutermänner dazu, ihnen lindernde oder aufreizende Mittel zu verschaffen. Ich will damit nicht sagen, sie wären schlecht – das ist es bestimmt nicht: sie sind einfach anders; vielleicht erscheinen sie uns so sonderbar, weil sie eine Etappe erreicht haben, der alle, die keine Heiligen sind, zustreben: die der Gleichgültigkeit gegenüber den irdischen Gütern, weil sie an sie gewöhnt sind. Vielleicht achten sie darum nicht auf gewisse Dinge, an denen uns anderen sehr viel liegt; wer im Gebirge lebt, kümmert sich nicht um die Stechmücken der Ebene, und wer in Ägypten lebt, braucht keinen Regenschirm. Der erste hingegen fürchtet die Lawinen, der zweite die Krokodile – Dinge, die uns ja wenig Sorge machen. Für sie sind neue Nöte hinzugekommen, die wir nicht kennen: ich habe erlebt, wie Don Fabrizio, ein ernsthafter, weiser Mann, sich umdüsterte wegen eines schlecht gebügelten Hemdkragens; und ich weiß aus sicherer Quelle, daß der Fürst von Làscari vor Wut eine ganze Nacht nicht geschlafen hat, weil man ihm bei einem Essen beim Statthalter einen falschen Platz gegeben hatte. Scheint Euch nun nicht, daß ein Mensch, der sich nur der Wäsche oder des Protokolls wegen aufregt, ein glücklicher Mensch ist und daher überlegen?«

Don Pietrino verstand überhaupt nichts mehr: es wurde immer wunderlicher, jetzt kamen plötzlich Hemdkragen und Krokodile zum Vorschein. Doch noch trug ihn der Untergrund eines ländlichen, natürlichen Verstandes. »Aber, wenn es so ist, Pater, kommen sie alle in die Hölle!« »Warum das? Einige werden verloren sein, andere gerettet, je nachdem, wie sie in dieser ihrer bedingten Welt gelebt haben. Salina zum Beispiel dürfte im großen und ganzen davonkommen; er spielt sein Spiel gut, er folgt den Regeln, er betrügt nicht. Der Herrgott straft den, der aus freien Stücken den göttlichen Gesetzen, die er kennt, zuwiderhandelt, den, der aus freien Stücken den bösen Weg einschlägt; aber wer seinen Weg weitergeht, mit dem ist

– wenn er sich dabei nur nichts zuschulden kommen läßt –
alles in Ordnung. Wenn Ihr, Don Pietrino, Schierling ver-
kauftet statt Minze und wäret Euch dessen bewußt, so
wäret Ihr verloren; aber hättet Ihr geglaubt, Ihr hättet
recht gehandelt, so stirbt die *gna* Zana den höchst würdigen Tod von Sokrates, und Ihr kommt in der Tunika
mit Flügelchen, ganz weiß, geradewegs in den Himmel.«

Der Tod des Sokrates war für den Kräutermann zuviel
gewesen: er hatte sich besiegt gegeben und schlief ein.
Pater Pirrone bemerkte es und war es ganz zufrieden;
jetzt würde er frei sprechen können, ohne Furcht, er werde
mißverstanden; und sprechen wollte er, wollte die Gedanken, die ihn schon so lange bedrängten, endlich fest in
konkret sich abwickelnde Sätze fassen.

»Sie tun auch viel Gutes. Wenn Ihr wüßtet – um nur eines
zu sagen –, wievielen Familien, die sonst im tiefsten Elend
leben würden, sie in ihren Palästen eine Zuflucht geben!
Und sie verlangen nichts dafür, nicht einmal, daß die Auf-
genommenen sich kleiner Diebstähle enthalten sollen. Das
geschieht nicht aus Prahlerei, sondern aus einer Art dunklem, uralten Instinkt, der sie dahin treibt, so daß sie gar
nicht anders handeln können. Es hat nicht den Anschein –
aber sie sind weniger selbstsüchtig als viele andere: der
Glanz ihrer Häuser, der Prunk ihrer Feste, das alles ent-
hält etwas Unpersönliches, so etwa wie die Herrlichkeit
der Kirchen und der Liturgie, etwas, was geschieht *ad
maiorem gentis gloriam*, was die Gastgeber nicht wenig
erleichtert; für jedes Glas Champagner, das sie trinken,
bieten sie den anderen fünfzig; und wenn sie jemanden
– wie es geschieht – schlecht behandeln, so ist es nicht so
sehr ihre Persönlichkeit, die sündigt, als ihr Stand, der sich
bestätigt. *Fata crescunt.* Don Fabrizio zum Beispiel hat

seinen Neffen Tancredi beschützt und erzogen, kurz, er hat einen armen Waisenknaben gerettet, der sonst verlorengegangen wäre. Ihr werdet freilich sagen, er habe es getan, weil auch der junge Mann ein Herr war, und er hätte für keinen anderen einen Finger gerührt. Das ist schon wahr; aber warum hätte er es tun sollen, wenn er, ganz aufrichtig, im tiefsten Grunde seines Herzens alle die ›anderen‹ für schlechtgelungene Exemplare hält, kleine Majolikafiguren, die, aus den Händen des Bildners unschön in der Form hervorgegangen, die Mühe nicht lohnen, sie der Feuerprobe auszusetzen?

Wenn Ihr, Don Pietrino, in diesem Augenblick nicht schliefet, würdet Ihr aufspringen und mir sagen, die ›Herren‹ täten übel daran, für die anderen solche Verachtung zu hegen, und wir alle, die wir in gleicher Weise der doppelten Knechtschaft der Liebe und des Todes unterworfen sind, seien vor dem Schöpfer gleich – und ich müßte Euch darin recht geben. Doch ich würde hinzufügen, daß es nicht gerecht ist, nur die ›Herren‹ der Menschenverachtung zu zeihen, denn dies ist ein allgemeines Laster. Wer an der Universität lehrt, verachtet den unwissenderen Lehrer der Kirchschulen, auch wenn er es nicht zeigt; und da Ihr ja schlaft, kann ich Euch ganz offen sagen, daß wir Männer der Kirche uns den Laien überlegen dünken, wir Jesuiten dem übrigen Klerus, genau wie ihr Kräutersammler die Quacksalber geringschätzt, die ihrerseits über euch lachen. Die Ärzte wieder verspotten Quacksalber und Kräutersammler und werden selber als Esel behandelt von den Kranken, die es für ihr gutes Recht halten, weiterzuleben, auch wenn Herz und Leber nur mehr ein Brei sind. Für die Richter sind die Advokaten nichts als lästige Leute, die die Wirksamkeit der Gesetze hinauszuzögern suchen, und andererseits ist die Literatur reich an Satiren gegen die Prahlerei, die Saumseligkeit – und manchmal Schlimmeres – dieser selben Richter. Nur die, die das Land umgraben, verachten auch sich selbst; wenn sie erst einmal gelernt haben, über die anderen zu lachen, ist der Kreis geschlossen, und man wird von vorn beginnen müssen.

Habt Ihr je daran gedacht, Don Pietrino, wieviele Handwerksnamen zu Beleidigungen geworden sind? Vom Lastträger an, der als Grobian gilt, vom Schuster und Pastenbäcker bis zum französischen *reitre* und *pompier*? Die Menschen denken nicht an die Verdienste der Lastträger und Feuerwehrmänner; sie blicken nur auf die oberflächlichen Fehler und nennen sie allesamt Flegel und Prahlhänse; und da Ihr mich ja nicht hören könnt, kann ich Euch sagen, daß ich die landläufige Bedeutung des Wortes ›Jesuit‹: Heuchler, sehr wohl kenne.

Und dann haben diese Aristokraten ein Schamgefühl ihrem eigenen Ach und Weh gegenüber: ich habe einen Unglückseligen erlebt, der bei sich beschlossen hatte, sich am nächsten Tage das Leben zu nehmen – und er schien lächelnd und munter wie ein Knabe am Vorabend seiner Erstkommunion; während Ihr, Don Pietrino, wenn Ihr gezwungen seid, eines Eurer Sennesblätter-Tränklein selbst zu trinken, so laut jammert, ich weiß es, daß das ganze Dorf von Euren Klagen widerhallt. Zorn und Spott sind herrenmäßig, nicht aber Jammern und Hadern. Ja, ich kann Euch ein Rezept geben: begegnet Ihr einem Edelmann, der streitet und jammert, so werft einen Blick auf seinen Stammbaum: Ihr werdet sicher bald einen dürren Zweig finden.

Ein Stand, den man schwerlich abschaffen kann, denn er erneuert sich im Grunde ständig und versteht, wenn es nottut, anständig zu sterben, das heißt: im Augenblick, da er stirbt, ein Samenkorn zu werfen. Seht Frankreich an: sie haben sich mit Eleganz umbringen lassen, und jetzt sind sie da wie zuvor, ich sage wie zuvor, weil ja nicht Großgrundbesitz und Feudalrechte den Mann des Adels ausmachen, sondern Unterschiede. In Paris gibt es, wie man mir jetzt sagte, polnische Grafen, die von Aufständen und Despotentum gezwungen wurden, in Verbannung und Elend zu gehen; sie arbeiten als Droschkenkutscher, aber sie sehen ihre bürgerlichen Kunden mit so zornig zusammengezogenen Brauen an, daß die Armen in den Wagen steigen, ohne zu wissen warum, demütig-bescheiden wie Hunde in der Kirche.

Und ich will Euch noch etwas sagen, Don Pietrino. Sollte dieser Stand, wie es schon so oft geschehen ist, verschwinden, so würde sich sogleich ein anderer, ihm gleichwertiger bilden, mit denselben Vorzügen und denselben Fehlern: vielleicht würde er nicht mehr auf das Blut gegründet sein, sondern – was weiß ich – darauf, wer am längsten an einem Ort ansässig ist, oder auf eine behauptete bessere Kenntnis irgendeines angeblich heiligen Textes.«

Hier hörte er die Schritte der Mutter auf der Holztreppe; sie trat lachend ein. »*Ecucchí*, zu wem sprichst du denn, mein Junge? Siehst du nicht, daß dein Freund schläft?«

Pater Pirrone schämte sich ein wenig; er gab hierauf keine Antwort, sondern sagte: »Jetzt führe ich ihn hinaus. Der arme Kerl, die ganze Nacht wird er in der Kälte zubringen müssen.« Er zog den Docht aus der Laterne und entzündete ihn, sich auf die Fußspitzen stellend, an einem Flämmchen der Lampe, wobei er seine Kutte mit Öl beschmierte; er tat den Docht wieder an seinen Platz und schloß die kleine Klappe. Don Pietrino segelte in Träumen einher; ein Speichelfaden lief von der Lippe herunter und ergoß sich über den Kragen. Es brauchte einige Zeit, ihn zu wecken. »Entschuldige, Pater – aber du hast so wunderliches, verwickeltes Zeug gesagt.« Sie lächelten beide, gingen hinunter, traten hinaus. Das Häuschen, das Dorf, das Tal lagen in Nacht versunken; kaum bemerkte man die Berge, die nahe waren und, wie immer, finster aussahen. Der Wind hatte sich gelegt, aber es war sehr kalt; die Sterne glänzten hell, brachten Tausende von Hitzegraden hervor und vermochten doch einen armen Alten nicht zu erwärmen. »Armer Don Pietrino! Soll ich Euch noch einen Mantel holen?« »Danke, ich bin es gewohnt. Wir sehen uns morgen, und dann wirst du mir sagen, wie der Fürst von Salina die Revolution ertragen hat.« »Das sage ich Euch sogleich mit wenigen Worten: er sagt, es habe gar keine Revolution gegeben und alles werde weitergehen wie zuvor.«

»So ein dummes Zeug! Scheint es dir denn nicht eine Revolution, wenn der Bürgermeister will, ich solle die Kräuter bezahlen, die der Herrgott geschaffen hat und die ich selber sammle? Oder hat auch dein Kopf Schaden genommen?«

Das Licht der Laterne entfernte sich nach und nach, bis es schließlich in der Finsternis, die dicht war wie ein Filz, entschwand.

Pater Pirrone dachte, die Welt müsse doch einem jeden, der weder Mathematik noch Theologie kenne, großes Kopfzerbrechen machen. »O Herr, nur Deine Allwissenheit konnte solche Verwicklungen ersinnen.«

Ein anderes Muster dieser Verwicklungen kam ihm am nächsten Morgen zu Händen. Als er hinunterging, bereit, sich zum Messelesen in die Pfarrkirche zu begeben, fand er in der Küche seine Schwester Sarina; sie schnitt Zwiebeln, aber die Tränen, die ihr in den Augen standen, schienen ihm erheblicher, als es dieser Tätigkeit entsprach.

»Was gibt es, Sarina? Irgendein Kummer? Verliere nicht den Mut: der Herr sucht heim und tröstet.«

Unter der herzlichen Stimme schmolz die geringe Zurückhaltung, die die arme Frau noch besaß; sie begann laut zu weinen, das Gesicht an den schmierigen Tisch gelehnt. Zwischen den Schluchzern hörte man immer die gleichen Worte: »Angelina, Angelina... Wenn Vicenzino das erfährt, bringt er alle beide um... Angelina... Der bringt sie um!«

Die Hände in den breiten schwarzen Gürtel gesteckt, nur die Daumen draußen, so stand Pater Pirrone da und sah auf sie hin. Es war nicht schwer zu verstehen: Angelina war Sarinas heiratsfähige Tochter, Vicenzino, dessen Wut man fürchtete, ihr Vater, sein Schwager. Die einzige Unbekannte der Gleichung war der Name des anderen, des mutmaßlichen Liebhabers von Angelina.

Diese hatte der Jesuit gestern wiedergesehen: nun schon ein junges Mädchen, während sie beim letztenmal, vor sieben Jahren, noch ein weinerliches Kind gewesen war. Achtzehn Jahre war sie jetzt alt und ziemlich häßlich; der Mund sprang vor wie bei vielen Bauernfrauen hier, die erschreckten Augen glichen denen eines herrenlosen Hundes. Sogleich bei seiner Ankunft hatte er Angelina bemerkt, ja, er hatte in seinem Herzen wenig menschenfreundliche Vergleiche angestellt zwischen ihr, die dumm war wie die plebejische Abkürzung ihres Namens, und jener Angelica, prächtig wie ihr an Ariost gemahnender Name, die kürzlich den Frieden des Hauses Salina beinahe gestört hatte.

Das Unglück also war groß, und er war mitten hineingeraten. Er mußte an ein Wort Don Fabrizios denken: immer, wenn man einen Verwandten treffe, treffe man auf einen Dorn; dann bereute er, daß er daran gedacht hatte. Er zog nur eine Hand, die rechte, aus dem Gürtel, nahm den Hut ab und schlug der Schwester auf die zuckende Schulter. »Aber, Sarina, laß das doch! Zum Glück bin ich hier, und Weinen nützt gar nichts. Wo ist Vicenzino?« Vicenzino war schon fort, nach Rimato, um den Feldhüter der Schirò aufzusuchen. Um so besser, man konnte ohne Furcht vor Überraschungen reden. Zwischen Schluchzern, Trocknen von Tränen und Naseputzen kam die ganze trübselige Geschichte zum Vorschein: Angelina (vielmehr 'Ncilina) hatte sich verführen lassen; die ganze Sache hatte sich während des Sommers von S. Martino zugetragen; sie traf sich mit dem Liebsten im Strohschuppen von Donna Nunziata; jetzt war sie schon drei Monate schwanger; verrückt vor Schrecken hatte sie es der Mutter bekannt; in einiger Zeit würde man den Bauch schon sehen, und Vicenzino würde ein Blutbad anrichten. »Der bringt auch mich um, weil ich nichts gesagt habe; er ist ein ›Ehrenmann‹.«

O ja, gewiß war Vicenzino ein ›Ehrenmann‹: die niedrige Stirn, die *cacciolani*, die Haarbüschel, die er an den Schläfen wachsen ließ, der schaukelnde Schritt, die vom Messer ständig aufgebauschte rechte Hosentasche – aus alledem begriff man sogleich, daß er einer jener gewalttätigen Dummköpfe war, die fähig sind zu jeder Metzelei.

Sarina wurde von einem neuen Weinkrampf befallen,

stärker als der erste, weil in ihm auch ein unsinniger Selbstvorwurf mitschwang: daß sie sich ihres Mannes, dieses Musters an Tapferkeit, unwert gezeigt habe.

»Sarina, schon wieder! Laß das doch! Der junge Mann muß sie heiraten. Er wird es tun. Ich werde zu ihm gehen, werde mit ihm und den Seinen reden, alles wird in Ordnung kommen. Vicenzino erfährt dann nur von der Verlobung, und seine kostbare Ehre bleibt unverletzt. Aber ich muß wissen, wer es gewesen ist. Wenn du es weißt, sage es mir.«

Die Schwester hob den Kopf: in ihren Augen stand jetzt ein anderer Schrecken, nicht mehr der tierhafte vor den Messerstichen, sondern ein bestimmterer, bitterer; der Bruder konnte ihn sich für den Augenblick nicht erklären.

»Santino Pirrone ist es gewesen! Der Sohn von Turi! Und er hat es getan, um uns eine Schmach anzutun, mir, unserer Mutter, dem seligen Angedenken unseres Vaters. Ich habe nie mit ihm gesprochen, alle sagten, er wäre ein braver Junge, aber nein, er ist ein ganz niederträchtiger Kerl, ein würdiger Sohn seines Vaters, dieser Kanaille, ein Schandkerl. Erst danach habe ich wieder an ihn gedacht: in diesen Novembertagen sah ich ihn immer mit zwei Freunden hier vorbeigehen, eine rote Geranie hinter dem Ohr. So ein Höllenbrand!«

Der Jesuit nahm einen Stuhl und setzte sich neben seine Schwester. Die Messe mußte er aufschieben, das war klar. Die Angelegenheit war ernst. Turi, der Vater des Verführers Santino, war ein Onkel von ihm, der Bruder, sogar der ältere Bruder seines seligen Vaters. Vor zwanzig Jahren war er dem Verstorbenen im Feldhüteramt beigesellt worden, gerade im Augenblick der größten und verdienstvollsten Tätigkeit. Danach hatte ein Streit die Brüder getrennt – eine jener Familienstreitigkeiten, deren Wurzeln unentwirrbar sind; einen solchen Streit beizulegen ist unmöglich: keine der beiden Parteien spricht offen, da jede viel zu verbergen hat.

Es war so gewesen: Als der selige Vater in den Besitz der paar Mandelbäume gekommen war, hatte der Bruder Turi gesagt, in Wirklichkeit gehöre die Hälfte ihn, weil er die Hälfte des Geldes – oder der Mühe – beigesteuert habe; doch war der Kaufvertrag nur auf den Namen von Gaetano ausgestellt. Turi tobte und raste durch die Gassen von S. Cono, Schaum vor dem Munde; das Ansehen des Vaters kam mit ins Spiel, Freunde mischten sich ein, das Schlimmste wurde verhütet; das Mandelgärtchen blieb Gaetano, aber der Abgrund zwischen den beiden Zweigen der Familie Pirrone schloß sich nicht wieder; Turi nahm dann nicht einmal am Begräbnis des Bruders teil, und im Hause der Schwester hieß er hinfort »die Kanaille«. Der Jesuit hatte von allem erfahren durch etwas wirre Briefe, die dem Dorfpriester diktiert worden waren, und hatte sich hinsichtlich des Kanaillentums höchst persönliche Ansichten gebildet, denen er aus Sohnesehrfurcht keinen Ausdruck gab. Das Mandelgärtchen gehörte jetzt Sarina.

Alles lag klar vor Augen: mit Liebe, mit Leidenschaft hatte die Sache nichts zu tun. Es war lediglich eine Schweinerei, die eine andere Schweinerei rächte. Abzuhelfen aber war dem schon: der Jesuit dankte der Vorsehung, die ihn gerade in diesen Tagen nach S. Cono geführt hatte. »Höre, Sarina, das Unglück bringe ich dir binnen zwei Stunden in Ordnung. Aber du mußt mir helfen: die Hälfte von Chíbbaro (das war das Mandelgärtchen) mußt du 'Ncilina als Mitgift geben. Da hilft nichts – dieses dumme Ding hat euch ruiniert.« Und er dachte, wie der Herr sich bisweilen auch einer kleinen läufigen Hündin bedienen kann, um seine Gerechtigkeit ins Werk zu setzen.

Sarina wurde giftig: »Die Hälfte von Chíbbaro! Dieser Brut von Gaunern! Nie! Lieber tot!«

»Gut. Dann werde ich nach der Messe mit Vicenzino reden. Hab keine Angst, ich werde versuchen, ihn zu beruhigen.« Er setzte seinen Hut wieder auf, steckte die Hände in den Gürtel und wartete, seiner selbst sicher.

Sich einer Auslese von Vicenzinos Wutausbrüchen zu bedienen, und wäre sie selbst von einem Jesuitenpater getroffen und genau geprüft, war für die unglückliche Sarina so gut wie unmöglich. Also begann sie zum dritten Male zu weinen; aber allmählich wurden die Schluchzer schwächer und hörten schließlich ganz auf. Die Frau erhob sich: »Es geschehe Gottes Wille: bringe du die Sache in Ordnung, so ist es ja kein Leben mehr. Ach, das schöne Chíbbaro! Soviel Schweiß von unserem Vater!«

Schon wollten die Tränen wieder fließen; aber Pater Pirrone hatte das Haus bereits verlassen.

Nachdem das Göttliche Opfer zelebriert, nachdem die vom Dorfpriester angebotene Tasse Kaffee entgegengenommen war, begab sich der Jesuit unverzüglich zum Hause des Onkels Turi. Er war nie dortgewesen, aber er wußte, es war eine armselige Hütte ganz oben im Dorf, neben der Schmiede von Meister Ciccu. Er fand die Hütte sogleich, die keine Fenster hatte und deren Tür offenstand, damit etwas Sonne hineinkam. Die Stimme eines Alten rief: »Wer ist da?« Drin erkannte man Haufen von Saumsätteln für Maultiere, von Quertaschen und Säcken: Don Turi verdiente seinen Lebensunterhalt als Maultiertreiber, wobei ihm der Sohn jetzt half.

»*Dorazio!*« rief Pater Pirrone. Es war eine Abkürzung der Formel *Deo gratias (agamus)*, die den Männern der Kirche als Bitte diente, eintreten zu dürfen. Er blieb auf der Schwelle stehen; in der Dunkelheit erhob sich hinten im Zimmer ein Mann und näherte sich der Tür. »Ich bin Euer Neffe, der Pater Saverio Pirrone. Wenn Ihr erlaubt, möchte ich mit Euch sprechen.«

Die Überraschung war nicht groß: seit wenigstens acht Wochen mußte man seinen Besuch oder statt seiner den eines anderen erwartet haben. Der Onkel Turi war ein kräftiger Alter, der sich geradehielt, ganz braungebrannt von Sonne und Hagel, im Gesicht die schlimmen Furchen, die die Widrigkeiten des Lebens den Zügen unguter Menschen einprägen.

»Komm herein«, sagte er ohne ein Lächeln. Er machte ihm Platz und küßte ihm auch – ungern – die Hand. Pater Pirrone setzte sich auf einen der großen Holzsättel. Alles hier war sehr ärmlich: zwei Hühner scharrten in einer Ecke, es roch nach vielerlei: nach Mist, nach nassem Zeug und häßlichem Elend.

»Onkel, wir haben uns seit sehr vielen Jahren nicht gesehen, aber es war nicht ganz meine Schuld; ich lebe, wie Ihr wißt, nicht im Dorf, und übrigens laßt auch Ihr Euch nie im Hause meiner Mutter, Eurer Schwägerin, blicken; das tut uns leid.« »Ich werde in dieses Haus nie einen Fuß setzen. Mir dreht sich der Magen um, wenn ich nur dort vorübergehe. Turi Pirrone vergißt ein Unrecht, das ihm angetan wurde, nie, auch nicht nach zwanzig Jahren.«

»Gewiß, natürlich, gewiß. Aber heute komme ich wie das Täubchen der Arche Noah, Euch zu versichern, daß die Sintflut zu Ende ist. Ich bin es sehr zufrieden, daß ich hier bei Euch bin, und gestern, als mir zu Hause gesagt wurde,

Euer Sohn Santino habe sich mit meiner Nichte Angelina verlobt, bin ich glücklich gewesen: es sind zwei ordentliche junge Leute, wie man mir sagt, und ihre Vereinigung wird einen Schlußstrich ziehen unter die Zwietracht, die zwischen unseren Familien geherrscht hat, ein Zustand, der mir – wenn ich es Euch sagen darf – immer mißfallen hat.«

Turis Miene verriet eine Überraschung, die zu offenkundig war, um echt zu sein.

»Trüget Ihr nicht das heilige Gewand, Pater, so würde ich Euch sagen: Ihr lügt. Wer weiß, was für Märchen Euch die Weibsleute Eures Hauses erzählt haben. Santino hat in seinem ganzen Leben nicht mit Angelina gesprochen; er ist ein viel zu folgsamer Sohn, um den Wünschen seines Vaters zuwiderzuhandeln.«

Der Jesuit bewunderte die trockene Art des Alten, die Gelassenheit seiner Lügen.

»Man sieht, Onkel, man hat mich schlecht informiert. Stellt Euch vor, daß man mir auch gesagt hat, Ihr hättet Euch über die Mitgift geeinigt und kämet heute beide ins Haus zur ›Anerkennung‹. Was für ein dummes Zeug diese müßigen Weibsleute erzählen! Aber auch wenn solche Redereien nicht wahr sind, so zeigen sie doch, was ihr gutes Herz sich wünscht. Dann hat es also keinen Zweck, Onkel, daß ich hierbleibe – ich gehe sogleich heim und mache meiner Schwester deswegen Vorwürfe. Entschuldigt mich; ich bin sehr erfreut, daß ich Euch in guter Gesundheit angetroffen habe.«

Die Miene des Alten hatte allmählich ein gewisses gieriges Interesse gezeigt. »Wartet, Pater. Bringt mich weiter zum Lachen über das Geschwätz bei Euch zu Hause. Von was für einer Mitgift sprachen diese Klatschbasen?«

»Was weiß ich davon, Onkel! Mich dünkt, ich hätte die

Hälfte von Chíbbaro nennen hören. 'Ncilina, sagten sie, sei ihnen teuer wie ihr Augapfel. Kein Opfer scheine ihnen zu groß, um den Frieden in der Familie zu sichern.«

Don Turi lachte nicht mehr. Er erhob sich. »Santino!« schrie er mit der gleichen Kraft, mit der er die störrischen Maultiere rief. Und da niemand erschien, schrie er noch lauter: »Santino! Beim Blut der Madonna, wo steckst du denn!« Als er sah, daß Pater Pirrone zusammenfuhr, schlug er sich auf den Mund; es war eine unerwartet unterwürfige Geste.

Santino versorgte in dem angrenzenden kleinen Hof gerade das Vieh. Er trat, die Striegel in der Hand, furchtsam ein; er war ein hübscher, starker Bursche von zweiundzwanzig Jahren, groß und dürr wie der Vater, mit Augen, die noch nicht hart waren. Am Tage zuvor hatte er, wie alle, den Jesuiten durch die Gassen des Dorfes gehen sehen und erkannte ihn sogleich wieder.

»Das ist Santino. Und das ist dein Vetter, der Pater Saverio Pirrone. Danke dem Himmel, daß der Ehrwürdige Herr hier ist, sonst hätte ich dir die Ohren abgeschnitten. Was ist das für eine Sache, eine Liebschaft zu haben, ohne daß ich, dein Vater, es weiß? Söhne sind da für die Väter, und nicht dazu, den Unterröcken nachzulaufen.«

Der junge Mann schämte sich, wohl nicht so sehr über den Ungehorsam, als über die damalige Abmachung, und wußte nicht, was er sagen sollte; um sich aus der Verlegenheit zu ziehen, legte er die Striegel auf den Boden, kam auf den Priester zu und küßte ihm die Hand. Dieser lächelte, wobei er kaum die Zähne sehen ließ, und deutete einen Segen an. »Gott segne dich, mein Sohn – obwohl ich glaube, daß du es nicht verdienst.«

Der Alte fuhr fort: »Dein Vetter hier hat mich so lange

gebeten, bis ich schließlich mein Einverständnis erklärt habe. Aber warum hast du es mir nicht früher gesagt? Jetzt mach dich sauber, wir gehen sofort ins Haus von 'Ncilina.«

»Einen Augenblick, Onkel, einen Augenblick.« Pater Pirrone dachte daran, daß er ja noch mit dem ›Ehrenmann‹ sprechen müsse, der von nichts wußte. »Zu Hause werden sie sicher einiges vorbereiten wollen; im übrigen haben sie mir gesagt, sie erwarteten Euch eine Stunde vor Nacht. Kommt um diese Zeit, und es wird uns freuen, Euch zu sehen.« Nachdem er von Vater und Sohn umarmt worden war, ging er davon.

Als Pater Pirrone in das kubische Häuschen zurückkam, fand er den Schwager Vicenzino schon zu Hause, und so konnte er, um die Schwester zu beruhigen, ihr nur eben hinter dem Rücken des stolzen Ehemannes zuzwinkern, was übrigens, da es sich um zwei Sizilianer handelte, durchaus genügte. Danach sagte er zu seinem Schwager, er habe mit ihm zu reden, und die beiden begaben sich nach der kleinen, mit Rebstockgerippen gezierten Pergola hinter dem Hause. Der innere, wogende Saum der Kutte zog um den Jesuiten eine Art beweglicher, unüberschreitbarer Grenze; die fetten Hinterbacken des ›Ehrenmannes‹ schaukelten – immerwährendes Symbol hoffärtiger Drohung. Das Gespräch verlief übrigens ganz anders als vermutet. Nachdem einmal versichert worden war, daß 'Ncilinas Hochzeit sehr bald stattfinden müsse, blieb der ›Ehrenmann‹, was das Benehmen seiner Tochter anbelangte, von einer marmornen Gleichgültigkeit. Doch schon beim ersten Hinweis auf die Mitgift, die man ihr geben müßte, rollten seine Augen, die Adern an den Schläfen schwollen an, die wogende Bewegung des Ganges wurde übermäßig: aus seinem Mund ergossen sich unflätige Redensarten, die sich auch noch zu den mörderischsten Vorsätzen erhoben; seine Hand, die sich überhaupt nicht gerührt hatte, als es galt, die Ehre der Tochter zu verteidigen, fuhr flugs an die rechte Hosentasche und befühlte sie erregt, um kundzutun, daß er, um das Mandelgärtchen zu verteidigen, entschlossen war, das Blut eines anderen bis zum letzten Tropfen zu vergießen.

Pater Pirrone wartete, bis sich die schändlichen Reden erschöpften, und bekreuzigte sich nur rasch, wenn sie, oft jedes Maß überschreitend, in Flüchen endeten; jene Gebärde, die Metzeleien ankündigen sollte, beachtete er überhaupt nicht. In einer Pause sagte er: »Natürlich, Vicenzino, will auch ich dazu beitragen, daß alles wieder in Ordnung kommt. Ich werde dir das Dokument, das mir meinen Anteil an der Erbschaft des seligen Vaters zusichert, aus Palermo zustellen – zerrissen.«

Dieser Balsam wirkte unmittelbar. Vicenzino überschlug eifrig den Wert der ihm im voraus zufallenden Erbschaft – und schwieg; durch die sonnige, kalte Luft kamen die – arg falsch gesungenen – Töne eines Liedes, zu dem 'Ncilina sich aufgelegt fühlte, während sie das Zimmer des Onkels fegte.

Am Nachmittag erschienen Onkel Turi und Santino, um ihren Besuch zu machen, einigermaßen sauber und in blendendweißen Hemden. Die beiden Verlobten, die auf zwei nebeneinanderstehenden Stühlen saßen, sprachen kein Wort, aber sie lachten alle Augenblicke laut los, einander ins Gesicht. Beide waren höchst zufrieden: sie, daß sie ihr eigenes Hauswesen und diesen hübschen, kräftigen Kerl zu ihrer Verfügung bekam, er, daß er die väterlichen Ratschläge befolgt hatte und jetzt eine Magd und ein halbes Mandelgärtchen besaß. Die rote Geranie, die er wieder hinter dem Ohr hatte, erschien niemandem mehr als ein Widerschein der Hölle.

Zwei Tage danach fuhr Pater Pirrone nach Palermo zurück. Unterwegs brachte er Ordnung in seine Eindrücke, die nicht alle angenehm waren: dieser viehische Liebeshandel, der im Sommer von S. Martino Frucht angesetzt hatte, dieses kümmerliche halbe Mandelgärtchen, das man mittels einer vorbedachten Poussage wieder geschnappt hatte, zeigten ihm zwar ein ländlich-elendes Bild, aber es war dasselbe wie jene Vorkommnisse, denen er kürzlich beigewohnt hatte. Die großen Herren waren zurückhaltend und schwer zu durchschauen, die Bauern deutlich und klar; doch der Teufel wickelte beide gleicherweise um den kleinen Finger.

In der Villa Salina fand er den Fürsten in bester Laune. Don Fabrizio fragte ihn, ob er diese vier Tage angenehm verbracht und ob er daran gedacht habe, der Mutter seine Grüße auszurichten. Er kannte sie in der Tat; vor sechs Jahren war sie in der Villa zu Gast gewesen, und ihre witwenhafte Ausgeglichenheit hatte dem Herrn und der Dame des Hauses gefallen. Die Grüße hatte der Jesuit völlig vergessen, und so schwieg er; aber dann sagte er, Mutter und Schwester hätten ihm aufgetragen, sie Seiner Exzellenz zu empfehlen – das war freilich ein Märchen, doch immerhin weniger grob als eine Lüge. »Ich wollte bitten«, fügte er dann hinzu, »ob Exzellenz anordnen könnten, daß man mir morgen einen Wagen gäbe; ich muß in den erzbischöflichen Palast und um einen Heiratsdispens nachsuchen: eine Nichte von mir hat sich mit einem Vetter verlobt.«

»Gewiß, Pater Pirrone, gewiß, wenn Ihr es wollt; aber übermorgen muß ich nach Palermo, Ihr könntet mit mir fahren; ist es denn wirklich so eilig?«

SECHSTES KAPITEL

November 1862

Die Fürstin Maria Stella bestieg den Wagen, setzte sich auf den blauen Atlas der Kissen und raffte, so gut sie konnte, die rauschenden Falten des Kleides um sich zusammen. Inzwischen stiegen auch Concetta und Carolina ein; sie saßen der Fürstin gegenüber, ihren ganz gleichen rosa Kleidern entströmte ein zarter Duft nach Veilchen. Danach brachte das übermäßige Gewicht eines Fußes, der auf das Trittbrett gesetzt wurde, das *coupé* auf der hohen Federung ins Schwanken: auch Don Fabrizio war aufgestiegen. Der Wagen war voll wie ein Ei; die Wellen der Seidenstoffe, der Gerüste dreier Krinolinen hoben sich, berührten sich, schlugen fast bis zur Höhe der Köpfe zusammen. Unten war ein dichtes Gedränge von Schuhwerk – die Seidenschuhchen der jungen Mädchen, die zierlichen *mordorè*-Schuhe [18] der Fürstin, die mächtigen Lack-Halbschuhe des Fürsten; ein jeder litt unter dem Vorhandensein der Füße des anderen und wußte nicht, wo die eigenen waren.

Die beiden Trittbrettstufen wurden hochgeklappt, der Diener nahm die Befehle entgegen. »Zum Palazzo Ponteleone.« Er kletterte wieder auf den Bock, der Stallknecht, der die Zügel der Pferde hielt, trat zurück, der Kutscher schnalzte kaum wahrnehmbar mit der Zunge, das *coupé* glitt davon.

Man fuhr zum Ball.

Palermo durchlebte damals eine seiner von Zeit zu Zeit wiederkehrenden mondänen Perioden, ein Ballfest jagte das andere. Nach dem Erscheinen der Piemontesen, nach dem traurigen Ereignis vom Aspromonte, nachdem die Gespenster von Zwangsenteignung und Gewalttat vertrieben waren, wurden es die zweihundert Menschen – immer dieselben –, aus denen sich ›die Gesellschaft‹ zusammensetzte, nicht müde, sich zu treffen, um einander zu beglückwünschen, daß man noch am Leben war.

So sehr häuften sich die verschiedenen und doch immer gleichen Feste, daß die Fürsten von Salina auf drei Wochen in ihren Stadtpalast übergesiedelt waren, um nicht fast jeden Abend die lange Fahrt von S. Lorenzo aus machen zu müssen. Die Balltoiletten kamen in langen, schwarzen, sargähnlichen Kästen aus Neapel, und es hatte ein aufgeregtes Hin und Her von Modistinnen, Friseusen und Schustern gegeben; atemlose Diener hatten den Schneiderinnen sorgenvolle Briefchen überbracht. Der Ball der Ponteleone würde in dieser kurzen Saison der wichtigste sein: wichtig für alle durch den Glanz der Familie und des Palastes, durch die Zahl der Gäste; wichtiger aber noch für die Salina, die dort der ›Gesellschaft‹ Angelica vorstellen würden, die schöne Braut des Neffen. Es war erst halb elf Uhr, ein wenig früh, um auf einem Ball zu erscheinen, wenn man der Fürst von Salina ist, der ganz zu Recht immer erst anlangte, wenn das Fest schon sein ganzes Feuer auszustrahlen begonnen hatte. Diesmal jedoch konnte man nicht anders handeln: man wollte doch dort sein, wenn die Sedàra in den Saal traten; denn das waren Menschen, die (»Sie wissen es noch nicht, die Ärmsten«) die Zeitangabe auf dem glänzenden Einladungskärtchen womöglich wörtlich nehmen würden. Es hatte etwas Mühe gekostet, ihnen eines dieser Briefchen zukommen zu lassen: niemand kannte sie, und die Fürstin Maria Stella hatte sich zehn Tage zuvor dazu verstehen müssen, Margherita Ponteleone einen Besuch zu machen; alles war natürlich glatt gegangen, aber es war dennoch einer von den häßlichen Dornen gewesen, die Tancredis Verlobung in die empfindlichen Tatzen des Leoparden gestoßen hatte.

Die kurze Fahrt zum Palazzo Ponteleone führte durch ein Gewirr dunkler Gassen, und man fuhr im Schritt: Via Salina, Via Valverde, die Discesa dei Bambinai hinunter, die bei Tage mit ihren kleinen Wachsfigürchen-Läden so vergnüglich war, bei Nacht so düster. Die Hufeisen der Pferde hallten gedämpft zwischen den schwarzen Häusern, die schliefen oder doch taten, als ob sie schliefen.

Die jungen Mädchen, diese unbegreiflichen Wesen, für die ein Ball ein Fest ist und nicht eine lästige Pflicht des Weltlebens, tuschelten leise miteinander, freudig erregt; die Fürstin Maria Stella befühlte ihren Beutel, um sich zu überzeugen, ob auch das Fläschchen *sal volatile*, das Riechsalz, darin war; Don Fabrizio kostete im voraus den Eindruck, den Angelicas Schönheit auf alle die Menschen machen würde, die sie nicht kannten, und auch den anderen, den Tancredis Glück auf die gleichen Menschen machen würde, die ihn allzugut kannten. Ein Schatten jedoch verdunkelte seine Genugtuung: wie würde wohl der *frac* von Don Calògero sein? Sicher nicht so wie der, den er in Donnafugata angehabt hatte: Don Calògero war Tancredi anvertraut worden, und dieser hatte ihn zum besten Schneider geschleppt und war sogar bei den Anproben zugegen gewesen. Nach außen schien er am nächsten Tage mit den Ergebnissen zufrieden; aber im Vertrauen hatte er gesagt: »Der *frac* ist so gut, wie er nur sein kann; nur – Angelicas Vater fehlt es an *chic*.« Das war unleugbar; aber Tancredi hatte sich verbürgt für eine vollkommene Rasur und für anständige Schuhe. Das war immerhin etwas.

An der Stelle, wo die Discesa dei Bambinai auf den Chor von S. Domenico einmündet, mußte der Wagen halten: man hörte ein feines Glöckchen läuten, und um eine Biegung kam ein Priester, der einen Kelch mit dem Allerheiligsten trug; ein hinter ihm gehender kleiner Kleriker hielt ihm einen weißen, goldgestickten Schirm über den Kopf; vor ihm trug ein anderer in der Linken eine dicke, brennende Kerze, und mit der Rechten schwang er – was ihn offensichtlich sehr vergnügte – ein silbernes Glöckchen hin und her. Ein Zeichen dafür, daß hinter einer dieser dicht verschlossenen Häuserfronten ein Mensch mit dem Tode rang: es war das heilige Viatikum. Don Fabrizio stieg aus und kniete auf dem Fußsteig nieder, die Damen schlugen das Kreuz, das feine Läuten des Glöckchens verhallte in den Gassen, die steil nach S. Giacomo abfallen; das *coupé* mit denen, die in ihm saßen und die Last einer heilsamen Mahnung spürten, machte sich wieder auf den Weg, dem Ziele zu, das nunmehr nahe war.

Man langte an, man stieg im Torgang aus; der Wagen entschwand in den ungeheuer großen Hof, aus dem unausgesetzt das Scharren von Hufen herüberschallte; hie und da glänzten die Geschirre der Equipagen, die vor ihnen gekommen waren, für einen Augenblick im Dunkel auf.

Die Freitreppe war im Material bescheiden, doch in den Proportionen höchst edel; zu seiten jeder Stufe verbreiteten schlichte Blumen ihren einfachen Duft; auf dem Treppenabsatz, der die beiden Stufenreihen voneinander schied, brachten die amarantfarbenen Livreen zweier Diener, unbeweglich unter den gepuderten Perücken, eine lebhafte Note in das Perlgrau der Umgebung. Hinter zwei hohen, vergitterten Fenstern sprudelte ein kindliches Gekicher und Geplauder: die kleinen Kinder, die Enkel der Ponteleone, hielten sich, vom Fest ausgeschlossen, schadlos dadurch, daß sie über die Gäste lachten. Die Damen strichen die Seidenfalten glatt, Don Fabrizio, den *gibus* [19] unter dem Arm, überragte sie um den ganzen Kopf, obwohl er eine Stufe hinter ihnen hinaufstieg. An der Tür des ersten Saales traf man auf die Dame und den Herrn des Hauses; Don Diego, weißhaarig, wohlbeleibt; nur die strengblickenden Augen bewahrten ihn vor einem plebejischen Aussehen; Donna Margherita im funkelnden Schmuck des Diadems und der dreifachen Smaragdkette: das hakennäsige Gesicht eines alten Domherrn.

»Ihr seid früh gekommen – um so besser! Aber seid beruhigt, *Eure* Gäste sind noch nicht erschienen.« Wieder ein Strohsplitterchen, das die empfindlichen Krällchen des Leoparden belästigte. »Auch Tancredi ist schon da.« In der Tat – dort im Saal, in der Ecke gegenüber, hatte der Neffe, schwarz und dünn wie eine Natter, drei, vier junge Herren um sich versammelt und brachte sie mit gewissen, sicherlich gewagten Geschichtchen zu unmäßigem Gelächter; doch hielt er die Augen, die wie immer unruhig waren, fest auf die Eingangstür gerichtet. Man hatte schon begonnen zu tanzen, durch vier, fünf Säle hallten vom Ballsaal her die Klänge des kleinen Orchesters.

»Wir erwarten auch den Oberst Pallavicino, Ihr wißt –
der sich auf dem Aspromonte so gut benommen hat.«

Dieser Satz des Fürsten von Ponteleone erschien einfach,
aber er war es nicht. An der Oberfläche war es eine Fest-
stellung ohne jeden politischen Sinn, nur darauf gerichtet,
Pallavicino zu rühmen: seinen Takt, sein Feingefühl, seine
ergriffene, ja fast zärtliche Art, als er den Schießbefehl aus-
führte, der zur Folge hatte, daß dem General Garibaldi
eine Kugel den Fuß durchschlug; dazu dann alles weitere,
ehrerbietige Verneigungen, Kniefall, Handkuß für den
verwundeten Helden: der lag unter einer Kastanie auf
dem Berg, dem Aspromonte in Kalabrien, und auch er lächelte, vor Ergriffenheit – nicht etwa aus Ironie, wie er es
sich ja hätte erlauben können, denn Garibaldi, ach, besaß
keinen Humor.

In einer Zwischenschicht der fürstlichen Psyche kam dem
Satz eine technische Bedeutung zu: er wollte den Oberst
rühmen, daß er seine Dispositionen gut getroffen, seine
Bataillone vorteilhaft aufgestellt habe, so daß er – gegen
den gleichen Gegner – das hatte durchführen können, was
Landi in Calatafimi so unverständlicherweise mißglückt
war. Im Grunde seines Herzens meinte der Fürst von Ponteleone doch wohl, der Oberst ›habe sich gut benommen‹,
weil es ihm gelungen war, Garibaldi zum Stehen zu bringen, zu schlagen, zu verwunden und gefangenzunehmen,
und er habe dadurch den mühsam erreichten Kompromiß
zwischen dem alten und dem neuen Zustand gerettet.

Heraufbeschworen, sozusagen erst geschaffen von den
schmeichelhaften Worten und den noch schmeichelhafteren
Gedanken, erschien der Oberst Pallavicino, der Held vom
Aspromonte, oben auf der Treppe. Er schritt einher unter
dem Geklingel von Säbelgehenken, Kettchen und Sporen

in seiner gutausgepolsterten, doppelreihigen Uniform, den Federhut unter dem Arm, den krummen Säbel über den linken Unterarm gehängt. Er war ein Mann von Welt, von den abgerundetsten Manieren und, wie nun schon ganz Europa wußte, spezialisiert in höchst bedeutungsvollen Handküssen; jede Signora, auf deren Finger sich an jenem Abend sein duftender Schnurrbart legte, wurde in die Lage gesetzt, mit Sachkenntnis den geschichtlichen Augenblick, den die volkstümlichen Drucke schon berühmt gemacht hatten, wieder in sich wachzurufen.

Nachdem Pallavicino die Dusche von Lobsprüchen, womit ihn die Ponteleone überschütteten, ausgehalten hatte, nachdem er die ihm von Don Fabrizio gereichten zwei Finger gedrückt hatte, versank er in die Parfümstrudel einer Gruppe Damen. Dann tauchten seine bewußt männlichen Züge über den weißen Schultern auf, Bruchteile von Sätzen waren zu vernehmen. »Ich habe geweint, Gräfin, geweint wie ein Kind«; oder: »Er war schön und von heiterer Ruhe wie ein Erzengel.« Diese Damen hatte schon durch die Flintenschüsse seiner Bersaglieri ihren Mut wiedergewonnen; nun waren sie von seiner männlichen Gefühlsstärke hingerissen.

Angelica und Don Calògero ließen auf sich warten; schon dachten die Salina daran, in die anderen Säle weiterzugehen, da sahen sie, daß Tancredi seine Gruppe im Stich ließ und wie eine Rakete auf die Eingangstür losschoß: die Erwarteten waren gekommen. Über dem kunstvoll angeordneten Wirbel der rosigen Krinoline glänzten Angelicas weiße Schultern; sie fielen ab zu den kräftigen, weichen Armen; der Kopf erhob sich klein und eigensinnig über dem jugendlich glatten Hals, der mit absichtlich bescheidenen Perlen geschmückt war. Als sie den langen Glacéhandschuh abstreifte, blitzte an ihrer Hand, die nicht klein, aber vollendet geschnitten war, der Saphir aus Neapel.

Don Calògero segelte in ihrem Kielwasser, eine ›Ratte‹ als Schutzengel einer flammenden Rose; gekleidet war er diesmal wenn auch nicht elegant, so doch anständig. Sein einziger Fehler war, daß er im Knopfloch das ihm kürzlich verliehene Kreuz der Krone Italiens trug; übrigens verschwand es rasch in einer der verborgenen Taschen im *frac* Tancredis.

Der Bräutigam hatte Angelica schon die durch nichts zu erschütternde, gleichmäßige Liebenswürdigkeit gelehrt, diese Grundlage der Distinktion (»Du darfst mitteilsam und lustig nur mit mir sein, meine Liebe; für alle anderen mußt du die künftige Fürstin von Falconeri sein, höhergestellt als viele, einer jeden anderen gleich«), und darum war der Gruß, mit dem sie sich der Herrin des Hauses näherte, nicht ungezwungen, sondern ein höchst geglücktes Gemisch von jungfräulicher Bescheidenheit, neu-aristokratischem Hochmut und jugendlicher Anmut.

Die Palermitaner sind immerhin Italiener, daher für den Zauber der Schönheit und den Wert des Geldes weit mehr als andere empfänglich; außerdem galt Tancredi bei aller Anziehungskraft, da er bekanntermaßen mittellos war, als eine nicht eben wünschenswerte Partie (übrigens zu Unrecht, wie man nach einiger Zeit sah, als es bereits zu spät war): darum wurde er mehr geschätzt von den verheirateten Damen als von den heiratsfähigen jungen Mädchen. Diese miteinander verknüpften Vorzüge und Mängel bewirkten, daß man Angelica mit einer unerwarteten Wärme aufnahm. Mancher der jungen Herren – um offen zu reden – bedauerte nun doch wohl, nicht selbst eine so schöne, ganz mit Münzen gefüllte Amphora für sich ausgegraben zu haben; aber Donnafugata war Lehnsbesitz Don Fabrizios, und wenn dieser den Schatz dort gefunden und an den geliebten Tancredi weitergegeben hatte, so konnte man sich hierüber nicht mehr beklagen, als man bitter gestimmt gewesen wäre, hätte er auf einer seiner Ländereien eine Schwefelmine entdeckt: so etwas gehörte ihm, dagegen war nichts zu sagen.

Auch solche schwachen Widerstände übrigens schmolzen vor dem Strahlenglanz dieser Augen. In einem bestimmten Moment gab es ein wahres Gedränge von jungen Herren, die sich vorstellen lassen und um einen Tanz bitten wollten: einem jeden spendete Angelica ein Lächeln ihres Erdbeermundes, einem jeden zeigte sie ihr *carnet*, in dem jede Polka, jede Mazurka, jeder Walzer die Besitzer-Unterschrift aufwies: Falconeri. Von den jungen Damen regnete es Angebote, sich ›zu duzen‹, und nach einer Stunde fühlte sich Angelica äußerst wohl unter Menschen, die von ihrer Mutter, diesem Stück wilder Natur, und von ihrem Vater, dem Geizhals, nicht die geringste Ahnung hatten.

Ihr Betragen enttäuschte auch nicht eine Minute: nie sah man sie allein umherschweifen, den Kopf in den Wolken, nie lösten sich die Arme vom Körper, nie erhob sich ihre Stimme über die (im übrigen ziemlich lauten) vielen verschiedenen Stimmlagen der anderen Damen. Und dann hatte ihr Tancredi am Tage zuvor gesagt: »Siehst du, meine Liebe, wir – und auch du gehörst nun dazu – wir geben auf unsere Häuser und unsere Möbel sehr viel mehr als auf irgend etwas anderes; nichts kränkt uns mehr, als wenn jemand demgegenüber gleichgültig bleibt; darum betrachte alles und lobe alles; übrigens ist der Palazzo Ponteleone es wert. Aber da du kein kleines Mädchen aus der

Provinz mehr bist, das bei allem staunt, so solltest du in das Lob immer einige Vorbehalte mischen; bewundere, aber vergleiche die Dinge immer mit irgendeinem Grundtypus, den du früher gesehen hast und der berühmt ist.« Die langen Besuche im Palast von Donnafugata hatten Angelica viel gelehrt, und so bewunderte sie an diesem Abend jeden Gobelin, sagte jedoch, die im Palazzo Pitti hätten schönere Bordüren; sie lobte eine Madonna von Dolci, erinnerte jedoch daran, daß auf der Madonna del Granduca der melancholische Zug besser ausgedrückt sei; und sogar von der Torte, wovon ihr ein eifriger junger Herr brachte, sagte sie, sie sei ausgezeichnet, fast so gut wie die von ›Monsù Gaston‹, dem Koch der Salina. Und da Monsù Gaston der Raffael unter den Köchen war und die Gobelins des Pitti die Monsù Gaston unter den Wandbekleidungen, konnte keiner etwas dagegen einwenden, ja alle fühlten sich von dem Vergleich geschmeichelt; und Angelica legte schon an diesem Abend den Grund zu dem Ruf als liebenswürdige, aber unerbittliche Kunstkennerin, der sie – zu Unrecht – ihr ganzes langes Leben hindurch begleiten sollte.

Während Angelica Lorbeeren erntete, Maria Stella auf einem Diwan mit zwei alten Freundinnen plauderte, Concetta und Carolina mit ihrer Schüchternheit die liebenswürdigsten jungen Männer zum Gefrieren brachten, wanderte Don Fabrizio durch die Säle: er küßte den Damen, die er traf, die Hand, bewirkte, daß den Herren, die er freundschaftlich begrüßte, die Schulter leise schmerzte, spürte aber, wie die Mißstimmung langsam in ihn eindrang. Vor allem gefiel ihm das Haus nicht: die Ponteleone hatten die Einrichtung seit siebzig Jahren nicht erneuert, sie war noch die gleiche wie zur Zeit der Königin

Maria Carolina, und da er von sich meinte, er habe einen modernen Geschmack, entrüstete er sich darüber.

›Mein Gott, bei diesen Einkünften würde es Diego wenig ausmachen, alle die *trumeaux*, diese trübe gewordenen Spiegel, hinauszuwerfen! Er soll sich schöne Möbel aus Palisander und mit Plüsch machen lassen, soll selber bequem darin leben und seine Gäste nicht zwingen, sich in diesen Katakomben zu bewegen. Ich werde noch so weit kommen, es ihm zu sagen.‹

Aber er sagte es Diego nie, denn diese Meinung entstammte nur seiner Mißstimmung und seiner Neigung zu Widerspruch; all das war rasch vergessen, und er selbst änderte nie etwas, weder in S. Lorenzo noch in Donnafugata. Doch genügte es immerhin, daß sein Unbehagen zunahm.

Nicht einmal die Frauen, die auf dem Ball waren, gefielen ihm. Zwei oder drei von den älteren hatte er zu Geliebten gehabt, und als er sah, welches Gewicht ihnen Jahre und Schwiegertöchter verliehen, wurde es ihm schwer, das Bild in sich wachzurufen, wie sie vor zwanzig Jahren gewesen waren, und der Gedanke, er habe seine besten Jahre dazu benutzt, solchen Schlumpen nachzujagen (und bei ihnen zum Ziel zu kommen), ärgerte ihn. Doch auch die jungen sagten ihm nicht eben viel, außer einigen wenigen; an der blutjungen Herzogin von Palma bewunderte er die grauen Augen und die strenge Lieblichkeit der Haltung, und auch Tutù Làscari – wäre er jünger gewesen, so wäre es gewiß zu ganz einzigartigen Zusammenklängen mit ihr gekommen. Aber die anderen . . . Es war nur gut, daß aus dem Dunkel von Donnafugata Angelica aufgetaucht war, um den Palermitanerinnen zu zeigen, was das ist: eine schöne Frau.

Man konnte ihm nicht ganz unrecht geben: damals wurden häufig Ehen zwischen Vettern und Basen geschlossen – diktiert von erotischer Trägheit, und weil man den Landbesitz in Rechnung zog; dies und die geringe Menge von Protein in der Ernährung, die außerdem belastet war durch ein Übermaß an stärkehaltigen Nahrungsmitteln, dazu der völlige Mangel an frischer Luft und Bewegung – all das hatte die Salons gefüllt mit einer Schar junger Mädchen von unglaublich kleiner Gestalt, unwahrscheinlich olivenfarbener Haut und unerträglich quäkender Sprache. Sie verbrachte die Zeit damit, aneinanderzukleben und den erschreckten jungen Leuten nur im Chor etwas zuzurufen; sie waren offenbar lediglich dazu bestimmt, den Hintergrund abzugeben für die drei, vier schönen Wesen, die, wie die blonde Maria Palma, die wunderschöne Eleonora Giardinelli, wie Schwäne dahinglitten über einen Teich, in dem eine Unzahl Frösche steckte.

Je mehr der Fürst diese jungen Mädchen ansah, um so gereizter wurde er; sein Geist, an viel Einsamkeit und abstrakte Gedanken gewöhnt, ließ ihn am Ende in eine Art Sinnestäuschung fallen: während Don Fabrizio eine lange Galerie durchschritt, auf deren Mittel-*pouf* [20] jene Wesen eine dichte Kolonie gebildet hatten, schien es ihm, er sei sozusagen Wächter in einem Zoologischen Garten, dazu bestimmt, hundert Äffchen zu überwachen: sogleich würden sie mit einem Schwung auf die Kronleuchter klettern, an den Schwänzen hängend schaukeln, von da oben das Hinterteil zeigen und die friedlichen Besucher mit Gekreisch, Zähnefletschen und Nußschalen bedenken.

Sonderbar, es war eine religiöse Empfindung, die ihn von jener zoologischen Vision abzog – aus der Gruppe krinolinenbekleideter Äffchen erhob sich in der Tat eine

eintönige, beharrliche heilige Anrufung: »Maria! Maria!«
riefen diese armen Mädchen immerzu. »Maria! was für ein
schönes Haus!« »Maria! was für ein schöner Mann ist der
Oberst Pallavicino!« »Maria! was habe ich Hunger! Wann
läßt man uns ans *buffet?*« Der von diesem jungfräulichen
Chor angerufene Name der Jungfrau erfüllte die Galerie
und verwandelte die Äffchen wieder in weibliche Wesen,
denn es war wohl noch nicht ganz erwiesen, daß sich die
ouistiti, die Seidenäffchen der Wälder Brasiliens, zum Ka-
tholizismus bekehrt hatten.

Leicht angeekelt ging der Fürst in den Salon nebenan;
hier hatte der ganz andere und feindliche Stamm der Männer sein Feldlager: die jungen tanzten, und nur ältere waren anwesend, alles Freunde von ihm. Er setzte sich eine
Weile zu ihnen; hier bemühte man zwar nicht mehr die
Himmelskönigin, doch dafür trübten Gemeinplätze, flache
Gespräche die Luft. Unter diesen Herren galt Don Fabrizio als ein ›extravaganter Mensch‹; sein Interesse für die
Mathematik wurde nahezu als eine sündige Perversion
betrachtet, und wäre er nicht eben der Fürst von Salina
gewesen, hätte man ihn nicht als vorzüglichen Reiter und
als unermüdlichen Jäger gekannt, hätte man nicht gewußt,
daß er ganz durchschnittlich Frauen liebte, so wäre er
Gefahr gelaufen, dank seiner Parallaxen und Teleskope
aus ihrer Gesellschaft verbannt zu werden. Doch redete
man bereits wenig mit ihm, denn das kalte Blau seiner
Augen, das man flüchtig zwischen den schweren Lidern
sah, brachte diejenigen, die mit ihm sprachen, aus dem
Gleichgewicht, und er fand sich oft isoliert, nicht so sehr
aus Achtung, wie er meinte, als aus Furcht.

Er erhob sich; die Melancholie hatte sich in wirklich düstere Stimmung verwandelt. Er hatte übel daran getan,

auf den Ball zu gehen: Stella, Angelica, die Töchter, wären sehr gut allein fertiggeworden, und er – wie glücklich würde er in diesem Augenblick auf der Via Salina sein, in dem kleinen Arbeitszimmer an der Terrasse, würde dem Geplätscher des Brunnens zuhören und die Kometen am Schweif einzufangen suchen.

›Jetzt jedenfalls bin ich hier; weggehen wäre unhöflich. Wir wollen uns die Tänzer ansehen.‹

Der Ballsaal war ganz in Gold gehalten: poliertes Gold am Hauptgesims, gewirktes in den Türfüllungen; damastartiges Gold, hell, fast silbern auf den weniger hellen Flächen an den Türen selbst und an den Läden, die die Fenster schlossen und sie verschwinden ließen, wodurch sie den Raum in den stolzen Rang eines Schreines erhoben, der jede Beziehung zur Außenwelt, die seiner unwürdig wäre, von sich wies. Es war keine arrogante Vergoldung, nicht von der Art, mit der die Dekorateure heute prunken, sondern ein Gold, das gleichsam verflog, bleich wie das Haar mancher Mädchen des Nordens, als verberge es seinen Wert mit Fleiß unter einer – heutigentags verlorenen – Schamhaftigkeit, ein Gold, das, ein kostbarer Stoff, wohl seine Schönheit zeigen, doch seinen eigentlichen Wert verschleiern will. Hie und da auf der Holztäfelung der Wand Gewinde von Rokoko-Blüten von einer so dahinschwindenden Farbe, daß sie nichts weiter schien als ein vergängliches, vom Widerschein der Kronleuchter hervorgerufenes Erröten.

Diese Sonnentönungen, dieses Abwechseln von Glanz und Schatten bewirkten dennoch, daß Don Fabrizio das Herz weh tat: wie er so schwarz und streng in einer Türhöhlung stand, kamen ihm in dem ungemein patrizierhaften Saal ländliche Bilder in den Sinn – das Hin- und Herschwingen der Goldtöne war das gleiche wie auf den endlosen Kornfeldern um Donnafugata, die wie in Ekstase waren, um Gnade flehend unter der Tyrannei der Sonne. Auch in diesem Saale war, wie auf den Lehnsgütern Mitte August, die Ernte lange schon eingebracht, anderswo gelagert, und es blieb – wie dort – nur die Erinnerung in der Farbe der Stoppeln, verbrannt übrigens und unnütz. Der Walzer, dessen Klänge durch die warme Luft hertönten, schien ihm nur eine Stilisierung jenes unaufhörlichen Wehens der Winde, die ihre Trauer in gebrochenen Akkorden über die verdursteten Flächen hinspielen, gestern, heute, morgen, immer, immer und immer. Die Menge der Tanzenden, unter denen er doch so viele Menschen zählte, die, wenn nicht seinem Herzen, so doch dem Blute nach ihm nahe waren, erschien ihm schließlich irreal, zusammengefügt aus jenem Stoff, aus dem die wertlos gewordenen Erinnerungen gewoben sind, ein Stoff, der noch vergänglicher ist als jener, der uns in Träumen verwirrt. Die Götter an der Decke, die sich auf goldenen Sitzen sanft niederneigten, blickten herab, lächelnd und unerbittlich wie der Sommerhimmel. Sie glaubten ewig zu dauern: eine in Pittsburgh/Pennsylvanien hergestellte Bombe sollte ihnen im Jahre 1943 das Gegenteil beweisen.

»Schön, Fürst, schön! So etwas wird heute – beim gegenwärtigen Wert der Goldzechine – nicht mehr gemacht!« Sedàra hatte sich neben ihn gestellt: seine wachen Äuglein durchliefen den Raum, unempfindlich für die Anmut, aufmerksam nur auf den Geldwert.

Don Fabrizio spürte plötzlich, daß er ihn haßte; diesem Sichselbstbehaupten-Wollen bei Don Calògero und hundert anderen seinesgleichen, ihren dunklen Machenschaf-

ten, ihrem zähen Geiz, ihrer Gier verdankte man die To-
desstimmung, die jetzt ganz deutlich diese Paläste verdüsterte; und ihm selbst, seinen lieben Freunden, ihrem
tatenlosen Groll, ihrem Unterlegenheitsgefühl, der Tatsache, daß es ihnen nicht geglückt war, erfolgreich zu wirken – alledem war es schließlich zu verdanken, daß jetzt
auch ihn, Don Fabrizio, die schwarzen Anzüge der Tänzer
an die Krähen gemahnten, die auf der Suche nach ver-
wester Beute in die kleinen, weltverlorenen Täler hinab-
gleiten. Er hatte Lust, Sedàra eine böse Antwort zu geben,
ihm zu sagen, er solle sich auf und davon machen. Aber
das konnte man nicht: er war Gast, war Vater der lieben
Angelica. Er war vielleicht ein unglücklicher Mensch wie
die andern.

»Ja, schön, Don Calògero, schön! Aber eines gibt es,
was alles übertrifft: unsere beiden Kinder.« Tancredi und
Angelica tanzten in diesem Augenblick an ihnen vorüber;
seine behandschuhte Rechte berührte kaum ihre Taille, die
ausgestreckten Arme waren dicht aneinandergepreßt, ihre
Augen schauten sich unverwandt an. Das Schwarz seines
frac, die rosige Farbe ihres Kleides untermischt, bildeten
so etwas wie ein seltsames Juwel. Sie boten ein Schauspiel, das mehr als jedes andere pathetisch ist: das Schauspiel zweier ganz junger, ineinander verliebter Menschen,
die zusammen tanzen, gegenseitig blind für ihre Fehler,
taub für die Mahnungen des Schicksals, in der Illusion gefangen, daß ihr ganzer Lebensweg glatt sein werde wie
der Boden des Saales – so erschienen sie etwa wie Schau-
spieler, denen ein Regisseur die Rollen von Romeo und
Julia zu spielen gäbe (ohne daß sie das Stück kennten),
wobei er ihnen Krypta und Gift verheimlicht, die doch
schon im Textbuch vorgesehen sind. Keines von beiden

war unbedingt gut, eines wie das andere steckte voller Berechnungen, eitel geheime Ziele verfolgend; aber beide waren sie liebenswert und rührend trotz ihres Ehrgeizes, der ihnen ja nicht klar bewußt, sondern der naiv war; zudem wurde er ausgelöscht durch die Worte heiterer Zärtlichkeit, die er ihr ins Ohr flüsterte, durch den Duft ihres Haares, durch das wechselseitige Aneinanderdrängen ihrer Körper, die doch dazu bestimmt waren, zu sterben.

Die beiden jungen Menschen entfernten sich, andere Paare tanzten vorbei, nicht so schön, ebenso rührend, ein jedes in diese Blindheit versunken, die bald vorüber sein würde. Don Fabrizio spürte, wie sein steinernes Herz weich wurde: der Widerwille wich dem Mitleid mit all diesen vergänglichen Wesen, die sich des schwachen Lichtstrahls freuten, der ihnen zwischen den zwei Finsternissen, der vor der Wiege, der nach den letzten Zuckungen, gewährt wird. Wie könnte man gegen jemanden grausam sein, der ja doch würde sterben müssen? Das hieße so erbärmlich sein wie die Fischweiber, die vor sechzig Jahren die Verurteilten auf dem Marktplatz beschimpften. Auch die Äffchen auf den *poufs*, auch seine Freunde, die alten Dummköpfe, waren bejammernswert, unrettbar verloren und liebenswert wie das zum Schlachthaus getriebene Vieh, das nachts in den Straßen der Stadt laut klagt; das Ohr eines jeden würde eines Tages getroffen werden vom Klang des feinen Glöckchens, den er vor drei Stunden hinter San Domenico gehört hatte. Man durfte nichts anderes hassen als die Ewigkeit.

Und all die Menschen, die die Salons füllten, all diese unschönen Frauen, diese unintelligenten Männer, diese beiden eitlen Geschlechter waren Blut von seinem Blut, waren er selbst; nur mit ihnen verstand er sich, nur mit ihnen fühlte er sich wohl. ›Ich bin vielleicht klüger, bin sicher gebildeter als sie, aber ich bin vom selben Schlag, wir tragen die gleiche Verantwortung.‹

Er bemerkte, daß Don Calògero mit Giovanni Finale über die mögliche Preiserhöhung der *caciocavalli*-Käse[21] sprach; seine Augen waren in der Hoffnung auf diese beglückende Möglichkeit weich geworden, wie geschmolzen. Don Fabrizio konnte sich ohne Bedenken von hier fortbegeben.

Bis dahin hatte ihm die angehäufte Gereiztheit Tatkraft verliehen; jetzt, mit der Entspannung, befiel ihn Müdigkeit: es war schon zwei Uhr. Er suchte einen Platz, an dem er ruhig sitzen könnte, fern von den Menschen, die er ja liebte – sie waren seine Brüder, aber doch immer langweilig. Er fand diesen Platz sehr bald: die Bibliothek, klein, still, erleuchtet und leer. Er setzte sich, dann erhob er sich wieder und trank von dem Wasser, das dort auf dem Tischchen stand. ›Nur das Wasser ist wirklich gut‹, dachte er als echter Sizilianer; und er wischte die Tröpfchen nicht ab, die auf der Lippe zurückgeblieben waren. Er setzte sich wieder hin. Die Bibliothek gefiel ihm, hier fühlte er sich rasch wohl; sie ließ es zu, daß er sie in Besitz nahm, denn sie war unpersönlich wie alle wenig benutzten Zimmer: Ponteleone war nicht der Typ dafür, seine Zeit hier drin zu verlieren. Er begann ein Gemälde zu betrachten, das ihm gegenüber hing, eine gute Kopie vom *Tod des Gerechten* von Greuze: der ehrwürdige Alte lag in seinem Bett, in den letzten Zügen, zwischen aufgetürmten Kissen, die Wäsche war äußerst sauber; er war umgeben von den betrübten Enkeln und von Enkelinnen, die die Arme zur Decke hoben. Die Mädchen waren voll

Anmut, etwas keck, die Unordnung in ihren Kleidern ließ eher Zügellosigkeit vermuten als Schmerz: man merkte sogleich, sie waren auf dem Gemälde die Hauptsache. Dennoch war Don Fabrizio einen Augenblick davon überrascht, daß Diego eine so traurige Szene immer vor Augen haben wollte; dann beruhigte er sich in dem Gedanken, er käme ja doch höchstens einmal im Jahr in dieses Zimmer.

Sogleich danach fragte er sich, ob sein Tod jenem ähnlich sein würde – wahrscheinlich ja, davon abgesehen, daß die Wäsche weniger untadelig sein würde (er wußte, die Laken Sterbender sind immer schmutzig, da gibt es Speichel, Entleerungen, Flecke von Medizinen . . .), und es war zu hoffen, daß Concetta, Carolina und die anderen anständiger gekleidet sein würden. Aber im großen ganzen das gleiche. Wie immer, stimmte ihn die Betrachtung seines eigenen Todes ebenso gleichmütig, wie ihn die vom Tode der anderen trübe stimmte; vielleicht, weil am Ende sein Tod in erster Linie den einer ganzen Welt bedeuten würde?

Das führte ihn dazu, an das Familiengrab zu denken, oben bei den Kapuzinern: man mußte einiges erneuern. Schade nur, daß es nicht mehr erlaubt war, dort die Leichen in der Krypta am Hals aufzuhängen und dann zu sehen, wie sie langsam zu Mumien wurden: er in seiner Größe und Länge hätte an jener Mauer eine prächtige Figur gemacht, in den mächtig langen Hosen von weißem *piqué*, recht, um die jungen Mädchen zu schrecken mit dem unverrückbaren Lächeln im ledergewordenen Gesicht. Aber nein, man würde ihn in Gala kleiden, vielleicht in diesen *frac*, den er anhatte . . .

Die Tür öffnete sich. »Großer Onkel, du bist heute

abend eine Schönheit. Der schwarze Anzug steht dir ausgezeichnet. Aber was betrachtest du da? Hofierst du den Tod, als wäre er eine schöne Frau?«

Tancredi hatte Angelica am Arm; beide waren, noch unter der sinnlichen Einwirkung des Tanzes, ermüdet. Angelica setzte sich und bat Tancredi um ein Taschentuch, um sich die Schläfen abzutupfen; Don Fabrizio gab ihr das seine. Die beiden jungen Menschen betrachteten das Gemälde vollkommen gleichgültig. Für sie war die Bekanntschaft mit dem Tode noch rein intellektuell, er war sozusagen ein Kulturfaktum, weiter nichts, er vermittelte ihnen noch nicht die Kenntnis, daß er ihnen das Mark in den Knochen verdorren lassen würde. Der Tod – nun ja, ohne Zweifel gab es ihn, aber das war etwas für die anderen. Don Fabrizio dachte daran, daß junge Menschen, da sie diesen höchsten Trost nicht aus der Nähe kennen, Schmerzen härter empfinden als die Alten: für diese ist der Notausgang näher.

»Fürst«, sagte Angelica, »man hat uns gesagt, daß Sie hier seien; wir sind hergekommen, um uns auszuruhen, aber auch, um Sie um etwas zu bitten; ich hoffe, Sie werden es mir nicht abschlagen.« Ihre Augen lachten schalkhaft, ihre Hand legte sich auf Don Fabrizios Ärmel. »Ich wollte Sie bitten, mit mir die nächste Mazurka zu tanzen. Sagen Sie ja, seien Sie kein Spielverderber: es ist bekannt, daß Sie ein großer Tänzer waren.« Der Fürst fühlte sich höchst glücklich, ihm schwoll geradezu der Kamm. Alles andere als die Krypta bei den Kapuzinern! Seine bärtigen Wangen gingen vor Freude hin und her. Die Vorstellung der Mazurka jedoch schreckte ihn ein wenig; dieser Soldatentanz, ganz nur Füßestampfen und Drehungen, war nichts mehr für seine Gelenke. Vor Angelica niederknien wäre eine Lust gewesen – aber wenn er hernach Mühe hätte, sich wieder zu erheben?

»Danke, meine Tochter; du machst mich wieder jung. Ich werde glücklich sein, deinem Wunsche nachzukommen; aber die Mazurka nicht. Schenke mir den ersten Walzer.«

»Siehst du, Tancredi, wie gut der Onkel ist! Er ist nicht so launisch wie du. Denken Sie, Fürst – er wollte nicht, daß ich Sie darum bäte, er ist eifersüchtig.«

Tancredi lachte: »Wenn man einen so schönen, eleganten Onkel hat wie ihn, muß man natürlich eifersüchtig sein! Aber – für diesmal will ich mich nicht widersetzen.« Sie lächelten alle drei, und Don Fabrizio wußte nicht recht, ob sie dieses Komplott geschmiedet hatten, um ihm eine Freude oder um sich über ihn lustig zu machen. Das war nicht wichtig – liebenswert waren sie doch.

Als sie hinausgehen wollten, fuhr Angelica mit den Fingern flüchtig über den gewirkten Stoff eines Sessels. »Hübsch sind die; eine schöne Farbe. Aber die in Ihrem Hause, Fürst . . .« Das Schiff setzte, wie üblich, zu voller Fahrt an. Tancredi legte sich ins Mittel: »Genug, Angelica. Wir beide sind dir gut, auch abgesehen von deinen Kenntnissen in puncto Möbel. Laß die Sessel in Ruh und komm tanzen.«

Auf dem Wege zum Ballsaal sah Don Fabrizio, daß Sedàra noch immer mit Giovanni Finale sprach. Man hörte Worte wie *russella, primintio, marzolino*: sie verglichen die Vorzüge des verschiedenen Saatguts. Der Fürst sah voraus, daß Don Calògero sehr bald würde nach Margarossa eingeladen werden – auf das Gut, für das sich Finale dank seiner landwirtschaftlichen Reformen langsam zugrunde richtete.

Das Paar Angelica–Don Fabrizio machte eine prächtige Figur. Die riesigen Füße des Fürsten bewegten sich mit überraschend zarter Leichtigkeit: nie brachten sie die Atlasschuhchen seiner Dame in die Gefahr, gestreift zu werden. Seine große Tatze umfaßte ihre Taille fest und kräftig, das Kinn ruhte auf der Lethewelle ihrer Haare; aus Angelicas Ausschnitt stieg ihr Parfüm auf, das *bouquet à la Maréchale*, vor allem aber ein Duft nach junger, glatter Haut. Ein Satz Tumeos kam ihm in den Sinn: »Ihre Bettlaken haben sicher den Duft des Paradieses.« Ein ungehöriger Satz, ein grober Satz; aber ganz richtig. Dieser Tancredi ...

Sie plauderte. Ihre natürliche Eitelkeit war ebenso befriedigt wie ihr zäher Ehrgeiz. »Ich bin so glücklich. Alle waren so liebenswürdig, so gut. Und Tancredi ist ein Schatz; auch Sie sind ein Schatz. Alles das danke ich Ihnen, großer Onkel: auch Tancredi. Denn man weiß ja, wie es ausgegangen wäre, wenn Sie nicht gewollt hätten.« »Ich bin schuldlos daran, meine Tochter; alles das verdankst du nur dir.« Das stimmte; nie hätte ein Tancredi ihrer mit ihrem Vermögen verbundenen Schönheit widerstanden. Er hätte sie geheiratet, auch wenn er alles hätte niedertreten müssen. Der Fürst verspürte einen Stich im Herzen: er dachte an die stolzen, gedemütigten Augen Concettas. Aber es war ein kurzer Schmerz – bei jeder Drehung des Tanzes fiel ein Jahr von seinen Schultern; bald kam es ihm vor, er sei wieder zwanzig Jahre alt; damals tanzte er in diesem selben Saale mit Stella, damals wußte er noch nicht, was Enttäuschungen sind, Überdruß, all das übrige. Für eine ganz kurze Zeit wurde in jener Nacht der Tod in seinen Augen wieder ›etwas für die anderen‹.

So vertieft war er in seine Erinnerungen, die mit dem

augenblicklichen Gefühl so gut zusammenstimmten, daß er nicht sofort merkte, wie auf einmal Angelica und er allein tanzten. Die anderen Paare hatten, vielleicht von Tancredi dazu angestiftet, zu tanzen aufgehört und sahen zu; auch die beiden Ponteleone standen da: sie schienen gerührt, sie waren älter und verstanden das vielleicht. Auch Stella war älter; doch ihre Augen blickten von einer Tür finster herüber. Als das Orchester schwieg, brach ein Beifall nur darum nicht los, weil Don Fabrizio zu löwenhaft aussah, als daß man solche Unziemlichkeit gewagt hätte.

Nachdem der Walzer zu Ende war, schlug Angelica Don Fabrizio vor, er solle an ihrem und Tancredis Tische speisen. Er hätte das sehr gern getan; aber gerade in diesem Augenblick waren die Erinnerungen an seine Jugend viel zu lebhaft, als daß ihm nicht klar gewesen wäre, wie schwer ihm damals, während Stella wenige Schritte entfernt saß, ein Diner mit einem alten Onkel gefallen wäre. Verliebte wollen allein sein, eher noch mit Fremden zusammen; mit Älteren aber und, das Schlimmste vom Schlimmen, mit Verwandten – nie.

»Danke, Angelica, ich habe keinen Appetit. Ich nehme irgend etwas im Stehen. Diniere mit Tancredi, an mich braucht ihr nicht zu denken.«

Er wartete einen Augenblick, bis sich die Kinder entfernt hatten, dann trat auch er in den Saal mit dem *buffet*. Im Hintergrunde stand eine ganz lange, schmale Tafel, beleuchtet von den berühmten zwölf Kandelabern aus *vermeil*, feuervergoldetem Silber, die dem Großvater Don Diegos am Ende seiner Botschafterzeit in Madrid vom Spanischen Hof als Geschenk überreicht worden waren:

aufrecht auf ihren hohen, schimmernden Metallsockeln trugen sechs Athleten im Wechsel mit sechs Frauenfiguren über ihren Köpfen einen Schaft aus vergoldetem Silber, der oben von den Flämmchen von zwölf Kerzen gekrönt war. Die Geschicklichkeit des Goldschmieds hatte der gelassenen Leichtigkeit, womit die Männer, der anmutigen Mühe, womit die jungen Frauengestalten die unverhältnismäßige Last trugen, neckisch Ausdruck verliehen. Zwölf erstklassige Stücke. »Wieviele *salme* Land die wohl wert sind!« hätte der unselige Sedàra gesagt. Don Fabrizio erinnerte sich, wie Diego ihm eines Tages die Etuis für jeden dieser Kandelaber gezeigt hatte: kleine steile Berge aus grünem marokkanischem Leder, das auf den Seiten in Gold den dreigeteilten Schild der Ponteleone und die verschlungenen, ebenfalls in Gold geprägten Initialen derer trug, die dieses Geschenk huldvoll gespendet hatten.

Zu Füßen der Kandelaber, zu Füßen der fünfstöckigen Tafelaufsätze, die zur fernen Decke die Pyramiden der *dolci di riporto* [22] hoben, die nie verzehrt wurden, war in eintöniger Üppigkeit die *table à thé* der großen Bälle ausgebreitet: korallenrot die lebendig in kochendes Wasser geworfenen Langusten, wächsern, gummiähnlich die Kalbs-*chaud-froids,* stahlfarben die in die weichen Saucen versenkten Wolfsfische, die Puten, die die Ofenhitze goldgelb gebraten hatte, die unter dem Gelatinepanzer rosigen, fetten Leberpasteten, die Schnepfen – man hatte die Knochen ausgelöst und die Vögel dann sanft auf Grabhügel gerösteter, mit Ambraduft durchzogener Brotstücke gelegt, die mit den ganz fein gehackten inneren Teilen ebendieser Vögel garniert waren –, die Fleisch-Gelatinen in der Farbe der Morgenröte, viele andere grausame, schönfarbene Köstlichkeiten. An den äußeren Enden der Tafel zwei gewaltige silberne Suppenterrinen, die die ambra-gebräunte, klare *consommé* enthielten. Die Köche in den geräumigen Küchen hatten schon in der vorhergehenden Nacht schwitzen müssen, um dieses Mahl vorzubereiten.

»Nein – was für eine Menge Zeug! Donna Margherita versteht ihre Sache. Aber für all das braucht es andere Mägen als den meinen.«

Er verschmähte die von Kristall und Silber blitzende Tafel mit den Getränken auf der rechten Seite und wandte sich zur Linken, wo die Süßigkeiten standen. Hier gab es ungeheure *babà*[23], fuchsfarben wie das Fell der Pferde, schlagrahm-schneeige Montblancs, *beignets Dauphin*, die von Mandeln weiß und von Pistazien leicht grün gesprenkelt waren, ganze Hügel von Schokolade-*profiteroles*[24], kastanienbraun und fett wie der Humus der Ebene von Catania, woher sie in der Tat auf langen, umständlichen Wegen gekommen waren, rosige *parfaits*[25], Champagner-*parfaits*, graue *parfaits*, die knisternd abblätterten, wenn der flache Löffel sie teilte, die Violinklänge in Dur der kandierten Weichselkirschen, die herben Klangfarben gelber Ananas, *trionfi della gola*, Triumphe der Völlerei mit dem stumpfen Grün ihrer gemahlenen Pistazien, unkeusche *paste delle Vergini*. Von diesen ließ sich Don Fabrizio geben; als er sie auf dem Teller hielt, sah es aus wie eine profane Karikatur der heiligen Agata, wie sie ihre abgeschnittenen Brüste vorweist. »Wie kommt es nur, daß die Inquisition, als sie es vermochte, nicht daran gedacht hat, dieses Gebäck zu verbieten? Die ‚Triumphe der Völlerei‘ (die Völlerei, Todsünde!), die Brüste der heiligen Agata von den Klöstern verkauft, von den Festteilnehmern verschlungen! Na!«

In dem nach Vanille, Wein und Puder duftenden Saal

wanderte Don Fabrizio auf der Suche nach einem Platz umher. Von einem Tisch aus sah ihn Tancredi und schlug mit der Hand auf einen Stuhl, ihm zu zeigen, daß er sich dorthin setzen könne; neben ihm suchte Angelica ihre Coiffüre in einem Silberteller kritisch zu betrachten. Don Fabrizio schüttelte zum Zeichen, daß er es ihm abschlage, lächelnd den Kopf. Er suchte weiter: an einem Tisch vernahm man die befriedigte Stimme Pallavicinos: »Die größte Erschütterung meines Lebens . . .« Neben ihm war ein Platz frei. Aber was für ein schrecklich lästiger Mensch! War es nach alledem nicht besser, sich die vielleicht beabsichtigten, aber erfrischenden Liebenswürdigkeiten Angelicas anzuhören, die trockenen Späße Tancredis? Aber nein; besser, sich selbst langweilen als die anderen.

Er entschuldigte sich und setzte sich neben den Oberst, der sich, als der Fürst kam, erhob, was ihm ein weniges der Leopardensympathien zurückgewann. Während Don Fabrizio das raffinierte Gemisch des *Blancmanger*[26] und die Pistazien und den Zimt in dem Gebäck, das er gewählt hatte, kostete, plauderte er mit Pallavicino und merkte, daß dieser jenseits der zuckersüßen Sätze, die er wohl für die Damen aufhob, alles andere war als ein Dummkopf. Auch er war ein ›Herr‹, und der tiefgegründete Skeptizismus seines Standes, der gewohnheitsgemäß von den gewaltigen Bersaglieri-Flammen des Rockkragens erstickt wurde, lugte vorsichtig wieder hervor, jetzt, da er sich in einer Umgebung fand, die der gleich war, der er entstammte, weitab von der unvermeidlichen Rhetorik der Kasernen und der eigenen für die Frauen, die ihn bewunderten.

»Jetzt will mir die Linke Scherereien machen, weil ich meinen Jungens im August befohlen habe, auf den General Garibaldi das Feuer zu eröffnen. Aber sagen Sie mir, Fürst: was konnte ich anderes tun bei den Befehlen, die ich hatte? Ich muß jedoch bekennen: als ich dort auf dem Aspromonte diese Hunderte hemdsärmeliger Kerle vor mir sah, einige mit den Gesichtern unheilbarer Fanatiker, andere mit den Fratzen handwerksmäßiger Revolutionäre, da war ich glücklich, daß diese Befehle dem, was ich selber dachte, so genau entsprachen. Hätte ich nicht schießen lassen, so hätten diese Leute aus meinen Soldaten und aus mir Hackfleisch gemacht. Das wäre nicht weiter schade gewesen; aber es hätte auch damit geendet, daß man die französische und die österreichische Intervention herbeigerufen hätte, ein Skandal ohnegleichen, in dem dieses Königreich Italien zusammengestürzt wäre – ein Reich, das sich auf wunderbare Weise, das heißt, man begreift nicht wie, gebildet hat. Und ich sage es Ihnen im Vertrauen: meine sehr kurze Schießerei hat vor allem ... Garibaldi genützt, sie hat ihn befreit von dieser Dande, die sich an ihn gehängt hatte, von all diesen Individuen vom Typ Zambianchi, die sich seiner zu wer weiß welchen Zwecken bedienten, zu Zwecken, die vielleicht hochherzig, aber wahnwitzig waren, vielleicht aber einfach von den Tuilerien in Paris und dem Palazzo Farnese, der französischen Botschaft in Rom, gewollt: alles Individuen, die sich sehr unterschieden von denen, die mit ihm in Marsala gelandet waren, Leute, die glaubten – die Besten von ihnen –, man könne mit einer Reihe von ›Achtundvierzigerstreichen‹ Italien gründen. Er, der General Garibaldi, weiß das alles, denn in dem Augenblick meines berühmten Kniefalls hat er mir die Hand gedrückt, und zwar mit einer Wärme, die ich nicht für gewohnheitsmäßig halte jemandem gegenüber, der ihm fünf Minuten zuvor hat eine

Kugel in den Fuß schießen lassen. Und wissen Sie, was er leise zu mir gesagt hat, er, der einzige edelgesinnte Mensch, der sich auf jener Seite befand, dort auf dem verhängnisvollen Berg? ›Dank, Oberst.‹ Dank wofür, frage ich Sie? Dafür, daß ich ihn fürs ganze Leben lahm gemacht habe? Offensichtlich nicht; sondern daß ich ihm für die Aufschneidereien, die Erbärmlichkeiten — Schlimmeres vielleicht — dieser seiner zweifelhaften Gefolgsmänner die Augen geöffnet habe.«

»Aber, Oberst — entschuldigen Sie: glauben Sie nicht, daß Sie es mit Handküssen, Hutziehen und Komplimenten ein wenig übertrieben haben?«

»Aufrichtig gesagt — nein. Denn diese Handlungen zärtlicher Rührung geschahen ganz von selbst. Man mußte ihn sehen, diesen armen großen Mann, wie er dort am Boden unter eine Kastanie hingestreckt lag, Schmerz empfindend am Körper, und noch mehr vom Schmerz gelähmt im Geist! Eine Pein! Er offenbarte sich klar als das, was er immer gewesen ist, ein Kind; mit Bart und Furchen im Gesicht, aber trotzdem ein kleiner Junge, unbesonnen und harmlos. Es war schwierig, der Erschütterung zu widerstehen, daß man gezwungen gewesen war, ihn mit Wau-Wau zu schrecken. Andererseits, warum hätte ich widerstehen sollen? Ich küsse nur Frauen die Hand; auch damals, Fürst, habe ich der Rettung des Königreichs die Hand geküßt — auch diese Rettung ist eine Frau, der wir Soldaten huldigen müssen.«

Ein Diener kam vorüber; Don Fabrizio sagte ihm, er solle eine Scheibe vom Montblanc und ein Glas Champagner für ihn bringen. »Und Sie, Oberst, nehmen Sie nichts?« »Nichts zu essen, danke. Vielleicht auch ich einen Kelch Champagner.«

Dann redete er weiter; man sah, er vermochte sich nicht zu lösen von jener Erinnerung, die so, wie sie war: einige wenige Flintenschüsse und viel Geschicklichkeit, gerade zu dem Typ gehörte, der seinesgleichen anzog. »Während meine Bersaglieri die Männer des Generals Garibaldi entwaffneten, haben diese geschimpft und geflucht, und wissen Sie, auf wen? Auf ihn, den einzigen, der mit seiner Person bezahlt hat. Ekelhaft − aber nur natürlich; sie sahen, daß ihnen diese kindliche, doch große Persönlichkeit aus den Händen schlüpfte: die einzige, die die dunklen Machenschaften vieler von ihnen decken konnte. Und auch wenn meine Artigkeiten überflüssig gewesen wären, so wäre ich trotzdem froh, sie ihm erwiesen zu haben; hier bei uns, in Italien, ist es gar nicht möglich, in Gefühlsausbrüchen und Abküssereien zu übertreiben: das sind die wirksamsten politischen Argumente, die wir haben.«

Er trank den Champagner, den man ihm gebracht hatte, doch das schien seine Bitterkeit noch zu vermehren. »Sie waren nach der Gründung des Königreichs nicht auf dem Kontinent, Fürst? Sie sind glücklich daran. Es ist kein schönes Schauspiel. Nie sind wir so uneins gewesen, als seit wir vereint sind. Turin will nicht aufhören, Hauptstadt zu sein, Mailand findet unsere Verwaltung der Österreichs unterlegen, Florenz hat Angst, man könne ihm seine Kunstwerke forttragen, Neapel weint um die Industrien, die es verliert, und hier, hier in Sizilien droht irgendein schweres, irrationales Unheil . . . Für den Augenblick wird, auch dank Euerm ergebenen Diener, von den Rothemden nicht mehr gesprochen; aber man wird wieder von ihnen sprechen. Sind diese verschwunden, dann kommen gewiß andere, von einer anderen Farbe; und dann wieder rote.

Wie wird das enden? Da sagt man ja bei uns, wir haben den Stellone, den großen Stern, den Glücksstern Italiens. Mag sein. Aber Sie wissen besser als ich, Fürst, daß auch die Fixsterne nicht wirklich feststehen.« So prophezeite er, vielleicht ein wenig berauscht. Don Fabrizio spürte, wie sich ihm angesichts der beunruhigenden Perspektiven das Herz zusammenschnürte.

Der Ball dauerte noch lange, und es wurde sechs Uhr morgens: alle waren erschöpft und wären am liebsten seit wenigstens drei Stunden im Bett gewesen; aber früh weggehen bedeutete so viel wie verkünden, daß das Fest nicht geglückt sei, und die Hausfrau und den Herrn des Hauses kränken, die Ärmsten, die sich so viel Mühe gegeben hatten.

Die Gesichter der Damen waren bleich, die Kleider zerknittert, die Atemzüge schwer. »Maria! diese Müdigkeit! Maria! wie bin ich schläfrig!« Über den verrutschten Krawatten waren die Gesichter der Männer gelb und faltig, der Mund feucht von bitterem Speichel. Ihre Besuche in einem vernachlässigten Kämmerchen, auf gleicher Ebene mit der Loggia des Orchesters, wurden häufiger: in ihm standen in schöner Ordnung etwa zwanzig breite Nachtgeschirre, zu jener Stunde fast alle reichlich voll, einige liefen schon über. Die erschöpften Diener wechselten, als sie merkten, der Ball gehe zu Ende, nicht mehr die Kerzen auf den Kronleuchtern: die kurzen Stümpfe verbreiteten in den Sälen ein ganz anderes, rauchiges Licht von böser Vorbedeutung. In dem leeren Saal mit dem *buffet* waren nur noch halbleere Teller, Gläser mit einem Fingerbreit Wein, den die Kammerdiener hastig tranken, wobei sie sich verstohlen umblickten. Das Licht des frühen Morgens drang leise durch die Fugen der Fensterläden – ein plebejisches Licht.

Die Versammlung zerbröckelte, um Donna Margherita stand schon eine Gruppe Menschen, die sich verabschiedeten. »Wunderschön! Ein Traum! Ganz wie in alten Zeiten!« Tancredi hatte Mühe, Don Calògero zu wecken, der, den Kopf nach hinten gelehnt, auf einem abseits stehenden Sessel eingeschlafen war; die Hosen waren ihm bis zum Knie hochgerutscht, oberhalb der seidenen Socken kamen die Unterhosen hervor – wirklich sehr ländlich. Auch der Oberst Pallavicino hatte Schatten unter den Augen; er erklärte jedoch jedem, der es hören wollte, er würde nicht nach Hause gehen, sondern geradewegs vom Palazzo Ponteleone auf den Exerzierplatz; so wollte es in der Tat die eiserne Tradition, der die zu einem Ball eingeladenen Militärs folgten.

Als die Familie im Wagen Platz genommen hatte (die Kissen waren feucht vom Tau), sagte Don Fabrizio, er werde zu Fuß nach Hause gehen; etwas frische Luft werde ihm guttun, er habe einen Anflug von Kopfweh. Die Wahrheit war die, daß er sich aus dem Anblick der Sterne ein wenig Trost holen wollte. Es standen noch ein paar am Himmel, gerade oben im Zenit. Wie immer, fühlte er sich belebt, wenn er sie sah, sie waren fern, allmächtig und zugleich seinen Berechnungen so folgsam; ganz im Gegensatz zu den Menschen, die immer zu nahe sind, schwach und doch so widerspenstig.

Auf den Straßen war schon ein wenig Bewegung; einige Lastkarren mit Haufen von Abfällen, viermal so hoch wie die kleinen grauen Esel, die sie schleppten. Ein langer, offener, zweirädriger Karren trug aufeinandergeschichtet die eben erst im Schlachthaus getöteten Rinder, schon in Vier-

tel geteilt; sie zeigten ihre intimsten Teile – mit der Scham-
losigkeit des Todes. Hin und wieder fiel ein dicker, roter
Tropfen aufs Pflaster.

Durch eine Seitengasse hindurch sah der Fürst einen
Ausschnitt vom östlichen Himmel über dem Meer. Da
stand Venus, ihr Haupt von herbstlichen Dünsten umhüllt.
Sie war immer treu, sie erwartete Don Fabrizio immer,
wenn er ganz früh heraustrat, in Donnafugata vor der
Jagd, jetzt nach dem Ballfest.

Don Fabrizio seufzte. Wann würde sie sich entschlie-
ßen, ihm, fern von den einfältigen Menschen und von all
dem Blut, ein weniger flüchtiges Stelldichein zu geben, in
der ihr eigenen Region immerwährender Gewißheit?

SIEBENTES KAPITEL

Der Tod des Fürsten

Juli 1883

Don Fabrizio kannte jenes Gefühl schon lange. Es war Jahrzehnte her, daß er gespürt hatte, wie das Lebensfluidum, die Fähigkeit zu existieren, kurz: das Leben, und wohl auch der Wille, weiterzuleben, ihn allmählich verließen, langsam aber beständig, so wie die Körnchen in der engen Öffnung einer Sanduhr weniger werden und ganz nach und nach herunterrieseln, ohne sich zu eilen, ohne zu zögern. In einigen Momenten angespannter Tätigkeit, großer Aufmerksamkeit verschwand dieses Gefühl ständigen Verlassenwerdens, um sich bei jeder, auch der kürzesten Gelegenheit, da er schwieg oder in sich schaute, unerschütterlich wieder einzustellen: etwa wie ein ständiges Summen am Ohr, wie der Schlag eines Pendels sich uns aufdrängt, wenn alles übrige schweigt; und dann überzeugen wir uns davon, daß die Geräusche immer da waren, wachsam, auch wenn wir sie nicht hörten.

In all den anderen Momenten hatte ihm immer ein Minimum an Aufmerksamkeit genügt, um das Rauschen der Sandkörnchen wahrzunehmen, die leicht davonglitten, das Rauschen der Zeit-Augenblicke, die aus seinem Geist ausbrachen und ihn für immer verließen. Das Gefühl war übrigens zunächst an kein Übelbefinden gebunden. Vielmehr war dieser unwahrnehmbare Verlust an Lebenskraft der Beweis, sozusagen die Bedingung für das Lebensgefühl; und für ihn, der gewohnt war, äußere, unbegrenzte Räume zu erforschen, innere, ungeheure Schlünde zu ergründen, war dieses Gefühl durchaus nicht unangenehm: es war wie ein ständiges, ganz leichtes Abbröckeln der Persönlichkeit, aber verknüpft mit der unbestimmten Ahnung, anderswo werde sich wieder eine Persönlichkeit aufbauen, die – Gott sei Dank – weniger bewußt, doch tiefer wäre. Jene Sandkörnchen gingen nicht verloren, sie entschwanden, aber sie häuften sich wer weiß wo an, um sich zu einer dauerhafteren Masse zu härten. ›Masse‹ war jedoch, so hatte er überlegt, nicht das genau entsprechende Wort, es war zu schwer; andererseits waren es die ›Sandkörnchen‹ auch nicht. Es war eher so etwas wie Partikelchen von Wasserdampf, die sich aus einem engen Weiher erheben, um in den Himmel hinaufzusteigen, wo sie die großen, leichten, freien Wolken bilden.

Manchmal war er überrascht, daß der Lebens-Wasserbehälter nach den Verlusten so vieler Jahre noch etwas sollte enthalten können. ›Selbst dann nicht, wenn er groß wäre wie eine Pyramide.‹ Ein anderes Mal, oder vielmehr öfter, war er von Stolz erfüllt darüber, daß gleichsam er ganz allein dieses ständige Fliehen bemerkte, während um ihn herum niemand ein Gefühl dafür zu haben schien; und er hatte darin einen Anlaß gefunden, die anderen zu verachten, wie der ältere Soldat den Rekruten verachtet, der sich der Täuschung hingibt, die ihn umschwirrenden Kugeln seien große, summende, harmlose Fliegen. Das sind Dinge, die man – warum, weiß man nicht – niemandem anvertraut; man überläßt es den anderen, sie zu ahnen; und kein Mensch in seiner Umgebung hatte sie je geahnt, keine der Töchter, die ein Jenseits erträumten, das diesem Leben gleich wäre, vollständig versehen mit allem, mit Verwaltung, Köchen und Klöstern; nicht Stella, die, während sie am Brand infolge Zuckerkrankheit elend zugrundeging, sich trotzdem töricht an dieses Leben voller Qual geklammert hatte. Vielleicht hatte ihn nur Tancredi einen Augenblick verstanden, als er in seiner widerspenstig-ironischen Art zu ihm gesagt hatte: »Großer Onkel, du hofierst den Tod, als wäre er eine schöne Frau.« Jetzt war das Hofieren zu Ende: die Schöne hatte ihr Ja gesagt, die Flucht war beschlossen, das Abteil im Zuge reserviert.

Doch nun war die Sache anders, ganz anders. Er saß, die langen Beine in eine Decke gehüllt, in einem Sessel auf dem Balkon des Albergo Trinacria und fühlte, wie das Leben in breiten, drängenden Sturzwellen von ihm fortging, mit einem dem Geiste spürbaren Getöse, das man mit dem Rheinfall hätte vergleichen können. Es war um die Mittagszeit eines Montags Ende Juli, und das Meer von Palermo, dicht, ölig, unbeweglich, weitete sich vor ihm, unwahrscheinlich reglos und flach hingestreckt wie ein Hund, der bestrebt ist, sich vor den Drohungen des Herrn unsichtbar zu machen; aber die Sonne, unverrückbar, senkrecht, stand breitbeinig darüber und peitschte es ohne Erbarmen. Die Stille war vollkommen. Unter dem hohen Licht vernahm Don Fabrizio nur einen einzigen Ton: in seinem Innern den Ton des Lebens, das aus ihm hervorbrach.

Er war am Morgen, vor wenigen Stunden, aus Neapel gekommen, wohin er sich begeben hatte, um den Profes-

sor Sémmola zu konsultieren. In Begleitung der vierzig-
jährigen Tochter Concetta und des Enkels Fabrizietto hatte
er eine düstere Reise zurückgelegt, langsam wie eine Lei-
chenfeier. Der Lärm des Hafens bei der Abfahrt hier wie
bei der Ankunft in Neapel, der beißende Geruch der Ka-
bine, das unaufhörliche Stimmengewirr dieser parano-
ischen Stadt hatten ihn gereizt – es war jene immer klagende Gereiztheit schon sehr kraftlos gewordener Menschen, die sie ermattet und schwächt, während sie im Gegensatz dazu bei den guten Christenmenschen, die noch
viele Lebensjahre vor sich haben, eine entgegengesetzte
Gereiztheit hervorruft. Er hatte verlangt, auf dem Land-
wege zurückzufahren: ein ganz plötzlicher Entschluß, gegen den der Arzt versucht hatte, anzukämpfen; aber er
hatte darauf bestanden, und noch der Schatten seines An-
sehens war so gewaltig, daß er es durchgesetzt hatte. Mit
dem Ergebnis allerdings, daß er dann sechsunddreißig
Stunden in einem glühenden Kasten eingesperrt bleiben
mußte, in sich verkrochen, erstickt vom Rauch in den Tun-
nels, die sich wie Fieberträume wiederholten, geblendet
von der Sonne auf den offenen, wie traurige Wirklichkei-
ten sich vor ihm dehnenden Strecken, gedemütigt von den
hundert niedrigen Diensten, die er von dem erschreckten
Enkel fordern mußte. Sie fuhren durch ungesunde Gegen-
den, über unheimliche Gebirgszüge, über malariaverseuch-
te, wie erstarrte Ebenen – Ausblicke in Kalabrien und der
Basilicata, die ihm barbarisch vorkamen, während sie doch
denen in Sizilien ganz ähnlich waren. Die Eisenbahnlinie
war noch nicht ganz fertig: in ihrem letzten Stück bei Reg-
gio machte sie einen weiten Bogen nach Metaponto durch
mondenhafte Zonen, die rein zum Hohn so athletische und
wollüstige Namen trugen wie Crotone und Sibari. Dann

in Messina, nachdem das verlogene Lächeln der Meerenge sogleich Lügen gestraft worden war von den versengten peloritanischen Höhen, wieder ein Bogen, lang wie ein grausamer Prozeßaufschub. Der Zug war nach Catania hinuntergefahren, war nach Castrogiovanni hinaufgeklettert: die Lokomotive, die die berühmten Hänge hinankeuchte, schien krepieren zu wollen wie ein überanstrengtes Pferd; und nachdem sie mit Getöse wieder hinuntergefahren, war man in Palermo angelangt.

Bei der Ankunft die üblichen Masken von Familienangehörigen mit dem aufgemalten frohen Lächeln wegen des glücklichen Ausgangs dieser Reise. Aber gerade aus dem tröstenden Lächeln der Menschen, die ihn am Bahnhof erwarteten, aus ihrem erfreuten Gesicht, das sie nur vortäuschten, und schlecht vortäuschten, offenbarte sich ihm der wahre Sinn der Diagnose von Sémmola, der ihm selber nur beruhigende Sätze gesagt hatte; und da, in diesem Augenblick – nachdem er aus dem Zug gestiegen war, während er die in ihre Witwentrauer vergrabene Schwiegertochter umarmte, die Söhne, die beim Lächeln ihre Zähne zeigten, Tancredi mit seinen scheuen Augen, Angelica, deren reife Brüste die Seide der Bluse spannten – da vernahm sein Ohr den Lärm des Wasserfalls.

Wahrscheinlich fiel er in Ohnmacht, denn er erinnerte sich nicht, wie er in den Wagen gekommen war; er fand sich darin ausgestreckt, mit steifen Beinen, nur Tancredi neben ihm. Der Wagen hatte sich noch nicht in Bewegung gesetzt, von draußen hörte er das leise Getuschel der Familienmitglieder. »Es ist nichts.« »Die Reise war zu lang.« »Bei dieser Hitze würden wir alle in Ohnmacht fallen.« »Bis zur Villa zu fahren, würde ihn zu sehr ermüden.« Sein Sinn war wieder vollkommen klar: er bemerkte das

ernsthafte Gespräch zwischen Concetta und Francesco
Paolo, die Eleganz Tancredis in seinem braun- und grau-
gewürfelten Anzug, die braune Melone; er bemerkte auch,
wie das Lächeln des Neffen gar nicht mehr so spöttisch
war, ja wie ein Hauch melancholischer Zuneigung in ihm
lag; und das gab ihm das bittersüße Gefühl, daß der Neffe
ihm gut sei, und auch, daß er wisse, der Onkel sei auf-
gegeben – wie hätte sonst sein ständiger Spott von Zärtlichkeit hinweggefegt werden können! Der Wagen fuhr
an und bog nach rechts ein. »Aber wohin fahren wir, Tancredi?« Seine eigene Stimme überraschte ihn. Er merkte
in ihr den Widerhall des inneren Getöses. »Großer Onkel,
wir fahren zum Albergo Trinacria, du bist müde, und die
Villa ist weit; du ruhst dich eine Nacht aus, und morgen
kehrst du nach Hause zurück. Scheint es dir nicht recht
so?« »Aber dann fahren wir in unser Haus am Meer, das
ist noch näher.« Dies war jedoch nicht möglich: das Haus
war nicht darauf eingerichtet, wie er sehr wohl wußte; es
war nicht einmal ein Bett vorhanden. »Im Albergo geht es
dir bestimmt besser, Onkel; dort hast du jede Bequemlichkeit.« Sie behandelten ihn wie einen Neugeborenen;
und die Kraft, die er hatte, war wirklich genau die eines
Neugeborenen.

Ein Arzt war die erste Bequemlichkeit, die er im Albergo vorfand; man hatte ihn eilig rufen lassen, wohl als
das Herz aussetzte. Aber es war nicht der Doktor Cataliotti, der ihn immer behandelte, ein Mann mit weißer
Halsbinde unter dem lächelnden Gesicht und einer teuren Goldbrille; es war ein armer Teufel, der Arzt jenes
kümmerlichen Viertels, ohnmächtiger Zeuge tausend elender Todeskämpfe. Über den zerrissenen Gehrock reckte
sich das arme Gesicht, abgemagert, mit weißen Haar-

stoppeln besetzt, das enttäuschte Gesicht eines hungrigen Intellektuellen; als er die Uhr, die ohne Kette war, aus der Rocktasche zog, sah man die Grünspanflecke, die die nachträgliche Vergoldung durchdrungen hatten. Auch er war ein armer Ölschlauch, den der lange Gebrauch abgenutzt hatte – er verschüttete, ohne daß er es wußte, die letzten Tropfen Öl. Er zählte die Pulsschläge, verordnete Kampfertropfen, entblößte die verdorbenen Zähne zu einem Lächeln, das beruhigen sollte und das statt dessen Mitleid heischte; er ging auf leisen Sohlen davon.

Die Tropfen aus der nahen Apotheke kamen rasch, sie taten ihm gut; er fühlte sich etwas weniger schwach, aber die Heftigkeit, womit die Zeit von ihm fortfloh, ließ in ihrem Ungestüm nicht nach.

Don Fabrizio betrachtete sich im Spiegel des Schrankes, er erkannte mehr seine Kleidung als sich selbst: sehr groß, hager, die Wangen eingefallen, der Bart drei Tage alt – er sah aus wie einer jener verrückten Engländer, die auf den Vignetten der Bücher von Jules Verne einherspazieren, wie er sie Fabrizietto zu Weihnachten schenkte. Ein Leopard in allerschlechtester Form. Warum nur ließ Gott es nicht zu, daß ein Mensch mit seinem eigenen Gesicht stürbe? Denn es geschieht allen das gleiche: man stirbt mit einer Maske auf dem Gesicht; auch die Jungen; auch jener Soldat mit dem besudelten Antlitz; auch Paolo, als man ihn vom Fußsteig aufgehoben hatte, das Gesicht verzerrt und wie zerknüllt, während die Menschen im Staube dem Pferd nachrannten, das ihn abgeworfen hatte. Und wenn schon in ihm, dem Alten, der Lärm des entfliehenden Lebens so mächtig war, wie mußte dann erst der Aufruhr in jenen noch gefüllten Behältern gewesen sein, die aus den armen, jungen Körpern in einem Augenblick ausflossen! Er hätte gern, so sehr er es vermochte, dieser unsinnigen Regel der erzwungenen Vermummung zuwidergehandelt, er spürte jedoch, daß er es nicht konnte: das Rasiermesser zu heben wäre so gewesen, wie – früher – den eigenen Schreibtisch zu heben. »Man muß einen Barbier holen lassen«, sagte er zu Francesco Paolo. Doch sogleich dachte er:

›Nein. Es ist eine Regel beim Spiel; widrig, aber sie entspricht der Form. Man wird mich hernach rasieren.‹

Und laut sagte er: »Laß sein. Wir wollen später dafür sorgen.« Die Vorstellung von dieser letzten Verlassenheit des Leichnams, mit dem sich über ihn beugenden Barbier, störte ihn nicht.

Der Kammerdiener trat ein, im Arm das Waschbecken mit lauwarmem Wasser und einem Schwamm, zog ihm Jacke und Hemd aus, wusch ihm Gesicht und Hände, wie man ein Kind wäscht, wie man einen Toten wäscht. Der Ruß von eineinhalb Tagen Eisenbahnfahrt machte auch das Wasser leichendüster. In dem niederen Zimmer war es zum Ersticken: die Hitze brachte die Gerüche zum Gären, erhöhte den muffigen Geruch der schlechtentstaubten Plüschmöbel, die Schemen Dutzender zertretener Schaben schienen noch ihren medikamentösen Geruch auszuströmen; aus dem Nachttisch kamen die haftengebliebenen Dünste verschiedenen Urins und machten den Raum dumpf.

Don Fabrizio ließ die Läden öffnen: der Albergo lag im Schatten, aber das Licht, das von dem metallischen Meer zurückgestrahlt wurde, blendete ihn; besser jedoch dies als der ekelhafte Gefängnisgeruch. Er sagte, man möge ihm einen Sessel auf den Balkon stellen; auf irgend jemandes Arm gestützt, schleppte er sich hinaus, und nach diesen paar Metern Weg setzte er sich hin mit dem Gefühl der

Erquickung, das er früher verspürt hatte, wenn er sich nach vier Stunden Jagd in den Bergen ausruhte. »Sage allen, sie sollen mich in Ruhe lassen; ich fühle mich besser, ich will schlafen.« Er war wirklich müde; aber er fand, jetzt dem Schlafbedürfnis nachzugeben wäre genauso sinnlos, wie wenn man ganz kurz vor einem ersehnten Festmahl ein Stück Torte essen wollte. Er lächelte. ›Ich war immer ein weiser Feinschmecker.‹ Und hier saß er, versunken in das große Schweigen von draußen, in den entsetzlichen, summenden Lärm von innen.

Er konnte den Kopf nach links drehen: zu seiten des Monte Pellegrino sah man den Einschnitt im Kranz der Berge, und weiter weg die beiden Hügel – zu deren Füßen lag sein Haus. Da es unerreichbar war, erschien es ihm sehr weit entfernt; er dachte zurück an sein Observatorium, an die Fernrohre, auf die nunmehr Jahrzehnte Staub fallen würde; an den armen Pater Pirrone, der auch schon Staub war; an die Bilder der Lehnsgüter, an die Äffchen der Wandbekleidung, an das große Messingbett, in dem seine Stelluccia gestorben war. An alle diese Dinge dachte er, und sie erschienen ihm jetzt, auch wenn sie wertvoll waren, bescheiden; dachte an die verschlungenen Metallgegenstände, an die Drahtmodelle im Observatorium, an diese mit Pflanzenfarben bemalten seidenen Wandteppiche – Dinge, die er am Leben erhalten hatte, die binnen kurzem, ohne ihre Schuld, jäh in einen Limbus fallen würden: er bestand aus Verlassensein und aus Vergessenheit. Das Herz preßte sich ihm zusammen, er vergaß den eigenen Todeskampf im Gedanken an das drohende Ende dieser armen, liebenswerten Dinge. Die träge Reihe der Häuser hinter ihm, die feste Schranke der Berge, die von der Sonne gegeißelte Weite hinderten ihn sogar daran, deutlich an Donnafugata zu denken; es kam ihm vor wie ein Haus, das einem im Traum erschienen ist, nicht mehr wie das seine – sein war jetzt nur noch dieser erschöpfte Körper, die Schieferplatten des Balkons unter den Füßen, dieser jähe Sturz dunkler Wasser auf den Abgrund zu. Er war allein, ein Schiffbrüchiger auf einem Floß, das treibt, eine Beute von Strömungen, deren er nicht Herr wurde.

Da waren die Söhne, gewiß. Die Söhne. Der einzige, der ihm ähnelte, Giovanni, war nicht mehr hier. Alle paar Jahre schickte er Grüße aus London; er hatte nichts mehr mit Kohle zu tun, er handelte Brillanten; nachdem Stella schon tot war, war ein Briefchen an sie gekommen und kurz hinterher ein Päckchen mit einem Armband. Giovanni, ja. Auch er hatte ›den Tod hofiert‹, hatte vielmehr, indem er alles verließ, für sich so viel Tod geschaffen, als man daranwenden kann, wenn man weiterlebt. Aber die anderen . . . Da waren auch die Enkel: Fabrizietto, der jüngste Salina, so schön, so lebhaft, so liebenswert . . .

So verhaßt. Mit seiner doppelten Dosis Màlvica-Blut, mit den Vergnügungs-Instinkten, mit seinen Neigungen zu bürgerlicher Eleganz. Es war unnütz, sich zu zwingen, das Gegenteil zu glauben – der letzte Salina war er, der abgezehrte Riese, der jetzt auf dem Balkon eines Albergo seinen Todeskampf kämpfte. Denn die Bedeutung eines adeligen Geschlechts liegt ganz in den Traditionen, das heißt: in den lebenskräftigen Erinnerungen; und er besaß als Letzter ungewöhnliche Erinnerungen, die sich von denen der anderen Familien unterschieden. Fabrizietto würde ganz gewöhnliche Erinnerungen haben, denen seiner Kameraden vom Gymnasium gleich: Erinnerungen an billige Vergnügungen, an dumme, ein wenig niederträchtige Possen, die den Lehrern gespielt wurden, an den Kauf von Pferden, wobei man den Blick mehr auf ihren Preis als auf ihre Vorzüge richtete; und der Sinn des Namens würde sich wandeln in leeren Prunk, der Fabrizietto immer vergällt werden würde von der quälenden Furcht, andere könnten mehr Prunk entfalten als er. Die Jagd nach der reichen Heirat würde angehen, wenn diese eine gewöhnliche *routine* geworden wäre und nicht mehr ein kühnes, beutelustiges Abenteuer, wie es die Heirat Tancredis gewesen war. Die Gobelins von Donnafugata, die Mandelpflanzungen von Ragattisi, womöglich – wer weiß – der Brunnen der Amphitrite, jene viele Jahre alten, fein abgetönten Dinge würden das groteske Schicksal haben, verwandelt zu werden in rasch verdaute Gänseleberpasteten, in Geschichten mit kleinen hübschen Tingeltangel-Mädchen, die vergänglicher sein würden als ihre eigene Schminke. Und von ihm würde nur die Erinnerung an einen alten, jähzornigen Großvater bleiben, der an einem Julinachmittag verreckt war – gerade so, daß er den Jungen an der Reise nach dem Badestrand von Livorno hinderte. Er, Don Fabrizio, hatte selber gesagt, die Salina blieben immer die Salina. Er hatte unrecht gehabt. Der letzte war er. Dieser Garibaldi, dieser bärtige Vulkan, war demnach doch der Sieger.

Aus dem Zimmer nebenan, das sich auf den gleichen Balkon öffnete, hörte er die Stimme Concettas: »Man konnte nicht anders handeln; man mußte ihn holen lassen; ich wäre ewig untröstlich gewesen, wenn man ihn nicht gerufen hätte.« Er begriff sogleich: es handelte sich um den Priester. Einen Augenblick dachte er daran, sich zu weigern, zu lügen, laut zu rufen, es gehe ihm ausgezeichnet, er habe nichts nötig. Aber rasch wurde ihm das Lächerliche seiner Absicht bewußt: er war der Fürst von Salina, und wie ein Fürst von Salina mußte er sterben, richtig mit Priester neben sich. Concetta hatte recht. Warum auch hätte er sich dem entziehen sollen, was von Tausenden anderer Sterbender begehrt wurde? Und er schwieg. Er wartete auf den Klang vom Glöckchen des Viatikums. Er vernahm ihn sehr bald: die Kirche der Pietà war fast gegenüber. Der silberne, nahezu festliche Klang kletterte die Treppen hinauf, brach in den Flur ein, wurde ganz hell, als sich die Tür öffnete: erst kam der Direktor des Albergo, ein dicker Schweizer, der sehr aufgeregt darüber war, daß er einen Sterbenden in seinem Haus habe, und dann trat Pater Balsàmo ein, der Priester, und trug in der vom Lederetui behüteten Hostienkapsel das Sanctissimum. Tancredi und Fabrizietto hoben den Sessel und trugen ihn ins Zimmer zurück; die anderen waren niedergekniet. Don Fabrizio sagte, mehr mit der Gebärde als mit der Stimme: »Weg, weg!« Er wollte beichten. Man tut die Dinge richtig – oder gar nicht. Alle gingen hinaus, aber als er sprechen sollte, merkte er, daß er nicht viel zu sagen hatte: er erinnerte sich einiger bestimmter Sünden, doch sie erschienen ihm so kümmerlich, daß es sich wirklich nicht lohnte, einen würdigen Priester an diesem schwülen Tage damit zu behelligen. Nicht daß er sich ohne Schuld fühlte – aber die Schuld erstreckte sich auf das ganze Leben, nicht auf diese oder jene einzelne Tat; und das zu sagen hatte er nicht mehr die Zeit. Seine Augen drückten wohl eine Verwirrung aus, die der Priester als einen Ausdruck tiefer Reue nahm – wie er es tatsächlich in gewissem Sinne war. Er erhielt die Absolution; sein Kinn, so wenigstens schien es ihm, lehnte auf der Brust, so daß sich der Priester knien mußte, um ihm die Partikel zwischen die Lippen zu schieben. Dann wurden die uralten Silben gemurmelt, die den Weg ebnen, und der Priester zog sich zurück.

Der Sessel wurde nicht mehr auf den Balkon geschleppt. Fabrizietto und Tancredi setzten sich neben ihn, ein jeder hielt eine Hand; der Enkel sah ihn unverwandt an, mit einer Neugier, die an jemandem, der zum erstenmal einem Todeskampf beiwohnt, nur natürlich ist: Neugier – weiter nichts; der da starb, war nicht ein Mensch, es war ein Großvater, und das ist etwas ganz anderes. Tancredi drückte ihm fest die Hand und redete, redete viel, redete heiter: er legte Pläne dar und ließ ihn an ihnen teilnehmen, er kommentierte die politischen Ereignisse; er war Abgeordneter, man hatte ihm die Gesandtschaft in Lissabon versprochen, er kannte viele geheime, ergötzliche Geschichtchen. Die nasale Stimme, die scharfsinnig gewählten Worte zogen einen leichten Schnörkel über das immer lärmendere Hervorbrechen der Wasser des Lebens. Der Fürst war ihm für das Geplauder dankbar: und er drückte ihm die Hand mit großer Anstrengung, doch mit recht geringem Ergebnis. Er war ihm dankbar – aber er hörte ihm nicht zu. Er machte die Schlußabrechnung über sein Leben, er wollte aus dem ungeheuren Aschenhaufen der Passiva die goldenen Strohhälmchen der glücklichen Momente zusammenscharren. Da waren sie: zwei Wochen vor seiner Heirat, sechs Wochen danach; eine halbe Stunde bei Gelegenheit der Geburt Paolos, als er den Stolz verspürte, den Stammbaum des Hauses Salina um ein Zweiglein fortgesetzt zu haben (der Stolz war übertrieben, das wußte er jetzt, aber es war doch eine stolze Kraft gewesen); ein paar Gespräche mit Giovanni, bevor dieser verschwand (aber er hatte – wenn er ehrlich sein wollte – allein gesprochen und dabei gemeint, er entdecke an dem Knaben einen Geist, der dem seinen ähnlich sei); viele Stunden im Observatorium, Stunden, da er versunken war in die Abstraktion der Berechnungen und in das Verfolgen des Unerreichbaren. Aber konnte man diese Stunden wirklich unter die Aktivposten des Lebens einsetzen? Waren sie nicht vielleicht eine vorausgenommene Schenkung der Glückseligkeit, die erst der Tod gibt? Das war nicht wichtig: es hatte diese Stunden gegeben.

Unten auf der Straße zwischen dem Albergo und dem Meer hielt eine Drehorgel und spielte in der Hoffnung und Gier, die Fremden zu rühren, die es in dieser Jahreszeit nicht gab. Sie spielte *Tu che a Dio spiegasti l'ali*[27]. Das, was von Don Fabrizio noch übrig war, dachte daran, wieviel Bitternis von solchen mechanischen Musikinstrumenten in diesem Augenblick in viele Todeskämpfe in Italien hineingetragen würde. Tancredi in seinem Ahnungsvermögen eilte auf den Balkon, warf eine Münze hinunter und bedeutete dem Mann, er solle schweigen. Die Stille draußen umschloß ihn wieder, das Getöse drinnen wurde riesengroß.

Tancredi. Gewiß, viel von den Aktiva kam von Tancredi: sein Verständnis, das um so wertvoller war, als es sich ironisch äußerte; die ästhetische Freude, die man empfand, wenn man sah, wie er sich in den Schwierigkeiten des Lebens zurechtfand; die spöttisch-herzliche Art, die genau das Wünschenswerte war. Danach die Hunde: Fufi, der dicke Mops seiner Kindheit, Tom, der ungestüme, zutrauliche Pudel, ein Freund; die sanften Augen von Svelto, die köstliche Tölpelhaftigkeit von Bendicò; die zärtlichen Pfoten von Pop, dem *pointer*, der ihn in diesem Augenblick unter den Büschen und den Sesseln der Villa suchte und ihn nicht mehr finden würde; ein paar Pferde, diese schon weiter entfernt und fremd. Da waren die ersten Stunden jedesmal, wenn er nach Donnafugata zurückgekehrt war, die Empfindung von Tradition und Dauer, ausgedrückt in Stein und in Wasser; die gleichsam geronnene Zeit; das lustige Flintenknallen einiger Jagden, das freundschaftliche Gemetzel unter Hasen und Rebhühnern, hier und da ein gutes Gelächter mit Tumeo, einige Minuten der Sammlung im Kloster, wo es halb muffig, halb nach Zuckerzeug roch. Noch etwas? Ja, noch etwas – aber das war schon irdischer, Goldkörnchen im Sand: die Augenblicke der Genugtuung, wenn er Dummköpfen scharfe Antworten gegeben hatte; die Zufriedenheit, als er gemerkt hatte, daß in der Schönheit und im Charakter Concettas eine wahre Salina fortlebte; ein paar Momente feuriger Liebe; die Überraschung, als er den Brief von Arago bekam, worin man ihn ganz unmittelbar beglückwünschte zu der Exaktheit der schwierigen Berechnungen des Huxley-Kometen. Und weiter – warum nicht? Die öffentliche Begeisterung, als er an der Sorbonne die Medaille in Empfang nahm; das delikate Gefühl beim Berühren einiger ganz feiner Krawattenseiden, der Duft von manchem mürben Leder; der heitere, die Sinnlichkeit reizende Anblick mancher Frauen, denen man auf der Straße begegnet war, der etwa, die er gestern auf dem Bahnhof in Catania flüchtig gesehen hatte, im Gewühl, in ihrem braunen Reisekleid und den gamsledernen Handschuhen: ihm war es vorgekommen, als suche sie von draußen in dem schmutzigen Abteil sein aufgelöstes Gesicht. Was für ein Geschrei in dem Gewühl! »Belegte Brötchen!« »*Il corriere dell'isola!*« Und dann dieses Hin und Her des müden, atemlosen Zuges . . . Und diese grausame Sonne bei der Ankunft, diese lügnerischen Gesichter, das Hervorbrechen der stürzenden Wassermassen . . .

In dem Schatten, der an ihm hochstieg, versuchte er zu

rechnen, wie lange er in Wirklichkeit gelebt hatte. Sein Hirn konnte mit der einfachen Rechnung nicht mehr fertig werden: drei Monate, zwanzig Tage, eine Gesamtsumme von sechs Monaten, sechs mal acht, vierundachtzig . . . achtundvierzigtausend . . . $\sqrt{840000}$. Er fing sich wieder. ›Ich bin dreiundsiebzig Jahre alt, in Bausch und Bogen werde ich davon gelebt haben, wirklich gelebt, eine Gesamtsumme von zwei . . . drei höchstens.‹ Und die Schmerzen, die Öde, wieviele Jahre waren das? Unnütz, das mühsam zusammenzuzählen – alles, was übrigbleibt: siebzig Jahre.

Er spürte, daß seine Hand die beiden nicht mehr drückte. Tancredi erhob sich eilig und ging hinaus . . . Jetzt brach nicht mehr ein Fluß aus ihm heraus, sondern ein Ozean, stürmisch, voller Schaum und entfesselter Sturzwellen . . .

Das Herz hatte wohl wieder ausgesetzt, er merkte plötzlich, daß er auf dem Bett lag. Jemand fühlte ihm den Puls; vom Fenster her blendete ihn der erbarmungslose Widerschein des Meeres. Im Zimmer war ein pfeifender Laut zu vernehmen: sein Röcheln; aber er selbst wußte es nicht. Um ihn ein kleines Gedränge, eine Gruppe fremder Menschen, die ihn mit furchtsamem Ausdruck unverwandt ansahen. Ganz allmählich erkannte er sie: Concetta, Francesco Paolo, Carolina, Tancredi, Fabrizietto. Der, der ihm den Puls fühlte, war der Doktor Cataliotti; er meinte, er lächle diesem zu, um ihn willkommen zu heißen, aber keiner konnte es gewahr werden: alle, außer Concetta, weinten, auch Tancredi; dieser sagte: »Onkel, lieber großer Onkel!«

Plötzlich schob sich durch die Gruppe eine junge Frau; schlank, in einem braunen Reisekleid mit weiter *tournure*, in einem Strohhut, geschmückt mit einem Schleier mit kleinen Kügelchen, der die schelmische Anmut des Gesichts nicht verhüllen konnte. Sie drückte leise mit dem Händchen im Gamslederhandschuh die Ellbogen zweier Weinender auseinander, sie entschuldigte sich, sie kam näher. Sie war es, sie, das immer ersehnte Wesen, das ihn holen kam; sonderbar, so jung war sie, und hatte sich ihm ergeben; die Stunde der Abfahrt mußte nahe sein. Jetzt war sie bei ihm, ihr Gesicht dem seinen gegenüber; sie hob den Schleier – und so, schamhaft, aber bereit, in Besitz genommen zu werden, erschien sie ihm weit schöner als er sie je erblickt hatte – dort in den Sternenräumen.

Das tosende Meer kam zur Ruhe.

ACHTES KAPITEL

*Der Besuch des Hochwürdigsten Herrn Vicarius – Das
Bild und die Reliquien – Concettas Zimmer – Besuch
Angelicas und des Senators Tassoni – Der Kardinal:
Ende der Reliquien – Ende von allem*

Mai 1910

Wer den alten, unverheirateten Damen Salina einen Besuch abstattete, der fand fast immer mindestens einen Priesterhut auf den Stühlen des Vorzimmers. Drei Damen waren es, geheime Kämpfe um die Vorherrschaft im Hause hatten sie entzweit, jede von ihnen war auf ihre Art ein starker Charakter und wünschte einen Beichtiger für sich allein. Gebeichtet wurde – wie es damals, im Jahre 1910, noch üblich war – im Hause, und die Gewissensbedenken der bußfertigen Damen erforderten, daß die Beichte oft wiederholt wurde. Zu dem kleinen *peloton* von Beichtigern muß man noch den Kaplan hinzurechnen, der jeden Morgen in der Privatkapelle die Messe las, den Jesuiten, der die allgemeine geistliche Führung des Hauses übernommen hatte, die Mönche und Priester, die erschienen, um für diese oder jene Kirche oder für ein frommes Werk Schenkungen einzuheimsen. So wird man leicht begreifen, daß das Hin und Her von Priestern gar nicht aufhörte und warum das Vorzimmer der Villa Salina oft an eines jener römischen Geschäfte um die Piazza della Minerva erinnerte, die im Schaufenster alle nur denkbaren kirchlichen

Kopfbedeckungen ausstellen, von den flammenden für Kardinäle bis zu denen für Landpfarrer im Farbton glimmender Holzscheite.

Eben an jenem Nachmittag im Mai des Jahres 1910 war die Versammlung von Hüten geradezu ohne Beispiel. Die Anwesenheit des Generalvicarius der Erzdiözese Palermo verriet sich durch seinen breiten Hut aus feinem Biberfell von einer köstlichen Fuchsienfarbe, der bequem auf einem Stuhl für sich lag, neben ihm ein Handschuh, der rechte, aus Seide, die in derselben feinen Farbe gewebt war; sein Sekretär verriet sich durch den Hut aus glänzend schwarzer, langhaariger *peluche*, dessen Kopfwölbung eine dünne lila Seidenschnur umwand. Zwei Jesuitenpatres befanden sich ebenfalls hier: da waren ihre einfachen Hüte aus dunklem Filz, Symbole für Zurückhaltung und Bescheidenheit. Die Kopfbedeckung des Kaplans lag auf einem einzeln stehenden Stuhl, wie es sich für die eines Menschen ziemt, den seine Vorgesetzten einer Prüfung unterziehen.

Die Zusammenkunft dieses Tages war in der Tat von einigem Gewicht. In Einklang mit den päpstlichen Bestimmungen hatte der Kardinal-Erzbischof eine Einsichtnahme in die privaten Oratorien der Erzdiözese ins Werk gesetzt: man wollte sich von den Verdiensten der Personen überzeugen, denen gestattet war, hier Messen lesen zu lassen, davon, ob Einrichtung und Kultus den Kirchensatzungen entsprächen, sich überzeugen auch von der Echtheit der Reliquien, die hier verehrt wurden. Die Kapelle der Damen Salina war in der Stadt die bekannteste, und sie sollte eine der ersten sein, deren Besuch Seine Eminenz sich vornahm. Und eben um dieses auf den nächsten Morgen festgesetzte Ereignis vorzubereiten, hatte sich der Hochwürdigste Herr Vicarius in die Villa Salina begeben.

Was diese Kapelle betraf, so waren verdrießliche Gerüchte durch wer weiß welche Kanäle tropfenweise zur erzbischöflichen Kurie gedrungen; keineswegs etwa hinsichtlich der Verdienste der Eigentümerinnen und ihres Rechtes, die religiösen Pflichten im eigenen Hause zu erfüllen: das brauchte überhaupt nicht erörtert zu werden. Auch hegte man keine Bedenken über genaue Beobachtung der Vorschriften und Regelmäßigkeit des Kultus – Dinge, die nahezu vollkommen waren, wenn man absah von einem zwar begreiflichen, doch etwas übertriebenen Widerstreben der Damen Salina, an den heiligen Riten Menschen teilnehmen zu lassen, die nicht zum engsten Familienkreis gehörten. Die Aufmerksamkeit des Kardinals war vielmehr auf ein in der Villa verehrtes Bild gelenkt worden und auf die Reliquien, die Dutzende von Reliquien, die in der Kapelle ausgestellt waren. Um ihre Echtheit liefen die beunruhigendsten Gerüchte um, und man wünschte, daß ihre Unverfälschtheit bewiesen werde. Der Kaplan, der doch ein Kirchenmann von guter Kultur war, die für ihn zu noch höheren Hoffnungen berechtigte, hatte den deutlich ausgesprochenen Vorwurf hören müssen, er habe den alten Damen nicht hinlänglich die Augen geöffnet: es war ihm – wenn der Ausdruck erlaubt ist – eine ›Tonsurwäsche‹ zuteil geworden.

Die Zusammenkunft fand im Mittelsaal der Villa statt, in dem mit den Äffchen und Papageien. Auf einem Diwan, belegt mit einer Decke in *bleu* mit roten Seidenfäden, einer Erwerbung von vor dreißig Jahren, die mit den dahinschwindenden Farben der wertvollen Wandbekleidung schlecht zusammenstimmte, saß die Signorina Concetta, zu ihrer Rechten der Hochwürdigste Herr Vicarius; zu seiten hatten zwei dem Diwan gleiche Lehnstühle die Signorina Carolina und einen der Jesuiten, Pater Corti, aufgenommen, während die Signorina Caterina, deren Beine gelähmt waren, in einem Rollstühlchen saß und die anderen Männer der Kirche sich mit den Sesseln begnügten, die, mit der gleichen Seide bezogen wie die Wand, darum zu jener Zeit allen von minderem Wert erschienen als die den Neid erregenden Lehnstühle.

Die drei Schwestern waren um die siebzig, und Concetta war nicht die älteste; aber da der Kampf um die Vorherrschaft, auf den am Anfang hingewiesen wurde, schon seit langem mit der *debellatio* der Gegnerinnen geendet hatte, wäre es niemandem je in den Sinn gekommen, ihr die Funktionen der Herrin des Hauses zu bestreiten.

An ihrer Erscheinung traten noch immer Reste früherer Schönheit hervor: wohlbeleibt, achtunggebietend in ihren strengen Gewändern aus schwarzem Moiré trug sie das ganz weiße Haar so über dem Kopfe hochgekämmt, daß die Stirn, die fast keine Altersspuren zeigte, frei blieb; dies, zusammen mit den stolzen Augen und einer kleinen Zornesfalte oberhalb der Nase, verlieh ihr ein gebieterisches, nahezu kaiserliches Aussehen, so sehr, daß einer ihrer Neffen, nachdem er in irgendeinem Buch, wo, wußte er nicht mehr, das Bild einer berühmten Zarin gesehen hatte, sie im vertrauten Kreise »La grande Cathérine« nannte – eine unziemliche Bezeichnung, die ja aber von der vollkommenen Reinheit im Lebenswandel Concettas und von der völligen Unvertrautheit des Neffen mit der russischen Geschichte – wenn man es sich reiflich überlegte – durchaus Lügen gestraft wurde.

Das Gespräch dauerte schon eine Stunde, man hatte den Kaffee genommen, es war spät. Der Hochwürdigste Herr Vicarius faßte noch einmal kurz zusammen. »Seine Eminenz der Kardinal hat den väterlichen Wunsch, daß der in privaten Kapellen zelebrierte Kultus den reinsten Riten der Heiligen Mutter Kirche entspreche, und eben darum wendet er seine Seelsorge mit unter den ersten Eurer Kapelle zu; denn er weiß, wie Euer Haus, ein Leuchtturm, sein Licht auf den Laienstand von Palermo wirft, und er wünscht, daß aus der Untadeligkeit der verehrten Gegenstände für Euch selbst und für alle frommen Seelen eine noch größere Erbauung hervorquellen möge.« Concetta schwieg; aber Carolina, die ältere Schwester, brach los: »Jetzt werden wir vor unseren Bekannten wie Angeklagte dastehen; so etwas, eine Prüfung unserer Kapelle – entschuldigt, Hochwürden – das hätte Seiner Eminenz überhaupt nicht in den Sinn kommen dürfen.«

Der Hochwürdige Herr lächelte belustigt: »Signorina, Sie können sich nicht vorstellen, wie erfreulich Ihre Erregung meinen Augen erscheint – sie ist der Ausdruck des aufrichtigen, uneingeschränkten Glaubens, der der Kirche, und gewiß auch Unserm Herrn Jesus Christus, höchst willkommen ist; und nur, um diesen Glauben noch mehr zum Blühen zu bringen und ihn zu reinigen, hat der Heilige Vater diese Nachprüfungen befohlen – die übrigens seit einigen Monaten in der ganzen katholischen Welt durchgeführt werden.«

Daß er sich auf den Heiligen Vater berief, das war – um die Wahrheit zu sagen – nicht eben günstig. Denn Carolina gehörte zu jenen Gruppen von Katholiken, die überzeugt sind, sie besäßen die Wahrheiten der Religion von Grund aus, weit mehr als der Papst; und einige gemäßigte Neuerungen Pius' X., zumal die Abschaffung einiger vorgeschriebener Feiertage zweiten Ranges, hatten Carolina schon früher aufgebracht. »Dieser Papst sollte sich um seine eigenen Dinge kümmern, daran täte er besser.« Da die Befürchtung in ihr aufstieg, sie sei zu weit gegangen, bekreuzigte sie sich und murmelte ein *Gloria Patri*.

Concetta legte sich ins Mittel: »Laß dich nicht hinreißen, Dinge zu sagen, die du gar nicht denkst, Carolina. Was für einen Eindruck von uns soll der Hochwürdige Herr, der hier anwesend ist, mitnehmen?«

Dieser – ehrlich gesagt – lächelte noch weit mehr; er dachte nur, er habe ein Kind vor sich, alt geworden in engen Ideen und in Erfahrungen, denen die Erleuchtung fehlte. Und gütig übte er Nachsicht.

»Der Hochwürdige Herr denkt, er habe vor sich drei fromme Frauen«, sagte er. Pater Corti, der Jesuit, wollte seinerseits die Spannung vermindern. »Ich, Hochwürden, gehöre zu denen, die Eure Worte am besten bestätigen können: Pater Pirrone, dessen Gedächtnis von allen, die ihn kannten, verehrt wird, hat mir, als ich noch Novize war, oft von dem frommen Geist erzählt, in dem die Damen erzogen worden sind; im übrigen würde der Name Salina genügen, um alles richtig einzuschätzen.«

Der Hochwürdige Herr wollte zu konkreten Ergebnissen kommen: »Jetzt, da alles geklärt ist, Signorina Concetta, möchte ich, wenn es die Damen erlauben, die Kapelle besuchen, um Seine Eminenz auf die Wunder an Glauben vorbereiten zu können, die ihm morgen vor Augen treten werden.«

Zu den Zeiten des Fürsten Fabrizio gab es in der Villa keine Kapelle; die ganze Familie begab sich an den Feiertagen in die Kirche, und auch Pater Pirrone mußte, um seine Messe zu lesen, jeden Morgen ein Stück Weges machen. Nach dem Tode des Fürsten Fabrizio jedoch, als die

Villa durch verschiedene Erbverwicklungen, die zu erzählen langweilig wäre, ausschließlich Eigentum der drei Schwestern wurde, dachten diese sogleich daran, ein eigenes Oratorium einzurichten. Es wurde ein etwas abgelegener Salon ausgewählt, der mit seinen in die Wände eingefügten Halbsäulen von vorgetäuschtem Granit eine ganz schwache Erinnerung an eine römische Basilika weckte; von der Mitte der Decke wurde eine unpassende mythologische Malerei weggekratzt, und man schmückte einen Altar aus. Und alles war geschehen.

Als der Hochwürdige Herr die Kapelle betrat, war sie von der Nachmittagssonne erleuchtet, die schon tief stand, und das von den Damen hochverehrte Bild oberhalb des Altars befand sich im vollen Licht. Es war ein Gemälde im Stil Cremonas und stellte ein junges Mädchen dar, zart, sehr gefällig, die Augen zum Himmel gewandt, dichtes braunes Haar in anmutiger Unordnung über die halbnackten Schultern gebreitet; die Rechte umschloß einen zerknitterten Brief; das Mädchen zeigte den Ausdruck einer zitternden Erwartung, die eine gewisse Freude nicht ausschloß: diese glänzte aus den höchst unschuldigen Augen; im Hintergrund grünte eine sanfte lombardische Landschaft. Kein Jesuskind, keine Kronen, Schlangen, Sterne, nichts – keines jener Symbole, die das Bild Marias zu begleiten pflegen: der Maler hatte offenbar darauf vertraut, daß der jungfräuliche Ausdruck genüge, um sie kenntlich zu machen. Der Hochwürdige Herr trat näher, stieg eine der Altarstufen hinan und betrachtete, ohne daß er sich bekreuzigt hatte, einige Minuten das Bild, wobei seine Miene, als wäre er ein Kunstkritiker, lächelnde Bewunderung ausdrückte. Die Schwestern hinter ihm bekreuzigten sich und murmelten ihr *Ave Maria*.

Dann stieg der Prälat die Stufe wieder hinunter, drehte sich um und sagte: »Ein schönes Bild; sehr ausdrucksvoll.«

»Ein wundertätiges Bild, Hochwürdiger Herr, höchst wundertätig!« erklärte Caterina, die arme Kranke, wobei sie sich aus ihrem ambulanten Marterinstrument herauslehnte. »Wieviele Wunder hat es bewirkt!« Carolina sagte drängend: »Es stellt die ›Madonna mit dem Briefe‹ dar. Die Jungfrau will gerade das heilige Sendschreiben übergeben und erfleht vom Göttlichen Sohn den Schutz des Volkes von Messina – diesen Schutz, der glorreich gewährt wurde, wie man aus den vielen Wundern gesehen hat, die vor zwei Jahren geschehen sind, beim Erdbeben.«

»Ein schönes Gemälde, Signorina; was es auch darstellen mag – es ist ein schöner Gegenstand, das muß man ihm zugute halten.« Dann wandte er sich zu den Reliquien: es gab deren vierundsiebzig, sie bedeckten ganz dicht die beiden Wände zu seiten des Altars. Eine jede war von einem Rahmen umgeben, der auch ein Kärtchen enthielt mit der Anzeige, was es sei, und eine Zahl, die sich auf den dokumentarischen Echtheitsnachweis bezog. Die Dokumente selbst, oft von mächtigem Umfang und mit Siegeln beschwert, waren in eine mit Damast bedeckte Truhe eingeschlossen, die in einer Ecke der Kapelle stand. Da gab es Rahmen von getriebenem Silber und von glattem Silber, Rahmen aus Messing oder aus Korallen, Rahmen aus Schildpatt; es gab welche aus Filigran, aus seltenen Hölzern, aus Buchsbaum, aus rotem Samt und aus blauem Samt; große, winzig kleine, achteckige, viereckige, runde, ovale; Rahmen, die ein Vermögen wert waren, und andere, in gewöhnlichen Läden gekaufte Rahmen; alle für diese gottesfürchtigen Seelen ein Zeichen ihrer frommen

Aufgabe als Wächter übernatürlicher Schätze, und als solche gepriesen.

Carolina war die wahre Schöpferin dieser Sammlung gewesen: sie hatte Donna Rosa aufgespürt, eine fette Alte und halbe Nonne, die ergiebige Beziehungen besaß in allen Kirchen, allen Klöstern und allen frommen Häusern von Palermo und Umgebung. Diese Donna Rosa war es gewesen, die alle paar Monate in die Villa Salina eine – in Seidenpapier gewickelte – Heiligenreliquie gebracht hatte. Es sei ihr, sagte sie, gelungen, sie einer dürftigen Kirche oder einem in Verfall befindlichen Haus zu entreißen. Wenn der Name des Verkäufers nicht genannt würde, so geschehe das nur um einer verständlichen, ja rühmenswerten Diskretion willen; andererseits seien die Echtheitsbeweise – die sie immer mitbrachte und übergab – ja hier, klar wie die Sonne, geschrieben in Latein oder in geheimnisvollen Schriftzeichen, die griechisch oder syrisch sein sollten. Concetta, Verwalterin und Schatzmeisterin, zahlte. Danach ging man auf die Suche nach Rahmen und machte sie passend. Und wieder zahlte die unerschütterliche Concetta. Es gab eine Zeit – sie dauerte ein paar Jahre –, während der die Sammelwut sogar Carolinas und Caterinas Träume verwirrte: am Morgen erzählten sie einander ihre Träume von wunderbaren Funden und hofften, sie würden sich verwirklichen, wie es bisweilen auch geschah, nachdem die Träume Donna Rosa anvertraut worden waren. Was Concetta träumte, erfuhr niemand. Dann starb Donna Rosa, und der Zufluß an Reliquien hörte fast ganz auf; im übrigen war eine gewisse Sättigung eingetreten.

Der Hochwürdige Herr betrachtete nun ziemlich eilig einige der Rahmen, soweit sie sich in Sehweite befanden. »Schätze«, sagte er, »Schätze. Was für schöne Rahmen!«

315

Dann drückte er seine Freude aus über die schönen Geräte (*arredi* sagte er mit einem Ausdruck von Dante), versprach, morgen mit Seiner Eminenz wiederzukommen (»ja, pünktlich um neun Uhr«), kniete nieder und bekreuzigte sich vor einer bescheidenen Madonna vom Pompeji, die an einer Seitenwand hing, und verließ das Oratorium. Sehr rasch blieben die Stühle von den Hüten verlassen, und die Männer der Kirche stiegen in die drei Wagen des erzbischöflichen Palastes, die mit ihren Rappen im Hof gewartet hatten. Der Hochwürdige Herr richtete es so ein, daß er in seinem Wagen den Kaplan des Hauses Salina hatte, Pater Titta, der von dieser Auszeichnung sehr getröstet war.

Die Wagen setzten sich in Bewegung, und Hochwürden schwieg; man fuhr an der reichen Villa Falconeri vorüber mit der blütenbesetzten Bougainvillea, die sich über die Mauer des prächtig gepflegten Gartens ausbreitete; erst als man den Hang nach Palermo zu hinunterfuhr, zwischen den Orangengärten, begann der Hochwürdige Herr zu sprechen. »So haben also Sie, Pater Titta, den Mut gehabt, Jahre hindurch das Heilige Opfer vor dem Bilde dieses Mädchens darzubringen? Dieses Mädchens, das den Brief mit dem Stelldichein erhalten hat und den Liebsten erwartet? Sagen Sie mir nicht, daß auch Sie geglaubt hätten, es sei ein heiliges Bild.« »Hochwürdigster Herr, ich bin schuldig, ich weiß es. Aber es ist nicht leicht, den Damen Salina – der Signorina Carolina – entgegenzutreten. Das können Sie nicht so wissen.« Den Hochwürdigen Herrn überlief bei der Erinnerung ein Schauder. »Mein Sohn, du hast den Finger auf die Wunde gelegt: und das werden wir in Erwägung ziehen.«

Carolina hatte ihrem Zorn in einem Brief an Chiara, die in Neapel verheiratete Schwester, Luft gemacht; Caterina, die müde war von dem langen, mühsamen Gespräch, war zu Bett gebracht worden; Concetta trat wieder in ihr einsames Zimmer. Es war einer jener Räume – sie sind dermaßen zahlreich, daß man versucht sein könnte, zu sagen, sie seien alle so –, die zwei Gesichter haben: eines, das mit der Maske, zeigen sie dem unwissenden Besucher; das andere, nackte, enthüllt sich nur dem, der alles kennt, vor allem ihrem Besitzer, dem sie sich in ihrem trübseligen Wesen offenbaren. Sonnig war dieses Zimmer, es lag auf den tiefen Garten zu; in einer Ecke ein hohes Bett mit vier Kopfkissen (Concetta war herzleidend und mußte fast sitzend schlafen); keine Teppiche, aber ein schöner, weißer, mit gelben Vierecken durchsetzter Marmorfußboden, ein wertvoller Münzschrank mit Dutzenden von kleinen, mit Halbedelsteinen und eingelegtem Marmor verzierten Kästchen; Schreibtisch, Mitteltisch und alle Möbel in einem lustigen Maggiolini-Stil[28] von ländlicher Arbeit mit Jägerfiguren, Hunden und Wild, was alles sich ambragetönt auf dem Palisandergrund abhob – eine Einrichtung, von der Concetta selbst meinte, sie sei antiquiert, ja von recht schlechtem Geschmack; nach ihrem Tode wurde sie versteigert, und heute ist sie im Besitz eines reichen Spediteurs, der stolz darauf ist, wenn ›seine Signora‹ in diesem Zimmer den neiderfüllten Freundinnen einen *cocktail* anbietet. An den Wänden Gemälde, Aquarelle, fromme Bilder. Alles sauber und geordnet. Nur zweierlei konnte vielleicht ungewohnt erscheinen: in der Ecke dem Bett gegenüber hochgetürmt vier riesige, grüngestrichene Kisten, jede mit einem großen Vorlegeschloß; und vor ihnen, am Boden, ein Häufchen verkommenes Fell. Dem unbefangenen

Besucher hätte das Zimmerchen höchstens ein Lächeln entlockt, so deutlich zeigte sich darin die gutmütige Art, die Sorgfalt einer alten Jungfer.

Für den, der die Tatsachen kannte, für Concetta, war es eine Hölle mumifizierter Erinnerungen. Die vier grünen Kisten enthielten Dutzende von Tag- und Nachthemden, von Morgenröcken, Kissenbezügen, Bettüchern, die genau unterteilt waren in ›gute‹ und ›alltägliche‹: die vor fünfzig Jahren unnütz hergestellte Aussteuer Concettas. Jene Schlösser wurden nie geöffnet aus Furcht, es sprängen nicht hierhergehörende Dämonen heraus; und in der allgegenwärtigen Feuchtigkeit Palermos wurden die Sachen gelb, zerfielen, nutzlos für jeden und für immer. Die Gemälde zeigten Tote, die nicht mehr geliebt wurden, die Photographien Freunde, die, als sie lebten, Wunden zugefügt hatten und nur darum jetzt, da sie tot waren, nicht vergessen wurden; auf den Aquarellen waren Häuser und Orte zu sehen, die zum größten Teil von verschwenderischen Neffen verkauft, vielmehr in übler Weise für anderes vertauscht worden waren. Hätte man sich das mottenzerfressene Fellhäufchen genau angeschaut, so hätte man zwei aufgerichtete Ohren erkannt, eine Schnauze aus schwarzem Holz, zwei erstaunte Augen aus gelbem Glas: es war Bendicò, seit fünfundvierzig Jahren tot, seit fünfundvierzig Jahren einbalsamiert, Brutstätte für Spinnen und Motten, verabscheut vom Dienstpersonal, das seit Jahrzehnten die Herrin darum ersuchte, das Ganze dem Kehrichthaufen übergeben zu dürfen: aber Concetta widersetzte sich dem immer; ihr lag viel daran, sich von der einzigen Erinnerung an die Vergangenheit, die keine peinvollen Empfindungen in ihr weckte, nicht zu lösen.

Aber die peinvollen Empfindungen von heute (in einem

bestimmten Alter bietet jeder Tag pünktlich seine eigene Pein) bezogen sich ganz auf die Gegenwart. Concetta, sehr viel weniger glaubenseifrig als Carolina, sehr viel empfindlicher als Caterina, hatte begriffen, was der Besuch des Hochwürdigen Herrn Vicarius bedeutete, und sah die Folgen voraus: daß man anordnen werde, alle oder fast alle Reliquien zu entfernen, daß man das Altarbild durch ein anderes ersetzen werde, daß es möglicherweise notwendig werden würde, die Kapelle neu zu weihen. An die Echtheit jener Reliquien hatte sie nie sonderlich geglaubt, sie hatte gezahlt, gleichgültig wie ein Vater, der die Rechnung für das Spielzeug begleicht, das ihn selbst nicht interessiert, das aber dazu gut ist, die Kinder bei Laune zu halten. Die Beseitigung dieser Gegenstände war ihr gleichgültig; was ihr einen Stich versetzte, was die Qual dieses Tages ausmachte, war etwas anderes: daß das Haus Salina jetzt eine sehr schlechte Figur machen würde – den Würdenträgern der Kirche gegenüber, und bald vor der ganzen Stadt. Die vorsichtige Zurückhaltung der Kirche gehörte zum Besten der Art, was man in Sizilien finden konnte – aber das wollte noch nicht viel besagen: in vier oder acht Wochen würde alles in die Breite geflossen sein, wie alles in die Breite fließt auf dieser Insel, die, statt nach ihren drei Gebirgen Trinacria zu heißen, zum Symbol das ›Ohr des Dionys‹ in Syrakus haben sollte, das den leisesten Seufzer in einem Radius von fünfzig Metern dröhnend widerhallen läßt. Und an der Achtung der Kirche hatte ihr gelegen. Der Nimbus des Namens an sich war langsam entschwunden. Das Vermögen, geteilt und wieder geteilt, war bestenfalls so viel wert wie das vieler anderer, minderer Geschlechter und war unendlich viel geringer als das, was einige reiche Industrielle besaßen. Aber in der Kirche, in den Beziehungen zu ihr hatten die Salina ihren Vorrang festgehalten – man mußte nur sehen, wie Seine Eminenz die drei Schwestern empfing, wenn sie ihr zu Weihnachten ihren Besuch machten. Aber nun?

Ein Kammermädchen trat ein: »Exzellenz, gerade kommt die Fürstin. Das Auto steht im Hof.« Concetta erhob sich, ordnete das Haar, warf einen schwarzen Spitzenschal über die Schultern, nahm wieder den kaiserlichen Blick an; und sie stand im Vorzimmer, während Angelica die letzten Stufen der äußeren Freitreppe hinanstieg. Sie litt an Krampfadern – ihre Beine, die immer ein wenig zu kurz gewesen waren, hielten sie mit Mühe, und sie stützte sich auf den Arm ihres Dieners, dessen schwarzer Mantel im Hinaufsteigen die Stufen kehrte. »Liebe Concetta!« »Meine liebe Angelica! Wie lange haben wir uns nicht gesehen!« Seit dem letzten Besuch waren, wenn man genau sein will, erst fünf Tage vergangen, aber die Vertrautheit zwischen den beiden Cousinen – eine Vertrautheit, die an Nähe und Gefühlen derjenigen ähnlich war, die sehr wenige Jahre danach Italiener und Österreicher in die aneinandergrenzenden Schützengräben zusammendrängen sollte –, diese Vertrautheit war so beschaffen, daß fünf Tage wirklich lang erscheinen konnten.

An Angelica, die nahe an siebzig war, gewahrte man noch mancherlei Erinnerungen an frühere Schönheit; die Krankheit, die sie drei Jahre später in ein bejammernswertes Schreckbild verwandeln sollte, war schon tätig, aber sie verbarg sich noch in den Tiefen ihres Blutes: die grünen Augen waren die gleichen wie einst, nur leicht getrübt von den Jahren, und die Falten des Halses waren verhüllt von den weichen Bändern der *capote*; diese trug sie, seit drei Jahren Witwe, nicht ohne einige Koketterie, die wie sehnsüchtiger Schmerz wirken konnte. »Was willst du«, sagte sie zu Concetta, während sie Arm in Arm einem Salon zustrebten, »was willst du, mit diesen Festlichkeiten für die bevorstehende Fünfzigjahrfeier der Landung der ›Tausend‹ in Marsala gibt es keine Ruhe mehr. Vor ein paar Tagen, stelle dir vor, teilte man mir mit, man habe mich ins Ehrenkomitee berufen; eine Huldigung zum Gedächtnis unseres Tancredi, gewiß, aber wieviel zu tun für mich! An die Quartiere für die Überlebenden denken, die aus allen Teilen Italiens kommen werden, die Einladungen für die Tribünen verteilen, ohne jemanden zu beleidigen; sich bemühen, daß alle Bürgermeister der Gemeinden unserer Insel dabei sind. Übrigens, meine Liebe: der Bürgermeister von Salina ist ein Klerikaler und hat sich geweigert, am Vorbeimarsch teilzunehmen; so habe ich sogleich an deinen Neffen gedacht, an Fabrizio – er war gekommen, mich zu besuchen, und flugs habe ich ihn geschnappt. Er konnte es mir nicht abschlagen; so werden wir ihn Ende des Monats im langen Rock vorbeimarschieren sehen auf der Via Libertà vor dem schönen Schild mit ›Salina‹ in riesengroßen Buchstaben. Scheint dir das nicht ein schöner Coup? Ein Salina huldigt Garibaldi. Das wird eine Fusion des alten und des neuen Italien. Ich habe auch an dich gedacht, meine Liebe: hier ist deine Einladung für die Ehrentribüne, genau rechts neben der königlichen.« Und sie zog aus dem kleinen Pariser Beutel ein garibaldirotes Kärtchen von der gleichen Farbe wie die schmale Seidenbinde, die Tancredi einige Zeit über dem Halskragen getragen hatte. »Carolina und Caterina werden unzufrieden sein«, fuhr sie in einer völlig eigenmächtigen Weise fort, »aber ich konnte nur über einen

Platz verfügen. Im übrigen hast du ein größeres Recht darauf als sie; du warst die Lieblingscousine unseres Tancredi.«

Sie sprach viel, und sie sprach gut; vierzig gemeinsame Lebensjahre mit Tancredi, ein stürmisches und unterbrochenes, aber genügend langes Zusammenwohnen hatten die letzten Spuren des Akzents und der Manieren von Donnafugata getilgt: sie hatte es in der Mimikry so weit gebracht, daß sie sogar die Hände kreuzte und bog in jenem anmutigen Spiel, das eine der Eigentümlichkeiten Tancredis war. Sie las viel, auf ihrem Nachttischchen lagen bald die neuesten Bücher von France und Bourget, bald die von D'Annunzio und der Serao; und in den Salons von Palermo galt sie als eine besondere Kennerin der Architektur der französischen Schlösser an der Loire, von denen sie oft sprach, wobei sie mit einer unbestimmten Schwärmerei deren Renaissance-Ausgeglichenheit – vielleicht unbewußt – der barocken Unruhe des Palastes von Donnafugata gegenüberstellte, gegen den sie eine Abneigung hegte: unerklärlich für jemanden, der ihre unterdrückte, jede Sorgfalt entbehrende Kindheit nicht gekannt hatte.

»Aber, meine Liebe, wo habe ich meinen Kopf! Ich vergaß, dir zu sagen, daß in Kürze der Senator Tassoni hierherkommen wird, er ist in der Villa Falconeri mein Gast und möchte dich kennenlernen: er war sehr befreundet mit dem armen Tancredi, auch ein Waffengefährte von ihm, und es scheint, er hat ihn von dir reden hören. Unser lieber Tancredi!« Das Taschentuch mit dem dünnen schwarzen Rändchen wurde aus dem kleinen Beutel geholt und trocknete an den noch schönen Augen eine Träne.

Concetta hatte in den ständigen Wortschwall Angelicas immer einmal einen Satz eingeschaltet; bei dem Namen Tassoni jedoch schwieg sie. Wie wenn man etwas durch ein umgekehrtes Fernrohr sieht, so sah sie jetzt, ganz weit entfernt, aber klar, jene Szene wieder vor sich: die große weiße Tafel damals in Donnafugata, an ihr die Toten; neben ihr Tancredi, der jetzt auch verschwunden war, wie ja auch sie in Wirklichkeit tot war; die häßliche Erzählung, Angelicas hysterisches Lachen, ihre eigenen, nicht weniger hysterischen Tränen. Das war die Wendung ihres Lebens gewesen; der eingeschlagene Weg hatte sie bis hierher geführt, bis in diese Wüste, die nicht einmal von Liebe bewohnt war – die einstige war geschwunden – und auch nicht vom heimlichen Groll – der war erloschen.

»Ich habe von dem Ärger gehört, den ihr mit der Kurie habt. Was sind sie langweilig! Doch warum hast du es mich nicht früher wissen lassen? Irgend etwas hätte ich tun können, der Kardinal ist zu mir voller Aufmerksamkeiten, jetzt, fürchte ich, ist es zu spät. Aber ich werde in den Kulissen wirken. Im übrigen wird es nichts weiter sein.«

Der Senator Tassoni, der sehr bald kam, war ein lebhafter, höchst eleganter alter Herr. Sein Reichtum, groß und noch immer im Zunehmen, war in Wettbewerb und Kämpfen erobert worden und hatte ihn daher nicht erschlafft, sondern ihn im Gegenteil in dem immerwährenden Zustand einer Energie erhalten, die jetzt seine Jahre überwand und ihnen Feuer gab. In den wenigen Monaten, die der Senator im Südheer Garibaldis zugebracht, hatte er einen militärischen Habitus angenommen, der nie mehr verwischt werden sollte. Durch alles dies hatte er es, zusammen mit seiner Höflichkeit, zu einer Art magischer Wirkung gebracht, die ihm zunächst viele angenehme Erfolge verschafft hatte und ihm jetzt, im Verein mit der Zahl seiner Taten, ausgezeichnet dazu diente, die Verwaltungsratssitzungen der Banken und Baumwollindustrie zu ter-rorisieren; halb Italien und ein großer Teil der Balkan-länder nähten ihre Knöpfe mit den Zwirnen der Firma Tassoni & Co.

»Signorina«, sagte er zu Concetta, während er auf einem niederen Schemelchen, das für einen Pagen geeignet gewesen wäre und eben darum von ihm gewählt worden war, neben ihr saß, »Signorina, jetzt verwirklicht sich ein Traum meiner weit zurückliegenden Jugend. Wie oft in den eisigen Biwaknächten auf dem Volturno oder um das schußfreie Gelände des belagerten Gaeta, wie oft hat mir unser unvergeßlicher Tancredi von Ihnen gesprochen! Mir schien, ich kennte Ihre Erscheinung, ich hätte dieses Haus besucht, in dessen Mauern seine ungebändigte Jugend ver-strich; ich bin glücklich, daß ich – wenn auch mit solcher Verspätung – meine Huldigung hier niederlegen kann, zu Füßen der Trösterin eines der reinsten Helden unserer Be-freiung.«

Concetta war wenig gewöhnt an das Gespräch mit Men-schen, die sie nicht seit ihrer Kindheit kannte; sie las auch nicht besonders gern; daher hatte sie nicht die Mög-lichkeit gehabt, immun zu werden gegen die Rhetorik, ja sie war ihrem Zauber so ausgeliefert, daß sie ihm nahezu erlag. Sie empfand bei den Worten des Senators Rührung; sie vergaß die halbhundertjährige Krieger-Anekdote, sie sah in Tassoni nicht mehr den, der Klöster entheiligt, der arme Nonnen gehöhnt und erschreckt hatte, sondern einen alten, aufrichtigen Freund Tancredis: er sprach herzlich zu ihr, die ein Schatten geworden war, er überbrachte ihr eine Botschaft von dem Toten, die jene Moräste der Zeit durchdrungen hatte, durch die die Entschwundenen so sel-ten zurückzuwaten vermögen. »Und was hat mein lieber

Cousin Ihnen von mir erzählt?« fragte sie leise, mit einer Schüchternheit, in der in jener Unmenge schwarzer Seide und weißen Haaren die Achtzehnjährige wieder auflebte.

»Oh, vielerlei. Er sprach von Ihnen fast, wie er von Donna Angelica sprach! Diese war für ihn die Liebe, Sie hingegen waren das Bild der lieblichen Jugend, jener Jugend, die für uns Soldaten so rasch vorübergeht.«

Eisige Kälte umklammerte von neuem das alte Herz. Schon hatte Tassoni die Stimme erhoben und wandte sich zu Angelica: »Erinnern Sie sich, Fürstin, was er uns in Wien vor zehn Jahren sagte?« Wieder sprach er, um es ihr zu erklären, zu Concetta. »Ich war mit der italienischen Delegation wegen des Handelsvertrags hingegangen; Tancredi nahm mich als Gast in der Botschaft auf, großherzig als Freund und Kamerad, liebenswürdig als der große Herr, der er war. Vielleicht hatte es ihn bewegt, in der feindselig gestimmten Stadt einen Waffengefährten wiederzusehen — wieviel aus seiner Vergangenheit hat er uns damals erzählt! Hinten in einer Loge der Oper, zwischen zwei Akten des *Don Giovanni*, beichtete er uns mit seiner unvergleichlichen Ironie eine Sünde, eine, wie er sagte, unverzeihliche Sünde, die er Ihnen gegenüber begangen habe; ja, Ihnen gegenüber, Signorina.« Er machte eine kleine Pause, um ihr Zeit zu lassen, sich auf die Überraschung vorzubereiten. »Stellen Sie sich vor: er erzählte uns, er habe sich eines Abends, während eines Essens in Donnafugata, erlaubt, eine Lügengeschichte zu erfinden und sie Ihnen zu erzählen; eine Kriegsepisode aus den Kämpfen um Palermo; und Sie hätten ihm geglaubt und wären gekränkt gewesen, denn die Anekdote war — nach der Ansicht von vor fünfzig Jahren — etwas keck. Sie hatten ihm Vorwürfe gemacht. ›Sie war so lieb‹, sagte er,

›wie sie mich mit ihren erzürnten Augen ansah und die Lippen vor Wut aufblähte wie ein Hündchen; sie war so lieb, daß ich sie, hätte ich mich nicht zusammengenommen, geküßt hätte, dort vor zwanzig Menschen, angesichts meines schrecklichen großen Onkels.‹ Sie, Signorina, haben es sicher vergessen; aber Tancredi erinnerte sich dessen gut, in seinem Herzen war so viel Zartgefühl; er erinnerte sich daran auch deshalb, weil er die Schandtat gerade an dem Tage begangen hatte, an dem er Donna Angelica zum erstenmal begegnete.« Und er machte nach der Fürstin zu andeutungsweise eine jener Huldigungsgebärden – wobei sich die Rechte in der Luft nach unten senkt –, deren Goldoni-Tradition sich nirgends mehr hielt außer bei den Senatoren des Königreichs.

Das Gespräch dauerte noch eine Weile, aber man kann nicht sagen, daß Concetta lebhaft daran teilnahm. Die plötzliche Enthüllung drang in ihren Sinn nur langsam ein und machte ihr zunächst nicht allzuviel Kummer. Aber als sie, nachdem sich die Besucher verabschiedet hatten und fortgegangen waren, allein zurückblieb, begann sie klarer zu sehen und daher mehr zu leiden. Die Gespenster der Vergangenheit waren seit Jahren exorzisiert; sie waren, in allem verborgen, natürlich noch vorhanden – der Nahrung verliehen sie Bitterkeit, wie dem Zusammensein mit Menschen Überdruß; aber ihr wahres Gesicht hatte sich schon sehr lange nicht mehr gezeigt. Jetzt stürzte es plötzlich hervor, umschlungen von der begräbnishaften Komik nicht wiedergutzumachenden Schadens. Gewiß wäre es unsinnig, zu sagen, Concetta liebe Tancredi noch immer: die Liebes-Ewigkeit dauert nur wenige Jahre, nicht fünfzig. Aber wie ein Mensch, der vor fünfzig Jahren die Pocken überstanden hat, noch die Narben im Gesicht trägt, wenn er auch die Qual des Übels vergessen haben kann, so trug sie in ihrem unterdrückten Leben die alten Wunden einer Enttäuschung, die nunmehr fast historisch war, ja historisch in dem Maße, daß man nun öffentlich ihren fünfzigsten Jahrestag feierte. Bis heute, wenn sie, so selten es auch geschah, an das zurückdachte, was sich in Donnafugata in jenem fernen Sommer zugetragen, hatte sie sich gehalten gefühlt von einer Empfindung erduldeten Martyriums, erlittenen Unrechts, von der Erbitterung gegen den Vater, der sie geopfert hatte, von einem verzehrenden Gefühl hinsichtlich jenes anderen Toten. Jetzt aber gerieten diese sich daraus herleitenden Gefühle, die das Gerippe ihrer ganzen Art, zu denken, gebildet hatten, selber in Auflösung. Es hatte also damals keine Feinde gegeben, sondern eine einzige Gegnerin: sie selbst; ihre Zukunft war von ihrer eigenen Unbedachtsamkeit getötet worden, von dem zornigen Ungestüm der Salina; und jetzt, gerade in dem Augenblick, in dem nach Jahrzehnten die Erinnerungen wieder lebendig wurden, ging ihr der Trost verloren, ihr Unglück anderen zurechnen zu können – ein Trost, der für Verzweifelte den letzten, trügerischen Betäubungstrank darstellt.

Wenn die Dinge so lagen, wie Tassoni gesagt hatte, dann war alles: die langen, vor dem Bilde des Vaters im wohltuenden Schmecken des Hasses verbrachten Stunden, und daß sie jede Photographie Tancredis versteckt hatte, um nicht auch ihn hassen zu müssen – alles das waren Dummheiten gewesen, ja Schlimmeres: grausame Ungerechtigkeiten. Sie litt, als ihr wieder in den Sinn kam, wie warm, wie bittend Tancredis Stimme damals geklungen hatte, als er den Onkel bat, ihn ins Kloster mitzunehmen; das waren Worte der Liebe für sie gewesen,

Worte, die nicht verstanden, von ihrem Stolz fortgetrieben worden waren, die sich vor ihrer Härte zurückgezogen hatten, den Schwanz zwischen den Beinen wie ein Hündchen, das man geschlagen hat. Angesichts dieser Enthüllung der Wahrheit stieg aus dem zeitlosen Grunde ihres Seins ein düsterer Schmerz in ihr empor und legte sich auf sie wie Flecke.

Aber war das denn die Wahrheit? Nirgends hat die Wahrheit ein so kurzes Leben wie in Sizilien: vor fünf Minuten ist die Sache geschehen, und schon ist ihr echter Kern verschwunden, vermummt, verschönt, seiner Gestalt beraubt, unterdrückt, zunichtegemacht von der Phantasie und von den Interessen: Scham, Angst, Großmut, Mißgunst, Opportunismus, Nächstenliebe, alle Leidenschaften, die guten wie die bösen, stürzen sich auf das Geschehnis und reißen es in Stücke; binnen kurzem ist es verschwunden. Und die unglückliche Concetta wollte die Wahrheit von Gefühlen herausfinden, die vor einem halben Jahrhundert nicht klaren Ausdruck gefunden hatten, sondern nur im Vorüberziehen sichtbar geworden waren! Die Wahrheit gab es nicht mehr. An die Stelle ihrer Widerruflichkeit war die Unabweisbarkeit der Qual getreten.

Inzwischen legten Angelica und der Senator die kurze Fahrt zur Villa Falconeri zurück. Tassoni war in Sorge. »Angelica«, sagte er (er hatte mit ihr vor dreißig Jahren eine galante Beziehung gehabt und hielt fest an der durch nichts sonst zu erreichenden Intimität, die ein paar zwischen denselben Laken verbrachte Stunden zu verleihen pflegen), »ich fürchte, ich habe Eure Cousine auf irgendeine Art verletzt; habt Ihr bemerkt, wie schweigsam sie am Ende des Besuches war? Das täte mir leid, sie ist eine liebenswerte Dame.« »Ich glaube schon, daß Ihr sie verletzt habt, Vittorio«, sagte Angelica, gereizt durch eine doppelte, wiewohl nur von der Phantasie eingegebene Eifersucht. »Sie war in Tancredi rasend verliebt; aber er hat sie nie beachtet.« Und so fiel wieder eine Schaufel Erde auf das Grab der Wahrheit.

Der Kardinal von Palermo war wirklich ein heiliger Mann; jetzt, da er schon lange nicht mehr hier weilt, bleiben die Erinnerungen an seine Nächstenliebe und seinen Glauben lebendig. Während seines Lebens jedoch lagen die Dinge anders: er war nicht Sizilianer, nicht einmal Süditaliener oder Römer, und daher hatte sich seine nördliche Tatkraft vor vielen Jahren gemüht, den trägen, schweren Teig der Insel-Geistigkeit im allgemeinen und den des Klerus im besonderen zu durchsäuern. Da er zwei oder drei Sekretäre seines Landes als Mitarbeiter hatte, war er in den ersten Jahren der Täuschung erlegen, es sei möglich, Mißbräuche abzuschaffen und aus dem Gebiet die Steine des Anstoßes, die am offensten dalagen, hinwegzuräumen. Aber sehr bald hatte er bemerken müssen, daß dies war, als schösse man in weiche Baumwollbüschel: das kleine, im Moment erzeugte Loch wurde nach wenigen Augenblicken von Tausenden mithelfender Fäserchen ausgefüllt, und alles blieb wie zuvor, nur die Kosten des Pulvers kamen hinzu, das Lächerliche der unnützen Anstrengung und die Verschlechterung des Materials. Wie über alle, die damals irgend etwas im sizilianischen Charakter ändern wollten, hatte sich über ihn sehr bald die Meinung gebildet, er sei ein ›Dummkopf‹ (was hinsichtlich des Milieus, in dem er sich befand, ganz richtig war), und er mußte sich damit begnügen, stille Werke der Barmher zigkeit zu tun – die im übrigen seine Beliebtheit im Volke nur noch mehr verminderten, wenn sie von den Almosenempfängern auch nur die geringste Mühe forderten, wie zum Beispiel die, daß sie sich im erzbischöflichen Palast einfänden.

Der ältere Prälat, der sich am Morgen des vierzehnten Mai in die Villa Salina begab, war daher ein guter, aber enttäuschter Mensch, der schließlich dahin gekommen war, seinen Beichtkindern gegenüber die Haltung eines verächtlichen Mitleids anzunehmen, die nach allem bisweilen ungerecht war. Sie drängte ihn zu einer unfreundlichen, scharfen Art, die ihn immer mehr in den Sumpf der Abneigung trieb.

Die drei Schwestern Salina waren, wie wir wissen, von der Besichtigung der Kapelle im tiefsten Grunde gekränkt; doch als so recht kindliche und immerhin weibliche Seelen kosteten sie im voraus auch die sekundären, aber unleugbaren Befriedigungen: etwa die, in ihrem Hause einen Kirchenfürsten zu empfangen, weiter die, ihm die Pracht des Hauses Salina vorzuführen, die sie in gutem Glauben noch für unversehrt hielten, und vor allem die, daß sie in ihrem Hause für eine halbe Stunde eine Art prunkvolles geflügeltes Wesen sich umherdrehen sehen sollten und daß sie die vielfältigen und aufeinander abgestimmten Töne seiner verschiedenen Purpurfarben und die geflammte Zeichnung der äußerst schweren Seidenstoffe bewundern konnten. Den Ärmsten war es jedoch bestimmt, auch in dieser letzten bescheidenen Hoffnung enttäuscht zu werden. Als sie, unten an der äußeren Treppe stehend, Seine Eminenz aus dem Wagen steigen sahen, mußten sie feststellen, daß sie in kleinem Habit gekommen war. Auf dem strengen schwarzen Gewand zeigten nur winzige purpurne Knöpfchen den hohen Rang an: trotz seiner Miene, die eine übergroße Güte ausdrückte, sah der Kardinal nicht imponierender aus als der Erzpriester von Donnafugata.

Er war höflich, aber kalt, und verstand es, seine Hochachtung für das Haus Salina und die persönlichen Tugenden der Damen ebenso wie seine Geringschätzung ihrer Unzulänglichkeit und umständlich unterwürfigen Begrüßung in einem allzu klugen Gemisch zu zeigen. Kein Wort erwiderte er auf die Ausrufe des Hochwürdigen Herrn Vicarius vor der Schönheit der Möbel in den Salons, die sie durchschritten, und er schlug es aus, auch nur etwas von der vorbereiteten Erfrischung zu nehmen (»Danke, Signorina, nur ein wenig Wasser: heute ist der Fastentag vor dem Fest meines Schutzheiligen«), ja, er setzte sich nicht einmal. Er ging in die Kapelle, beugte einen Augenblick das Knie vor der Madonna von Pompeji, besichtigte flüchtig die Reliquien. Doch segnete er mit pastoraler Milde die Herrinnen des Hauses und die Dienerschaft, die alle im Eingangssaal knieten, und sagte danach zu Concetta, deren Gesicht die Spuren einer schlaflosen Nacht zeigte: »Signorina, für drei, vier Tage wird man in der Kapelle das Hochamt nicht feiern können; aber ich werde Sorge tragen, die neue Weihe sehr bald vornehmen zu lassen. Meiner Ansicht nach wird das Bildnis der Madonna von Pompeji würdig den Platz des Gemäldes einnehmen, das über dem Altar hängt, und dieses wird man ja den schönen Kunstwerken beigesellen können, die ich beim Durchschreiten Ihrer Salons bewundert habe. Was die Reliquien anlangt, so lasse ich Don Pacchiotti hier, meinen Sekretär, einen höchst urteilsfähigen Priester; er wird die Dokumente prüfen und Ihnen die Ergebnisse seiner Untersuchungen mitteilen; was er entscheidet, wird so sein, als hätte ich es selbst entschieden.«

Er ließ sich gütig von allen den Ring küssen und stieg schwerfällig in die Kutsche; das gleiche tat sein kleines Gefolge.

Die Wagen waren noch nicht zur Villa Falconeri eingebogen, als Carolina zähneknirschend und mit funkelnden Augen ausrief: »Für mich ist dieser Papst ein Türke!«; und Caterina mußte man Essigwasser zu riechen geben. Concetta unterhielt sich ruhig mit Don Pacchiotti, der schließlich eine Tasse Kaffee und ein *babà* angenommen hatte.

Dann bat der Priester um den Schlüssel zur Dokumententruhe, entschuldigte sich und zog sich in die Kapelle zurück, nicht ohne daß er zuvor aus seinem Beutel ein Hämmerchen hervorgeholt hatte, eine kleine Säge, einen Schraubenzieher, eine Vergrößerungslinse und ein paar Bleistifte. Er war Zögling der Schule für Paläographie am Vatikan gewesen; außerdem war er Piemontese. Seine Arbeit war lang und genau; diejenigen von der Dienerschaft, die an dem Eingang zur Kapelle vorübergingen, hörten kurze Hammerschläge, leises Quietschen von Schrauben und Seufzer. Nach drei Stunden erschien er wieder, das Gewand ganz voll Staub, die Hände schwarz, er selbst aber froh, auf dem brillengeschmückten Gesicht einen Ausdruck heiterer Ruhe. Er entschuldigte sich, daß er einen großen Weidenkorb in der Hand trug: »Ich habe mir erlaubt, mir diesen Korb anzueignen, um die ausgeschiedenen Sachen hineinzutun; darf ich ihn hier hinstellen?« Und er stellte das Ding in eine Ecke; es lief über von zerrissenen Papieren, Kärtchen, kleinen Schachteln, die Haufen von Knochen und Knorpel enthielten. »Ich bin froh, Ihnen sagen zu können, daß ich fünf Reliquien gefunden habe, die vollkommen echt sind und wert, Gegenstand frommer Verehrung zu sein. Die anderen sind hier«, und er wies auf den Korb. »Würden Sie mir sagen, meine Damen, wo ich mich abbürsten und mir die Hände waschen könnte?«

Nach fünf Minuten erschien er wieder mit einem großen Handtuch, auf dessen Rand ein rotgestickter Leopard tanzte. »Ich vergaß Ihnen zu sagen, daß die Rahmen geordnet auf dem Tisch der Kapelle liegen; einige sind wirklich schön.« Er verabschiedete sich. »Meine Damen, ich empfehle mich Ihnen.« Aber Caterina verzichtete darauf, ihm die Hand zu küssen. »Und was sollen wir mit dem tun, was in dem Korb ist?« »Völlig was Sie wollen, meine Damen; es aufheben oder in den Kehricht werfen; es hat keinen Wert.« Concetta wollte einen Wagen bestellen, um ihn heimfahren zu lassen, doch er sagte: »Machen Sie sich keine Mühe, Signorina; ich werde bei den Oratorianern essen, zwei Schritt von hier · ich brauche wirklich nichts.« Und nachdem er seine kleinen Werkzeuge wieder im Beutel untergebracht hatte, ging er leichten Fußes davon.

Concetta zog sich in ihr Zimmer zurück. Sie fühlte überhaupt nichts: ihr schien, sie lebe in einer irgendwie bekannten, aber fremden Welt, die ihr schon alle Impulse, die sie geben konnte, zugestanden hatte und nun nur mehr in reinen Formen bestand. Das Bild des Vaters war nichts als so und so viel Quadratzentimeter Leinwand, die grünen Kisten ein paar Kubikmeter Holz.

Nach einer Weile überbrachte man ihr einen Brief. Der Umschlag war schwarz gesiegelt, mit einer dick hervortretenden Krone: »Liebste Concetta, ich habe von dem Besuch Seiner Eminenz gehört und bin froh, daß man einige Reliquien hat retten können. Ich hoffe zu erreichen, daß der Hochwürdige Herr Vicarius in der neugeweihten Kapelle die erste Messe liest. Der Senator Tassoni reist morgen ab und empfiehlt sich Deinem *bon souvenir*. Ich komme Dich sehr bald besuchen, inzwischen umarme ich Dich herzlich, ebenso Carolina und Caterina. Deine Angelica.«

Sie spürte auch weiterhin nichts: die innere Leere war vollkommen; nur von dem Häufchen Fell kam ein Nebeldunst von Unbehagen. Das war die Pein von heute – sogar der arme Bendicò flößte ihr bittere Erinnerungen ein. Sie läutete. »Anna«, sagte sie, »dieser Hund ist jetzt wirklich zu mottenzerfressen und staubig. Nehmt ihn, werft ihn hinunter.«

Als das verkommene Stück Fell fortgeschleift wurde, sahen die Augen aus Glas sie mit dem demütigen Vorwurf der Dinge an, die man ausmerzt, die man vernichten will. Wenige Minuten danach war das, was von Bendicò übrig war, in einen Winkel des Hofes geworfen, wo der Mann, der den Kehricht wegräumte, jeden Tag hinkam. Während des Fluges vom Fenster hinunter nahm das Häufchen Fell für einen Augenblick wieder seine Form an: man hätte meinen können, in der Luft tanze ein Vierfüßer mit langem Schnurrbart – die rechte Vordertatze drohend erhoben. Dann fand alles Frieden in einem Häufchen bleichen Staubes.

[1] Dio Guardi, »den Gott behüten möge«, ein Signum, das hinter den Namen des Herrschers gesetzt wurde.

[2] Baudelaire

[3] Der kleine Franz, den Gott behüten möge. Siehe Anmerkung 1.

[4] Der bläuliche Anstrich gilt als Schutz gegen die Moskitos; auch ist diese Farbe von den Arabern her besonders beliebt.

[5] Die *Probatica piscina* ist ein Teich beim Schaftor in Jerusalem, in den kranke Menschen, »wenn ein Engel das Wasser bewegte«, getragen wurden, damit sie geheilt würden, Joh. Ev. 5, 2. Gemälde dieser Art waren damals sehr geschätzt.

[6] »Ich seh euch wieder, liebliche Stätten . . .«

[7] 1812–1873, Dichter romantischer, von Patriotismus erfüllter Lyrik, die auf die Jugend jener Befreiungsjahre Einfluß hatte. Aleardi war 1848 bei der Verteidigung der venezianischen Republik gefangengesetzt worden. Er lebte später als Professor der Geschichte und Ästhetik in Florenz.

[8] »Wir sind Zigeunerinnen« (Verdi)

[9] »Liebe mich, Alfredo« (Verdi)

[10] Solche *campieri* hielten sich die sizilianischen Feudalherren als Leibwächter.

[11] Altes sizilianisches Maß für Korn und Flüssigkeit von 275,1 l. In Palermo auch Flächenmaß von 142,72 Ar.

[12] *muffoletti* sind eine bestimmte Art von Brot.

[13] »Die schöne Gigugín«, ein berühmtes Lied – Spottlied auf eine Mätresse des Königs – im Turiner Dialekt aus dem Jahre 1859 mit dem einprägsamen Kehrreim: *La ven, la ven, la ven al la finestra: l'è tutta, tutta l'è tutta incipriada.* Etwa: »Da tritt, da tritt, da tritt sie an das Fenster – und ihr Gesicht ist ganz, ganz, ist ganz voll Puder.«

[14] »Don Leonardo, wir brauchen viele solche, wie Ihr seid, treue Stützen des Throns und meiner erhabenen Person.«

[15] Alte Rechnungsmünze auf Sizilien: etwa $1/12$ Gold-Scudo.

[16] Im Original deutsch

[17] Canthariden-Insekten dienen zur Herstellung eines Aphrodisiakums.

[18] Vom französischen *maure-doré*, ein hellviolettes Leder mit Gold-reflexen.

[19] Gibus ist der Name des Hutmachers, der den Klappzylinder erfunden hat.

[20] Rundsofa. Dieser *pouf* ist ein gut gefederter, mit Seide bezogener Diwan, auf dem die Krinolinen der rundherum sitzenden Damen bequem Platz hatten.

[21] Eine dem Süden eigentümliche Art von Käse – ein Stutenmilchkäse – in länglicher Form; das obere, eingeschnürte Ende bildet so etwas wie ein Köpfchen.

[22] Die *dolci di riporto* sind ein mit Creme gefülltes Biskuitgebäck; das gleiche, mit Schokoladenguß überzogen, sind die *profiteroles*.

[23] Ein Teig aus Mehl, Trauben, Eiern, Marsala und Schlagrahm, der zu sog. Punschringen verbacken wird.

[24] Vgl. Anm. 22

[25] Halb-Gefrorenes (Fürst-Pückler-Eis)

[26] *Blancmanger* ist Mandelgelee.

[27] »Du, die zu Gott die Flügel breitete« (aus dem Finale von Donizettis ›Lucia di Lammermoor‹)

[28] Maggiolini war ein lombardischer Ebenist des 18. Jahrhunderts, der eingelegte Möbel aus in Feuer abschattierten Hölzern schuf. Nach diesem Kunstschreiner nennt man solche Möbel *maggiolini*.

INHALT

Antonio Tabucchi

Piazza d'Italia
Eine Geschichte aus dem Volk
in drei Akten, mit einem Epilog
und einem Anhang. Aus dem
Italienischen von Karin
Fleischanderl. 188 Seiten. SP 3031

Eine phantastische und hinter-
gründige Familienchronik über
drei Generationen aus dem
Dorf Borgo – erzählt von Antonio Tabucchi. In einem bunten Kaleidoskop erscheinen die
Lebensläufe der kleinen Helden, Anarchisten und Deser-
teure und ganz nebenbei die
große Geschichte Italiens von
den Tagen Garibaldis bis zur
Zeit nach dem Zweiten Weltkrieg: wie die jungen Rebellen
mit Garibaldi für die Einigung
Italiens in den Krieg ziehen,
wie sie von Jagdaufsehern des
Königs erschossen und wie
siebzig Jahre später die Anarchisten von den Faschisten er-
preßt werden. Die Geschichte
fegt jedesmal wie ein Wind
über den Dorfplatz hinweg,
nimmt ein paar Dörfler mit –
und läßt doch alles beim alten.
Dieser erste Roman Tabucchis,
geschrieben vor einem Viertel-
jahrhundert, zeugt bereits von
der karnevalesken Lust seines
Autors am Umkehren der
Zeitläufe, am Vermischen der
Bilder und von der Intensität
seiner poetischen Sprache.

»Wer Antonio Tabucchi nicht
kennt, dem empfiehlt sich dieses Buch zur Erstbegehung seines Spiegelkabinetts.«
Frankfurter Allgemeine Zeitung

SERIE PIPER

Elsa Morante

La Storia

*Roman. Aus dem Italienischen
von Hannelise Hinderberger.*
631 Seiten. SP 747

Während und nach dem Zweiten Weltkrieg ereignet sich das Schicksal der Lehrerin Ida und ihrer beiden Söhne. Elsa Morante entwirft ein figurenreiches Fresko der Stadt Rom mit den flüchtenden Sippen aus dem Süden, dem Ghetto am Tiber, den Kleinbürgern, Partisanen und Anarchisten. Der Roman war neben Tomasi di Lampedusas »Der Leopard« und Ecos »Der Name der Rose« der größte italienische Bestseller der letzten Jahrzehnte.

La Storia das heißt: *Die Geschichte* im doppelten Sinn des Wortes. Elsa Morante breitet in diesem Roman das unvergleichliche und unverwechselbare Leben jener Unschuldigen vor uns aus, nach denen die Historie niemals fragt.

In Italien, in Rom, erleben Ida und ihre beiden Söhne den Faschismus, die Verfolgung der Juden, die Bomben. Nino, der Ältere, der sich vom halbwüchsigen Rowdy zum Partisanen und dann zum Schwarzmarktgauner entwickelt, ist ein strahlender Taugenichts. Sein Bild tritt zurück vor der leuchtenden Gestalt des kleinen Bruders Giuseppe, dem es nicht beschieden ist, in dieser Welt eine Heimat zu finden. Trotzdem ist seine kurze Laufbahn voller Glanz und Heiterkeit. In seiner seltsamen Frühreife besitzt der Junge eine größere Kraft der Erkenntnis als die vielen anderen, die blind durch die Geschichte gehen, eine Geschichte, die alle zu ihren Opfern und manchmal auch die Opfer zu Schuldigen macht.

Der Roman ist in einer dichten und spröden Sprache geschrieben, die den Fluß der Erzählung mit psychologischer und historischer Deutung aufs engste verbindet.

»Diese Geschichte ist der … nein, gewiß nicht ›schönste‹, aber der aufwühlendste, humanste und vielleicht wirklich der größte italienische Roman unserer Zeit.«
Nino Erné in der WELT

Alessandro Baricco

Seide

Roman. Aus dem Italienischen von Karin Krieger. 132 Seiten. SP 2822

Der Seidenhändler Hervé Joncour führt mit seiner schönen Frau Hélène ein beschaulich stilles Leben. Dies ändert sich, als er im Herbst 1861 zu einer langen und beschwerlichen Reise nach Japan aufbricht, um Seidenraupen für die Spinnereien seiner südfranzösischen Heimat zu kaufen. Dort gewinnt er die Freundschaft eines japanischen Edelmanns und begegnet einer rätselhaften Schönheit, die ihn für alle Zeit in den Bann zieht: ein wunderschönes Mädchen, gehüllt in einen Seidenschal von der Farbe des Sonnenuntergangs. Auf jeder Japan-Reise, die er fortan unternimmt, wächst seine Leidenschaft, wird seine Sehnsucht unstillbarer, nie wird er aber auch nur die Stimme dieses Mädchens hören. – In einer schwebenden, eleganten Prosa erzählt Baricco eine Parabel vom Glück und seiner Unerreichbarkeit. Der Leser wird eingehüllt von der zartbitteren Wehmut, die dieses zauberhaft luftige Bravourstück durchzieht.

»Der Roman Alessandro Baricco ist gewebt, wie der Stoff, um den es geht: elegant und nahezu gewichtslos. Die Geschichte ist komponiert wie ein Musikstück, jedes Wort scheint mit Bedacht gewählt, jede Ausschmückung, jedes überflüssige Wort ist fortgelassen. Das schmale Buch bekommt durch diese Reduktion seine außergewöhnliche Dichte, seine kühle, in manchen Passagen spöttische, zugleich seltsam melancholische Stimmung.«
Sabine Schmidt, BücherPick

Land aus Glas

Roman. Aus dem Italienischen von Karin Krieger. 270 Seiten. SP 2930

Ein Buch über die Welt der Sehnsucht und die Welt der Liebe, voller Poesie, Witz und Weisheit. Ein Buch über Zeit und Geschwindigkeit, über Musik und Gefühle, über Genies, Spinner und Erfinder.

Novecento

Die Legende vom Ozeanpianisten. Aus dem Italienischen von Karin Krieger. 80 Seiten. SP 3522

SERIE
PIPER

SERIE
PIPER

Rosetta Loy

Winterträume

Roman. Aus dem Italienischen
von Maja Pflug. 274 Seiten.
SP 2392

»Musterbeispiel eines Frauen-
romans – nicht, weil er von
einer Frau geschrieben wurde,
sondern weil er das Leben und
die Welt aus einem unverwech-
selbar weiblichen Blickwinkel
betrachtet ... Rosetta Loy hat
ein Buch geschrieben, das in die
Literaturgeschichte eingehen
wird.
Frankfurter Allgemeine

Im Ungewissen
der Nacht

Erzählungen. Aus dem
Italienischen von Maja Pflug.
236 Seiten. SP 2370

Schokolade
bei Hanselmann

Roman. Aus dem Italienischen
von Maja Pflug. 288 Seiten.
SP 2630

Hauptschauplatz von Rosetta
Loys meisterhaftem Roman ist
eine elegante Villa in den Enga-
diner Bergen, in der sich während des Zweiten Weltkriegs
ein leidenschaftliches Familien-
drama abspielt. Die schönen
Halbschwestern Isabella und
Margot lieben beide denselben
Mann, den charismatischen
jüdischen Wissenschaftler Arturo.

»In den Romanen und Erzählungen von Rosetta Loy dürfen
die Ereignisse sich entfalten in
dem weiten Raum, den die Au-
torin für sie erschafft. Ein
Raum, der gleichermaßen Platz
hat für Verfolgung und Tod wie
für einen Blick, der zwei Menschen entzündet.«
Süddeutsche Zeitung

Dacia Maraini

Bagheria
Eine Kindheit auf Sizilien.
Aus dem Italienischen von Sabina
Kienlechner. 171 Seiten. SP 2160

»›Bagheria‹ ist ein schönes und
kluges Buch, ganz fern von allen Klischeevorstellungen vom
Tourismus-Sizilien, und dazu
ein Buch über eine Vielzahl
eigenwilliger und begabter
Frauen ...«
Die Presse

Die stumme Herzogin
Roman. Aus dem Italienischen von
Sabina Kienlechner. 342 Seiten.
SP 3546

»Ein vollkommen geglückter
Roman, der ein faszinierendes
Frauenleben einer längst unter-
gegangenen Epoche ausbreitet,
vor allem aber eine überaus
kundige und bewegende Lie-
beserklärung an das alte Sizilien.«
Die Presse, Wien

Liebe Flavia
Roman. Aus dem Italienischen von
Viktoria von Schirach. 210 Seiten.
SP 2982

»Es ist der Kinderblick der Er-
zählerin, der dem Buch den
Ton, die Spannung und auch
die Weisheit gibt.«
Henning Klüver

Stimmen
Roman. Aus dem Italienischen von
Eva-Maria Wagner und Viktoria
von Schirach. 406 Seiten. SP 7462

»Man möchte Dacia Maraini
mit ihrer leicht unterkühlten,
stets ein wenig ironischen
Schreibweise in eine Reihe
stellen mit den großartigen
englischsprachigen Kriminal-
schriftstellerinnen.«
Literatur heute

Erinnerungen einer Diebin
Roman. Aus dem Italienischen
von Maja Pflug. Mit einem
Nachwort von Heinz Willi
Wittschier. 383 Seiten. SP 1790

Fasziniert von der unkonven-
tionellen Art Teresas beschloß
Dacia Maraini 1972 über die
»Diebin«, die sie bei einem Ge-
fängnisbesuch in Rom kennenlernte, ein Buch zu schreiben.

SERIE

PIPER

Giorgio Bassani

Die Brille mit dem Goldrand

Erzählung. Aus dem Italienischen von Herbert Schlüter. 106 Seiten. SP 417

Ferrara in den Jahren zwischen den beiden Weltkriegen. Der Arzt Fadigati ist ein angesehenes Mitglied der Ferrareser Gesellschaft. Als jedoch bekannt wird, daß er homosexuell ist, zieht man nur noch am Tage vor ihm den Hut. Am Abend aber tut man so, als kenne man ihn nicht. Zum Skandal kommt es, als Fadigati sich in Riccione, dem sommerlichen Badeort der Ferrareser, öffentlich mit seinem jugendlichen Liebhaber zeigt. Einzig die jüdische Familie des Ich-Erzählers begegnet ihm weiterhin mit Respekt. Und nur der Erzähler ahnt, daß der aufkommende Faschismus bald auch die Ferrareser Juden ausgrenzen und bedrohen wird. Der Selbstmord Fadigatis scheint am Ende wie ein unheilvolles Vorzeichen des Schicksals der Juden im Faschismus.

Hinter der Tür

Roman. Aus dem Italienischen von Herbert Schlüter. 174 Seiten. SP 386

»Unter den lebenden Erzählern könnte nur noch Julien Green eine solche Verbindung von Zartgefühl und (scheinbar) unbemühter Schlichtheit treffen. Aber Bassani ist ein Julien Green ohne die Rückendeckung des Glaubens. Er unternimmt seinen Rückzug in die vielgeschmähte Innerlichkeit ganz auf eigene Rechnung und tut damit ... eher einen Schritt nach vorn, nämlich auf eine Literatur zu, die die Welt nicht nur vermessen will, sondern bereit ist, sie auch in den Antworten zu erkennen und anzuerkennen.«
Günter Blöcker

Der Reiher

Roman. Aus dem Italienischen von Herbert Schlüter. 240 Seiten. SP 630

»Bassani beherrscht die Kunst, seine Personen von sich wegzuschieben und sie quasi in einen Spiegel zu stellen.«
Eugenio Montale

Ferrareser Geschichten

Aus dem Italienischen von Herbert Schlüter. 250 Seiten. SP 430

Carlo Lucarelli

Freie Hand für De Luca

*Kriminalroman. Aus dem
Italienischen von Susanne Bergius.
Mit einem Nachwort von Katrin
Schaffner. 116 Seiten. SP 5693*

Eine norditalienische Stadt im
April 1945, kurz vor dem Ein-
marsch der Alliierten. Wenige
Stunden vor dem endgültigen
Zusammenbruch wird Kom-
missar De Luca mit der Lösung
eines Mordfalls beauftragt.
Doch irgend etwas an der Sache ist faul, denn die faschisti-
schen Machthaber lassen ihm
bei der Ermittlung erstaunli-
cherweise freie Hand. Der Er-
mordete Vittorio Rehinard
war ein Lebemann und Frau-
enheld – und so sind auch alle
Verdächtigen weiblich: die
drogenabhängige Sonia, die
rothaarige Hellseherin Valeria
sowie Silvia Alfieri, die Mutter
eines hohen italienischen SS-
Offiziers und Ehefrau des
Mannes, der der erklärte Ge-
genspieler von Sonias Vater ist.
Vor dem historischen Hintergrund des letzten Aufbäumens
des italienischen Faschismus in
der Republik von Salò entfaltet
Carlo Lucarelli das Szenario
eines raffiniert abgestimmten
kriminalistischen Ränkespiels.

Andrea Camilleri

Die sizilianische Oper

*Roman. Aus dem Italienischen von
Monika Lustig. 271 Seiten.
SP 3440*

Ein Roman, so deftig,
schwungvoll und stimmungs-
reich wie eine italienische Oper
zu Zeiten, als Italien noch ein
Königreich war: Im sizilianischen Städtchen Vigàta soll das
neue Theater eingeweiht werden. Gegen allen Protest hat
der frischgebackene Präfekt,
der zu allem Übel aus der fernen Toskana stammt, die entsetzlich schlechte Oper eines
drittklassigen Komponisten gewählt, »Der Bierbrauer von
Preston«. Doch er hat nicht
mit der Gewitztheit der Vigàte-
ser gerechnet. Sie schaffen es,
nicht nur die Obrigkeit, sondern auch alle, die mit ihr an
einem Strang ziehen, lächerlich
zu machen. Ein Reigen von
äußerst lebendigen, komischen
und tragischen Vorfällen setzt
ein. Köstliche Charaktere,
pralle Erotik, viel Lokalkolorit
und ein rasantes Erzähltempo
– all dies macht »Die sizilia-
sche Oper« zu einem der besten Romane Camilleris.

SERIE PIPER

SERIE PIPER

Maria Venturi

Das Labyrinth der Liebe

Roman. Aus dem Italienischen von
Monika Zenkteler-Cagliesi.
230 Seiten. SP 3393

Die attraktive Linda Parodi
ist achtunddreißig, alleinerzie-
hende Mutter einer aufmüpfi-
gen Dreizehnjährigen und eines
vierjährigen Pflegesohns. Mit
viel Temperament und Humor
meistert sie mehr oder weniger
erfolgreich das tagtägliche
Chaos. Nur auf ihre beste
Freundin, die Psychologin
Sara, ist Verlaß – auch wenn
Sara mit gutgemeinter Kritik
nicht gerade hinter dem Busch
hält. Als Linda auch noch ihren
Job zu verlieren droht, ist das
Maß übervoll. Da tritt Matteo
in ihr Leben: gutaussehend,
sensibel und acht Jahre jünger
als Linda. Die beiden verbringen gegen viele Widerstände
eine intensive und leidenschaft-
liche Zeit miteinander, doch
Linda hat schon zu viel erlebt,
um noch an die ganz große
Liebe zu glauben. Aber sie un-
terschätzt Matteo ...

Pina Mandolfo

Das Begehren

Roman. Aus dem Italienischen von
Viktoria von Schirach. 119 Seiten.
SP 2626

Die eine Geschichte beginnt, als
die andere Geschichte bereits zu
Ende ist: Als von der Liebe nur
noch das Gefühl des Verlustes
geblieben ist, beginnt der Brief
an die frühere Geliebte: »Ich
will es wagen und die Wüsten
der Erinnerung in Deinem Kopf
durchqueren. Du hast Dich mit
Gewalt losgerissen, mich ohne
Erklärung zurückgelassen. Du
hast mich stumm gemacht vor
Wut und Schmerz.« Absende-
rin dieser Zeilen ist eine junge
Literaturprofessorin aus Sizilien, Adressatin eine charisma-
tische Künstlerin aus dem Piemont. Zwei Welten prallen aufeinander: die des Südens mit
ihrem Duft nach Sonne und
Staub und die des kühlen, grünen Nordens. Pina Mandolfo
ist mit ihrem von der italienischen Presse gefeierten Erst-
lingsroman die meisterhafte Beschreibung dessen gelungen,
wovon kein Liebender je ver-
schont bleibt: der Schmerz des
Verlustes und die widersprüch-
lichen Gefühle, die er auslöst.

Isabella Bossi Fedrigotti

Zwei Schwestern aus gutem Hause

Roman. Aus dem Italienischen
von Sigrid Vagt. 240 Seiten.
SP 3541

Liebe, Haß und Eifersucht sind die Gefühle, die die beiden Schwestern Clara und Virginia ein Leben lang verbinden. Gemeinsam in einem großbürgerlichen Südtiroler Landhaus aufgewachsen, könnten sie verschiedener nicht sein: Clara, die jüngere, dunkelhaarig, melancholisch, verschlossen; Virginia dagegen eine blonde Schönheit, lebenshungrig und rebellisch gegen die längst überholte Lebensweise ihres Elternhauses. Doch ist Clara wirklich die Edle, Tugendhafte, die von ihrer leichtlebigen Schwester um das Lebensglück gebracht wurde? Ein raffinierter Frauenroman, ausgezeichnet mit dem Premio Campiello.

»Auffällig ist die von Isabella Bossi Fedrigotti gewählte Form, und man könnte spekulieren, ob hierdurch autobiographische Momente in die Erzählung einfließen. Denn ungewöhnlicherweise ist der erste Lebensrückblick der jüngeren Schwester Clara in der zweiten Person geschrieben, die nachfolgende Lebensgeschichte der Virginia dagegen in der ersten Person, wodurch der Eindruck einer größeren Zuneigung zu ihr vermittelt wird.

Aus dieser erzählerischen Konfrontation resultieren im wesentlichen die Spannung und der Reiz dieses Romans; für den Leser erhellen sich zudem viele Geschehen... Ein versöhnliches Ende, so ahnt man, wird es für die beiden Damen nicht geben.«
Die Welt

Liebling, erschieß Garibaldi!

Roman. Aus dem Italienischen
von Ursula Lenzin. 204 Seiten.
SP 2331

Mit der romantischen Geschichte ihrer Urgroßeltern schildert Isabella Bossi Fedrigotti die Welt einer Adelsfamilie in politisch brisanter Zeit.

SERIE
PIPER

Elsa Morante

La Storia

*Roman. Aus dem Italienischen
von Hannelise Hinderberger.
631 Seiten. SP 747*

Während und nach dem Zweiten Weltkrieg ereignet sich das Schicksal der Lehrerin Ida und ihrer beiden Söhne. Elsa Morante entwirft ein figurenreiches Fresko der Stadt Rom mit den flüchtenden Sippen aus dem Süden, dem Ghetto am Tiber, den Kleinbürgern, Partisanen und Anarchisten. Der Roman war neben Tomasi di Lampedusas »Der Leopard« und Ecos »Der Name der Rose« der größte italienische Bestseller der letzten Jahrzehnte.

La Storia das heißt: *Die Geschichte* im doppelten Sinn des Wortes. Elsa Morante breitet in diesem Roman das unvergleichliche und unverwechselbare Leben jener Unschuldigen vor uns aus, nach denen die Historie niemals fragt.

In Italien, in Rom, erleben Ida und ihre beiden Söhne den Faschismus, die Verfolgung der Juden, die Bomben. Nino, der Ältere, der sich vom halbwüchsigen Rowdy zum Partisanen und dann zum Schwarzmarktgauner entwickelt, ist ein strahlender Taugenichts. Sein Bild tritt zurück vor der leuchtenden Gestalt des kleinen Bruders Giuseppe, dem es nicht beschieden ist, in dieser Welt eine Heimat zu finden. Trotzdem ist seine kurze Laufbahn voller Glanz und Heiterkeit. In seiner seltsamen Frühreife besitzt der Junge eine größere Kraft der Erkenntnis als die vielen anderen, die blind durch die Geschichte gehen, eine Geschichte, die alle zu ihren Opfern und manchmal auch die Opfer zu Schuldigen macht.

Der Roman ist in einer dichten und spröden Sprache geschrieben, die den Fluß der Erzählung mit psychologischer und historischer Deutung aufs engste verbindet.

»Diese Geschichte ist der... nein, gewiß nicht ›schönste‹, aber der aufwühlendste, humanste und vielleicht wirklich der größte italienische Roman unserer Zeit.«
Nino Erné in der WELT